문학이 과학의 벽을 넘다

문학이 과학의 벽을 넘다

김상구 지음

도서출판 동인

■ 머리말

문학작품과 문학이론이 글 쓴 사람의 의도와 목적에 따라 다를 수 있겠으나, 이론이 작품에서 연유한다면, 작품과 이론은 하나의 공간의 관계에 있게 된다. 그 관계는 상호 영향의 복층 관계이다.

문학과 철학이 공통의 관계가 있다면 그것은 상상의 시학이 있기 때문이다. 그러나 사실적이거나 상상적인 사물에 대한 현상과 본질의 상상은 시적 해석학적 상상과 같으면서 또한 차이가 있다.

마찬가지로 대상에 대한 과학적 원칙과 이론의 접근은 대단히 실체적이다. 하지만 문학 작품이 본질(reality)에 대한 접근은 대단히 리얼(real)하다. 그것은 언어에 의한 기술에서 생기는 언어의 종류의 차이 때문이다. 그러나 본질을 규명하려는 점에 있어서는 같기 때문에 상호 보완의 관계가 필요하다.

이를 해결하기 위한 연구 방법(론)으로 대 통합에 의하기 보다는 현상의 층층에 대한 새로운 언술과 형식에 대한 설명과 해석이 필요함에 따라 새로운 학제성(New Interdisciplinarity)이 요구된다.

문학작품이 근대 과학의 법칙과 원리를 인유 혹은 은유하거나 심미적 모델로 이용한 것은 가까이는 서구 문학사에 있어서 모더니즘 소설에서 인물의 상대적 인물화와 시점의 다양성에서부터 서사의 파격적인 일탈로부터 시작하여 포스트모던의 반사실주의의 소설에서 크게 드러나지만, 문학작품 속에 과학이 엮이어 있거나 혼용되어 있는 메니퍼언 풍자의 양식(Mennippean satric mode)의 특징들과 자질은 호머의 일리아드 오디세이보다 앞선다고 한다.

이런 사실에서 문학이 과학의 법칙을 인유 혹은 은유하는 즉 원용하는 것만이 아니고 과학과의 진정한 상호 보완에서 얻는 호혜가 두 학문의 바람직한 연구 방법이다. 그러하다면 과학은 문학연구에 어떤 내용과 형식을 주며, 또 문학은 과학의 실질적인 연구결과 도출에 어떤 관계를 가져야 하는지가 이 저서에서 밝히고자 하는 것이다.

문학이 예술적 가치를 추구하고 과학이 실용적인 결과를 찾으려고 하는 이 두 바퀴의 동일 접점은 상호 간에 특징이 보이면서 또 보이지 않는 관계다. 그러한 관계를 가지려면 과학은 인간의 삶에 바탕이 되는 이론과 법칙 아니면 문학적 상상력에 근거한 보편성을 주게 되어, 작품의 주제나 구성에 직접 드러나지 않는다고 하더라도 언어의 기능으로 재현될 것이다.

그러한 엮임과 이음은 특히 현대 물리학의 엔트로피와 불확정성 원리에서 부터 장(field)의 포괄적인 개념과 상대성, 양자역학의 상보성 이론 그리고 이를 아우르는 감추어진 변이이론(hidden variable theory), 나아가 (초)끈이론에 의해서 드러난다. 또한 그것은 혼돈이론과 정보 통신의 관계, 인간과 포스트휴먼의 유사성과 차이, 인간 뇌신경망의 기능과 포스트 다위니즘의 재현을 통해서도 발견된다.

이러한 견지에서 이 책은 이들 이론들과 개념들에 의해 14편의 영미소설들을 분석하였다. 이 소설들의 작가들 가운데 에드가 앨런 포(Edgar Allan Poe)와 도날드 바셀미(Donald Barthelme)를 제외하곤 모두 지금까지 생존해 있다. 생존해 있는 작가들을 선택한 것은 작품들의 비중과 예술성 그리고 작가들 개개인의 작품들의 연속성과 상호관련성 때문이다. 그러므로 이 책이 계기가 되어 이들 작가들의 작품들이 또 다른 새로운 과학이론들에 의해 분석되기를 기대한다.

　이러한 이음과 엮임은 과학과 문화, 사회, 정치, 경제, 종교의 관계로까지 확장되고 확대될 수 있기 때문에 문학과 과학의 이러한 연구는 크나큰 의의가 있다.

　오늘날 e-book 형식이 종이 인쇄 문화를 대체하는 현상에도 불구하고, 이 책의 출판을 흔쾌히 수락해 주신 동인 출판사 이성모 사장님께 먼저 감사의 말씀을 드리고, 이 책의 형식과 체제 그리고 낱말 하나에 까지 신경 써 주신 편집부 심은규 선생님과 관계자들께도 감사드린다. 혹여 오자, 탈자, 누락 나아가 내용의 잘못된 설명이나 분석 등의 오류는 전적으로 필자에게 있으며 질책을 겸허히 받고 용서를 빌겠다.

　마지막으로 책속의 내용들을 알고, 다양하고 친절한 조언을 해 주신 필자 주위의 학인들에게도 고맙다고 인사드린다. 더불어 반백년 가까이 동고동락해 온 저의 처 박순자 여사와 많은 도움을 준 가족들, 그리고 저와 건강을 함께한 부산광역시 연제구 함박 및 배연 베드민턴 클럽 회원님들께도 감사드린다.

Contents

Ⅰ

들어가며

1. 과학은 리얼리티를 어떻게 보나

리얼리티란 우리의 경험에 의해 오랫동안에 있는 그대로 생각하는 것이라고 믿어왔다. 그러나 리얼리티에 대한 이러한 믿음은 우리가 시간과 공간이 무엇인가를 이해해 오면서 다르게 되었다.

아리스토텔레스로부터 아인슈타인에 이르기까지 우리의 사유는 시간과 공간에 의해 형성되었다고 하고(Brian Greene, *The Fabric of the Cosmos* 6) 뉴턴은 시간과 공간이 단순히 무기력하고 사건들이 무대 위에서 놀이하는 우주의 무대로 보았다. 뉴턴은 수학 원리(*Principia Mathematica*)에서 시간과 공간을 딱딱하고 불변의 실체들이라고 정의했다. 그의 주장에 대해 모두가 동의하지 않았으나 비판자들을 따르게 하여 지난 2세기에 걸쳐 그의 시/공관은 하나의 도그마처럼 되었다. 그리하여 뉴턴의 시간과 공간관은 방정식처럼 설명되어 우리의 직관에 고정적인 근거를 제공해 주었다.

그러나 제임스 클라크 막스웰(James Clark Maxwell)은 고전물리학의 틀을 확장하여 전기와 자기의 힘의 중요성을 제기했고, 19세기 후반에 이르러서 우주의 비밀은 인간의 지적능력의 밖에 있다고 했다(Cosmos 9).

아인슈타인이 특수 및 상대성 이론을 완성하여 전기와 자기 그리고 빛의 움직임과 관계되는 문제들을 해결하려고 했을 때 뉴턴의 시/공관은 결점을 가지고 있었다. 아인슈타인은 공간과 시간이 독자적이고 절대적이지 않고 일반 경험의 양상으로 상대적이라고 했다(Cosmos 9).

아인슈타인이 공간과 시간이 하나의 통합된 전체의 부분이고, 시간과 공간은 휘어지고 굴곡에 의해 우주의 진화에 참여한다고 했다. 뉴턴이 시/공을 굳건하고 불변의 구조로 본데 대해 아인슈타인은 유연하고 역동적이라고 보았다(Cosmos 10). 뉴턴은 리얼리티란 우리세계의 리얼리티가 아니고 우리의 리얼리티는 상대적이라고 하여, 고전적 리얼리티 관과 상대적 리얼리티 관 사이에는 크나큰 차이가 있다고 하였다.

다시 말해서 뉴턴의 동료 고드프리드 빌헬름 폰 라이프니즈(Gottfried Wilhelm von Leibniz)가 공간과 시간을 단순히 사물들이 어디에 있고 사건들이 언제 일어나는 가의 사이의 관계를 지칭하는 낱말들이라고 했다면 아인슈타인은 시간과 공간이 리얼리티에 우선하는 순수한 물질로 보았다. 그 후로 시간과 공간은 친숙하면서도 신비스럽게 여겨졌다. 시간과 공간을 완전히 이해하려고 하는 것은 물리학 뿐 아니라 다른 학문에게서도 크나큰 도전이 되었다.

1930년대에 이르러 물리학자들은 양자역학이라고 불리는 하나의 전체적 새로운 개념구도를 끌어왔다. 양자법칙에 따르면 현재 사물들이 어떻게 그대로 존재하는가를 가능하게 하는 것은 미래의 어떤 선택된 시간에 사물들이 이렇게 혹은 저렇게 존재하게 될 것이라는 있을법함의 예견과, 사물들이 과거에 어떻게 선택된 시간에 이렇게 저렇게 존재해 있었다고 하는 있을법함의 예견 때문이다(*Cosmos* 11). 양자역학에 의하면 우주란 현재에서 선명하게 그려지는 것이 아니고 우연의 게임 속에 참여한다고 한다. 있을법함의 이러한 관점 대해서 논란이 있지만 대부분의 물리학자들은 '있을법함'이 양자 리얼리티의 구조 속에 깊숙하게 엮이어 있다는데 동의한다(*Cosmos* 11). 그리하여 직관적으로나 고전물리학에서 사물들이 항상 이렇게 저렇게 정확하게 존재하는 것 속에 리얼리티가 예견된다고 하지만 양자역학에서는 이들이 때로는 부분적으로 이렇게 저렇게 존재하여 오리무중이라고 한다(*Cosmos* 11).

1935년 아인슈타인은 여기서 하는 일이 저 곳에서 하는 일과 거리와는 무관하게 동시에 연결될 수 있다고 하였다. 많은 과학자들은 이런 특징들을 공간의 특성과 의미로 양자의 급진적인 사실로 받아들였다. 양자역학에서 이러한 견해는 어떤 상황에서는 공간을 초월하는 능력 즉 먼 거리에서의 양자연결이 공간에서의 떨어짐을 우회할 수 있다는 것이다. 바꾸어 말해서 두 물체가 공간에서 서로 떨어져 있어도 양자역할이 관여한다면 그 것은 마치 하나의 실체라는 것이다(*Cosmos* 12). 아인슈타인에 의해 발견된 시간과 공간 사이의 연결로 양자연결은 일시적인 접촉이 가능했다.

하지만 이는 시간의 기본적인 특성 즉 시계의 방향이 과거에서 미래로 가는 것처럼 보인다는 것이다. 이 점에 대해 상대성과 양자역학은 설명을 하지 못하고 있다. 이를 우주론이라는 영역에서 설명하고 있다.

이처럼 양자역학에서의 리얼리티는 하나의 희미한 불빛과 같아 20세기에 들어와서도 완전하게 이해가 되지 않았다. 그런데 획기적인 사건은 2012년 10월 슈레딩거의 '죽었으면서도 살아 있는 기묘한 고양이'의 개념이 노벨물리학상을 받은 프랑스의 아로슈와 미국 와인랜드에 의해 증명되었다는 사실이다.

이것은 과학적으로 리얼리티가 오로지 단 하나로 존재한다는 것이 아님을 확실하게 보여주는 것이다.

아써 에딩턴 경(Sir Arthur Eddington)은 시간의 화살(arrow of time)에서 시간의 흐름 속에서 사물들은 한 방향으로 펼쳐진다고 하였다(*Cosmos* 13).

예컨대 계란은 시간이 흐르면 병아리가 된다. 그렇지만 계란이 부화되지 않는 것은 아니다. 또 초는 녹는다. 하지만 초가 안 녹지는 않는다. 사람은 나이를 먹는다, 허나 나이를 안 먹을 수는 없다. 이런 비대칭의 사실들이 우리의 생활을 지배하고 있다고 한다(*Cosmos* 13). 그래서 시간에서 과거로 가는 것과 미래로 가는 것의 구분은 실험적인 리얼리티의 하나의 중요한 요소가 되었다. 만일 앞으로 가고 또 뒤로 가는 시간이 좌와 우 그리고 명과 암 사이의 그런 꼭 같은 대칭을 보여준다면, 이 세계에서의 식별이 있을 수 없을 것이다. 이런 시간상의 대칭적인 리얼리티는 리얼리티가 아닌 것이다. 그렇다면 시간의 비대칭성은 어데서 생기는 것일까? 이것을 해결하는 것은 어떤 의미에서는 계란의 부화가 140억 년 전 우주의 생성의 조건을 입증해 주는 것이라고 한다(*Cosmos* 13).

인간의 가장 오래된 과제의 하나는 우주의 신비를 해결하는 것이고, 아인슈타인의 일반 상대성의 발견은 우주의 신비를 밝히는 현대의 과학적인 첫 걸음이다. 아인슈타인이 그의 상대성이론을 출판한 후로 그와 다른 학자들은 그것을 우주에 적용했다. 그 후 몇 10년 후 그들의 연구는 오늘 날 빅뱅이론이라고 하는 확정적이지 않은 틀로 세워졌다고 한다.

1960년대 중반에 이르러 빅뱅우주론을 뒷받침하는 증거가 더욱더 드러나 1970년대 말에 가서는 빅뱅이론이 선도적인 우주이론으로 자리매김 했다. 그렇게 된 것은 특히 공간을 침투하는 거의 통일된 희미한 마이크로웨이브 방사선이 관찰에서 드러났기 때문이다. 그것은 눈으로는 볼 수 없지만 마이크로웨이브 탐지기에 의해서 측정되었다고 한다(*Cosmos* 14).

1970년대 후반과 1980년대 초반에 가서 확장 우주론이 우주의 초기의 순간들 가운데 무서운 속도와 팽창의 대단히 짧은 폭발을 넣어 빅뱅이론을 수정하게 했다. 이런 실험은 시/공이 접근할 수 없는 영역으로 철저히 엮이어져 있기 때문에 시/공을 완전히 이해한다는 것은 우주초기의 순간들의 특징인 엄청난 밀도, 열, 그리고 온도의 대단한 조건들과 같은 것을 요구하게 되었다고 한다(*Cosmos* 14). 그리하여 많은 물리학자들의 목표는 소위 통합이론(unified theory)의 발달이었다.

아인슈타인은 2개의 상대성이론으로 시간과 공간 그리고 중력을 통합하였다고 한다(*Cosmos* 16). 그러나 그는 하나의 통합이론으로 부를만한 자연법칙의 모두를 포용할 수 있는 단일의 통합적인 틀을 발견할 수 없었다. 그래서 오늘날 하나의 통합된 이론을 발전시키는 것이 이론물리학에서 가장 중요한 문제의 하나가 되었다. 그러나 하나의 통합이론의 크나큰 장애는 상대성이론과 양자역학 사이의 갈등이다. 왜냐하면 상대성이론은 항성이나 은하수 같은 대상들에 적용되고 양자역학은 분자나 원자 같은 작은 대상들에 적용되기 때문이다. 과학자들은 반세기 이상 일반 상대성과 양자역학 사이의 갈등을 이해하면서도 오랫동안 이 문제를 해결하려고 한 과학자들이 별로 없었다고 한다, 많은 연구자들은 일반 상대성이론을 크고 많은 질량을 오로지 분석하는데 이용하고, 양자역학은 작고 빛의 대상들을 분석하는데 만 유의했다. 그러나 일반상대성과 양자역학 사이의 결합 없이는 별들의 붕괴와 우주의 탄생은 신비로 남을 것이라고 한다. 이처럼 크고 작은 법칙들의 조화로운 통합은 많은 물리학자들이 동의하는 초끈으로의 귀착이다(*Cosmos* 17).

초끈이론은 물질을 구성하는 가장 작고, 떨어질 수 없는 구성요소들이 무엇인가 하는 옛 질문에 답변을 제시함으로써 출발했다. 수십 년 동안 전통적인 답변은 물질은 입자들 즉 전자들과 쿼크들로 구성되었다는 것이다(*Cosmos* 17). 다시 말해 분리될 수 없고, 규격도 없고, 또 내적 구조도 없는 먼지들로 모델화될 수 있다는 것이다.

초끈이론은 실험에서 드러난 전자들, 쿼크 그리고 다른 입자들에 의해 놀이하는 중요역할을 부인하지 않는다. 그러나 이 입자들은 먼지들이 아니라고 주장한다. 대신 초끈이론에 따르면 어떤 입자든 입자는 에너지의 하나의 조그마한 필라멘트로 구성되어 있다는 것이다. 그것은 하나의 원자핵보다 수 조배의(*Cosmos* 17)의 작은 하나의 필라멘트로 구성되고, 하나의 조그마한 끈과 같은 형상으로 하나의 바이올린 줄이 다른 패턴으로 진동하여 패턴의 하나하나가 각각 다른 음색(조)을 만드는 것처럼 초끈이론의 필라멘트들은 다른 패턴들로 진동한다는 것이다(*Cosmos* 16-17). 비록 이 진동들이 다른 음색들을 만들지 않지만 이 이론은 진동들이 다른 입자들의 자질들을 만든다는 것이 특징이다. 하나의 패턴 안에서 진동하는 하나의 작은 끈은 하나의 전자의 전기적인 부하와 질을 가질 줄 모른다는 것이다. 이 이론에 따르면 이런 진동하는 줄은 우리가 전통적으로 이름 부르는 하나의 전자일 것이고, 하나의 상이한 패턴에서 진동하는 조그마한 끈은 자신을 하나의 쿼크 중성자(neutrina), 혹은 입자의 다른 종류라고 할 수 있는 필요한 자질들을 가질 것이라고 한다. 그리하여 입자들의 모든 종들(species)은 초끈이론 안에서 통합된다는 것이다. 그렇게 보는 것은 하나하나가 꼭 같게 기초가 되는 실체에 의해 발생하는 다른 진동의 패턴에 의해 생겨나, 초끈이론은 일반 상대성과 양자역학을 하나의 일관된 이론으로 된다는 것이다(*Cosmos* 18).

그러므로 초끈이론은 모든 물질과 모든 자연의 힘을 꿰매어 아인슈타인의 통합이론에 적절한 최고의 대응마가 되어, 일반상대성과 양자역학을 융합한 초끈이론은 공간/시간의 개념을 수학적으로 설명할 수 있어서 우주 구성의 이해에 엄청난 영향을 준다고 한다. 그것은 초끈이론이 3차원의 공간과 일상 경험의 1차원의 시간 대신 9차원의 공간과 1차원의 시간을 요구하기 때문이다.

2. 문학은 리얼리티를 어떻게 보나

소설은 문학 장르 가운데 융화력이 강해 다양하고 파격적인 형식을 가진다. 소위 실험 소설이라고 불리는 것은 기존의 정형의 사실주의 형식에서 과감히 탈피한 문학형식이고(Glicksberg 128), 현대 문화가 예술의 창의적인 독창성을 발휘하도록 자유스런 실험을 허용한다. 그리하여 소설의 형식이나 문체에 놀랄 만한 다양성을 가져오게 했다(Stoltzfus 116).

1960년대의 미국의 젊은 소설가들을 흔히 반 사실주의 실험소설가라고 부르는 것은 이들이 창조하는 리얼리티의 세계관 때문이다. 리얼리티를 어떻게 다루느냐 하는 것은 비단 이들 작가들에게만 국한되어온 것은 아니나, 이들만큼 리얼리티가 파악하기에 다양하고 애매하다고 판단하여 반 사실적인 특징을 작품 속에 과감하게 다룬 작가들은 서구 소설사에 흔치 않았다.

사실 이들이 그들의 소설에 인식론적인 문제를 많이 제기하는 것은 그들이 비개성적인 사실을 불신하거나, 이에 접근할 수 없다는 판단에서이다. 호헤 루이스 보르헤스(Jorge Luis Borges)가 이 세계가 사실적인지 혹은 환상적인지 아무도 모른다고 하는 것은(Cooph 21) 만들어진 리얼리티와 비개성적인 리얼리티의 경계가 명확하지 않다는 것이고, 그 경계의 존재를 입증할 수 없다는 의미이다. 젊은 작가들의 판단과 보르헤스의 주장은 리얼리티의 본질과 명확한 경계(사실과 비사실의 경계)의 어려움을 지적한 것으로 볼 수 있다.

앙리 베르그송(Henri Bergson)은 실험 데이터의 사실들은 본질적으로 비

합리적이어서 계산이나 논리에 의해 파악되지 않는다고 했다(Cooph 130). 이 말은 작가가 리얼리티에의 접근의 어려움을 단적으로 표현한 말로 논리적인 비현실적 관념이나 과학적인 담론에 의존하기보다 상징적인 언어나 은유적인 언어에 의존하여 리얼리티의 본질을 규명하려고 한 작가의 기교라 할 수 있다. 작가의 이러한 창작관은 인간의 경험을 구조적 형상에서 볼 때, 특히 시간은 인간의 경험에 혼란을 야기시킬 만큼 새로운 사실을 심어주어 두 개의 사상이나 감정 또는 이미지가 꼭 같을 수 없게 되어 하나의 경험을 반복하거나 재생할 수 없다는데 있다. 그러므로 사실주의의 문학에서 추구하는 사실에 입각한 사실성은 소설의 활력과 신장을 기대할 수 없고 또한 리얼리티의 본질과는 거리감이 있기 때문에 한 개인의 의식에 현재의 자아와 과거, 미래와의 관계가 단절되어 있다고 본다. 따라서 사실주의에서의 리얼리티의 추구를 하나의 사술이나, 환영 또는 하나의 환상으로 규정하는 논거도 여기에 있다.

리얼리티는 그 자체가 순수하여, 즉각 우리의 정신세계에 함입되어 정신의 흔적으로, 바꾸어 말해서 잔존의 기억으로 남는가 하면 또 하나는 현재와 과거가 어우러져 때로는 시간의 설정마저 깨어져 오직 인간만이 인식할 수 있는 진실의 세계, 즉 무한의 회상에 의해 투사된 진실, 바꾸어 말하면 상상의 극에 이른 리얼리티로 존재한다고 말한다(Glicksberg 130.). 어떤 유형의 리얼리티이든 간에 리얼리티의 본질의 재현이 어려운 것은 그것이 주관적이라는 사실에 있다. 이러한 예는 새로운 표현의 수단으로 의식의 흐름의 수법을 가진 20세기 초의 소설가들이 심층의 리얼리티를 추구하려 한데서 찾을 수 있다. 그것은 어디까지나 자신들의 변화된 리얼리티를 주관적으로 표현하려고 한 것이다. 리얼리티의 변화와 관련하여 작가의 이러한 창작관은 칼러(Glicksberg)의 말을 빌어 글릭스 버그(Erich Kahler)는 다음과 같이 말한다.

우리는 리얼리티가 절대적으로 안정되어 있는 개념을 버려야 한다. 20세기가 시작할 때까지 사람들은 크게는 과학의 가르침에 의해 우리 감수성의 세계에 전적으로 과학에 의존하게 되었다. (131)

감각적인 경험의 구조가 리얼리티의 객관적 존재의 근원이 된다는 것은 칼러의 주장에 의해 흔들리게 되었다. 칼러의 주장의 바탕에는 물리학에 근거하고 있다. 특히 외적(물질적) 세계에서 보는 인간의 여러 관찰은 감각적인 여러 기능과 인간자신의 주관에 좌우된다는 사실의 지적으로 리얼리티에 대한 전통적인 형식은 정착되어 있지 않다는 것이다. 그의 이러한 주장은 문학에 있어 사실적인 묘사의 신빙성에 다음과 같이 의문을 제기한데서 또한 알 수 있다.

리얼리티가 대단히 상대적이고 인지의 특이성과 예민함, 능력의 정도에 의존하는 것이 명백하다는 사실이다. 그리하여 16세기, 18세기 그리고 20세기의 리얼리티가 결코 똑 같은 리얼리티가 아니라는 것이다. (Glicksberg 132)

특히 리얼리티가 대단히 상대적이다라는 표현과 '과거의 리얼리티는 지금의 리얼리티가 아니다라는 주장은 리얼리티의 객관적 신빙성의 결여와 리얼리티의 불변의 절대성을 주장할 수 없음이다. 그러므로 실험소설의 예술성은 비록 실험소설이 추구하는바가 보다 개방적이면서 단편적이지만, 리얼리티에 대해 보다 깊은 진실을 표출하려는 탐구적인 특징을 가지는 것이다.

이러한 것은 실험 소설가들이 기존의 리얼리티를 옮겨놓지 않고 창조하려는 자세에서 알 수 있다. 이들의 이러한 자세는 소설의 구조와 소재, 나아가 소설의 구조적인 문제의 성찰과 나아가 리얼리티의 본질을 파악할 수 없음에서 기인한다.

특히 '60년대의 서구의 실험 소설가들의 세계는 '있는 그대로의 세계'(the world as it is)는 비트겐슈타인(Ludwig Wittgenstein)의 말(Die Welt ist Alles was der Fall ist)을 핀천(Thomas Pynchon)이 브이(*V.*)에서 몬다우겐(Mondaugen)으로 하여금 ("The world is all that the case is 259") 바꾸어 말하게 하는데, 이 세계는 비극도 희극도 아니고 인간의 이해가 미치지 않는 불합리한 세계라는 것이다. 바꾸어 말해서 인간은 밖의 어느 누구에 의해서도 이해될 수 없고 (재래의 종교적 관점에서 인간을 이해하려는 사상), 사회, 경제학적 (자연주의의 문학 사관에 입각하여 인간의 본질을 파악하려는 자세) 관점에서 또는 심리적 측면(일반적으로 사실주의의 소설에서 인간마음의 심층을 밝힘으로써 인간의 본질을 파악할 수 있다고 보는 태도)에서도 파악될 수 없다는 생각을 가지고 있다. 왜냐하면 실험 소설가들은 인간의 사유, 행동, 감정에는 전위의 특성이나, 기존의 자아가 없다고 믿기 때문이다.

이처럼 이전의 작가들과는 달리 리얼리티에 대해 근본적인 시각의 차이를 가진 이들은 취급하기에 난해하고, 측정할 수 없으며, 유연성까지 있는 이 리얼리티를 다루기 위해 새로운 기법을 만들어야 했다. 이러한 시도로서 맬컴 브레드베리(Malcolm Bradbury) 소설 구성의 혁신적인 변화는 플롯을 경시하는 것이라고 했다(156). 존 호크스(John Hawkes) 또한 전통적인 소설에서 거의 불변의 핵으로 간주되는 플롯을 거의 무의 상태로 만든다는 것 ("Interview", 1965)은 작품 속에 특정 사건의 원인을 규정지어 줄 가능성을 작가들이 불식한다는 것이고, 소설이 추구하는 작가의 개입, 플롯의 오묘한 함정, 사상의 일반화, 전통적인 유형의 등장인물을 또한 배제하는 것이라고 했다(Stoltzfus 111).

리얼리티의 본태에 대한 이러한 관점들은 특히 60년대 서구 소설가들의 엔트로피이론과 열역학의 제2법칙(The Second Law of Thermodynamics)의 관심에서 드러난다. 열역학은 에너지가 우주 속에 있는 물질과 궁극적으로 무력(無力)의 획일성의 상태에까지 이르게 한다는 것이다. 엔트로피는 열 뿐만 아니라 정보체계의 정보의 전달에 영향을 준다는 것이다. 정보 이론가들은 '정보의 양이란 어떤 주어진 정보와 관련된 안정된 질서의 정도'라고 보고(Owana K. McLester-Greenfield 195), 정보를 측정한다는 것은 질서의 측정으로 의미 전달의 양의 다과(多寡)라고 한다. 정보전달에 있어 엔트로피의 양의 다과(多寡)는 무질서의 측정으로 이것은 의미전달의 능력을 파괴하는 불확실과 무작위의 정도와 비례한다고 한다.

특히 19세기의 비관적인 사상가들에 의해 원용된 열역학의 제2법칙은 무신론의 결정주의의 바탕으로, 특히 물리, 화학의 법칙을 통괄하는 긴요한 힘이 살아있는 존재들에 존재한다고 주장하는 윌리엄 덴피어(William Danpier)의 생명의 활력에 회의(懷疑)를 가지게 하였다. 이러한 사상은 생명/무생명 체계에 열역학의 원리의 적용으로 인간과 동물은 종국에 이르러서는 기계처럼 무생명성을 가진다고 한다. 이와는 달리 막스웰의 악마(Maxwell's Demon, 스코틀랜드의 물리학자 James C. Maxwell: 1831-1879)는 열의 이론(*Theory of Heat*)(1871)의 말미의 글 "열역학 제2법칙의 한계"(Limitations of the Second Law of Thermodynamics)에서 "능력이 너무 예민하여 자체의 과정에서 한 나하나의 분자를 따르는 존재를 생각하다면 그런 존재의 자질은 우리처럼 유한하지만, 그것은 지금 우리에게 불가능해 보이는 것을 할 수 있을 텐데"(W. Ehrenberg 103)라고 말하여 하나의 가설의 존재(Demon)를 주장했다. 이 주장은 1850년 루돌프 클라시우스(Rudolf Clausius)에 의해 처음으로 주창된 '열역학의 제2법칙' 즉 "높은 온도에서 하나의 몸체로부터 다른 하나의 몸체로 열을 전달함에 있어서 외부의 기관에 도움 받지 않고는 스스로 행동하는 기관은 불가능하다"(Erenberg 104)에 대한 반론으로 막스웰이 직접 실험을 하지는 않았지만 그의 이러한 주장은 많은 물리학자들에게 관심을 갖게 해 왔다. 하지만 이것 또한 인간이 무생명성, 무 활동성의 상태를 이행(移行)하는 과정에서 벗어날 수 있는 작은 가능성과 희미한 희망을 제시하고 있지만 이마저 엔트로피의 궁극적인 이행(移行)에서 벗어날 수 없다는 사실을 재확인 해주고 있다.

그런가 하면 노버트 위너(Nobert Wiener)는 엔트로피가 증가하면 우주와 우주속의 모든 제도는 자연히 무너져 조직의 특징은 상실되고, 가장 있을법한 안정의 상태로 나아가 차이와 형식이 존재하는 조직과 불균형의 상태로부터 혼돈과 동질의 상태가 된다고 주장하였다(Abernethy 20).

엔트로피 외에도 하나의 서술 기교로써 작중의 관찰자들의 주관에 따라 어떠한 사건도 연대순으로 설정될 수 있다는 점을 강조하는 상대성 이론이다. 슈바르츠(Richard Alan Schwartz)는 이 이론의 중요성의 하나로써 어떤 한 대상의 형상에 절대성을 부여하는 것을 배제한다고 지적한다(168).

슈바르츠는 또한 이 이론이 시간과 공간의 절대성의 부정(168)으로 보는데 이 이론의 원용은 서술의 시점(視點)의 설정과 이용에 크게 영향을 주었다.

이러한 이론들은 20세기 초 조이스, 엘리엇, 예이츠가 그들의 작품 속에서 혼란스런 경험을 안정된 닫힌 체계로 종결지으려고 하는 것과는 달리 구성에 복잡 다양한 시점과 혼란과 애매함 그리고 불확실성의 개방종결의 형식으로 결말을 맺게 하였다. 이것은 리얼리티의 불확실성에 근거한 작가의 주관적 리얼리티 관(觀)이다.

불확실성의 개념은 서구 문명의 발달과 함께 한다고 보아야 할 것이다. 리얼리티에 대한 최초의 언급은 티메우스(Timaeus)가 소크라테스에 대해 리얼리티의 두 층(two levels)이 존재한다는 사실을 플라톤의 티메우스(*Timaeus*)의 기록에서 비롯된다(Lance Olsen 154). 플라톤의 철학세계에서는 하나의 영원한 형상을 모방한 하나의 완벽한 형상과는 정확하게 이와 의사소통이 가능하고 하나의 현상세계 즉 모방의 세계와는 불확실한 언어로 의사소통이 가능하다고 본다.

이러한 리얼리티의 견해는 그 뒤 오비드(Ovid)에 의해 '변신'의 양상으로 강조된다. 오비드는 '하나의 완벽하리만큼 확정된 세계는 죽음의 세계와 다를 바 없다'고 한 루크레티우스(Lucretius)의 말을 그의 변신(*Metamorphosis*)에서 존재하는 것은 제 2, 3의 존재에 근접하므로 현상의 세계는 항상 변신과 붕괴로 흔들리고 있음을 지적하고 있다(Olsen 155). 이 변신은 소설가들이 과학을 은유하기보다 오히려 과학의 중요한 원리를 원용하고 있다고 볼 수 있다. 피티고라스(Pytagoras)의 말을 빌어 오비드는 변신에서 '이 세상에 불변은 없다. 모든 것은 흐름의 상태에 있고, 하나의 변형되어가는 외양으로 존재하게 된다'고 한다. 이 말은 우주안에 있어 불변의 절대성이 있을 수 없다는 진리를 제시한다고 보겠다.

그러나 오비드의 이러한 주장은 중세를 거쳐 근대 초의 합리주의와 비신학('cyptotheological') 사상, 특히 뉴턴과 라플라스(Laplace)의 주장에 의해 완전히 가려져 버렸다. 라플라스는 그의 개연성에 관한 철학적 소고(*Philosophical Essays on Probabilities*)에서 우주에 있는 어떤 입자에 작용하는 모든 힘과 주어진 시간 안에서는 그 입자의 위치를 알 수 있고, 이해할 수 있는 초인의 지력(superman intelligence)을 상상할 수 있다고 한다. 이러한 지력에 대해서는 불확실성이 있을 수 없고, 미래도 과거처럼 현재로 보인다고 주장한다. 리얼리티에 대한 이러한 확실한 주장(확실성)은 19세기 중엽을 지나 서서히 무너지기 시작했다. 결정적인 붕괴는 1982년 피어스(Pierce)의 주장(우연이 우주에 하나의 기본적인 팩터이고, 어떤 자연의 관찰이 정확하면 할수록 그 관찰은 법칙으로부터 불규칙함을 더욱 보여 줄 것이다. 그리고 이들의 원인을 더욱 밝혀보면 그것들은 항상 임의의 결정론(자발적인 결정론) 혹은 우연에 기인함을 믿게 될 것이다)과 물리학의 법칙에 엄밀한 확실성에 의문을 제기한 최초의 근대 물리학자인 루드윅 볼츠만(Ludwig Boltzman)의 글이다. 볼츠만은 1895년 개스이론(Gas theory)과(Olsen 156) 그의 후계자 엑스너(Franz Exner)가 1919년 "우주의 법칙은 절대적이 못되며 오히려 있을법함(probability)의 법칙이다. … 물리학에서 한 개인의 성취의 결과를 예측한다는 것은 불가능하다"(Olsen 156)고 한 그의 주장 즉, 가능성의 법칙과 슈레딩거(Ernst Schrödinger)와 하이젠베르크(Werner Karl Heisenberg)의 '불확실성의 원리'(Olsen 156)는 작가들에게 열역학의 제2법칙 못지않게 크나큰 영향을 주었다. 특히 하이젠베르크는 파동입자의 움직임을 기술하려고 했을 때, 그는 어떤 불확실성이 야기됨을 알았다. 그의 이러한 관점은 아무리 기기(기계)가 정확하고, 절차가 대단히 면밀하게 갖추어져 있다하더라도 한 사물의 위치와 힘은 소기의 정확성으론 동시에 측정할 수 없다는 결론을 내리게 했다. 하이젠베르크와 더불어 보(Niels Bohr)는 키에르커가드의 신념(이해된 사실은 변화된 사실이라는 주장과 리얼리티간의 조화될 수 없는 이중성에 크게 영향을 받고서 그의 상보성 이론(Complimentarity Theory)은 하이젠베르크의 주장의 재확인으로 보아야 할 것이다. 현재를 알면 미래를 알 수 있다는 라프라스 같은 가지론자(可知論者)들의 주장은 불확실성의 원리에 근거하여 본다면 전혀 성립되지 않는다고 볼 수 있다. 불확실성의 원리는 현재도 알 수 없고, 미래도 예측할 수 없다는 것이고, 인과(因果)의 법칙에 따라 현상세계의 이면에 하나의 순수한 꼭 같은 패턴으로 존재한다고 주장하는 플라톤의 리얼한 세계('real world')를 무익하고 의미가 없다는 것이다. 줄여 말해서 불확실성 원리는 일의 물리적 상태(상황)를 예측하고 또 알 수 있다는 인간의 능력에 근본적으로 한계가 있고 본질의 바탕에는 불합리와 비질서의 상태가 존재한다는 사실의 제기이다.

▥ II ▥
문학 · 철학 · 과학 공유의 처소

근원의 의미 … 일탈과 합일의 패러독스

문학 · 과학 · 철학의 학제성의 위가와 연구방법론의 당위성

인지과학은 의미를 물리적 세계, 문화, 그리고 인간의 인지체계의 상호작용으로 보는 신경과학의 연구에 도움을 준다. 예를 들어 E. 로쉬(E. Roche)는 언어의 의미란 주어진 기표와 기의의 쌍이 빚어내는 자의적인 것이 아니라 지각과 체화된 경험들에 의해서 동기화되는 것이라고 말하는 것이다. 이처럼 인지과학과 깊은 관련을 지니고 있는 신경과학은 마음이 본질적으로 물질적인 것이라 보고 마음이란 곧 두뇌의 행동이라 보며 인간의 인지는 그 물질성과 구체화에 크게 영향을 받는다고 이해한다. 이런 근거에서 유물론적 비평에서는 두뇌를 물질의 영역으로 보고, 그 속에서 언어와 육체와 문화가 서로 만나고 형성된다는 주장에까지 나아간다.

존 비클(John Bickle)은 과학 철학 속에서 작업하면서, 이론들에 대한 의미론적 견해에 관한 구조주의자의 작업을 차용하여 축소가 인지과학에서 통할 수 있음을 납득시키려고 했다. 그는 마음의 철학 안에 환원주의를 재설정하려고 하였으며, 신경과학의 이론들과 인지과학이 어떻게 상호 관련되는가에 대한 이해를 돕는데 과학적 축소(환원)주의의 새로운 모델을 발전시켰다. 사실 축소(환원)주의란 철학 속에서는 비판의 대상이었지만 특정한 과학 속에서는 환원주의의 장점들이 분명히 나타난다. 조직체계의 행위는 구성하는 기관체계들(organ systems)의 한 기능이고 집단행위는 종종 지엽적 개개인의 상호관계에 입각해서 이해될 필요가 있다. 이런 방법론들의 성공은 환원주의의 성공적인 적용사례이다. 그는 보다 일반적인 문제가 유기조직의 각각 다른 차원에서 드러나는 이론들이 어떻게 관계하느냐를 이해하는데 본질적으로 중요한 문제임을 알고 이를 채택하였다. 또한 이것이 심리신경학적 환원(psychoneural reduction)의 넓은 의미의 문제라 생각하였다.

비클은 이런 방법론에 비추어 마음에 관한 앵글로 아메리칸 철학 주류를 지배하는 반 축소주의(anti-reductionist) 정서를 비판하게 된다. 이런 입장에 대해서 제리 포도르(Jerry Fodor), 힐러리 푸트남(Hilary Putnam), 도널드 데이비슨(Donald Davidson)과 같은 철학자들이 동의한다. 반환원주의자의 정서 가운데서도 과학적 환원주의의 이해의 중요성은 에른스트 나이젤(Ernst Nagel)의 고차원 수준의 법칙을 설명하는데 저차원의 수준에 근거한다는 주장을 담은 『과학의 구조』(The Structure of Science)(1961)에서 제기된다. 그리하여 비클은 '일반 환원 이론'(a general theory of reduction)을 발전시킨다. 또한 그는 환원의 과정이 환원된 이론 속에서 수정과 변형의 정도를 한결같이 이루어지고 있음을 관찰하였다.

비클은 클리포드 후커(Clifford Hooker)의 글 「환원 이론 총론」("Towards

a General Theory of Reduction")에 근거하여 일반 환원의 이론을 만들어 내기에 전념하는데, 그는 『심리신경학적 환원』(*Psychoneural Reduction*)(1981)에서 "환원의 과정은 환원된 이론에서 일정 정도의 교정과 수정을 수반한다"(49)고 말한다. 그에 주장에 의하면 하나의 상위 수준에서 처음 발달된 이론들은 그들이 설명되는 과정에서 수정되는 것과 유사하다. 후커는 그의 저서에서 두 번째로 파생된 것은 수정된 이론으로서 환원된 이론과 유사하거나 닮아 있다고 주장했다.

비클은 패트리샤 처치랜드(Patricia Churchland)와 폴 처치랜드(Paul Churchland)의 뒤를 이어 마음과 몸의 관계의 문제는 상식이나 심리를 신경과학으로 축소시키는 전제 하에서 정당히 이해된다는 생각에 의견을 같이한다. 이것은 환원주의가 중요한 방법론이 될 수 있음을 말하는 것이다. 이렇듯이 적절한 환원의 과정이 없다면 배제주의(eliminativism)나 근본주의(fundamentalism)라는 이원론적 양상이 생겨나게 된다. 그러나 비클은 이것이 단순한 이원론이 아니며 다양한 경우의 연속체로 존재함을 인식하는데, 이때 연속적인 사고는 매우 유용한 방법이 된다. 만일 이 결과가 심리학을 신경과학으로 완전히 그리고 적절하게 축소시킨다면 이것은 하나의 정체성 이론(identity theory)으로 나타나게 될 것이다. 이로써 다층적인 인식은 새로운 물결의 환원주의의 일관된 선택이 된다. 결국 이러한 방법은 과학적 리얼리티에 자신의 모델을 정립시키는 계기가 된다.

인지과학은 많은 문학이론에 나타나는 마음에 의존하는 구조주의적 패러다임을 인지적 신경과학의 심리적 패러다임으로 전환시켰고, 과학 철학자들과 협력하여 정신 과정에 대한 학제간 연구를 수행하게 했다. 20세기의 인지과학 철학자들은 최근의 경험적 연구에 매달리고 있으며 신경과학자들과 학제간 연구를 수행하여 관찰 불가능한 인지의 과정을 구체적이고 과학적인 과정으로 이해하려 한다. 또한 이들은 신경과학자들과 함께 인간 두뇌의 실질적 활동의 패턴을 코드화된 이미지로 만드는 작업을 수행하고 있다. 신경과학자들은 인간이 독서를 하거나 다양한 특징의 시각적 자극에 노출되고 기억을 저장하고 검색하거나 다른 인지 활동을 수행하는 경우 뇌 활동의 실질적 패턴의 뇌에서 암호화된 이미지들(brain-coded images)을 만들어낸다. 게다가 인지과학의 철학자들은 다른 신경과학자들과 함께 상세한 영장류 대뇌피질(primate cortex)의 지도를 완성한다. 이를 통해서 우리는 다양하고도 특별한 두뇌 과정 영역을 구별해낼 수 있다.

이와 같이 인지과학과 깊은 관련을 지니고 있는 신경과학은 마음이 본질적으로 물질적인 것이라 보고 있으며, 마음이란 곧 두뇌의 행동이며 인간의 인지는 그 물질성과 구체화에 크게 영향을 받는다고 한다. 신경과학은 뇌 속 활동의 실질적 패턴을 뇌의 코드로서 나타낸다. 실제로 20세기의 인지과학자들은 신경과학자들과 함께 인간 두뇌의 실질적 활동의 패턴을 코드화된 이미지로 만드는 작업을 수행하고 있다. 이러한 작업은 곧 폴 처치랜드와 같은 신경 철학자의 작업으로 이어지며 이로써 인지과학과 신경과학은 신경철학과 합류함으로써 학제적인 연구로 자리 잡게 된다.

프랑스 철학자 르네 데카르트는 마음/몸의 문제를 제기했는데 그는 인간 이외의 다른 대상들이 갖지 못한 언어 능력과 인지 능력 등을 가능하게 하는 물질이 무엇인지 의문을 제기했다. 데카르트는 인간이 비물질적이고 비공간적인 마음을 가지고 있으며 그것은 물질적이고 공간적으로 위치한 뇌의 우위에 서 있다고 주장했다. 데카르트는 이것을 마음 실체(mental substance)라고 불렀고 그것의 핵심은 바로 사고이다. 이것이 데카르트의 이원론이다. 그 이후 현재까지의 다양한 이원론적 철학 이론들도 이들 사이의 대립을 해결하지 못했다.

데카르트에게 있어 마음은 두뇌와 상호작용을 하는 것으로 간주되었지만 그는 이런 작용에 대한 설명을 해내지 못했다. 현대의 이원론자들 역시 이 문제를 해결하는데 성공하지는 못했으며 이 문제가 철학자와 심리학자, 인지과학들로 하여금 유물론에 대한 논쟁으로 이끌었다.

현재까지의 다양한 이원론들과 달리 물질주의는 마음/몸의 대립에서 벗어나는 길을 제시한다. 환원적 물질주의는 종종 '정체성 이론'이라 불리며 정신 상태가 뇌의 물질적 상태라고 주장한다. 이보다 더 대중적인 물질주의 이론은 기능주의이다. 물질주의의 또 다른 형태는 소거 유물론으로서, 소거유물론자들은 정신 상태는 없으며 오직 두뇌의 상태만이 존재한다고 말한다.

폴 M. 처치랜드(Paul M. Churchland)는 『물질과 의식』(*Matter and Consciousness*)(1988), 『이성의 엔진』을 연구의 출발점으로 삼아 20세기의 아주 뛰어난 분석 철학자이며 과학철학자, 동시에 인지과학의 철학자로 자리매김하고 있다. 소거 유물론은 처치랜드가 주장하는 마음/뇌의 관계에 대한 철학적 이론으로서, 전통적으로 간주되어 오던 정신 상태의 정신 과정들은 존재하지 않는다는 것을 주요 골자로 한다. 이와 같은 처치랜드의 입장은 전통적인 마음/몸 이원론에 정면으로 배치된다. 그에 의하면 철학이론으로서의 소거 유물론은 신경과학과 인공지능의 발전에 의해 지지된다는 것이다. 자아와 의식, 모든 인지과정과 과학에 대한 새로운 이해는 이로서 비롯된다고 그는 주장한다. 나아가 처치랜드는 모든 인지과정들은 모두 두뇌의 관점에서 설명가능하다고 주장한다. 인지와 자아에 대한 이런 혁신적인 언급은 의식, 철학, 과학, 사회, 언어, 정치와 예술에 대한 재개념화를 이끌었다. 결국 뇌기능에 대한 신경망 접근으로부터 발생하는 기술은 아주 중요한 의학적 법적 결과물을 파생시킨다.

『이성의 엔진』은 이러한 혁신의 가능성과 성과를 전달하려는 목적에서 저술된 책이다. 그가 주장하길 신경과학과 인공지능의 진보가 인지에 대한 이해에 열쇠를 제공하고 있다는 것이다. 그는 과학적 리얼리즘의 철학적 신조를 선도하는 주창자이기도 한데, 과학적 리얼리즘은 우리의 과학적 이론들이 글자 그대로의 진정한 세계, 특히 관찰 불가능한 세계에 대한 설명을 제공한다고 믿는다.

처치랜드는 『물질과 의식』에서 그의 소거 유물론에 대한 개괄적인 소개를 했으며 『이성의 엔진』에서는 소거유물론에 대한 확고한 입장을 밝힌 바 있다. 예를 들어 그가 주장하길 신경과학과 인공지능 연구가들은 최근 뇌와 인지 과정에 대한 엄청난 공헌을 했으며 현재도 역시 그러하다. 게다가 많은 철학자들과 신학자들이 수년간 지지해왔던 것과 반대로 이들은 두뇌 너머 그 이상에 '마음'과 '정신'이란 것은 존재하지 않는다고 주장했다. 이런 입장에서는 두뇌가 곧 자아라는 것이다.

모든 인지과정과 의식의 현상들이 검증 가능한 반복적인 신경망이라는 이론으로서 재현 가능한 두뇌과정으로 축소될 수 있다는 처치랜드의 입장은 아주 혁신적인 입장이다. 인지과학에 대한 이와 같은 입장을 취하는 다른 철학자들로는 제리 포도르, 다니엘 데넷(Daniel Dennett), 그리고 존 설(John Searle) 등이 있다. 신경철학과 같은 과학 철학과 인지과학, 신경과학의 결합은 최근 아주 중요한 역할을 하는 학제간 연구 분야임에 틀림없다.

철학자들은 인간의 정신 과정들에 대한 이해에 많은 공헌을 해왔다. 그 예로 17-18세기 데카르트와 존 로크(John Locke), 버클리 주교(Bishop Berkeley)는 당시의 경험적이고 과학적인 결과물들에 의해 제공된 중요한 철학적 공헌을 했다. 20세기의 인식론 철학자들은 현대의 경험 연구를 중시하였으며, 비로소 정신 과정에 대한 연구가 인지과학이라는 새로운 학제간 영역에서 나타나게 된다. 의학, 신경과학, 사회과학, 행동과학 분야에서 함께 작업하는 과학철학자들 사이에 최근에 가장 빠른 속도로 발전하는 분야는 바로 인지과학이다. 인지과학은 인간의 정신과정과 경험에 대한 연구를 진행시킴으로써 신경화학, 신경생리학, 신경해부학, 심리학, 물리학, 수학, 컴퓨터 과학과 언어학, 철학 등과 관련을 가지게 된다. 일례로, 철학자들과 심리학자 그리고 의학 연구가들은 노쇠뿐만 아니라 정신분열증이나 알츠하이머병과 같은 질병에 의해 유발되는 급격한 변화로 인한 미묘한 인지의 변화를 제대로 이해하기 위해 공동 연구한다. 그리고 신경망 모델링, 신경 이미지화와 행동연구를 통합함으로써 과학자들은 심리학자들과도 연계한다.

과학과 철학이 만나는 지점에서 가장 활발한 활동을 하고 있는 폴 처치랜드는 마음의 과정이나 상태, 심지어 믿음조차 존재하지 않는다고 말한다. 또한 그는 모든 인지과정과 의식의 현상들과 반복되는 인지과정이 두뇌의 작용에 의해서 설명될 수 있다고 이해한다. 나아가 신경과학과 인공 지능 연구의 괄목할 만한 발전이 두뇌 과정의 모델링을 만들게 하여 인지과학자들이 뇌기능의 정보를 정확하고 완벽하게 재현하는데 도움을 준다고 말한다. 바로 이런 주장이 신경철학과 인지과학을 잇는 주요 접점이 된다.

인지과학, 신경과학과 현상학과의 상관관계에서 통합된 뇌기능을 설명하려고 하는 것은 르네 톰(Rene Thorm)의 파괴이론(확정성과 불확정성의 놀이), 버밍햄 대학의 C.C.C.S.의 연구방법론(포스트구조주의와 마르크시스트 신좌파의 통합), 혼돈이론(질서 속의 혼돈)과 같은 방법론들의 타당성에 근거한다. 깁슨(Gibson)이 현상학을 유기체-환경의 문맥 속에서 이해하지 않으면 정확히 기술될 수 없다고 한 것처럼 현상학은 심리학, 역사, 사회학, 그 밖의 어떤 이론적 틀의 형이상학적 선입견의 방해 없이 인간경험의 현상을 직접 기술하는 학문이다. 메를로-퐁티(M. M. Ponty)는 현상을 인간 경험 그 자체가 아니고, '세계를 향한 삼무(三無)[1]의 두뇌'의 속성이라고 하고, 하이데거는 '현존재'

(Dasein)라고 하는데서 알 수 있듯이 현상학은 세계(환경)와 인간의 의지적 관계의 구조를 갖는다. 이들의 말은 세계에 대한 인간의 가장 기본적인 의지적 관계는 언어와 사상의 단정적 구조에 앞선, 또는 단정적 구조와 다른 선단정적(pre-predicative) 구조이다.

메를로-퐁티는 유기체-환경 체계와 신경망의 관계를 설명하면서 인간의 행동과 인지는 신경망의 기능에 의해서 결합되고 처리되어야 한다고 하고, 인간 경험을 육체적 하부구조(substrata)로서 뇌기능의 모델로 이해하는 것은 세계의 소여성(givenness)에 근거한다고 말한다. 메를로-퐁티에 의하면 우리의 몸은 물리적 구조일 뿐만 아니라 살아있는 경험이 구조이다. 따라서 우리 몸의 이런 두 가지 면들은 대립되기보다는 끊임없이 순환되고 반복되는 특징을 지닌다. 이 둘의 관계를 연관시켜주는 것이 바로 체화이며 이를 통해서 마음이라는 철학적 문제와 물질적 두뇌라는 구체적 물질의 단계가 연접된다. 그는 이를 위해 살아있는 경험에 대한 현상적 직접성과 심리학과 신경 생리학 사이의 상호 교류와 협력을 강조했다.

인지가 어떤 하나의 환경 속에 위치한 체화된 행위자의 관점에서만 이해된다는 사실은 점차 중요해지고 있다. 즉 인지란 판단, 행위, 단정에 의해 재현되는 통합이며 윤곽 속에 넣을 수 없다는 것이다. 비선형적인 동적 시스템에 의한 접근은 환경과 상호작용 하는 체화된 유기체를 나타내는데 자주 전용된다. 결론적으로 메를로-퐁티는 인지란 이 세계 속에서 하나의 과학도 아니고, 하나의 행동도 아니며, 의도된 의지적 자세도 아니라 모든 행동들이 일어나게 되는 배경이자 모든 행동들에 선행되는 것으로 생각한다.

이와 같이 현상학과 신경과학의 통합은 신경과학에서 모든 경험의 육체적 하부구조를 수용하고, 현상학에서 두뇌기능의 동적 신경망 모델을 만듦으

---

1) 무념(無念), 무상(無想), 무사(無思)의 세 가지 없음의 세계.

로써 가능하다. 이 두 가지를 통합하는 것이 본질적 리얼리티에 가장 근접하는 것이 된다. 메를로-퐁티는 신경과학과 현상학의 통합의 당위성을 유기체의 행위인 자아-조직화의 과정으로 설명하며, 의식의 생성 또한 자아-조직화의 과정으로 본다. 이런 관계에서 하나의 유기체는 심리적 물질 형상(psychophysical form)으로 나타나는 하나의 생물 유기체의 패턴을 갖게 된다. 메를로-퐁티는 이것을 마음과 몸의 분리의 문제에 대한 하나의 해결책으로 본다.

메를로-퐁티가 의식을 자아-조직화의 체계의 산물이라고 보는 것과 마찬가지로 우리가 사용하는 언어 속의 소음은 최고 단계의 체계에서 만들어지는 정보라고 할 수 있다. 인간이 인지하고 말하고 의식하는 것 등은 정보와 소음의 통합에서 일어나거나 혹은 정보와 소음의 통합을 시사하는 활동들에 지나지 않는 것이다. 그러므로 인간의 활동을 상징하는 것이 문학 텍스트라고 한다면, 문학 텍스트는 곧 소음을 동반한 하나의 크나큰 정보덩어리라고 말할 수 있다. 표상의 A, B, C는 핵심의 정보덩어리로서 크나큰 소음을 동반한 처소이다. 이 정보덩어리야말로 신경과학과 신경철학의 통합으로 설명되는 하나의 자아-조직 체계이다.〈표1〉

(=ABC=the real)
A lump of information accompanying noise
[digression, equivocation, redundancy, ambiguity]

Literary text

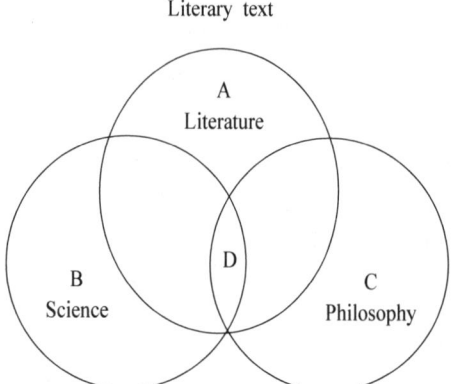

Cognitive science

Philosophy of Science
(Neurophilosophy)

Reductionism

eliminative materialism

Neuroscience
(substrata data completion
and accuracy)

Phenomenology
(dynamical neural
network modelling)

Dynamical system theory
(Self-organizing theory)
Integration of neuroscience and phenomenology

Close to a more fundamental reality

〈표1〉

▥ III ▥
과학 이론의 문학적 원용

가. 현상과 표층의 위가(位價)

1. 정보와 생태의 고리 … 돈 드릴로의 『언더월드』와 『백색 소음』

1-1. 들어가며

1993년 봄 이스라엘로부터 돈 드릴로(Don DeLillo)가 "예루살렘 상"을 받게 되었다는 소식이 전해졌다. 이 상은 1963년 이후 2년마다 사회에서 개인의 자유를 주요 주제로 하는 작품에 주어지는 것이라고 한다. 드릴로는 그해 6월 23일 '예루살렘 국제 도서 박람회'의 경축식에서 그 상을 받았고, 미국 작가로서는 최초의 수상자가 되었다. 이 상을 받은 역대 작가와 사상가들로는 러셀, 보봐르, 보르헤스, 이오네스코, 나이폴, 쿤데라 등이 포함되어 있다. 심사위원회는 드릴로를 이 상 수상자로 선정한 이유에 대해 그의 작품이 지난 반세기 동안 개인과 공공의 자유에 대한 가장 교묘한 형태의 억압에 맞서는 가혹한 투쟁을 그리고 있기 때문이라 하였다. 사실 드릴로는 노벨문학상에서도 선도적인 미국 후보자 중의 하나로 거론되어 왔다. 그런데 노벨상은 일반적으로 인간 마음의 갈등을 묘사하는 작가에게 주어지지, 다국적 자본주의의 합리성에 도전하고 개인의 소비 행위를 거쳐 범세계적 정체성을 구축하려는 미디어와 광고에 의한 자본주의 이미지의 조정에 직접 도전하는 작가에게는 주어지기 힘들다. 그러나 『언더월드』(*Underworld*)(1997)에서 드릴로는 성숙한 내면생활을 가진 인물들과 문화적인 비판을 결부시키는데 성공을 거두었다.

이탈리아 이민자 부모의 아들로 생을 출발한 드릴로는 현재 미국문학의 중요한 작가로 자리매김했다. 1936년 11월 20일 뉴욕에서 태어난 도날드 리처드 드릴로(Donald Richard DeLillo)는 근로계층의 노스 브롱스(North Bronx)에서 소수민족의 어린 시절을 경험했다. 그러나 1960년대의 단편 습작 이후, 그의 소설 속에서 소수민족으로서의 재현은 『아메리카나』(*Americana*)(1971)로부터 『마오 Ⅱ』(*Mao Ⅱ*)(1991)에 이르기까지 나타나지 않았다. 1990년 한 비평가가 언급했듯이 드릴로의 이름에는 아무런 이민의 흔적이 없이 단순히 돈 스미스(Don Smith) 혹은 돈 브라운(Don Brown)에 지나지 않았다. 따라서 『언더월드』를 그의 작품 가운데에서 가장 사적인 것으로 낙점하는 이유는 이 작품이 그의 이민의 뿌리를 회복해주기 때문이다.

천주교 또한 이탈리아계 미국인인 드릴로에게는 성장의 한 부분이었다. 그는 내 작품 속에는 아마도 어린 시절부터 익히 알고 있던 천주교의 종말 의식이 스며들어 있었다고 시인했다. 그는 언젠가 죽을 것이라는 생각과 더불어 자라왔고 만약 그가 확실하게 자신의 삶을 살아갈 수 없다면, 죽음은 영원히 지속되는 고통의 단순한 서막에 지나지 않는다는 생각을 지니고 자라왔기 때문이다. 그래서 천주교의 저주의 어렴풋한 위협에도 불구하고, 드릴로는 성대한 장례식과 같은 교회 의식들에 끌렸다. 그는 그것들을 가장 따스한 어린시절 추억의 일부라고 했다. 더군다나, 드릴로는 종교의식과 예술 사이에는 끈이 있다고 보고, 천주교 의식이 천주교에 대한 예술의 요소를 가지고 있으며, 천주교는 예술이 때로는 우리에게서 끌어내는 감정들을 북돋아 준다고 했다.

1950년대 초, 드릴로는 리 하베이 오스왈드(Lee Harvey Oswald)가 단지 6블록 떨어져 살았다는 것을 뒤늦게 알았다. 이 두 사람은 결코 만나지는 않았지만, 이런 사실로 인해 드릴로는 그의 아홉 번째 소설 『리브라』(Libra, 1988)를 쓰게 되었다. 이 소설은 오스왈드가 단독으로 케네디 대통령을 저격했다는 워런 위원회 보고서(The Warren Commission Report)의 주장에 도전하는 것이었다.

드릴로는 브롱스의 카디날 헤일즈(Cardinal Hayles) 고등학교를 졸업한 뒤, 1954-1958년 제수이트 기관인 포담(Fordham) 대학으로부터 의사소통 기술 관련 학사학위를 받았다. 1959년에 그는 광고대행사인 오길비 앤드 매터(Ogilvy and Mather)의 카피라이터로 직장생활을 했고 이곳의 경험은 『언더월드』의 제5부 제2장, 메디슨가의 회사 문화를 묘사할 때 활용되었다. 드릴로는 그곳에 근무하면서 소설을 쓰기 시작했고, 1960년 『에포크』(Epoch)지에 「졸단 강」("The River Jordan")이 최초의 단편소설로 출판되었다. 그는 1964년에 이르기까지 이것저것 다 써보는 작가가 되었지만, 일년에 2000달러 가량 버는 힘든 삶을 살았다. 1966년에 그는 첫 번째 소설 『아메리카나』에 착수하여 1975년 결혼한 바바라 베니트(Babara Bennett)에게 헌정했다. 이 소설이 출판되고 난 뒤, 그는 자유기고가 직을 뒤로하고 소설에만 전념하게 되었다.

드릴로는 일찍 그가 천주교의 가정에서 성장해 온 것과 더불어 작가로서의 정체성의 한 면을 가지게 된 것은 그가 도시에서 성장해 온 덕택이라고 한다. 뉴욕 현대미술관의 그림들, 재즈 갤러리(Jazz Gallery)와 빌리지 뱅가드(Village Vengard)의 음악, 그리고 펠리니(Fellini), 고다르(Godard), 하워드 혹스(Howard Howkes)의 영화들이 그에게 영향을 주었다. 이것들은『언더월드』의 뉴욕 배경에서 구체적으로 미술과 영화로 나타난다. 드릴로는 이러한 것들이 자신에게 문학적으로 영향을 끼쳤다는 것을 수차례 말했다. 1982년 토마스 르 끌레어(Thomas Le Clair)와의 인터뷰에서, 그는 장-뤽 고다르(Jean-Luc Godard)의 영화들이 그가 읽은 다른 어떤 것보다도 자신의 초기 창작에 보다 직접적인 영향을 주었다고 말했다. 그가 영향 받았다고 하는 작가와 작품은 나보코프의『창백한 불』, 조이스의『율리시스』, 브로크의『버질의 죽음』, 로워리의『화산아래』그리고 포크너의『음향과 분노』이다. 또한 그는 페러럴의 『스터더스 로니건』3부작과 멜빌, 헤밍웨이의 언어에 대한 관심을 가졌고, 핀천, 게디스, 독토로우, 쿠버의 소설들이 그에게 영향을 주었다. 드릴로는 그의 시대의 문학과 문화 사상이론인 맑시즘, 허버트 마르꾸제, 보드리야르의 문화 분석에서도 영향을 받았다. 그는『백색 소음』(*White Noise*)(1985) 이후 벤야민과 맥루한 그리고 보드리야르의 글을 선택해서 읽었다고 한다.

1-2.『언더월드』: 핵전쟁의 공포와 인류의 미래에 대한 예진

미국의 냉전에 대한 편집증을 다룬 드릴로의『언더월드』속에는 냉전기에 쓰인 그의 초기 소설의 사상, 관심, 주제들이 담겨 있다. 그의 최초의 소설 『아메리카나』는 미디어 소비문화와 관련하여 미국의 정체성을 이해하려는 점에서『언더월드』와 가장 가깝다고 한다. 이 두 소설 속의 남자 주인공은 권위를 찾으려고 한다. 한 젊은이 데이비드 벨(David Bell)이『아메리카나』에서 정체성을 찾기 위해 한 TV 제작자의 자리를 떨치고 나오듯이, 나이 많은 남자 닉 쉐이(Nick Shay)는『언더월드』에서 잃어버린 자아를 찾아 사막으로 간다. 드릴로는『언더월드』이전에, 두 번째 소설『엔드 존』(*End Zone*)(1972)에서 핵으로 인한 섬멸의 위협을 취급했다. 이 소설은 대학 축구선수들이 다양한 철학적 위치를 표상하고, 축구의 언어와 핵전쟁의 언어 사이의 일치의 균형을 이루는 하나의 알레고리 소설이다. 또한 드릴로는『그레이트 존스 스트리트』(*Great Jones Street*)(1975)에서 미디어의 효과에 관심을 가진다. 이 소설에서 락스타 버키 원더릭(Bucky Wonderlick)은 개인적인 의식을 어느 정도 되찾기 위하여 여행을 하는 도중 그의 밴드를 떠난다. 그 후 그는 명예에 대한 만족에 굶주려 미디어에 의해 아무런 필요 없는 대중의 인물로 되어 버린다.

드릴로의 다음 소설,『래트너즈 스타』(*Ratner's Star*)(1976)는 치밀하고 어려운 메니피안 풍자를 다룬다. 이 소설에서 14세의 수학 천재 빌리 트윌링(Billy Twilling)은 비밀스런 지하 싱크 탱크에 가담한다. 이 별난 과학자 집단은 그들의 연구와 그것의 응용들 사이에 모호한 관계가 있다는 것을 안다. 이들은 드릴로의『언더월드』속의 "탄두들"(bombheads) 묘사를 예상케 한다. 이 "탄두들"은『래트너즈 스타』처럼 황무지 지하에 몰래 감추어져 있고 핵무기에 대한 보다 나은 계획을 결코 발전시키지 못한다. 이들은 전쟁을 꼭 좋아하지는 않지만, 과학에 대한 도전을 사랑한다. 이 두 소설의 지하 과학자들은 드릴로의 미국의 군부 산업의 콤플렉스에 대한 의심을 드러내주는 주제가 된다. 드릴로의『플레이어즈』(*Players*)(1977)와『러닝 도그』(*Running Dog*)(1978)는 당시 미국의 어두운 관점을 보여주는 음모와 편집증을 중점적으로 다루는 소설들이다.『플레이어즈』는 릴리(Lyle)와 패미 와이넌트(Pammy Wynant)의 결혼이 다양한 지하세계와 연루된다. 릴리는 테러리스트와 관계하고서는 그를 그녀의 세계로 끌어들이고, 패미는 자신에게 비참한 결과를 가져오게 되는 게 이 커플의 삶 속에 제3의 인물로 끼어들게 된다.

드릴로는『러닝 도그』에서 미국의 문화 속에 잠재하는 파시즘의 충동을 연상시키는 방법으로 아돌프 히틀러의 삶에 관심을 가진다. 이 소설의 플롯은 히틀러가 퓌레러(Führer) 벙크에서 마지막 나날을 보내는 동안 만들었던 선전용 포르노그래픽 필름을 찾기 위한 기자들과 정보원들 사이의 경쟁이 중심이다. 동시에 그 증거는 자유 활동의 임무, 즉 살해하기 위해 고용된 요원들과 감청장비를 사용하는 요원들 사이에서 CIA 기관내의 음모로 나타난다. 이들 초기의 풍자 소설들은 흥미롭고 우스꽝스럽지만 핀천이 그의 소설 속에서 정신적인 편집증을 다룸에 가려 1989년대 이후 드릴로가 이러한 특징을 작품들 속에서 사용해오지 않았다면 미국역사 속에서 하나의 사족으로 될 수밖에 없었을 것이다.

하나의 전환점이 시작된 것은 드릴로가 1979년 구겐하임 장학금(Guggenheim Fellowship)을 받고 3년간을 그리스에 체류하면서 여행할 때이다. 1988년 여름, 드릴로는 1980년대에 썼던 소설들이 자신의 초기 소설들보다 더 동기가 있고 더 강한 사명감을 가지게 되었다고 주장하면서 그 변화를 시인했다. 그의 그리스와 인도에서의 생활은 『네임즈』(The Names)(1992)의 배경이 되었다. 이 소설에서 그리스에 살고 있는 한 미국인 위험 분석가인 제임스 액스톤(James Axton)은 죽음의 장소와 그들의 첫 글자를 일치시켜 희생자들을 살해한 고대의 신비한 존재와 마주친다. 그러나 드릴로가 앞선 두 소설에서 보여주었던 긴박감의 함정에도 불구하고, 이 소설은 언어와 의미의 가능성에 관한 이야기이다. 드릴로가 그리스에서 보낸 시간은 미국이 그에게 주었던 새로운 창작의욕만큼 중요했다. 그에게 해외여행이 없었다면, 그의 여덟번째 소설 『백색 소음』은 결코 씌여지지 않았을 것이다. 드릴로는 1987년 12월 20일자 『뉴욕 타임즈』(The New York Times)의 로즈스타인(Rothstein)과의 대화에서, 1982년 미국으로 돌아왔을 때 그는 과거에 보지 못했던 것을 TV에서 보기 시작했다고 말했다. 그는 TV와 광고를 통해 자본주의의 권력과 화학 오염물질의 생태위협 이 언더월드의 확장되고 발전된 또 하나의 주제라고 말하였다.

『백색 소음』은 드릴로가 중서부 한 작은 인문대학의 히틀러 연구 학과장인 중년의 잭 글래드니(Jack Gladney)를 통해 미국 문화 속의 전형적인 파시스트 충동을 시험해보는 소설이었다. 이 소설은 전미 도서상을 수상했고 드릴로에게 명성의 전환점을 가져다주었다. 이 수상에 앞서 대학의 독자들은 드릴로에게 찬사를 보냈다. 드릴로는 이 소설 속에서 이혼경험들이 있는 부부와 자녀들의 가정생활을 다룸으로써 많은 독자들을 가지게 되었고, 또한 대학의 강좌에서도 읽히게 되어 현재 빈번하게 사용되는 포스트모더니즘 강의 자료의 하나가 되었다. 그는『백색 소음』의 명성 이후, 그의 초기 소설들의 중요한 부분을 형성해온 한 요소, 즉 미국 문화에 대한 공공연한 풍자에 관심을 가졌다.『리브라』,『마오Ⅱ』,『언더월드』에서 포스트모던 미국에 대한 비판은 계속 나타나고 있으며, 이러한 비판은 린다 허치언(Linda Hutcheon)이 말하는 "역사기록의 메타픽션"이라는 형식 속에서 이루어진다. 허치언에 의하면 포스트모던 소설은 메타픽션의 반영성과 전통적 역사로서 간주하는 것에 대해 공개적인 의문을 제기한다. 따라서 역사기록 메타픽션은 역사와 소설 사이의 경계를 의도적, 자의식으로 흐려버린다. 허치언에 의하면 포스트모던소설의 역사와 허구의 결합은 포스트모던 패러디와 문화에 대해 욕구를 가지게 하면서 동시에 이를 비평한다.

『리브라』는 드릴로가 20세기 역사에서 중요하다고 보는 한 순간인 존 F. 케네디(John F. Kennedy)의 암살을 포착한 작품이다. 이 소설의 장면들은 케네디 암살범 리 하베이 오스왈드(Lee Harvey Oswald)의 비교적 사실적인 전기와 CIA 기록자인 니콜라스 브랜치(Nicholas Branch)의 대화 사이를 오간다. 브랜치는 메타픽션적으로는 드릴로의 더블 역할을 한다. 왜냐하면 브랜치는 그 암살을 이해하는 하나의 보고서를 작성해야 했기 때문이다. 브랜치는 텍스트 속의 더 사소한 많은 증거를 가진 CIA 고고학자의 도움을 받아, 워런 위원회 보고서의 틈과 무언의 행간을 발견하였다. 드릴로는 오랫동안 대중들이 집단적 충동에 매료되었다는 것을 알았다. 그 충동은 그들의 삶의 소외감을 설명해 줄 힘에 굴복하고자 하는 것이고, 또 그들 자신의 죽음의 인식으로부터 그들을 보호해주었다.

『마오Ⅱ』는 텍스트와 이미지로 양키(Yankee) 야구장에서 문선명 목사에 의해 진행되는 한 집단 결혼식과 미식축구를 하면서 방어벽에 힘껏 부딪치는 사람들의 질식과 아야폴라 코메이니의 장례에서 일어나는 대중의 정신발작에 관한 이야기이다. 이 소설은 또한 『언더월드』에서 야구 시합 속의 군중의 재현과 연계하여 읽을 수 있다. 『마오Ⅱ』에 대한 드릴로의 관심은 사회적 의식에 영향을 주는 하나의 수단으로 이 소설의 가능성을 두는 것이다. 빌 그레이(Bill Gray)는 주인공으로, 자신의 삶의 사소한 것을 하나의 비밀로 간직하고 싶어 하는 은둔소설가이다. 그레이는 버키 원더릭(Bucky Wonderlick)처럼 사생활을 추구하면 추구할수록 그 자신은 더욱 대중과 특수집단의 관심의 대상이 된다는 것을 알게 된다. 여기서 독자는 이 소설을 끝없이 소모하는 미국사회 속에서 사람들의 의식을 변형하고, 또 의식을 침투할 수 있는 가능성을 회복하고자 하는 하나의 현대소설을 쓰려는 작가의 시도로 읽을 수 있을 것이다.

드릴로가 포스트모던 소설가로 불리어짐에도 불구하고 『언더그라운드』는 기억과 욕망의 이야기를 드러내는 방법에서 모더니즘 소설의 연대기적 순서를 붕괴시킨다. 드릴로는 그의 초기의 소설들이 포스트모던적임을 인정하면서도 이 소설은 포스트모던 소설이 아니라 모더니즘 작품의 마지막 몸부림이라고 했다. 이 말은 마치 미국의 모더니즘 소설과 피츠제랄드의 경우와 같다. 피츠제랄드는 조이스와 포크너와 같이 소설의 형식에 있어서는 창의적이지 못하지만 산업사회의 산물인 자동차, 전화 그리고 재즈음반 등의 모더니즘의 시대 산물에 대해 창작했다. 그의 문체는 핀천 혹은 바셀미와 같이 재현의 경계를 억압하지 않고 우스꽝스럽지만 고답적인 색조를 띠지 않는다. 그럼에도 불구하고 그의 소설의 제재는 항상 현재의 순간에 존재하고 싶은 포스트모던적 양상들이다. 이런 점에서 이 소설은 냉전시대의 미국의 국가 정체성의 중요한 특징으로 페로니아의 발현을 설명하려고 시도함에 있어서 부족함이 없다. 한마디로 말해서 이 소설은 미국이 문화적, 미학적으로 어떻게 포스트모던적이 되어 가는가를 보여준다. 미국이 소련연방에 대해 승리한 것은 이 소설이 시사하듯 공산주의 오염에 대한 공식적인 정부 정책에 의해 전적으로 달성된 것이 아니고 베트남과의 열전에서의 실패에 의한 것이다. 그러나 미국이 냉전에 크게 이긴 것은 고전적인 경제의 은유로 말하면 재래식 총과 버터, 즉 해외에서 강한 군부의 존재와 국내에서 풍부한 소비재화를 가졌기 때문이라고 이 소설은 지적한다. 다시 말해서 소련이 미국의 핵 보유량과는 경쟁할 수 있으나 미국의 소비주의와는 경쟁할 수 없다는 것이다. 풍자적으로 이 소설은 1950년대의 소비주의 성향의 행태를 전형적인 미국의 한 핵 가정, 데닝가(The Dennings)에서 보여준다. 그리고 이러한 미국 소비주의 문화는 모든 형상의 전자매체와 광고의 침투에서 자본주의 이미지의 억제와 결정적으로 연관된다는 것이다. 그리하여 미국 소비자 문화의 감추어진 내용은 미국과 소련과의 양분에 의해 형성된 국가의 정체성 속에서 드러난다. 근원적인 이러한 이분법은 이 소설처럼 선과 악의 대다수의 미국문학에 의문을 제기한 1960년대의 크나큰 정치운동 속에서 반영되고 있다. 아울러 이 소설은 신념에 대한 안전한 근거가 갑자기 냉전이후 제기될 때 미국에서는 무엇이 일어나고 있는가를 생각하게 한다. 이 소설은 냉전이 효과적으로 정치적인 경제를 호도하겠지만 냉전 이후 그 어떤 것도 다국적 기업의 크나큰 탐욕을 가릴 수 없음을 지적한다. 그러면서 또 핵에 의한 대피의 위협이 물러갈지 모르지만 자본주의의 글로벌 마켓의 식민화가 다 포용할 수 없기 때문에 발생하는 환경파괴가 이 소설에서 어렴풋이 드러나고 있다. 비록 인터넷의 홍수로 끝나는 이 소설의 마지막 장면은 이 소설이 출판된 1997년에 가깝지만, 이 소설은 주로 1951년부터 소련연방의 붕괴와 냉전에 이르는 그 후 40년간을 다룬다.

또한 지정학적으로 이 소설은 위스콘신과 미네소타 주의 중서부를 거쳐 뉴욕과 보스톤으로부터 남서부 사막과 로스엔젤레스 그리고 샌프란시스코의 서쪽해안으로부터 나아가 앞서 소련의 연방, 카자흐스탄의 무기시험지대에까지 이른다. 세계의 이러한 정치적인 설정을 배경으로 한 이 소설은 특수한 사람들의 삶에 소비주의와 방사능 폐기물의 영향이 있음을 지적한다. 엘리엇의 『황무지』가 제1차 세계대전 이후 모더니즘 사회의 정신적 병폐를 기술했다면 드릴로는 냉전이후 포스트모던 사회의 정신적인 단절, 즉 정신적으로 황폐한 삶을 의인화하여 이를 전 역사를 통해 예진한다. 이 소설의 '지하 세계' (underworld)라는 제목은 여러 가지를 생각하게 한다. 예컨대 닉 쉐이는 갑자기 사라진 3류 밴드 책임자, 지미 코스탄자(Jimmy Costanza)라고 불리는 아버지가 지하세계에 의해 살해되었다고 항상 의심한다. 그리고 이 소설의 인물들은 지하세계 예술가들의 공연들, 즉 16세기 화가 피에털 부르겔(Pieter Bruegel)에 의한 죽음의 승리와 같은 묵시록적 재현으로부터 러시아 감독 세르게이 아인슈타인의 잃어버렸다고 생각되는 무성의 영화 필름, 즉 『지하세계』 (Unterwelt)의 스크린에 이르기까지 예술가들의 공연들과 마주친다. 현대속의 과거에 살고 있는 미국 사람들로서 이 소설의 인물들은 이런 초기 예술적 비전을 원자핵에 의한 섬멸의 예견으로 불가피하게 경험하게 된다. 그러나 '지하세계'의 가장 집요한 의미는 미국의 소비문화에 의해 생긴 많은 쓰레기이다. 드릴로는 미국 남서부 사막에 묻힌 플루토늄 폐기물을 생각할 때 이 소설의 제목을 결심하게 되었다고 말한다. 드릴로는 이 낱말을 생각하면서 죽음의 신이면서 지하의 통치자인 플루토(Pluto)를 떠올렸다고 한다. 이 신은 특히 냉전의 전 시대, 이 소설속의 하나의 지하 시냇물을 이루고 있는 폐기물의 이상한 역사 등과 관계하고 있다. 만일 냉전시대의 미국의 역사가 형성된다면 이 소설은 우리의 도시 지역에 가까운 거대한 매립지에서 일어날 것임이 틀림 없다고 한다. 드릴로는 다량의 핵무기만큼 아마 다량의 소비 재화와 폐기물이 미국의 냉전 조병창에 있는 주요 무기라고 한다. 비록 그가 핵폐기물과 소비 재화의 폐기물 사이의 연관을 노정시키지만, 드릴로는 또 하나의 지하세계, 즉 뉴욕시의 집 없는 사람들을 여전히 염려한다. 이 집 없는 사람들은 미국 소비주의의 바깥으로 추락하고 우리는 계급 없는 사회에 살고 있다는 미국의 이상주의의 중요한 명제에 대해 거짓말을 한다. 소설은 이러한 역사적 사회적 문화적 정치적 이념을 드러내면서 순수하게 닉 쉐이의 잃어버린 시간을 찾으려는 모더니즘 적인 추적을 하고, 그 구조는 시간대를 앞뒤로 병치하기 때문에 특이하다. 이 소설의 플롯 또한 이러한 시간의 이중적인 움직임 때문에 인물들의 삶의 이야기보다 패러독스하게도 전혀 다르다. 많은 상황과 사실들이 시간의 흐름의 순서와 반대로 진행한다. 인물들에 대해 독자들이 모르는 사실들은 전통적인 시간에 따라 이야기로 재구성되어 진행되지만 단순히 사라져 버릴 지도 모르는 플롯상의 긴장들을 또한 야기시킨다. 예를 들면, 독자들이 제 1부에서 닉을 만날 때 독자들은 그의 끝을 알게 된다. 그는 1992년에 57세의 나이로 아리조나주의 휘닉스에 있는 한 폐기물 관리회사의 대표자로 되어 있다. 비록 그가 성공한 사업가이고 한 가정의 아버지이지만 그는 갑자기 자기의 정체성 위기에 사로잡힌다. 또한 이 소설은 닉 자신이 겪는 그러한 정체성의 위기를 경험하게하고, 닉의 과거의 이야기를 다시 말하게 하는 그런 서사구조로 되어있다. 드릴로는 11번째 소설 『언더월드』에서 미국인들로 하여금 냉전의 승리에서 개인의 정체성과 세계자원의 엄청난 대가를 인식하게 한다. 드릴로는 원자핵에 의한 대학살의 위협이 꼬리를 감추었을지 모르지만 만일 다국적 기업들이 전 지구를 하나의 동질화된 소비사회 문화로 전환시킨다면 세속적인 파멸이 가까이 있을지도 모른다고 지적한다. 현대인들은 소비의 비율을 급속하게 향상시킬 때 자신들은 스스로를 소진시켜 버릴 실제 쓰레기의 지하세계를 만들어 가는 것이다. 미국이 냉전에 이겼을지 모르지만 그 대가는 엄청났다. 1950년대의 낡진 대피소를 사들이는 개인들로부터 1980년대의 레이건 정부의 스타워즈 전략 방어에 이르기까지 미국의 실질적이고 상징적인 많은 비용은 이러한 명분을 유지하고 미국인들을 냉전의 타자, 즉 소련 연방과 구분될 수 있다는 가능성을 견지하는 데에 쓰였다. 그리하여 레이건 정부의 '악의 제국'(Evil Empire)의 종언과 냉전의 끝은 1990년대 초반까지 1950년대의 우리/그들(Us/Them)의 거대한 이분법은 점점 글로벌화 해가는 시대에서 다국적 자본의 영향을 더 이상 감출 수 없게 되었다. 아울러 미국이 인종적으로 점점 다양해지면서 위대한 미국인에 대한 과거의 신화적인 역사는 정체성을 보존할 수 없다는 것도 확신하게 된다. 이 소설은 최근의 역사소설에 대해 어떤 정치적인 임무를 부여하기 전 독자들에 대해 굳건한 역사 기록의 형성의 산물을 보장할 수 없다고 한다. 그러나 이 소설은 역사적인 생각의 가능성의 공간을 개연시켜 줌으로써 문화적 창작이 하나의 소설장르가 됨을 작가를 통해 예시해 준다고 하겠다.

1-3. 정보와 문화의 역임: 『백색 소음』

프레드릭 제임슨(Frederic Jameson)은 포스트모더니즘 문학을 하나의 새로운 깊이 없음으로 정의하고, 이는 하나의 문화현상에 대해 하나의 층에서 또 다른 하나의 층으로의 꿰뚫어 보기의 행위로 간주하는 비평과 비판의 전통적 위상에 대한 신념의 상실을 가져오게 한 문화 현상의 중요한 계기가 되었다고 말한다. 또 그는 포스트모더니즘 문학을 감추어진 사회−텍스트의 무한한 현상의 회복으로, 안과 밖의 해석학적 모델도 없고 본질과 외양 사이의 변증법적 모델도 없으며 권위와 비권위, 소외와 비소외 사이의 존재론의 모델도 그리고 기표어, 기의어 사이의 "동형 짝"도 없다고 본다. 그는 또 마르크스주의, 정신분석학, 실존주의, 기호학 등이 의미의 위안을 우리에게서 앗아가는 대신 담론과 텍스트 상의 놀이가 이를 대체한다고 말한다. 포스트모던 문학에 대한 제임슨의 이러한 주장은 대상 재현의 어려움을 지적한 것이다. 드릴로 또한 대상 재현의 어려움을 극복하기 위한 중요한 서사 전략으로 미디어 상을 제시한다. 드릴로가 컬러 TV 위에 하나의 기록물로 계속 펌프질하는 심장처럼 화려한 빛의 쇄도를 우리는 주시한다라고 말하는 것은 TV에 의한 삶의 재현과 실제 삶 자체의 사이에 차이가 없다는 시사로서 TV에 의한 삶의 재현과 삶 자체 사이에 경계가 무너진다는 의미다.

　　레오나드 윌콕스(Leonard Wilcox)는 『백색 소음』(White Noise)(1985)이 미국인의 정체성과 미디어 상호간의 관계를 묘사하여 『리브라』와 함께 기술논리 기호학(technologicosemiotics)의 영역에서 구성되고 조정되는 세계를 그린다고 말하고서, 장 보드리야르(Jean Baudrillard)가 말하는 정보와 미디어에 의한 현대사회의 변환이 돋보인다고 말한다. 그런데 보드리야르가 말하는 정보사회란 본질의 사회가 붕괴되고 새롭게 만들어지는 기표어의 흐름으로 특징 지워지고 본질의 세계는 삼켜지고 기호의 놀이와 교환만이 있는 사회다. 그의 그러한 주장은 대상 재현의 어려움과 확고한 구조의 부재, 그리고 종말의 붕괴에 근거한다. 이러한 예는 이 방 저 방의 소리, TV에서 흘러나오는 소비자의 충고 소리와 토크쇼, 그리고 끊어진 글들이 잭 글래드니를 에워싸고 또 잭이 마스터 카드, 비자, 아메리칸 익스프레스, 휘발유의 유연, 무연, 초무연, 그리고 드리스탄 울트라, 클로렛, 벨라민트, 프리던트라고 흥얼거리는 말들이다. 잭의 서사는 마스터 카드 등의 상표와 광고 슬로건에 의해 중단된다. 서사의 이런 중단은 미디어에 의해 독점된 서사의 다성적 담론과 전자 통신에 의해 탈중심화된 주체의 새로운 형식의 출현이다. 이것은 주체의 개인적 영역의 탈피로서 보드리야르는 이를 내면의 종식으로 정의한다. 보드리야르는 현대정보 사회에서 어떤 진실을 밝히려 하고 어떤 의미를 만들기 위해 지적 노력에 자극을 주는 충동은 현대 정보 사회 속에서는 깨뜨려진다고 말한다. 보드리야르에 의하면 영웅적인 충동, 즉 억눌린 진실을 밝히려는 충동은 부드럽게 흐르는 통신의 표층에 양보하고 가변적인 정보사회의 중심 체계의 역동 속에서 녹아 버린다고 한다.

보드리야르의 견해와 마찬가지로 드릴로도 현대 사회에서의 의미의 집중적인 추구를 의심한다. 모더니즘의 작가들이 상상력에 의한 구성의 힘, 전망, 그리고 통찰력이 샘솟는 정통적이고 자율적인 주체를 그들 작품 요체로 보았다면, 드릴로는 정통적이고 자유로운 주관의 순간들을 모조물의 공간에서 자아의 경험을 특징 지워주는 행복감 내지 정신분열증으로 나타낸다. 이러한 예는 잭이 문화의 소음 속에서 의미를 밝히기 위해 가족과 더불어 쇼핑할 때 내 스스로 가치와 자기 존중을 하게 되어, 나 자신을 가득 채워, 내 자신의 새로운 면을 발견하는 시지프스식의 노력을 하고, 또 그의 딸 스테피(Steffie)가 토요다 크롤라, 토요다 셀리카, 토요다 크레시다라고 말하는 것을 듣고 그가 그것의 근원이 어디든 간에 그 말은 나를 황홀한 초월의 순간의 감동을 준다고 반응을 보이는 부분이다. 그러나 정통적인 자아 확립의 세계와 초월적 의미의 모더니스트의 충동은 포스트모던의 세계에서는 실현되지 않는다.

잭의 이러한 자세와는 달리 그의 동료이며 "엘비스"(Elvis)와 "승용차 충돌의 영화"라고 하는 대중문화를 가르치는 방문 교수인 머레이 시스킨드(Murray Siskind)는 포스트모던 사회의 최고의 경험, 즉 의사소통의 환희를

TV의 기능을 통해 만끽한다. 머레이는 데이터와 정보의 흐름을 흔쾌히 받아들이고서 자신이 잭의 교사라고 생각한다. 머레이의 이러한 생각은 농가의 광을 보기 위해 승용차를 타고 갈 때 포스트모던 시대의 이미지와 모조물의 새로운 질서 속에서 관광객들이 매료된 의의를 잭에게 설명하는 장면에서 드러난다. 머레이에게 있어 그 광은 과거의 정통적인 농촌 생활의 연상들을 상기시키기보다는 이미지 모방의 과정을 시사한다. 머레이는 사회의 표층과 정보의 통신망, 나아가 상품의 영역으로부터 의미의 영역을 찾는 것이 필요하다고 주장하는 인물로서 일단 광에 대한 표기를 보게 되면, 실제 광과 그것의 표지와의 구별은 어렵다고 말하며 본질과 본질의 재현, 기호와 지칭 대상 사이의 구분이 붕괴되어 새로운 질서가 나타나게 된다고 잭에게 진지하게 설명한다. 머레이는 다소 의아해 하는 잭에게 기호가 본질보다 상위에 있고 경험은 이미지에 의해 만들어지고, 또 이미지란 순간적인 섬광처럼 존재하다가 사라지는 신비스런 발기(發氣)의 현상을 가지는 그런 버추얼 리얼리티의 논리성을 가지고 있다고 말한다. 머레이가 이미지와 기호의 흐름을 음미한다면, 잭은 그의 전형적인 내적 자아가 가상의 깊은 내면 속으로 침잠하는 것을 보여준다.

미디어 상에 의한 강력한 정보의 전달과 영향은 2부 「독가스 누출 사고」에서 독가스 사건에 대한 인물들의 주관적인 반응들이 라디오와 TV에 의해 만들어지는데서 나타난다. 처음 독가스 사건은 하나의 새털 같은 것으로 보도되고 나서 서서히 호기심과 경종을 불러일으킨다. 이것은 경외감마저 따르는 두려움을 야기하는 하나의 재앙으로 검고, 소용돌이치는 구름으로 묘사되고, 드디어 그 광경은 진실과의 관계가 모호해지고, 나아가 진실의 세계마저 근원이 없는 다층의, 퇴행의 초사실의 형상으로 된다. 그 결과, 이 사건으로 인해 생긴 독성물질의 노출에 대해 잭의 자녀들이 이미 알면서도 그것이 독성물질의 노출에 의해 생긴 증상인지 혹은 암시에 의해 표출된 정신 심리인가를 분명히 말하질 않는다. 왜냐하면 그들은 그것이 보도된 후 라디오에 의해 그것을 듣고 난 후, 그런 증상을 보여 주기 때문이다.

이러한 예는 독가스 사건에 대비한 "SIMUVAC"이라고 불리는 가상의 대피와 미디어와 기술이 죽음을 하나의 기호광경으로 바뀌게 하는 장면이다. 이 장면에서 잭이 하나의 데이터 프로필을 얻기 위해 컴퓨터로 검색할 때, 그의 죽음이 컴퓨터의 화면 위에 그래프로 나타나고, 그 자신이 이상하게도 자신의 육신으로부터 떨어져나가 자신의 죽음을 마치 이방인의 죽음처럼 느끼게 하는 것은 잭이 머레이에게 나의 죽음에 대해 인위적인 것이 있다. 그것은 깊이도, 성취감도 없다. 나는 땅과 하늘 어느 곳에도 존재하지 않는다고 말한다(283).

기호의 위력 못지않게 이 소설에 줄기차게 흐르는 하나의 형상은 제2의 정보, 즉 단견(短見), 단편의 주장, 지식과 소문들, 그리고 광의의 정보들, TV와 라디오 또는 슈퍼마켓의 확성기의 소리, 그리고 전화 내용들이다. 이들은 출처가 분명치 않은 엿듣는 말과 합쳐지거나 TV의 말을 통해 전달되는 말, 라디오를 통해 전달되는 말, 그리고 TV에서의 목소리 등으로 전달된다. 잭과 배빗의 대화의 경우는 근원이 명확하지 않는 언어와 정보가 사회의 물결을 타고 흐르는 것으로 볼 수 있고 또 이와 같이 불명확한 정보는 잭 가족들이 승용차에 가득히 실려 "미드-빌리지 몰"(Mid-Village Mall)을 향해 출발하는 17장의 첫 부분의 묘사에서 발견된다. 이 부분은 결국 잘못된 정보가 중첩된 해석의 효과를 나타내며 또한 가정이란 이 세상의 그릇된 정보의 요람이다. 가정생활에는 사실의 과오를 만들어내는 무엇이 있음에 틀림없다는 사실을 지적한다. 이런 점에서 이 소설은 왜곡된 통신과 정보 특히 대중을 통해 전해지는 말의 흐름과 간접적인 정보 전달의 문제점을 비판한다고 말할 수 있다. 이런 점의 절정은 21장의 독가스 누출 사건의 묘사이다.

앞서 가상과 진실사이가 모호해짐을 다룬 장면에서 하나의 새털 같은 깃의 가벼운 언급과 보도는 소용돌이치는 구름과 독가스 사건으로 확대된다. 하나의 검고 소용돌이치는 구름이고 7대의 군용헬기의 뚜렷한 빛줄기에 의해 비치는 공중 독가스 사건으로 된다는 문장은 앞에서 언급한 낱말들이 서로 합쳐진 것이다. 이렇게 진행된 묘사는 미시적 차원에서 보자면 간접정보의 끊임없는 흐름 속에서 근원들이 잊혀진 채 일상의 진술과 말에 대해 보다 대중적인 문화의 특징을 나타내는 것이다. 이런 점에서 이 소설은 많은 간접 정보의 현상과 상업, 미디어, 그리고 군중들이 군집하는 사회 공간, 즉 슈퍼마켓, 쇼핑센터, 하이웨이 등을 다루는 대중문화의 한 소설 장르에 속하고, 또 서사 형식과 서사 목소리의 기능에서 이 소설은 메타 소설의 성격을 가진다.

잭 주위를 에워싸고 문화의 표층에 드러나는 것은 복잡한 정보와 통신의 흐름이다. 어느 날 슈퍼마켓에서 잭이 사람들의 말을 많이 듣지만, 그는 그것을 확인할 수 없고 더욱 이해할 수 없다고 하는 것은 이곳의 얽히고설킨 정보와 통신을 말하는 것으로서 르클레어는 이를 이 소설의 상표이름의 목록으로 이미지화 한다. 르클레어는 현대문화를 말의 확산의 장이라고 하고 매일 의사소통도 되질 않는다고 말한다. 그의 이러한 말은 잭의 심정과도 같다. 그러므로 『백색 소음』의 언어들은 대화와 여론의 언어들이고 은밀하면서도 명백한 언어, 바르트가 말하는 파편적인 언어이다. 한마디로 말해서 이 소설의 파편적 언어는 정보와 소문의 언어로서 군중이 모일 때마다 정보는 교환되고 견해가 피력될 때마다 잘못된 표현이 옳은 것처럼 되고 또 바르고 틀린 각종 뉴스는 사람들이 일하는 곳에서 생겨나고 범람하여 모든 것이 떠돌아다니듯 표류한다.

이러한 현상과 더불어 보드리야르가 말하는 스크린과 네트워크의 세계에서 의식의 환희는 잭이 그레이가 투숙하는 모텔로 들어가 나 자신은 구조들과 많은 채널의 그물망의 일부라고 하는 느낌에서부터 그 자신의 존재가 순간 갑자기 정보의 그물망으로, 백색 소음 세계의 메타포로 바뀔 때이다. 이러한 변화의 절정은 활력 있는 분위기와 TV의 기이한 광채에 빠져 들어가는 순간이다. 잭의 이러한 경험은 영향의 그물망에 의해 의식의 순간을 잃어버리는 것, 즉 보드리야르가 말하는 정신분열증의 상태와 같다. 보드리야르가 말하는 정신분열증은 이와 같은 의사소통의 환희에서 하나의 중심, 즉 변환의 중심으로 존재하여 잭이 백색 소음의 등가를 인식하는 순간 그의 정신과 육체의 경계는 정보의 흐름 속에서 사라진다. 제임슨은 이런 상황을 단절된 포스트모더니즘의 정신분열증적 상황에서 모더니즘의 표현의 에너지가 확산되고, 부스러진 감정의 변형이라고 진단한다. 제임슨의 정신분열증적 경험의 세계는 환각 유발의 결집을 가지는 순간으로 잭이 바로 이런 징후를 가지고 있기 때문에 경험하게 되고 궁극적으로는 이런 상태는 자아의 정체성의 확립보다는 자아의 소멸을 가져온다고 말한다. 밍크(Mink) 또한 리오따르(Lyotard)의 부서진, 언어의 운편(雲片)의 보고(寶庫)와 같다. 그는 TV의 일기예보의 말들을 반복하고 미디어 상의 목소리를 내고, 더욱이 그의 모습은 잭에 의하면 TV 세트를 닮았으며, 백색 소음을 표상하는 인물로서, 엔트로피의 과정에 있는 하나의 체제처럼 소진되고, 고갈되어 간다. 그는 자신의 소멸에 대한 강박관념에 빠져, 다일러 약을 하나둘씩 복용함으로써, 죽음에 대한 공포를 억누른다. 인물들의 이런 모습은 현대 사회 속에서 정보의 가변성이 프로메테우스의, 파우스트의 열의와 오이디푸스의 노력을 대체한다고 하는 보드리야르의 진단과 같다. 간단히 말해 『백색 소음』의 세계는 정보가 자유롭게 흐르고, 프로메테우스와, 파우스트의 열의와 오이디푸스의 노력이 근원으로부터 단절되어 있다.

그레이(Gray)의 화신인 밍크도 정보의 백색 소음의 흐름으로 표상된다. 그는 다국적 거대 기업 자금에 의해 지원받는 다일러 연구 집단의 과거 연구

담당자로서 범지구의 경제계와 연계되어 있어 이들의 정보는 독점, 정보 채널로 운용된다. 그러므로 이들은 중심과, 권위, 그리고 상징적인 부의 권력으로 표상되기 보다는 후기 산업 사회 즉 서비스와 정보 사회의 사회 욕망 장치의 그물망처럼 확산되어 뚜렷하게 부각되지 않는다. 인물들의 이런 모습은 포스트모던 문화 현상에 대해 매우 회의적인 보드리야르의 진단과 일치하지만, 드릴로는 잭을 좀 다른 시각에서 보게 한다. 드릴로는 이 소설의 종결부분에 이르러, 후기자본주의의 사회 속에서 모더니즘의 유산의 양상들을 간직하게 하는 인물로 잭을 제시하고 인간 내면의 소멸을 가져오게 한 영상이미지의 상업화된 문화에 대해 크게 반발하고, 인간이 주체로서 합리적 이성을 가지기를 바란다. 그래서 드릴로는 잭의 마지막 모습에서 환희의 의식 소통이 번쩍이고, 기술적 의미론적 초사실의 이미지 덩어리에서도 다가오는 그의 죽음을 반기지 않으려는 자세를 보여준다.

잭의 이런 인물설정과 더불어 드릴로는 소음과 관련되는 패턴을 설정하여 이를 이 소설의 주제와 병치한다. 인물들은 슈퍼마켓의 각종 상품들을 소비하듯 소리들과 부딪친다. 잭 집의 쓰레기통의 토막 난 소음과 집안 애들의 잡담은 그에게 위안을 주고 슈퍼마켓의 소음은 그를 떠내려가게 하듯 하고 음색이 없는 체계들, 쇼핑 수레를 밀고 가는 소리, 큰 확성기, 커피 제조기, 어린 애들의 울음소리, 그리고 지적할 수 없는 무딘 큰 소리들은 열기 가득한 삶 속에서는 구별이 되지 않는다. 그런가 하면, 또 쇼핑 몰에서는 이들과 유사하게 쇼핑객들의 즐거운 거래의 떠드는 소리가 있고, TV속의 목소리들은 잭으로 하여금 외롭지 않다는 사실을 말해 준다. 더군다나 그의 강의의 목소리, 나치 군중의 노래 소리, 그와 머레이와의 사념적인 대화 등은 죽음에 대한 공포를 불식케 한다.

잭의 경우와 마찬가지로, 배빗 역시 혼잡스런 정보, 경보소리, 상거래의 메시지들, 부정(不貞)과 불안의 고통소리, 터져 나오는 생각들, 정신병동의 비명, 비행기 안의 승객들이 곧 비행기가 충돌하려고 한다는 생각과 공포의 소리를 감지하는 장면이다. 이처럼 소리의 양면성은 이 소설처럼 체계의 신비스러움에 대한 "파나소닉"의 기능을 말하는 인식의 중요성, 즉 인식의 새로움과 알 수 없음의 중요성을 시사한다. 윌든은 소음이 체계 상호간의 관계를 유지하기 위해 소음을 정보와 결합하여 조직화의 새로운 단계의 진전에 소음을 수용함으로써 그 체계는 안정을 유지하게 된다고 말한다. 미셀 셰르(Michel Serres) 역시 소음은 하나의 유기체가 정보를 취하는 데 내적 배경이 된다고 말하는데, 이는 하인리히가 아버지 잭에게 인간 인지의 한계를 말씀하는 장면에서 소리 없이 듣는 것이 의미를 가질 수 있고 소리 없는 물음 또한 의사소통이 된다고 말하는 것에서 알 수 있다. 그러므로 잭, 배빗, 하인리히에게 있어 소리에 대한 양면가치는 드릴로가 미국문화의 쓰레기 시스템에서 농축되고 헤아릴 수 없이 파편화된 메시지를 어떻게 이해하느냐를 반영하는 것과 같다. 드릴로는 잭으로 하여금 정보시대의 무서운 소음의 차원을 처리할 수 있는 방법으로 쓰레기를 재처리하듯 체계내의 상호작용에 의한 해결 방안을 제시하려고 한다. 체계 이론에서 체계란 정보의 생산과 과정 그리고 교환의 기능을 하는 방법들로 정의된다. 건전한 체계란 소음이 없고 소음이 체계 속에 존재하더라도 그 체계의 자아교정의 구조적 발화의 수단에 의해 소음은 메세지의 전달에 도움을 준다고 한다. 드릴로도 정보 전달 시에 소음의 기능을 단순히 부정적으로만 보질 않고 그 반대의 기능, 즉 소리의 양면의 기능 가운데 백색 소음의 건설적 기능을 적시한다. 소리의 이러한 기능의 절정은 이 소설의 마지막 부분 슈퍼마켓에서 1부의 '전자파와 방사선'의 흐름에서와 같이 그 어느 누구의 목소리도 식별되지 않는 장면이다.

소음의 양면 기능처럼 드릴로는 단어의 나열에 대해서도 양면 가치를 부여한다. 그는 단어의 나열로 텍스트의 구성을 압축한다. 그가 이용하는 이 나열은 잭의 의식에서 표출된 것이라기보다는 그가 존재하는 상황의 소음이고 파편들이다. 또 그것들은 그 자신이 텍스트 속에 만든 것들이지만 식별되질 않는다. 그런가 하면, 나열은 잭 자신의 두뇌의 산물로서 그가 의식적으로 통어할 수 없는 것이기도 하다. 그렇게 말할 수 있는 것은 불명확한 덩어리라고 하는 첫 번째 징후인데 이것은 독성물질에 노출되어 생긴 신경 체계의 혼란스런 증상이다. 이것은 비조직적 물질이 조직 체계에 침입하여 그 체계의 정보의 흐름을 혼란시키는 것으로서, 이를 서사의 메타시스템 차원에서 말하면, 서사의 진행을 방해한다. 르클레어가 이 3어(語) 목록을 이 소설 3부의 구조의 관점에서 보는 반면, 화이트(White)는 이를 소음으로 보고 서사의 흐름을 차단하면서 동시에 정보로 변환되어 문맥 속에서 서사로 전환되는 하나의 메타시스템의 재활용 프로그램을 독자에게 제시하는 것으로 본다.

나열 기능 못지않게 블랙스미스의 슈퍼마켓은 머레이에게는 정신적 위안을 주는 자료의 근원이고 지적 보고이다. 슈퍼마켓의 진열대 위의 상품들은 마치 다양한 직업의 나열처럼 공기 속에 떠다니는 정보처럼 통합되지 않고 많은 정보의 자료로서 사람들을 당혹하게 만든다. 슈퍼마켓의 이러한 이미지는 잭으로 하여금 과잉의 정보를 접하게 하여 이곳을 미국의 한 축소판으로 실감케 하지만 감각의 지나친 자극의 근원의 이미지로 나타나는 슈퍼마켓이 또 한편으로는 반드시 정보의 풍요가 정보의 증가를 의미하는 것이 아니라고 드릴로는 말한다.

소음의 이런 기능으로 인해 생긴 정보의 정체(停滯)를 타개하는 방법은 보존된 정보로 하여금 다른 체계로부터 영향을 받도록 보존된 정보의 채널을 개방하고 유도하는 것이다. 다시 말해 보존된 정보가 다시 새로워지기 위해서는 마치 쓰레기더미에서 버려진 정보를 끌어내어 재활용하는 데는 시간과 노력 그리고 그 자체의 잠재력이 필요하듯이 역시 시간과 노력 그리고 그것의 잠재력이 필요한 것이다. 슈퍼마켓에 진열된 상품들에 대한 이러한 이미지의 시사는 잭이 그의 처가 습관적으로 복용하는 다일러의 흔적을 찾으려고 휴지통의 뚜껑을 열자 그가 발견하는 것은 그의 집안의 체계에서 떨어져 나온 흩어져 있는 정보들이고 일그러진 여러 물건들이고 가정의 소음들이다. 그러나 이것들은 쓰레기통 밖에서 존재하고 있고 또 언어로서의 기능을 상실하여 의사소통의 기능을 못하는 메시지의 파편들에 지나지 않지만 이것들은 질서를 만드는 조직의 유용한 기호로서 감추어진 존재의 이야기로 나아가 잘 정돈된 우주 속의 흐트러진 입자처럼 존재하게 된다. 그렇지만 잭은 이들이 새로운 메시지를 재구성할 수 있는 잠재력을 알지 못해 이들은 소음으로 기능하여 잭이 복원하려는 노력에 저항한다.

넓은 의미에서 잭의 집안에 있는 쓰레기통의 각종 쓰레기는 이 소설 전체에 확산되어 있는 다양한 형식의 문화 현상의 쓰레기의 한 형상이다. 이들은 이미 유용의 가치가 소멸된 물질의 백색 소음이고 세속의 쓰레기이다. 비록 잭이 이것을 제거하려고 시도하지만 이것은 다른 곳에 여전히 혼돈스러운 소음으로 존재하여 잭은 이의 한 부분이 되고 이 체계 밖으로 나갈 수 없게 된다. 잭의 이런 상황은 결국 그가 사온 많은 물건들의 원천인 슈퍼마켓에 그가 갇혀 있다는 사실을 설명하는 것이다. 그러므로 슈퍼마켓은 통제할 수 없고 통제되지도 않는 기호의 근원이고 궁극적으로는 소음에 지나지 않고 어떤 것도 생성되지 않는 하나의 엔트로피의 체계이다. 그렇지만 드릴로는 여기서 슈퍼마켓의 그러한 모습, 나아가 미국이 백색 소음의 한 상황으로 빠져들어 가는 것을 방관하지 않는다. 그는 3어(語) 나열의 기법을 이용하여 서사의 교량역할을 효과적으로 하듯이 또 잘 사라지지 않는 플라스틱 캔을 재활용할 수 있다고 보듯이 정보의 쓰레기를 재활용할 수 있다는 하나의 프로그램으로 이 소설을 제시하고 있다. 그래서 혼돈스런 이런 양상에 대한 해결책이 나타나지 않는다면 이의 유일한 대안은 메타시스템이 스스로 규제해 주길 바랄 뿐이라고 그는 보고 있다. 이것은 핸더슨의 유기체의 평형과 캐넌의 동질정체의 개념과 같은 것이고 혼돈 이론에서도 보다 새로운 구조를 가지게 될 때의 크나큰 변화는 그 체계의 붕괴 과정에서 일어나기 때문에 언젠가는 새롭게 나타날 구조를 기다릴 뿐이라고 한다.

『백색 소음』의 마지막 부분에서 슈퍼마켓 진열대 위에 놓여 있는 상품의 예고 없는 단순한 변경과 미디어 세계의 위력 앞에 쇼핑객들의 당혹감과 보잘 것없는 모습은 특히 미디어 기술의 발달로 인해 예측하기 힘든 후기 산업사회의 미국의 실상에 대해 독자로 하여금 본질이 무엇인가를 스스로 물어보게 한다. 다시 말해 작게는 쓰레기통 속의 조각과 그것의 뭉치를 독자로 하여금 동시에 보게 해 그 속에 깊은 본질이 있음을 시사한다. 그 시사는 사물에 대한 사고와 인식 그리고 주장 등의 이른바 문맥 중심 사상에서 말하는 혼융과 그들 상호간의 윤곽화의 거부 그리고 경계의 부재이다.

본질의 불확실성에 관한 이야기는 문맥중심사상에서 사상이나 이론의 진실이 동적이고 확정적이 아니라고 하는 것처럼 잭 가족들이 케이블 TV에 의한 자연에 관한 프로그램, 케이블 네이쳐(CABLE NATURE)의 시청을 통해 동물과 식물에 관한 정보를 얻고 인간과 동물 사이에 본성의 차이가 없고 또 잭이 사물의 본질을 깊이 들여다보면 볼수록 경계는 점점 없어진다고 말하는 장면에서 발견된다. 사물의 본질에 대한 이런 관점은 체계 이론에서는 느슨함, 개연성 또는 균일종말로 정의하는데 이것은 잭 부부에게는 지적으로 크나큰 좌절감을 준다. 이런 좌절감은 배빗으로 하여금 향수 어린 죄의식을 가지게 하고 또 "진보는 과거보다 못하다. 왜냐하면 나를 더 놀라게 하기 때문이다" 라고 하여 스스로 두려움을 가지게 한다. 그래서 배빗의 본질에 대한 반응은 금기의 양면가치 즉 매력과 거부의 양면으로 나타난다. 인간 감정의 이런 양면이 자연스럽다는 것은 잭과 머레이의 대화에서 잭 부부가 참혹한 상황에 대해 자녀들이 즐거워하는 모습을 보고 이해하기 어렵다고 하자 머레이가 우리는 뇌기능의 저하로부터 고통 받기 때문에 그것이 오히려 자연스럽고 또 끊임없는 정보의 폭주를 타개하기 위해 그런 것이 필요하다고 말한다.

잭 부부의 이런 지적 자괴는 궁극적으로 생동하는 유기체를 반영하는 자연과 세계는 다층의 중복의 대단히 복잡한 형상들로 구성되어 있고 또 그 체계의 작은 수많은 체계들은 제각각 개방되고 상호적이며 균일종말의 특성을 가진다는 사실에 대한 거부감에서 연유한다. 더욱이 배빗이 나의 삶은 선택의 척도를 따른다고 하는 말은 그녀의 확신성의 근거가 되는 논리적 선택이 드릴로가 시사하는 현상의 동시성, 양면의 본성에 적응이 되질 않는다. 그런데 잭 부부가 비논리성을 수용할 수 없는 것과 작가가 체계의 본성(본질)과 가치를 이해시키려고 근거를 마련하는 것이 대립되는 책략이 루프이다. 여기서 루프는 체계이론의 핵심으로 설명되는 살아있는 것과 죽은 것의 동시성 그리고 확신을 불가능케 하는 원형의 인과에 내재하는 상호성의 책략이다. 이 책략은 기계적, 과학사상에 반발하고 잭 집안의 쓰레기통 속의 잡다한 현상들로 이루어진 쓰레기처럼 현상 세계는 무수한 실체들로 구성되어 있다고 본다. 그러므로 이 책략에 의한 『백색 소음』의 해석은 체계 속의 체계, 현대사회의 커뮤니케이션의 문제, 본질의 불확실성, 신비스러움이 어떤 것인가를 다시 말해 사물의 본질에 대한 새로운 인식이 인간으로 하여금 주위 환경에 어떻게 적응하는 것이 올바른 것인가를 독자로 하여금 깨닫게 한다. 이러한 책략을 가진 이 소설은 마지막 부분에서 이를 극명하게 시사한다.

이 소설에서 드릴로의 일관된 주장은 다국적 세계 속의 후기 산업 사회에 들어선 미국의 모습이다. 다니엘 벨(Daniel Bell)이 후기 산업사회의 주요한 다섯 가지 변화 가운데 이론적 지식의 점진적인 의의를 가장 중요시하듯이 드릴로는 후기 산업 사회의 다양한 문화 양상이 크나큰 위협으로부터 어떻게 하나의 크나큰 지식으로 결집될 수 있는가를 시사한다. 이에 대해 르클레어는 드릴로가 체계의 사고에 의해 생존 차원에서 그 가치를 검토하며 현대 사회에서 파괴되고 재구성되는 환경에 대해 독창적이고 근원적이며 종합적으로 논평한다. 그런 점에서 이 소설은 그의 여타 소설들의 특징 즉 『플레이어즈』의 틀, 『이름들』의 두뇌, 『아메리카나』의 가정생활, 『그레이트 존스 스트리트』의 과격한 정치행태, 『엔드 존』의 생태계의 참상 그리고 『래트너의 별』의 지식과 문화의 관계 등을 다 포함하고 있다. 체계이론이 이것을 하나의 모델이라고 부른다면 토머스 쿤(Thomas Kuhn)은 세계를 새롭게 조직하고 분석한다 하여 이를 패러다임이라고 부른다. 드릴로의 『백색 소음』은 살아 있는 체계들의 특징 즉 상호성, 개연성, 복잡성, 형식적 관계, 우연성, 균일 종말 등을 모델로 하는 하나의 역동적인 전체, 하나의 체계를 만들어 그 체계의 각 요소들이 어떻게 상호관계를 가지며 또 어떻게 그 체계의 전체와 연관되어 있는가를 명확하게 보여주고 있다.

1-4. 체계이론(Systems theory)과 『백색 소음』

문학 연구란 문학작품의 내재적 특성 때문에 작품의 또 다른 새로운 면을 들춰내는 일련의 해석 과정이다. 체계 이론에 의한 해석 역시 작품의 이러한 특성의 지평을 열어 주는 한 가지 해석 방법으로, 작품을 대단히 복잡한 유기 체계로 보고 인간의 기계적 사고에 입각한 확신과 이에 상응하는 상대적 인식의 이분법적 해석을 지양한다. 루드윅 폰 베르탈란휘(Ludwig von Bertalanffy)에 의하면, 체계 이론이란 살아 있는 체계의 조직화의 중요한 기능 즉 체계, 조직화, 전체, 그리고 목적론 등을 추구하는, 궁극적으로는 사물의 본질에 대한 하나의 새로운 패러다임이라고 한다(188). 데카르트 이후 서구 사상을 지배해 온 과학에 의한 통괄의 우위(지배)의 신념과 확신에 대한 하나의 대안으로서의 이 이론은 하나의 폐쇄 체계 또는 엔트로피의 현상에서 나타나는 허무주의적 사고를 지양한다. 또 적용의 대상을 살아 있는 체계로 보기 때문에 하나의 가상의 모델을 만들 때 사변적인 방법과 동시에 동형이질(isomorphism) 또는 이체동형(homologies)의 체계 사이의 형식상의 유사성과 차이를 규명해야 하는 과학적 담론의 방법도 중시한다. 그러므로 이 이론은 거대 이론을 지향하는 하나의 전체론의 방법이다. 이 이론에 의해 해석되는 20세기 후기의 대표적인 미국 소설은 윌리엄 개디스(William Gaddis)의 『제이·알』(*JR*)(1976), 로버트 쿠버(Robert Coover)의 『공개화형』(*The Public Burning*)(1977), 존 바드(John Barth)의 『서간집』(*LETTERS*)(1979), 토머스 핀천(Thomas Pynchon)의 『중력의 무지개』(*Gravity's Rainbow*)(1976) 등이 있다. 이 소설들은 형식에 있어 전통과 탈 전통, 사실성과 자아 지칭 또는 자아 의식성, 모더니즘과 포스트모더니즘의 경계선을 무너뜨리고 내용에 있어서는 20세기 후기 산업 사회의 문화 현상을 해체하고 동시에 재구성하여 좁게는 미국 대륙의 소비자들, 넓게는 지구에 살고 있는 사람들의 소비문화의 조건들에 대해 효과적인 대안을 제시한다.

이 부류에 속하는 드릴로(Don DeLillo)의 『백색 소음』은 그의 첫째 소설 『아메리카나』와 둘째 소설 『엔드 존』이 1인칭 화자에 의해 서술되듯, 1인칭 화자인 주인공 잭 글래드니(Jack Gladney)에 의해 서술된다. 잭은 어떤 의도나 계획 같은 것을 두려워하는 사람처럼 그 무엇에도 통제되지 않는 삶을 살고자 한다. 잭의 이러한 바람은 1부 5장의 첫 문장 "어떤 종류이든 간에, 재주가 뛰어난 가속이 두렵다. 우리는 즐길 수 있는 한 목적 없는 이 날들을 즐기자"(*White Noise* 18)에서 보듯 제 1부 "전자파와 방사선"은 20개의 짧은 장들로 구성되고, 20개의 장들은 대부분 서로 관계가 없어 하나의 이야기에서 다른 이야기로 건너뛰어 인과의 일치를 불식케 하여 그러한 삶에의 소망과 그 삶 속의 두려움의 이야기(에피소드)는 이 소설의 삼분의 일 가량을 차지한다.

서사 구성의 이러한 느슨함은 1부에서 잭이 그의 부인 배빗(Babette)에게 "누가 먼저 죽을 것인가?"(100)라고 다그치는 물음에 의해 서사의 진행이 차단되고 또 잭이 단순히 허공을 바라보면서 현관의 흔들의자에 앉아 있는 묘사는 그의 억눌린 삶의 한계를 말해주듯 서사의 진행을 끊어 버린다. 이처럼 인물의 독자적인 행위의 진전이 보잘것없는 반면에 이 소설에서 뚜렷하게 부각되는 것은 블랙스미스라고 하는 조그마한 도시의 발달된 기술과 그 기술의 부산물로서의 방사선에 의해 적나라하게 드러나는 그 도시의 환경이다. 이 환경 속의 인물들은 독자로 하여금 이곳의 애절한 분위기를 한결같이 느끼게 하지만, 인물들은 이런 배경 속에서 단순히 기능하는 존재에 지나지 않는다(99). 왜냐하면 잭이라는 인물이 지적인 힘을 소유하고 있으면서 소설의 끝에 가서는 변화된 미국의 환경에 적응할 수밖에 없고 또 잭 못지않게 생태계를 위협하는 전자 자기 방사선에 대해 그의 아들 하인리히(Heinrich)의 "기형아가 태어나는 곳은 어디라고 생각합니까?"라고 하는 물음에 "라디오와 TV가 있는 곳"이라고 하는 대답에서도 알 수 있기 때문이다. 이 점은 이 소설 속의 인물들뿐만 아니라, 현대를 살아가는 모두에게 이와 유사한 상황을 겪게 하거나 겪게 될 것을 시사해 주고, 이로 인해 인물의 의지와 계획은 서사 진행의 일관성을 지속할 수 없게 한다. 이처럼 제 1부는 환경에 무서운 영향을 끼치는 전자파와 방사선이 과학과 기술의 개념 또는 원리로서 광범위하게 작품에 쓰이고 있다기보다는 문화적, 예술적 메타포와 이미지로 현시되고 있다.

2부 "독가스 누출 사고"는 전통적인 소설 구성과는 달리 인물과 배경의 구분이 없는 아이러닉한 서사 구성이 특징이다. 그 이유는 배경이 작가의 통제에서 일탈되고 의도된 인물처럼 기능을 하고, 인물이 배경의 생태적 토양에 반(反)할 때는 자기희생을 치러야 하기 때문이다. 이것은 낭만주의의 반(反)주제로서, 예이츠(Yeats), 조이스, 파운드(Pound), 스티븐스(Wallace Stevens)의 모더니즘 시기에는 미적으로 쟁취된 자유와 숭고미 그리고 예술가를 주인공으로 하는 주제가 되었다. 이 주제는 칸트의 『판단력 비판』(Critique of Judgment)부터 시작하여 쉴러(Friedrich von Schiller)와 마르쿠제(Herbert Marcuse)의 신칸트학파의 이상주의의 문화이론을 거쳐 프라이(Nothrop Frye)의 『비평의 해부학』(Anatomy of Criticism)에 이르고 있다. 이러한 심미적 휴머니즘의 주제는 근대 기술에 대한 모더니즘 문화의 주창이고, 인간의 자유로운 행위와 의지의 표현으로 나타났다고 한다(Lentricchia 103-104).

이 소설의 1부가 잭 중심의 가정생활을 사실적으로 묘사한 것이라면, 2부는 갑자기 유독한 화학 물질 누출 사고로 인해 가족들이 피난 가고, 오염된 구름이 점점 다가오는 상황의 이야기이다. 다시 말해 2부는 1부의 예견되는 사실주의 양상이 갑자기 무섭게 바뀌어 재앙소설의 양상으로 바뀌고, 또 3부 "다일러라마"에 와서는 새로운 지식이 하나의 위협이 되는 하나의 전형적인 대학(지식인) 소설로 된다. 대학은 대중과 젊은이 문화에 대해 향수 어린 연구에 의해 수행되는 기관에 지나지 않고, 또 잭과 그의 처 배빗은 새로운 지식을 받아들이려 하지 않고 과거의 향수에 빠져 있다. 그러나 아이러니하게도 잭의 자녀들은 가정을 그들의 지식의 원천으로 삼고, 수많은 정보에 부딪혀 두려워하면서도 정보 시대에 복잡하게 얽혀 있는 수많은 체계의 존재를 인식하고 헤쳐 나가려고 한다.

총괄해서 말하면, 잭이 죽음을 피해 그의 고향 블랙스미스를 떠나 근처의 아이언 시티로 가는 것이 전반부의 이야기이고, 죽음에서 벗어나는 약을 찾아 다시 아이언 시티로 돌아가는 것이 후반부의 이야기이다. 소설의 이러한 전환과 빠른 변화의 이야기는 압축과 반복을 특징으로 하고, 또 일상의 있을 법함 속에서 엄연히 존재함을 드릴로는 시사한다(LeClair, *In the Loop* 210).

주인공 잭의 이런 직접적인 행위의 단순함과 더불어 그의 지적 액션의 원형적 특징은 대화와 명상과 원형의 논리성 그리고 교묘한 논쟁이다. 다른 인물들 역시 잭처럼 인물로서 성장하지 못하고, 잭을 위한 정보의 제공처로 또는 잭을 위한 자극의 근원으로 존재하여, 그들 자신의 삶과 계획을 가진 인물로 존재하지 못하는 일차원의 인물들이다. 총체적으로 말해서 이 소설은 많은 에피소드의 연속과 짧은 장들로 구성되어 있으면서도 그것들의 상호 관련성을 강조한다. 구성의 이런 특징과 생태계의 환경의 문제 그리고 정보 매체의 백색 소음의 이미지와 메타포가 부각되어 이 소설을 르클레어(Tom LeClair)는 생태계 상호간의 통신이라고 부르는데, 이 소설의 이런 특징은 체계 이론의 특징과 일치한다. 체계 이론은 스테픈 C. 페퍼(Stephen C. Pepper)의 문맥 중심주의와 유기체론, 로렌스 핸더슨(Lawrence Henderson)의 반이성주의, 월터 B. 캐넌(Walter B. Cannon)의 항상성(homeostasis) 그리고 베르탈란휘의 개방 체계의 개념과 특징 등으로 설명된다.

페퍼의 문맥 중심주의와 유기체론은 그의 형이상학 체계를 설명하는 『세계의 가설들』(*World Hypotheses*)(1942, 1970)에서 이 세계를 변화, 신비로움, 질서, 그리고 무질서와 관계없이 복잡하다고 보는 사상이다(Lilienfeld 9). 문맥들이란 전체 흐름 속에서 선택되고, 선택된 문맥들은 하나의 조직을 구성하는 요소들에 대해 의미와 윤곽을 부여하는 형태와 패턴을 형성하는 데 기여한다. 문맥 중심주의가 또 강조하는 것은 혼융으로, 이는 혼란, 식별의 모호함의 의미로 쓰이는 개념이고, 문맥 중심주의는 경험을 설명하기 위해 문맥들이 통합된 윤곽들을 이용하고, 앞서 통합된 문맥들에 대해 어떤 본질을 부여하지 않는다.

그러나 유기체론자들은 주어진 사건이나 실체를 에워싸고 있는, 또는 주어진 사건이나 실체를 완전히 포함하는 융합된 문맥들이 양적으로 더 많고 통합되고 또 보다 더 본질적이라고 말한다. 다시 말해 유기체론자들은 우리의 경험은 혼돈스런 것이 아니라 구성 요소들과 구성 자질에 있어 부인할 수 없는 규칙성이 있다고 믿는다. 반면에 문맥 중심주의자들은 어떤 사상이나 이론의 진실은 동적이라고 보고, 확정되는 것이 아니고 경우에 따라 새로운 사실의 발견이나 출현에 의해 바뀔 수 있다고 본다. 이에 대해 유기체론자들은 과학 이론의 바뀜은 혼돈으로 전락하는 것이 아니라 보다 포괄적이고 보다 정확한 형식으로 비교적 한정된 융합 형식을 대체하는 것이라고 말한다. 문맥 중심주의는 체계 이론을 문맥중심주의의 조직화하는 자질로 보고 경험이란 하나의 조직화의 문맥 아래 어떤 의미 형상을 가지게 되는 자질들로 이루어진 하나의 혼돈으로 정의하고, 하나의 전체 덩어리로부터 떨어져 있는 부분들은 의미가 없고 더군다나 부분들은 무의미할 뿐만 아니라 경우에 따라 그것들은 인지되지도 않는다고 한다.

핸더슨은 그의 사회학적 사고를 생화학과 유기체의 유추에 근거한다. 그의 반이성주의는 인간의 삶 속에서 비이성적 사고와 행위의 위력을 강조하면서 비이성적 사고와 행위의 역동성에서 제기되는 무의미성을 도출하여 비이성적 사고나 행위의 가치를 절하한다. 특히 그가 강조하는 것은 체계의 사회적 과정들로, 사회적 과정들의 이해와 연구는 본질을 평형이라고 정의한다. 평형이란 하나의 유기체가 스스로 통어하는 메커니즘을 가지고 있어서 평형을 유지한다는 것은 곧 그 유기체가 건강하다는 것이다. 하나의 유기체 또는 체계 속에서 일탈이라는 현상이 생길 때도 체계 본래의 상태로 복귀하고자 하는 경향이 있고, 그 체계 속의 모든 요소들은 하나의 체계 속에서 상호 작용하되, 그들 스스로를 제외한 다른 모든 것들에 상호 의존한다고 한다. 이런 현상을 핸더슨은 그의 사회 체계의 인식에 하나의 방법론으로 제시한다 (Lilienfeld 재인용 12-14).

셋째, 캐넌의 동질 정체란 하나의 유기체 또는 살아 있는 체계 속에서 스스로 변화하거나, 다른 자극에 의해 변화를 하게 될 때 변화에 순응하면서도 한결같이 본래의 모습을 유지하려고 한다. 바로 이런 현상은 사회 또는 문화의 정체성 설명에 도움이 된다고 한다(Lilienfeld, 15-16).

체계 이론의 보다 구체적인 특징은 베르탈란휘의 개방체계 이론으로 설명된다. 그의 개방체계의 개념을 요약하면 첫째, 살아 있는 체계는 에너지와 정신의 상호관계의 결합에서 이루어지는 역동적 과정을 수행하기 때문에 체계는 부분으로 나누어질 수 없고 전체로 고려되어야 한다는 것이다. 둘째, 살아 있는 체계는 다른 체계들과 서로 연계되어 있어서 연관성의 관계에 있을 때 살아 있는 체계의 원형적 인과성을 수리 법칙으로는 설명할 수 없다는 것이다. 셋째, 살아 있는 유기체의 본질은 구조와 형식의 차이화에서 발견되고 또 본질은 체계의 에너지와 힘의 교환보다 정보의 전달에서 발견된다. 넷째, 조직을 가진 복합체로 정의되는 개방 체계들은 사물의 본질을 원자학적(미시적), 축소적 요소의 기계적 접근을 지양한다. 다섯째, 개방 체계의 과정들은 느슨하고, 종결의 결과는 처음의 조건들에 의해 결정되거나 예측될 수 없다. 여섯째, 살아 있는 개방 체계는 목적의 추구, 자아 조직화, 자아 정정(수정), 동질 정체를 지향하는 경향이 있다. 일곱째, 체계는 정보의 다양성을 가지거나 적응에 유연성을 가질 때 가장 잘 적응한다. 여덟째, 살아 있는 유기체는 생태계를 최고의 모델로 삼으며, 하나의 전체로 존재한다. 살아 있는 체계는 위의 여덟 가지 특징과 함께 선택보다는 양면과 동시성의 접근으로 또 상호관계가 없는 것처럼 보이는 체계들 속에 동형 이질과 이체 동형이 있음을 방법론적으로 제시한다(Bertalanffy 39-41; Lilienfeld 16-21). 체계 이론의 이러한 견해와 방법론은 이 이론의 제 2세대의 한 사람인 앤소니 윌든(Anthony Wilden)에 의해 더욱 광범위하게 적용된다.

윌든은 베르탈란휘의 개방 체계와 그레고리 베이트슨(Gregory Bateson)의 통신이론과 프로이트, 마르크스, 라캉, 레비스트로스, 피아제(Piaget), 괴델(Göedel)의 사상과 통합하여 인지이론의 관점에서 명제들의 새로운 패러다임의 변화를 제시한다. 르클레어도 근원과 관계를 인식론의 관점에서 각 명제간에는 차이가 존재하면서도 동시에 이들 사이에 상관관계가 있어 각 명제간의 관계를 명확히 구분한다는 것은 어렵다고 말한다. 이처럼 문맥 중심주의에서 부분보다 전체의 의미를 중시하고, 동질정체의 관점에서 변화 속에서도 본래의 모습을 유지하려는 특성을 강조하고, 또 개방 체계의 특징으로 정보전달의 중요성과 다양성 그리고 유연성과 개방 체계의 느슨한 과정들 그리고 유기체는 생태계를 하나의 최고의 모델로 보는 것 등과『백색 소음』에서 크게 드러나는 서사구성의 특징들, 즉 느슨하면서도 상호관계성의 견지, 사회문화현상에서의 정보의 위가(位價), 그리고 이 소설을 하나의 생태계의 관점으로 보는 것 등은 서로 같거나 대단히 유사하다.

제임슨은 포스트모더니즘 문학을 하나의 새로운 깊이 없음으로 정의하고 포스트모더니즘 문학은 하나의 문화현상에 대해 하나의 층에서 또 다른 하나의 층으로의 꿰뚫어 보기의 행위로 간주하는 비평과 비판의 전통적 위상에 대한 신념의 상실을 가져오게 한 문화상의 중요한 계기가 되었다고 말한다(58). 또 그는 포스트모더니즘 문학을 감추어진 사회-텍스트의 무한의 의미의 회복으로, 안과 밖의 해석학적 모델도 없고 본질과 외양간의 변증법적 모델도 없으며 권위와 비권위, 소외와 비소외 사이의 존재론의 모델도 시니피앙, 시니피에 사이의 "동형 짝"도 없다고 본다. 그는 또 마르크스주의, 정신분석학, 실존주의, 기호학 등이 의미의 위안을 우리에게서 앗아가는 대신 담론과 텍스트 상의 놀이가 이를 대체한다고 말한다(61).

포스트모던 문학에 대한 제임슨의 이러한 주장은 대상 재현의 어려움을 지적한 것이다. 드릴로 또한 대상 재현의 어려움을 극복하기 위한 중요한 서사 전략으로 미디어 상을 제시한다. 드릴로가 "우리는 컬러 TV 위에 하나의 기록물로 계속 펌프질하는 심장처럼 화려한 빛의 쇄도를 주시하고 있다"라고 기술하는 것은 TV에 의한 삶의 재현과 실제 삶 자체의 사이에 차이가 없다는 시사로서 TV에 의한 삶의 재현과 삶 자체 사이에 경계가 무너지는, 비변증의 합일로서 차이가 없어지게 된다는 것이다. 최근의 문학 장르에서는 이를 모조물이라고 한다.

레오나드 윌콕스(Leonard Wilcox)는 『백색 소음』이 미국인의 정체성과 미디어 상호간의 관계를 묘사하여 『천칭자리』(Libra 1988)와 함께 기술논리 기호학(technologicosemiotics)의 영역에서 구성되고 조정되는 세계를 그린다고 말하고서, 보드리야르가 말하는 정보와 미디어에 의한 현대사회의 변환이 돋보인다고 말한다(346). 그런데 보드리야르가 말하는 정보사회란 본질의 사회가 붕괴되고 새롭게 만들어지는 기표어의 흐름으로 특징 지워지고 본질의 세계는 삼켜지고 기호의 놀이와 교환만이 있는 사회다. 그의 그러한 주장은 대상 재현의 어려움과 확고한 구조의 부재, 그리고 종말의 붕괴에 근거한다.

이러한 예는, "이 방 저 방의 소리, TV에서 흘러나오는 소비자의 충고 소리"(61), "토크쇼, 그리고 끊어진 글들이 그를 에워싸고 또 그가 마스터 카드, 비자, 아메리칸 익스프레스"(100), "휘발유의 유연, 무연, 초무연"(199), 그리고 "드리스탄 울트라"(160), "클로렛, 벨라민트, 프리던트"(229)라고 중얼거리는 부분이다. 잭의 서사는 마스터 카드 등의 상표와 광고 슬로건에 의해 중단된다. 서사의 이런 중단은 미디어에 의해 독점된 서사의 다성적 담론과 전자통신에 의해 탈중심화된 주체의 새로운 형식의 출현이다. 이것은 주체의 개인적 영역의 탈피로서 보드리야르는 이를 내면의 종식(133)으로 정의한다. 보드리야르는 현대정보 사회에서 어떤 진실을 밝히려 하고 어떤 의미를 만들기 위해 지적 노력에 자극을 주는 충동은 현대 정보 사회 속에서는 깨뜨려진다고 말한다.

> 무엇인가 바뀌었고, 파우스트식의, 프로메테우스식의, 생산과 소비의 시대는 통신세계에 어울리는 접속, 접촉, 접근, 반응과 일반화된 인터페이스의 나르시스 적이고 변화무쌍한 시대, 즉 네트워크의 변화무쌍함의 시대에 그 자리를 내어주었다. ("Ecstasy" 127)

보드리야르에 의하면 영웅적인 충동, 즉 억눌린 진실을 밝히려는 충동은 "부드럽게 흐르는 통신의 표층"(127)에 양보하고 가변의 정보사회의 중심 체계의 역동 속에서 녹아 버린다고 한다. 보드리야르의 이러한 견해는 르클레어가 베르탈란휘의 체계와 정보와의 관계를 논하는 글 속에서 체계의 최적의 조건은 체계가 다양한 정보를 가질 때라고 말하는 것과 같다(In the Loop 4).

보드리야르의 견해와 마찬가지로 드릴로도 현대 사회에서의 의미의 집중적인 추구를 의심한다. 모더니즘의 작가들이 상상력에 의한 구성의 힘, 전망, 그리고 통찰력이 샘솟는 정통적이고 자율적인 주체를 그들 작품 요체로 보았다면, 드릴로는 정통적이고 자유로운 주관의 순간들을 모조물의 공간에서 자아의 경험을 특징지어주는 행복감 내지 정신분열증으로 나타낸다. 이러한 예는 잭이 문화의 소음 속에서 의미를 밝히기 위해 가족과 더불어 쇼핑할 때 "내 스스로 가치와 자기 존중을 하게 되어, 나 자신을 가득 채워, 내 자신의 새로운 면을 발견하는"(84) 시지프스식의 노력을 하고, 또 그의 딸 스테피(Steffie)가 "토요다 크롤라, 토요다 셀리카, 토요다 크레시다"(155)라고 말하는 것을 듣고 그가 "그것의 근원이 어디든 간에 그 말은 나를 황홀한 초월의 순간의 감동을 준다"(155)고 반응을 보이는 부분이다. 그러나 정통적인 자아 확립의 세계와 초월적 의미의 모더니스트의 충동은 포스트모던의 세계에서는 실현되지 않는다.

잭의 이러한 자세와는 달리 그의 동료이며 "엘비스"(Elvis)와 "승용차 충돌의 영화"라고 하는 대중문화를 가르치는 방문 교수인 머레이 시스킨드(Murray Siskind)는 포스트모던 사회의 최고의 경험, 즉 의사소통의 환희를 TV의 기능을 통해 만끽한다.

> TV는 우리로 하여금 화면에 나타나는 윙윙거리는 점들의 네트워크, 바 둑판 격자를 응시케 한다. 그 곳에 빛이 있다. 그 곳에 소리가 있다. 격 자모양 속에 감추어져 있는 수많은 데이터를 바라보라. "콜라를 드세 요, 콜라를 드세요, 콜라를 드세요." (*White Noise* 51)

머레이는 전자의 데이터와 정보의 흐름을 흔쾌히 받아들이고서 새로운 의미를 지향하는 시대에 잭의 교사라고 생각한다. 머레이의 이러한 생각은 농가의 광을 보기 위해 승용차를 타고 갈 때 포스트모던 시대의 이미지와 모조물의 새로운 질서 속에서 관광객들의 매료된 의의를 잭에게 설명하는 장면에서 드러난다. 머레이에게 있어 그 광은 과거의 정통적인 농촌 생활의 연상들을 상기시키기보다는 이미지 모방의 과정을 시사한다.

머레이는 사회의 표층과 정보의 통신망, 나아가 상품의 영역으로부터 의미의 영역을 찾는 것이 필요하다고 주장하는 인물로서 "일단 광에 대한 표기를 보게 되면, 실제 광과 그것의 표지와의 구별은 어렵다"(12)라고 말하며 본질과 본질의 재현, 기호와 지칭 대상 사이의 구분이 붕괴되어 새로운 질서가 나타나게 된다고 잭에게 진지하게 설명한다.

머레이는 다소 의아해 하는 잭에게 기호가 본질보다 상위에 있고 경험은 이미지에 의해 만들어지고, 또 이미지란 순간적인 섬광처럼 존재하다가 사라지는 신비스런 발기(發氣)의 현상을 가지는 그런 버추얼 리얼리티의 논리성을 가지고 있다고 말한다.

> 우리가 여기 있는 것은 이미지를 데이터화하려는 것이 아니라 이미지를 유지하기 위해 온 것이오. 사진사라면 누구나 원본의 아우라를 재강조하죠. 잭, 당신은 그런 분위기, 즉 이름 없는 열기의 응집을 느낄 수 있습니까? (*White Noise* 12)

두 사람의 이런 관계에서 머레이가 이미지와 기호의 흐름을 음미한다면, 잭은 그의 전형적인 내적 자아가 가상의 깊은 내면 속으로 침잠하는 것을 보여준다.

미디어 상에 의한 강력한 정보의 전달과 영향은 2부 "독가스 누출 사고"에서 독가스 사건에 대한 인물들의 주관적인 반응들이 라디오와 TV에 의해 만들어지는데서 나타난다. 처음 독가스 사건은 "하나의 새털 같은 것"(111)으로 보도되고 나서 서서히 호기심과 경종을 불러일으킨다. 이것은 경외감마저 따르는 두려움을 야기하는 하나의 재앙으로 "검고, 소용돌이치는 구름"(113)으로 묘사되고, 드디어 그 광경은 진실과의 관계가 모호해지고, 나아가 진실(본질)의 세계마저 근원이 없는 다층의, 퇴행의 초사실의 형상으로 된다. 그 결과, 이 사건으로 인해 생긴 독성물질의 노출에 대해 잭 자녀들이 이미 알면서도 그것이 독성물질의 노출에 의해 생긴 증상인지 혹은 암시에 의해 표출된 정신 심리인가를 분명히 말하질 않는다. 왜냐하면 그들은 그것이 보도된 후 라디오에 의해 그것을 듣고 난 후, 그런 증상을 보여주기 때문이다.

이 소설에서 가상의, 초사실의 실상을 가장 심도 있게 보여주는 장면은 이런 독가스 사건에 대비한 "SIMUVAC"(139)이라고 불리는 가상의 대피이다. 이것은 규칙적으로 시행되는 연습으로 자원 봉사자들은 죽어가는 행위를 보여주고, 이를 즉각 분석하기 위해 녹화된 비디오 테이프가 보내어진다(139). 이러한 훈련은 가상이 진실의 근원이 됨을 보여주는 좋은 예이다.

플라톤은 모조물을 하나의 모방을 모방한 것이라고 말하고, 이것은 모방이라는 윤리를 짓밟고, 비진실의 본질로부터 거리를 두고 있음이라고 정의한다. 그런데 보드리야르는 초사실의 상태에서 진실한 것이 무한히 만들어질 수 있다고 보고 있고, 들뢰즈 또한 차이와 반복의 놀이에 의해 동질성이 시뮬레이트된다고 말한다(Frow 420에서 재인용). 이 시뮬레이션의 세계는 플라톤의 본질의 세계에서 해방되어 근원의 세계보다 현상의 세계를 모델보다 이미지를 상위의 개념으로 보고 근원이란 어떤 것이든 하나의 모방으로 간주한다. 피터 울런(Peter Woolen)도 기호 사용의 증가와 가속화, 그리고 자연속의 대상이나 사건보다 기호중심의 현대사회는 기호의 영역을 하나의 제 2의 본질이라기보다는 제1의 본질이라고 본다(Frow 420에서 재인용). 이것은 재현 지배의 사회에서 재현과 본질사이의 전통적인 구분이 없어짐을 의미하는 것이다. 그러므로『백색 소음』의 세계는 제1의 재현들이 진실이 되는 그런 세계이다.

기호의 위력 못지않게 이 소설에 줄기차게 흐르는 하나의 형상은 제2의 정보, 즉 "단견(短見), 단편의 주장, 지식과 소문들, 그리고 광의의 정보들, TV와 라디오 또는 슈퍼마켓의 확성기의 소리, 그리고 전화 내용들"(72)이다. 이들은 출처가 분명치 않는 엿듣는 말과 합쳐지거나 TV의 말을 통해 전달되는 말, 라디오로 통해 전달되는 말, 그리고 TV에서의 목소리 등으로 전달된다.

예컨대 잭과 배빗의 대화―"어디서 소식을 들었어요? 저는 스테피로부터 간접으로 들었어요"(52)―의 경우는 근원이 명확하지 않는 언어와 정보가 사회의 물결을 타고 흐르는 것으로 볼 수 있고(King 72) 또 이와 같은 불명확한 정보는 잭 가족들이 승용차에 가득히 실려 "미드－빌리지 몰"(Mid－Village Mall)을 향해 출발하는 17장의 첫 부분의 묘사에서 발견된다. 즉 잭의 딸 데 니스(Denise)가 어머니가 복용하는 신비스런 약에 대해 퀴즈 형식으로 물어 보고 싶어 하지만 대화는 곧 수정과 제한이 뒤따르는 광범위한 언급들, 질문 과 답변, 그리고 일련의 진술 등으로 바뀌어 나타난다.

> "너는 다일러에 대해서 뭘 알고 있니?"
> "스토버 가족과 함께 있는 흑인 소녀 말하는 거예요?"
> "아니, 걔는 다커야." 스테피는 말했다.
> "다커는 그녀의 이름이 아니고, 그녀의 고향 이름이야'라고 데니스가
> 말했다.
>   …
> "볼리비아인들이지"라고 나의 딸이 말했다. (*White Noise* 80-81)

위의 생략된 긴 코믹한 글은 앞서 말한 진술이나 주장의 잘못을 정정하고 동 시에 그 정정의 글 속에 또 다른 형식의 잘못의 글을 제시하여 잘못된 요인을 보다 깊숙이 들춰낸다. 이 글은 결국 잘못된 정보로 인하여 중첩된 해석의 효 과를 나타내고, 또한 가정이 "이 세상의 그릇된 정보의 요람이다. 가정생활에 는 사실의 과오를 만들어내는 무엇이 있음에 틀림없다"(81)라고 지적한다. 이 런 점에서 이 소설은 왜곡된 통신과 정보, 특히 대중을 통해 전해지는 말의 흐름과 간접적인 정보 전달의 문제점을 비판한다고 말할 수 있다. 이런 점의 절정은 21장의 독가스 누출 사건의 묘사이다.

앞서 가상과 진실사이가 모호해짐을 다룬 장면에서, "하나의 새털 같은 깃"(111)의 가벼운 언급과 보도는, 소용돌이치는 구름(113)과 독가스 사건 (117)으로 확대된다. "하나의 검고, 소용돌이치는 구름이고, 7대의 군용헬기의

뚜렷한 빛줄기에 의해 비치는 공중 독가스 사건으로 된다"(127)라는 문장은, 앞의 언급한 낱말(정보)들이 서로 합쳐진 것이다. 이렇게 진행된 묘사는 미시적 차원에서 보자면 간접정보의 끊임없는 흐름 속에서 근원들이 잊혀진 채 일상의 진술과 말에 대해 보다 대중적인 문화의 특징을 나타내는 것이다. 스튜어트 홀(Stuart Hall)은 사회문화의 이러한 현상을 다음과 같이 말한다.

> 우리는 직접 세계를 진실로 알게 되었다는 이런 생각을 가졌는데, 이것은 진실이 아니라는 것을 지금 나는 알고 있다. 우리는 간접적인 배움을 통해 대부분 알고 있다. 우리는 실제로 일어나고 있는 것을 배우기보다는 낱말과 이미지, 그리고 정보를 통해 배운다. ("Interview" Block 14)

이런 점에서 이 소설은 많은 간접 정보의 현상과 상업, 미디어, 그리고 군중들이 군집하는 사회 공간 즉, 슈퍼마켓, 쇼핑센터, 하이웨이 등을 다루는 대중문화의 한 소설 장르에 속하고, 또 서사 형식과 서사 목소리의 기능에서 이 소설은 메타 소설의 성격을 가진다. 그것은 잭에 의한 80분에 걸친 인상적인 기록(25)으로 이 기록에는 서사의 목소리는 없고 "단지 성가, 노래, 아리아, 연설, 울음, 기쁨의 소리, 비난, 절규"(26) 등과 "대기오염을 말하는 젊은이" (91-92), "배빗이 대화하기 위해 목소리를 바꾸는 것"(142) 등이 있을 뿐이다.

서사의 이런 특성은 간텍스트의 차원의 '자동 기술 텍스트'(autotelic text)에서 이루어지는 하나의 해석학적 관행으로, 롤랑 바르트(Roland Barthes)의 간텍스트관을 상기할 필요가 있다.

> 다른 텍스트들이 이전의 문화와 관련 문화 텍스트들이 어느 정도 인지 될만한 형식으로 다양한 층을 이루며 그 속에 나타난다. 어떤 텍스트이건, 그것은 과거 언급된 것의 하나의 새로운 포장이다. 기호들, 형식들,

그리고 리듬, 모델의 조각들과 사회 언어의 파편들이 그 텍스트 속으로 전해지고, 그 속에 다시 재분배되어 있다. (*Untying the Text* 39)

바르트처럼 조나단 컬러(Jonathan Culler)도 간텍스트를 하나의 텍스트와 하나의 문화에 대한 다양한 언어와 의미를 가진 관행과의 관계로 보고, 또 한 문화에 대해 그 문화의 가능성을 말해주는 다른 텍스트들과 그 텍스트와의 관계라고 말하는 것(103)과 존 프로우(John Frow)가 간텍스트의 특징으로 10개의 항목을 제시하는 가운데 두 번째 특징, 즉 "텍스트들은 현대의 구조들이 아니요, 텍스트들의 흔적들이다. 텍스트들을 다른 텍스트들의 구조들의 반복과 변형들에 의해 만들어진다"("Textuality" 45)고 하는 말은 『백색 소음』의 이런 상황에 대한 적절한 설명이 된다.

잭 주위를 에워싸고 문화의 표층에 드러나는 것은 복잡한 정보와 통신의 흐름이다. 어느 날 슈퍼마켓에서 "잭이 사람들의 말을 많이 듣지만, 그는 그것을 확인할 수 없고 더더욱 이해할 수 없다"(40)라고 하는 것은 이곳의 얽히고 설킨 정보와 통신을 말하는 것으로서 르클레어는 이를 이 소설의 상표이름의 목록으로 이미지화 한다.

… 이 목록들은 글래드니『잭 글래드니』가 언제나 의식하고 있는 것으로 보이지는 않는다. 오히려 그 목록들은 그가 있는 주위 소음의 부분이고, 저자의 존재를 상기시키는 것이고, 의사소통의 큰 흐름에 대한 저자가 알고 있다는 것이기도 하다. 하나의 전체로서 텍스트를 유추하듯, 나열은 축소 조직화의 한 부분이다. (*In the Loop* 211)

르클레어의 이러한 평은 현대문화를 말의 확산의 장이라고 하고(101) "매일 의사소통도 되질 않고, 몇 개의 독점된 언어들이 쌓여 있고, 나는 단편적이 되고, 단절되고 흩어진다 …. 하루 종일 같은 언어를 말하려고 할 때 나는 얼마나 많은 언어를 받아들여야 하는지?"(*The Rustle of Language* 102)라고 하는 바르트의 말을 상기시키고, 그러한 주장은 잭의 심정과도 일치한다. 바르트의 이러한 주장의 바탕에는 "언어 외에는 어떤 주체도 없다. 왜냐하면, 주체를 철저하게 구성하는 것이 언어이기 때문이고, 언어들을 분리시키는 것은 영원한 슬픔이다"라고 하는 것이 깔려있기 때문이다(101). 잭처럼 바르트가 사회 속의 언어들을 현대사회가 고통스럽게도 갈라놓고 있다고 말하는 것은 『백색 소음』의 대중문화, 즉 라디오, TV, 그리고 대중통신의 언어들은 바르트의 말처럼, 모호하고 흩어져 있고 쉽게 구분이 되질 않는 데서 알 수 있다. 그러므로 『백색 소음』의 언어들은 대화와 여론의 언어들이고 은밀하면서도 명백한 언어, 바르트가 말하는 "단편" 언어이다(*The Rustle of Language* 108). 한마디로 말해서 이 소설의 단편 언어는 "정보와 소문"(129)의 언어로서 군중이 모일 때마다 정보는 교환되고 견해가 피력될 때마다 잘못된 표현이 그것의 옳은 것처럼 되고 또 바르고 틀린 각종 뉴스(129)는 사람들이 일하는 곳에서 생겨나고 범람하여 모든 것이 "떠돌아다니듯"(127) 표류한다.

이러한 현상과 더불어 보드리야르가 말하는 스크린과 네트워크의 세계에서 의식의 환희는 잭이 그레이(Mr. Gray)가 투숙하는 모텔로 들어가 "나 자신은 구조들과 많은 채널의 그물망의 일부"(305)라고 하는 느낌에서부터 그 자신의 존재가 순간 갑자기 정보의 그물망으로, 백색 소음 세계의 메타포로 바뀔 때이다.

이러한 변화의 절정은 "그 방안의 소음의 강도는 어떤 소리의 주파수에도 불구하고 동일했다. 주위는 온통 소리뿐이다 …. 나는 의미의 그물망 속에 있는 내가 누구인지를 알았다. 물방울이 떨어져 표층이 빛나고, 나는 모든 것이 새로워지는 것을 보았다"(321)의 이런 활력 있는 분위기와 TV의 기이한 광채(빛)에 빠져 들어가는 순간이다(307). 잭의 이러한 경험은 영향의 그물망에 의해 의식의 순간을 잃어버리는 것, 즉 보드리야르가 말하는 정신분열증의 상태와 같다.

> … 사물의 절대적 근접, 총체적 순간성 … 아무런 장애 없이 정신분열
> 증질환자를 통과해가는 이 세계의 과잉 노출과 투명성. ("Ecstasy" 133)

보드리야르가 말하는 정신분열증은 이와 같은 의사소통의 환희에서 하나의 중심, 즉 변환의 중심으로 존재하여, 잭이 백색 소음의 등가를 인식하는 순간, 그의 정신과 육체의 경계는 정보의 흐름 속에서 사라진다.

제임슨은 이런 상황을 단절된 포스트모더니즘의 정신분열증의 상황에서 모더니즘의 표현의 에너지가 확산되고, 부스러진 감정의 변형이라고 진단한다. 제임슨의 정신분열증적 경험의 세계는 환각 유발의 결집을 가지는 순간으로(73) 잭이 바로 이런 징후를 가지고 있기 때문에 경험하게 되고, 궁극적으로는 이런 상태는 자아의 정체성의 확립보다는 자아의 소멸을 가져온다고 말한다(Wilcox 356).

밍크(Mink) 또한 리오따르(Lyotard)의 부서진, 언어의 운편(雲片)의 보고(寶庫)와 같다. 그는 TV의 일기예보의 말들을 반복하고(313) 미디어 상의 목소리를 내고, 더욱이 그의 모습은 잭에 의하면 TV 세트를 닮았으며, 백색 소음을 표상하는 인물(312)로서, 엔트로피의 과정에 있는 하나의 체제처럼 소진되고, 고갈되어 간다. 그는 자신의 소멸에 대한 강박관념에 빠져, 다일러 약을 하나 둘씩 복용함으로써, 죽음에 대한 공포를 억누른다.

인물들의 이런 모습은 현대 사회 속에서 정보의 가변성이 프로메테우스의, 파우스트의 열의와 오이디푸스의 노력을 대체한다고 하는 보드리야르의

진단과 같다. 더욱이 『백색 소음』의 세계는 정보가 자유롭게 흐르고, 프로메테우스와, 파우스트의 열의와 오이디푸스의 노력이 근원으로부터 단절되어 있기 때문이다. 이를 라캉의 말을 빌어 말하면, '아버지의 이름'의 안정이 의심을 사고, 심지어 종교의 신념도 모조물의 질서 속에 삼켜진다.

부권이 시뮬레이션 되어 있다고 라캉이 말하는 것은 자본주의 사회에서, 부권구조의 위기, 남성 역할의 무력함, 그리고 남성이 당당한 위치에서 서서히 퇴장하는 것을 의미한다. 잭의 가정은 이미 아버지의 이름의 중심이 못되고 탈 중심적이다. 잭의 부권의 힘이 서서히 조락하는 것은 그레이와 밍크와의 대결의 관계에서도 나타난다. 그레이는 처음 부권의 힘과 특권의 대변자처럼 과학자로서, 다일러 약 연구의 전 연구 담당자로서, 또 배빗과 육체적 관계를 맺은 사람으로, 남자의 우월성을 과시한다.

> 침대 쪽으로, 또 음모를 향해서. 나는 내 아내가 한쪽으로 구부리는 것을 보았다 …. 그가 행동할 때 그녀도 같이 했다. 매달려서, 흠뻑 빠져서, 감정으로 완전히 사로잡혀 있었다. 나는 그가 그녀를 압도하고, 통제한다고 직감했다. 그의 자세의 당당함. (*White Noise* 241)

그러나 그마저 서서히 권위의 인물이 아니라고 하는 것은 그레이라는 이름마저도 배빗에 의해 다일러의 약제조의 연구 집단 속에서 부르기에 편리해서 붙인 이름으로, 또 한 사람의 "합성 인간"(241)으로, 가변의 정보 체계에서 TV 화면의 이미지로 전락하고 드디어 그는 배빗과의 육체적 관계의 절정에 이르는 순간 "파나소닉"(241), 즉 백색 소음의 공명 속에 소멸되기 때문이다.

그레이의 화신인 밍크도 정보의 백색 소음의 흐름으로 표상된다. 그는 다국적 거대 기업 자금에 의해 지원받는 다일러 연구 집단의 과거 연구담당자로서 범지구의 경제계와 연계되어 있어 이들의 정보는 독점, 정보 채널로 운용된다. 그러므로 이들은 중심과, 권위, 그리고 상징적인 부의 권력으로 표상되기 보다는 후기 산업 사회 즉 서비스와 정보 사회의 사회 욕망 장치의 그물망처럼 확산되어 뚜렷하게 부각되지 않는다. 인물들의 이런 모습은 포스트모던 문화 현상에 대해 매우 회의적인 보드리야르의 진단과 일치하지만, 드릴로는 잭을 좀 다른 시각에서 보게 한다. 드릴로는 이 소설의 종결부분에 이르러, 후기자본주의의 사회 속에서 모더니즘의 유산의 양상들을 간직하게 하는 인물로 잭을 제시하고 인간 내면의 소멸을 가져오게 한 영상이미지의 상업화된 문화에 대해 크게 반발하고, 인간이 주체로서 합리적 이성을 가지기를 바란다. 그래서 드릴로는 잭의 마지막 모습에서 환희의 의식 소통이 번쩍이고, 기술적 의미론적 초사실의 이미지 덩어리에서도 다가오는 그의 죽음을 반기지 않으려는 자세를 보여준다.

> 차크라바티 박사는 나와 이야기하고 싶어 하지만, 나는 그러고 싶지 않다 …. 그러나 나는 이미지를 만드는 TV가 두렵다. TV의 자장이 두렵고, 컴퓨터화된 원자 펄스가 두렵다. 그것이 나를 알다니 정말 두렵다. (*White Noise* 325)

더 더욱 드릴로는 잭으로 하여금 슈퍼마켓에서 쇼핑하면서 죽음의 공포가 서서히 모조되고 카리스마적 광경으로 바뀌어 가고 있는 사회에서 죽음에 대한 공포를 느끼게 하면서도 그를 향해 동정의 눈길을 보내주는 것은 잭이 값을 치루기 위해 줄을 서서, 선반에 있는 약들을 불길하게, 또 죽은 자들과 유명인들의 제식(326)의 이야기를 주시하는 장면이다.

잭의 이런 인물설정과 더불어 드릴로는 소음과 관련되는 패턴을 설정하여 이를 이 소설의 주제와 병치한다. 인물들은 슈퍼마켓의 각종 상품들을 소비하듯 소리들과 부딪친다. 잭 집의 쓰레기통의 토막 난 소음(34)과 집안 애들의 잡담은 그에게 위안을 주고 슈퍼마켓의 소음은 그를 떠내려가게 하듯 하고 음색이 없는 체계들, 쇼핑 수레를 밀고 가는 소리, 큰 확성기, 커피 제조기, 어린애들의 울음소리, 그리고 지적할 수 없는 무딘 큰 소리들은 열기 가득한 삶 속에서는 구별이 되지 않는다(36). 그런가 하면, 또 쇼핑 몰에서는 이들과 유사하게 쇼핑객들의 즐거운 거래의 떠드는 소리(84)가 있고, TV속의 목소리들은 잭으로 하여금 외롭지 않다는 사실을 말해 준다. 더군다나 그의 강의의 목소리, 나치 군중의 노래 소리, 그와 머레이와의 사념 적인 대화 등은 죽음에 대한 공포를 불식케 한다. 잭의 경우와 마찬가지로, 배빗 역시 혼잡스런 정보, 경보소리, 상거래의 메시지들, 부정(不貞)과 불안의 고통소리, 터져 나오는 생각들, 정신병동의 비명, 비행기 안의 승객들이 곧 비행기가 충돌하려고 한다는 생각과 공포의 소리(82)를 감지하고, "죽음이란 소리뿐이 아닌가. 당신은 주위에서 영원히 소리만을 들을 것이다. 얼마나 무서운 일인가"(198)라고 말한다. 배빗의 이러한 말에 대해 르클레어는 소음이 아니면 어떤 목소리가 하늘에서 나타나 우리를 죽음에서 구해줄 수 있는 하나의 방편으로 미확인 비행물체에 의한 탈출, "타블로이드판 신문"의 희망이라고 한다(LeClair, In the Loop 231).

이처럼 소리의 양면성은 이 소설처럼 체계의 신비스러움에 대한 "파나소닉"의 기능을 말하는 인식의 중요성, 즉 인식의 새로움과 알 수 없음의 중요성을 시사한다. 윌든은 소음이 체계 상호간의 관계를 유지하기 위해 한 체계의 발전 과정에서 그 체계의 중요한 한 부분이 되기까지 하나의 침입자로 규정하고, 효과적인 체계는 소음을 정보와 결합하여 조직화의 새로운 단계의 진전에 소음을 수용함으로써 그 체계는 안정을 유지하게 된다고 말한다(System and Structure 400, 410).

미셸 셰르(Michel Serres) 역시 소음은 하나의 유기체가 정보를 취하는

데 내적 배경이 된다고 말하는데, 이는 하인리히가 아버지 잭에게 인간 인지의 한계를 말씀하는 장면에서 소리 없이 듣는 것이 의미를 가질 수 있고 소리 없는 물음 또한 의사소통이 된다고 말하는 것에서 알 수 있다.

> 아버지가 어떤 소리를 모른다고 해서 그 소리가 나지 않는다는 건 아니에요. 개들은 그런 것을 들을 수 있고, 다른 동물들도 마찬가지라고요. 그래서 나는 개들도 들을 수 없는 소리들이 있다고 확신해요. 그러나 그런 소리들은 공기 속에 음파로 존재하며 아마 그것들은 어디서 왔는지는 몰라도 계속 높아지고 있어요. (*White Noise* 23)

그러므로 잭, 배빗, 하인리히에게 있어 소리에 대한 양면가치는 드릴로가 미국문화의 쓰레기 시스템에서 농축되고 헤아릴 수 없이 파편화된 메시지를 어떻게 이해하느냐를 제기하는 것과 같다. 드릴로는 잭으로 하여금 정보시대의 무서운 소음의 차원을 처리할 수 있는 방법으로 쓰레기를 재처리하듯 체계내의 상호작용에 의한 해결 방안을 제시하려고 한다(White 9). 체계 이론에서 체계란 정보의 생산, 과정, 그리고 교환의 기능을 하는 방법들로 정의된다. 건전한 체계란 소음이 없고 소음이 체계 속에 존재하더라도 그 체계의 자아교정의 구조적 발화의 수단에 의해 소음은 매세지의 전달에 도움을 준다고 한다(White 10).

드릴로도 정보 전달 시에 소음의 기능을 단순히 부정적으로만 보질 않고 그 반대의 기능, 즉 소리의 양면의 기능(가치)가운데 백색 소음의 건설적 기능을 적시한다. 물론 잭이 배빗의 놀라워하는 소음관(198)에 대해 소음이 의미를 단조롭게 하고 위협적인 공허로서 자신을 당혹하게 하지만 그가 "단일하고 흰색"(198)이라고 반응하는 것은 백색 소음의 차이가 없는 본질의 강조이고 소리들 간의 명확한 경계가 없음을 뜻하는 것으로서, 이는 개성도 없고 또 자신의 죽음과 타인의 죽음 사이에 어떤 구분도 되지 않는 것으로 본다. 소리의 이러한 기능의 절정은 이 소설의 마지막 부분 슈퍼마켓에서 1부의 '전자파와 방사선'의 흐름에서와 같이 그 어느 누구의 목소리도 식별되지 않는 장면이다(White Noise 325-26).

소음의 양면 기능처럼 드릴로는 단어의 나열에 대해서도 양면 가치를 부여한다. 그는 단어의 나열로 텍스트의 구성을 압축한다. 그가 이용하는 이 나열은 잭의 의식에서 표출된 것이라기보다는 그가 존재하는 상황의 소음이고 파편들이다. 또 그것들은 그 자신이 텍스트 속에 만든 것들이지만 식별되질 않는다. 그런가 하면, 나열은 잭 자신의 두뇌의 산물로서 그가 의식적으로 통어할 수 없는 것이기도 하다. 그렇게 말할 수 있는 것은 "불명확한 덩어리"라고 하는 첫 번째 징후인데 이것은 독성물질에 노출되어 생긴 신경 체계의 혼란스런 증상이다. 이것은 비조직적 물질이 조직 체계에 침입하여 그 체계의 정보의 흐름을 혼란시키는 것으로서, 이를 서사의 메타시스템 차원에서 말하면, 서사의 진행을 방해한다. 르클레어가 이 3어(語) 목록을 이 소설 3부의 구조의 관점에서 보는 반면(In the Loop 211), 화이트(White)는 이를 소음으로 보고, 서사의 흐름을 차단하면서 동시에 정보로 변환되어 문맥 속에서 서사로 전환되는 하나의 메타시스템의 재활용 프로그램을 독자에게 제시하는 것으로 본다(14). 화이트는 그 예로 "마스터 카드, 비자, 아메리칸 익스프레스"(100)를 제시하면서 이것은 이들 부부 가운데 누가 먼저 죽고, 또 생존자가 상대방 카드 대금을 어떻게 처리할 것인지의 관심을 가지게 하고, 또 잭과 배빗은 자녀들이 집안에 있는 한 죽음으로부터 안전하다고 여기지만, 나열이 서사의 진행에 개입하게 되면 배빗은 인생이란 이런 종류의 카드에 의존하는 것이라고 하는 생각을 가지게 한다고 말한다.

나열 기능 못지않게 블랙스미스의 슈퍼마켓은 머레이에게는 정신적 위안을 주는 자료(37)의 근원이고, 지적 보고이다. 잭은 휘트먼이 『풀잎』(*Leaves of Grass*)에서 낱말을 목록화 하고 나열하여 그의 정신적 풍요로움을 가지듯 이곳이 그러한 감정을 가지게 한다고 말한다(20). 그런가하면 슈퍼마켓의 진열대 위의 상품들은 마치 다양한 직업의 나열처럼 공기 속에 떠다니는 정보처럼 통합되지 않고 많은 정보의 자료로서 사람들을 당혹하게 만든다(36). 슈퍼마켓의 이러한 이미지는 잭으로 하여금 과잉의 정보를 접하게 하여 이곳을 미국의 한 축소판으로 실감케 하지만(24) 감각의 지나친 자극의 근원의 이미지로 나타나는 슈퍼마켓이 또 한편으로는 반드시 정보의 풍요가 정보의 증가를 의미하는 것이 아니라고 드릴로는 말한다. 그것은 슈퍼마켓에서 데이터의 다양성과 풍부함이 넘치지만 어떤 변화와 놀라움의 현상이 그 안에서 일어나지 않기 때문이다. 이곳의 정보는 단순히 보존되어 있을 따름이지 교환되지 않고 있다. 그러므로 다른 체계와 교환되지 않는 이런 정보로부터 어떤 반응을 기대한다는 것은 있을 수 없고 자체의 보존과 반복으로 존재하게 되어 정보로서의 구실을 못하게 된다.

소음의 이런 기능으로 인해 생긴 정보의 정체(停滯)를 타개하는 방법은 보존된 정보로 하여금 다른 체계로부터 영향을 받도록 보존된 정보의 채널을 개방, 유도하는 것이다. 다시 말해 보존된 정보가 다시 새로워지기 위해서는 마치 쓰레기더미에서 버려진 정보를 끌어내어 재활용하는 데는 시간과 노력 그리고 그 자체의 잠재력이 필요하듯이 역시 시간과 노력 그리고 그것의 잠재력이 필요한 것이다. 슈퍼마켓에 진열된 상품들에 대한 이러한 이미지의 시사는 잭이 그의 처가 습관적으로 복용하는 다일러의 흔적을 찾으려고 휴지통의 뚜껑을 열자 그가 발견하는 것은 그의 집안의 체계에서 떨어져 나온 흩어져 있는 정보들이고 일그러진 여러 물건들이고 가정의 소음들이다(259). 그러나 이것들은 쓰레기통 밖에서 존재하고 있고 또 언어로서의 기능을 상실하여 의

사소통의 기능을 못하는 메시지의 파편들에 지나지 않지만 이것들은 질서를 만드는 조직의 유용한 기호로서, 감추어진 존재의 이야기로, 나아가 잘 정돈된 우주 속의 흐트러진 입자처럼 존재하게 된다. 그렇지만 잭은 이들이 새로운 메시지를 재구성할 수 있는 잠재력을 알지 못해 이들은 소음으로 기능하여 잭이 복원하려는 노력에 저항한다. 넓은 의미에서 잭의 집안에 있는 쓰레기통의 각종 쓰레기는 이 소설 전체에 확산되어 있는 다양한 형식의 문화상의 쓰레기의 한 형상이다. 이들은 이미 유용의 가치가 소멸된 물질의 백색 소음이고 세속의 쓰레기이다. 비록 잭이 이것을 제거하려고 시도하지만, 이것은 다른 곳에 여전히 혼돈스러운 소음으로 존재하여 잭은 이의 한 부분이 되고 이 체계 밖으로 나갈 수 없게 된다. 잭의 이런 상황은 결국 그가 사온 많은 물건들의 원천인 슈퍼마켓에 그가 갇혀 있다는 사실밖에 안된다.

그러므로 슈퍼마켓은 통제할 수 없고 통제되지도 않는 기호의 근원이고 궁극적으로는 소음에 지나지 않고 어떤 것도 생성되지 않는 하나의 엔트로피의 체계이다. 그렇지만 드릴로는 여기서 슈퍼마켓의 그러한 모습 나아가 미국이 백색 소음의 한 상황으로 빠져들어 가는 것을 방관하지 않는다. 그의 3어(語)나열의 기법을 이용하여 서사의 교량역할을 효과적으로 하듯이 또 잘 사라지지 않는 플라스틱 캔을 재활용할 수 있다고 보듯이 정보의 쓰레기를 재활용할 수 있다는 하나의 프로그램으로 이 소설을 제시하고 있다. 그래서 혼돈스런 이런 양상에 대한 해결책이 나타나지 않는다면, 이의 유일한 대안은 메타시스템이 스스로 규제해 주길 바랄 뿐이라고 그는 보고 있다. 이것은 핸더슨의 유기체의 평형과 캐넌의 동질정체의 개념과 같은 것이고 혼돈 이론에서도 보다 새로운 구조를 가지게 될 때의 크나큰 변화는 그 체계의 붕괴 과정에서 일어나기 때문에 언젠가는 새롭게 나타날 구조를 기다릴 뿐이라고 한다.

1-5. 나가며

『백색 소음』의 마지막 부분(325-26)에서 슈퍼마켓 진열대 위에 놓여 있는 상품의 예고 없는 단순한 변경과 미디어 세계의 위력 앞에 쇼핑객들의 당혹감과 보잘것없는 모습은 특히 미디어 기술의 발달로 인해 예측하기 힘든 후기 산업사회의 미국의 실상에 대해 독자로 하여금 본질이 무엇인가를 스스로 물어보게 한다(243). 다시 말해 작게는 쓰레기통 속의 조각과 그것의 뭉치를 독자로 하여금 동시에 보게 해 그 속에 깊은 본질(259)이 있음을 시사한다. 그 시사는 사물에 대한 사고와 인식 그리고 주장 등의, 이른바 문맥 중심 사상에서 말하는 혼융과 그들 상호간의 윤곽화의 거부 그리고 경계의 부재이다.

본질의 불확실성에 관한 이야기는 문맥중심사상에서 사상이나 이론의 진실이 동적이고 확정적이 아니라고 하는 것처럼 잭 가족들이 케이블 TV에 의한 자연에 관한 프로그램, "케이블 네이처"(CABLE NATURE)(231)의 시청을 통해 동물과 식물에 관한 정보를 얻고 인간과 동물 사이에 본성의 차이가 없고, 또 잭이 사물의 본질을 깊이 들여다보면 볼수록, 경계는 점점 없어진다(82)라고 말하는 장면에서 발견된다. 사물의 본질에 대한 이런 관점은 체계 이론에서는 느슨함, 개연성, 또는 균일종말로 정의하는데, 이것은 잭 부부에게는 지적으로 크나큰 좌절감을 준다. 이런 좌절감은 배빗으로 하여금 향수 어린 죄의식(22)을 가지게 하고 또 "진보는 과거보다 못하다. 왜냐하면 나를 더 놀라게 하기 때문이다"(161)라고 하여 스스로 두려움을 가지게 한다. 그래서 배빗의 본질에 대한 반응은 금기의 양면가치, 즉 매력과 거부의 양면으로 나타난다. 인간 감정의 이런 양면이 자연스럽다는 것은 잭과 머레이의 대화에서 잭 부부가 참혹한 상황에 대해 자녀들이 즐거워하는 모습을 보고 이해하기 어렵다고 하자, 머레이가 우리는 뇌기능의 저하로부터 고통 받기 때문에 그것이 오히려 자연스럽고 또 끊임없는 정보의 폭주를 타개하기 위해 그런 것이 필요하다고 말한다(66). 더더욱 잭이 그러한 장면을 도무지 이해할 수 없다는 데 대해 본성을 부인하는 것은 자연스럽다(297)고 하는 머레이의 말은 역설적이다. 이것은 잭 부부가 루프(loop)에 빠져 현대 정보 사회에 대한 그들의 지적 한계를 드러내는 것이다(Bateson 140). 인간의 이런 성향에 대해 베이트슨은 체계의 관점에서, 인간은 살아 있는 체계에 대해 알 수도 있지만 알 수도 없고 또 인간은 알고자 하는 것을 알 수도 있지만 또 알고 싶지도 않는 것을 알 수가 있다고 한다(140).

잭 부부의 이런 지적 자괴(내파)는 궁극적으로 생동하는 유기체를 반영하는 자연과 세계는 다층의, 중복의 대단히 복잡한 형상들로 구성되어 있고 또 그 체계의 작은 수많은 체계들은 제각각 개방되고, 상호적이며, 균일종말의 특성을 가진다는 사실에 대한 거부감에서 연유한다. 더욱이 배빗이 나의 삶은 선택(*White Noise* 53)의 척도를 따른다고 하는 말은 그녀의 확신성의 근거가 되는 논리적 선택이 드릴로가 시사하는 현상의 동시성, 양면의 본성에 적응이 되질 않는다. 그런데 잭 부부가 비논리성을 수용할 수 없는 것과 작가가 체계의 본성(본질)과 가치를 이해시키려고 근거를 마련하는 것, 이 대립되는 책략이 루프이다. 여기서 루프는 체계이론의 핵심으로 설명되는 살아있는 것과 죽은 것의 동시성, 그리고 확신을 불가능케 하는 원형의 인과에 내재하는 상호성의 책략이다. 이 책략은 기계적, 과학사상에 반발하고 잭 집안의 쓰레기통 속의 잡다한 현상들로 이루어진 쓰레기처럼 현상 세계는 무수한 실체들로 구성되어 있다고 본다. 그러므로 이 책략에 의한 『백색 소음』의 해석은 체계 속의 체계, 현대사회의 커뮤니케이션의 문제, 본질의 불확실성, 신비스러움이 어떤 것인가를 다시 말해, 사물의 본질에 대한 새로운 인식이 인간으로 하여금 주위 환경에 어떻게 적응하는 것이 올바른 것인가를 독자로 하여금 깨닫게 한다. 이러한 책략을 가진 이 소설은 마지막 부분에서 이를 극명하게 시사한다.

이 소설에서 드릴로의 일관된 주장은 다국적 세계 속의 후기 산업 사회에 들어선 미국의 모습이다. 다니엘 벨(Daniel Bell)이 후기 산업사회의 주요한 다섯 가지 변화 가운데 이론적 지식의 점진적인 의의를 가장 중요시하듯이 (20) 저자는 후기 산업 사회의 다양한 문화 양상이 크나큰 위협으로부터 어떻게 하나의 크나큰 지식으로 결집될 수 있느냐의 시사에 대해 르클레어는 드릴로가 체계의 사고에 의해 생존 차원에서 이의 가치를 검토하고, 또 현대 사회에서 파괴되고 재구성되는 환경에 대해 독창적이고 근원적이며 종합적인 논평을 한다고 말한다(*In the Loop* 233). 그런 점에서 이 소설은 그의 여타 소설들의 특징, 즉 『선수들』의 틀, 『이름들』의 두뇌, 『아메리카나』의 가정생활, 『위대한 존즈 가』의 과격한 정치행태, 『엔드 존』의 생태계의 참상, 그리고 『래트너의 별』의 지식과 문화의 관계 등을 다 포함하고 있다(LeClair, *In the Loop* 233). 체계이론이 이것을 하나의 모델이라고 부른다면, 토머스 쿤(Thomas Kuhn)은 세계를 새롭게 조직하고 분석한다하여 이를 패러다임이라고 부른다.

드릴로의 『백색 소음』은 살아 있는 체계들의 특징 즉 상호성, 개연성, 복잡성, 형식적 관계, 우연성, 균일 종말 등을 모델로 하는 하나의 역동적인 전체, 하나의 체계를 만들어 그 체계의 각 요소들이 어떻게 상호관계를 가지며 또 어떻게 그 체계의 전체와 연관되어 있는가를 명확하게 보여주고 있다.

2. 소음과 상투어의 진가 … 도널드 바셀미의 『백설공주』와 『60편의 이야기』

2-1. 들어가며

사회인류학에서 산업사회의 부산물인 보잘것없는 것, 공해, 금기 등도 자기의 위치에서 벗어나게 되면 그 존재의 가치와 당위성을 잃게 된다. 일반적으로 이들을 산업사회의 부산물에 지나지 않는다고 보는 것은, 이것들이 물질의 분류에서나 체계적인 질서 속에서 부적절한 요소라고 하는 인식에서 비롯된다. 그러나 이들은 그 나름대로 존재의 당위성을 지니고 있다. 왜냐하면 이들의 존재는 어떤 체제(제도)에 대한 접근과 이해에 있어서 그 체제의 주변적인 것의 중요성을 인식시켜 주기 때문이다. 이러한 중요성을 뒷받침해주는 이론으로서 첫째, 보잘것없는 것이 총체적인 윤곽 구성의 필요한 요소(*Purity and Danger* 161)라고 하는 메리 더글라스(Mary Douglas)의 견해와 둘째, 일과성의(일시적인) 사물이나 대상은 시간이 흐름에 따라 수명이 다해가고 가치가 감소되는데 반해서, '쓰레기'(rubbish)는 '영구적인 것'(durables)으로 바뀔 때 즉 시간이 흐름에 따라 무한한 수명과 지속되는 가치를 가지게 된다(*Rubbish Theory* 7)고 하는 마이클 톰슨(Michael Thompson)의 주장, 셋째로 문화 속의 보잘것없는 것들(clichés)이 문화의 전면에 부각될 때, 이들은 그 부류의 원형(archetype)이 되어 지속성의 위치를 점하게 된다(*From Cliche to Archetype* 46)고 하는 마샬 맥루한(Marshall McLuhan)의 견해 등이 있다. 이러한 근거에서 주변과 금기 같은 일견 부정적인 가치로 인식되는 사물들은 이들을 배제하는 조직사회(체제)의 연구에 긴요한 것들이다. 왜냐하면 하나의 표준화된 가치에 근거하고 있는 문화의 공동체가 쉽게 그 공동체의 변용을 수용하지 않는다고 하더라도 그것에 도전하는 변용의 힘을 무시할 수 없기 때문이다. 사회(문화)인류학에서 나온 이러한 주장과 견해는 문학 텍스트 속의 의미(意味)규명에 대해서도 동일하게 적용될 수 있다. 이는 의미를 지닌 대상의 연구에 있어서 단편이 아닌 윤곽과 규범의 내면 세계의 재구성의 중요성을 강조하는 기호학의 연구 방법론에서 입증된다. 미셸 리파테르(Michael Riffaterre)가 그의 시론(詩論)에서 문화 속의 어중이 떠중이의 한 양상으로서 언어의 진부한 표현과 틀에 박힌 문구를 중시하고서, 시의 기능을 이들 '상투적 문구'(cliché)와 '기술 체계'의 완곡한 변형물이라고 했던 주장(*Semiotics of*

Poetry 39-40)이 그 일례라 할 것이다.

사회인류학에서 이처럼 주변을 중요시하고 또 기호학에서 내면세계의 재구성에 윤곽과 규범을 강조하는 것은, 비선형이론에서 소음과 얼버무림, 군말의 중요성을 주장하는 것과 같다. 구체적으로 말해서, 로버트 쇼(Robert Shaw)가 어떤 현상의 무질서한 상태를 최대의 정보의 저수지로 보는 것(Hayles 159)과 헨리 애틀란(Henri Atlan)이 얼버무림의 두 기능 가운데 창조적인 기능으로서 자율 생산(autonomy producing)을 강조하는 것, 그리고 또 애틀란의 주장과 프랑소아 야콥(François Jacob)의 추론을 근거로 하여 미셸 셰르(Michael Serres)가 체계 속에서 메시지를 전달할 때, 체계 속의 단계별에 따라 다음 단계는 그 앞 단계의 소음에 대해 조절기의 역할을 한다고 말한 것(Hayles 225)을 들 수 있을 것이다.

2-2. 쓰레기, 공해, 금기, 잡동사니와 체계의 관계

톰슨은 사물들을 '일시적인 것'(transients)과 '영구적인 것'(durables)의 두 문화권으로 나누고(*Rubbish Theory* 7), 일시적인 사물들이 영구적인 사물들로 간주되어 가치를 가지게 될 때 그 부류에 속하지 않는 제3의 부류로 '쓰레기'(rubbish)를 제시한다.

> 답변은 내가 명시했던 영구적인 것과 일시적인 것이라는 겉으로 드러난 두 범주로는 사물 세계를 포괄하지 못한다는 사실에 있다. 가치가 아예 없거나 가치가 변하지 않는 어떤 사물들은 이 두 범주 어디에도 속하지 않고, 쓰레기라는 제3의 숨은 범주를 형성한다. (9)

쓰레기는 가치를 가지고 있지 않거나 가치의 변화가 나타나지 않아, 통제의 메카니즘을 따르지 않고, 사물의 일시성에서 영속성에로의 어떤 방향도 제시하지 못하는 것이 특징이다. 그러나 일시성의 사물이 가치가 떨어진다는 것은 쓰레기에로의 진전을 뜻하며, 이것에 대한 가치의 계속성은 단절되어 문화권의 전면에 부각되게 된다. 그러므로 사회와 문화권에서 '영속적인 것'의 위상으로 존재하는 것은 '일시적인 것'이 아니라, '쓰레기'이고, '영속적인 것'과 '쓰레기'는 어떤 의미에서는 무한의 시간과 무한한 가치의 위상을 공유하게 된다. 쓰레기의 이러한 변화의 위상을 통해서 쓰레기의 범주는 가치를 지니는 쓰레기의 범주들 사이의 접점이 되거나 그것들의 주변이 되어 문화권의 구성에 중요한 위치를 자리한다고 톰슨은 말한다.

쓰레기의 위상과 마찬가지로 잘 정돈된 체제 속에서 '티끌'(dirt), '공해', '금기' 등은 물질을 분류할 때 생기는 보잘것없는 부산물에 지나지 않지만 이들이 "변별적인 체계"(differential, diacritical system)의 산물로 취급될 때는 대단히 긴요하다고 더글라스는 말한다(39). 이러한 위상에서 티끌과 같이 취급되는 것들은 어떤 체계나 문화권 속에 더불어 존재하게 되고 관련 문화권 내의 총체적 사상의 구성요소가 된다. '비정상적인 것'(anomalies)으로서의 이들의 존재는 자신들이 존재하는 사회나 문화권 내에서 하나의 전형(典刑)을 유지하기 위해서 배제될 수도 있지만, 그 사회와 문화의 체제를 보존하는데 긴요한 것이기도 하다.

> 그러나 문화의 범주는 공적인 문제이므로 쉽사리 바뀌지 않는다. 한편 문화적 범주는 비정상적인 양태의 도전을 무시할 수도 없다. 모든 분류 체계 내에서 비정상적인 것이 발생하며, 어떤 문화에서도 그 문화의 가정에 저항하는 사건들이 발생하기 마련이다. 한 문화의 구조가 만들어내는 비정상적인 것들은 문화의 신념이 무너지는 경우를 제외하고는 경시되지 않는다. 따라서 모호하고 비정상적인 사건들을 다루기 위한 다양한 규정을 문화 내에서 발견해볼 만할 가치가 있는 것이다. (Douglas 39)

다시 말해 이들의 위상을 사회학적, 문화적인 측면에서 말하자면 어떤 체제를 정확히 보기 위해서는 그 체제 주변의 면밀한 검토가 필요하다는 것이고, 기호학적인 측면에서 말하자면 이들은 의미체계의 구성에 없어서는 안 될 요소라는 것이다.

그러므로 톰슨과 더글라스의 '쓰레기'와 '티끌'의 위상에 대한 견해는, 전체적인 체제를 파악하는데 있어서 주변의 중요성을 강조하는 인공지능학이나 비선형이론이 얼버무림, 군말, 그리고 소음 등이 통신과 정보 전달에 있어서 역기능의 요소보다는 순기능(정보화)의 요소가 된다고 주장하는 것과 같은 맥락이라 할 수 있다. 워렌 위버(Warren Weaver)는 얼버무림이 메시지의 전달에 장애가 되기보다는 바람직한 첨가물의 역할을 한다(Hayles 56)고 말하며, 또 애틀란은 위버의 이러한 주장에 근거하여 얼버무림의 '자동 생산(autopoetic) 기능'으로서의 위상을 강조하여 군말, 즉 넘치는 의미는 '얼버무림'이 그 체제 자체의 재구성(재조직)에 도움을 주어 혼돈에서 질서로의 하나의 새로운 패러다임이 만들어진다(Atlan 294-304)고 하는 것이다.

2-3. 소음 · 군말 · 얼버무림과 정보전달의 관계

일반적으로 소음, 얼버무림, 군말의 존재는 문학 텍스트 또는 문화 속의 정보의 범람을 입증하는 것이다. 또 자연계뿐만 아니라 물질의 세계를 정보의 크나큰 소용돌이의 흐름으로 보는 것은 비선형이론과 정보이론의 공통된 견해이다. 이 이론들은 정보란 보존되기보다는 만들어진다고 보고, 새로운 정보의 바탕에는 '혼돈'이 자리한다고 지적한다. 이의 대표적인 예는 우주란 '역동적 혼돈'(chaos dynamic)으로부터 나오는 질서에 의해 형성되었다고 말하는 일리야 프리고진(Ilya Prigogine)의 주장이다(Hayles 114 재인용). 특히 그는 우주 속은 생산적인 무질서로 가득 차, 이들로부터 자아조직화의 구조들이 동시에 생겨나 조직들은 안정된다고 말하고 시간의 흐름은 사물의 부식과 퇴락을 가져오는 것만이 아니라 오히려 그것을 더욱 복잡하게 만든다고 한다(Hayles 114 재인용). 얼버무림, 군말, 소음이 스스로의 조직화에 의해, 즉 창조적 기능에 의해 정보화 되듯이 쓰레기, 티끌도 시간의 흐름 속에서 부식, 퇴락하는 것만이 아니고 점점 더 복잡한 양상을 띠어 그 나름의 중요한 위상을 가진다는 점에서 서로의 존재가치가 있는 것이다.

끌로드 섀논(Claude Shannon)이 혼란 속에서 질서를 찾으려 하고, 소음으로부터 메시지를 보호하려고 하고, 오류에 의한 오염으로부터 정정된 것을 보호하려 하는 것 역시 혼돈이 질서에 바탕하고 있음을 입증하는 것으로 볼 수 있다(Hayles 191). 바르뜨(Roland Barthes)가 *S/Z*에서 메시지로부터 소음이 생기고, 질서로부터 혼돈이 나와, 문학 작품이란 소음의 예술이라고까지 말하는 것(Hayles 191)도 소음과 정보와의 깊은 상호관계를 말하는 것이다. 여기서 모든 메세지는 잘 전달되어져야 한다는 점에 있어서 두 사람의 견해는 일치한다. 즉 섀논이 소음을 삶 속에서 하나의 바람직하지 않은 것으로 본다면, 바르뜨는 그것을 본질적인 텍스트를 반복·침투할 수 있는 기회라고 간주한다. 이처럼 두 사람 사이에 견해의 차이는 있지만 정보 전달의 과정에 있어서 소음은 불가피한 것으로 두 사람은 받아들이고 있는 것이다. 섀논이 소음을 최소화하려고 한다면, 바르뜨는 이와 반대로 소음을 극대화하려고 한다. 또 섀논이 소음을 필요악으로 보는 데 대해 바르뜨는 이것을 하나의 즐거움으로 보고, 섀논이 축적된 코드에 의해 이것을 어떻게 제거하느냐를 중시한다면, 바르뜨는 이를 다르게 본다. 바르뜨의 견해는 텍스트의 의미가 저자의 의도대로 제약되어 버리면 문학비평의 기능이 크게 위축되기 때문이라는 텍스트관에 근거한 것으로 그리하여 그는 얼버무림이 메세지에서 제거되어야 한다고 하는 섀논의 경우와는 달리 더 첨가되어야 한다고 주장한다.

바르뜨, 섀논의 주장뿐만 아니라 유리 로트만(Jurij Lotman)도 예술작품 속에 있는 소음이 정보화될 수 있다고 말하고(*The Noise of Culture* 85), 윌리엄 폴슨(Willian R. Paulson) 역시 문학 언어 속에 소음의 존재함 당연한 것으로 보고 있다(*The Noise of Culture* 82). 대체로 문학 텍스트란 양면성을 가지고 있다. 하나는 의사소통이고 나머지 하나는 애매함이다. 일반적으로 문학작품들에 나타나는 애매함은 곧 소음을 뜻한다. 문학작품이 난해하다는 것은 일반적으로 작가의 언어의 수사학적 기법이나 대상이나 내용에 있어서 애매한 점이 있기 때문이라고 말할 수도 있지만, 이는 곧 작가가 구사하는 기법이 텍스트를 복잡하게 만드는 것이며 그 텍스트 속에 소음이 들어있다는 것이기도 하다. 그래서 소음은 텍스트를 복잡하게 만들뿐만 아니라, 생산적인 역할을 한다. 다시 말해, 소음은 텍스트 속에서 전달하고자 하는 정보에 대해 보다 건설적인 참여의 역할을 한다고 볼 수 있다.

셰르 역시 바르뜨, 로트만, 폴슨의 주장과 같다. 셰르는 야콥의 종(種)적인 추론, 다시 말해 생물(유기적) 조직들은 통합의 상호 연관(연결)의 단계로 구조화되어 있다라고 하는 주장에 근거하여 조직들은 파편화되어 있지만 통합될 수 있듯이 얼버무림은 조직의 낮은 단계에서 높은 단계로 이동될 때 점차로 수정되어 가장 높은 층에 이르러 정보로 변형될 수 있다고 보고, 얼버무림의 존재를 긍정적으로 평가한다. 그래서 그는 언어란 소음에 근거를 두고 있다고까지 말한다(Paulson 48).

지금까지 언급된 것을 정리하면, 톰슨이 문화권의 제 3 영역으로 쓰레기의 위상과 그 존재 의의를 창조적인 측면에서 지적하고 또 더글라스가 '티끌', '공해', '금기'의 존재가치를 사회 또는 문화권의 총체적인 윤곽 규명과 파악에 있어서 주변의 중요성으로 연결시킨 것은 섀논, 애틀란, 셰르, 바르뜨가 얼버무림, 군말, 소음들이 일견 부정적 요소들처럼 보이지만 정보화의 과정에서 이들이 정보화될 수 있다고 주장하는 것과 같다. '일시적인 것'이 아닌 '쓰레기'로서, 깨끗한 것, 종교가 아닌 티끌, 금기로서의 이들의 위상은 사회와 문화권 속에서 보편, 권위, 중심이 아닌 부분과 주변의 위상이지만 심미적 기준에서 볼 때 이들의 위상은 정보이론에서 군말, 얼버무림, 소음 등의 창조적 기능의 위상과 같다.

2-4. 소음 · 얼버무림 · 군말의 기능과 『백설공주』

군말, 얼버무림, 그리고 소음들은 문학작품 속의 서술과정에서 시대를 막론하고 지적되었고, 또 지적될 것이다. 특히 대중문화가 무섭게 확산되어가는 20세기 후반기 산업사회에서 쏟아져 나오고 있는 작품들(소설들)은 한마디로 말해서 쓰레기와도 같은 문화의 양상들과 언어의 진부한 표현들을 다양하고 광범위하게 다루고 있다. 특히 서술현시의 이런 현상이 나타난 배경은 다음과 같다. 첫째, 20세기 후반 산업자본주의 사회에서 언어란 자본과 같이 변환된다. 작가가 아무리 깨끗하고 소음이 없는 언어를 사용하고 구사한다 하지만, 비평적, 자정의 능력을 상실한 현대의 언어는 의사소통의 정확한 도구로서의 기능을 상실한 것이다. 따라서 언어란 과잉의 의미를 가진 정보에 지나지 않는 것으로 한 마디로 말해서 언어의 잡동사니(dreck)현상이 대두하고 있다. 그러나 작가들은 언어의 이러한 쓰레기 현상을 오히려 효과적으로 이용하여 심미성을 부여한다. 둘째, 20세기 후반 자본주의 사회에서 상품들이 유통의 가속화 속에서 재생산의 무한한 궤적을 밟아가듯이 언어 역시 깊고 감추어진 의미에 억눌리지 않고, 의미의 중압감에서 벗어나려는 경향을 가지게 된다. 그리하여 담론의 특권의식, 담론의 의미부여, 그리고 담론의 보편성은 차츰 그 권위를 잃게 되었다. 셋째, 쓰레기 같은 문화, 정보와 소음이 넘쳐흐르는 사회 속에서, 문학작품의 소재는 마치 음악이 소음 속에서 음악성을 찾으려고 하듯이(있는 그대로의 리듬을 추구하듯), 원형 그대로(있는 그대로)의 소재에서 가장 손쉽게 이용할 수 있는 하나의 방법, 즉 모자이크 또는 꼴라지의 형식으로 손쉬운 소재의 파편들을 재규합 하려고 한다. 이 속에서 낱말들은 산뜻하고 신선한 의미의 힘을 가지거나, 언어의 저급한 조건에서 이탈할 수 있다.

　낱말들이 새로운 힘을 가진다는 것 즉 이들이 파편들로 이루어져 하나의 새로운 말투, 어법, 언어, 숙어가 되는 것을 비선형 이론이나 신경 생리학의 관점으로 말하면, 마치 하나의 문학 텍스트가 하나의 유기체마냥 그 유기체의 자아조직의 최종단계에 도달하게 되는 언어는 곧 정보라는 할 수 있다. 이처럼 텍스트속의 난해(애매)한 표현들, 의미의 다중성, 소음들, 군말들, 이런 것들은 전달하려고 하는 정보를 방해하기보다는 오히려 그 정보의 생산에 도움이 된다. 이런 점에서 어쩌면 가장 소란스럽고, 가장 난해하고, 애매한 언어적인 부분들이 가장 명쾌한 상자로 바뀔 수 있다는 역설적인 언어관은 비선형이론과 신경생리학, 그리고 신경심리학에서 군말, 애매한 말, 메시지속의 소음이 정보화되거나, 정보의 전달에 긍정적 기여를 한다는 주장이나 이론과 일치한다.

　이러한 관계는 문학 텍스트 속에서 잘 드러난다. 작가는 어느 누구나 할 것 없이 본질의 문제, 사회(문화) 또는 현상을 그의 언어를 통해 나타내려고 한다. 이는 "어떤 현상의 근원의 규명은 언어학적 근원에서 찾아야 한다"고 하는 빌헬름 폰 훔볼트(Wilhelm von Humbolt)의 말(Irwin 49 재인용)이나, "언어 없이는 존재가 없고, 존재 없이는 언어도 없다"라고 하는 한스-게오르그 가다머(Hans-Georg Gadamer)의 언어의 본질에 대한 견해, 그리고 "어떤 대상의 존재와 그 대상을 지칭하는 말의 존재는 서로 일치한다"라고 하는 마르틴 하이데거(Martin Heidegger)의 언어관(*Poetry, Language, Thought* 201-02 재인용) 등에서 어떤 대상의 본질을 규명하는 것은 바로 그 언어(말)의 기능을 규명하는 것으로 말하는 것에서 확인할 수 있다.

도널드 바셀미(Donald Barthelme)의 소설을 보면 그의 소설은 그가 의도한 언어의 의미가 독자에게 정확하게 전달될 수 있는가의 문제와 언어가 처해 있는 상황에 대한 글쓰기라고 말할 수 있다. 다시 말해 그는 자신의 소설 속의 다른 주제들이 글쓰기를 통해서 독자와 대중들의 의식에 어떻게 반영되고, 또 어떻게 영향을 주는가에 관심을 가졌던 것이다. 바셀미의 『백설공주』는 하나의 설화에 근거하지만, 동시에 그 주제는 다양하고 광범위한 문학과 문화의 근원들, 즉 그러한 것들의 조각들과 부분들의 융합으로 이루어져 있다. 그는 현대 사회를 쇄암(碎岩)으로 가득 차 있지만 그 주변의 퇴적물들은 단절되지 않고 하나의 흐름을 형성하는 곳으로 본다. 이런 관점에서 그는 단편화된 의식 속의 파편화된 리얼리티로 하나의 모자이크를 만드는 것이다. 그리하여 그는 전통적인 문장의 배열과 분리의 방법을 파편화시켜 낯설게 하기로 처리해 버린다. 즉 조야하고 마멸된 낱말들을 의식적으로 사용하지만 이는 다시 새로운 언어를 창출하기 위함이다. 예를 들면 "버팔로 음악"(buffalo music), "바지 허리띠를 매다"(girding his pants), "말 아내"(horse wife), "인간 고통의 금빛 나무"(golden tree of human suffering) 등의 구(句)들은 상호 대응의 낱말들(buffalo/music, girding/pants, horse/wife, golden tree/human suffering)로 이루어져 있으며 한편 낯설게 하기로 처리되어 있는 것이다. 이런 조각들과 부분들은 특히 현대의 각종 대중매체의 사건들의 이름들, 일시적 유행물들의 이름들, 또는 각종 통계자료의 수치의 인유와 모방들로 서로 융합되어 하나의 새로운 언어가 된다. 이러한 이질적인 파편들로 이루어진 낱말, 문장 또는 글귀는 짧게는 한 두 줄에서 길게는 3, 4 페이지 정도의 각 절과 장에 걸쳐 주 플롯을 이루는 사건들이 앞으로 나아가지 못하게 한다. 게다가 이런 사건들은 그가 구사하는 서사기법이나 책략들에 의해 더욱 흩어지거나 중단되기 때문에, 결국 그의 서사는 하나의 직선의 스토리로 진행되지 못하고 시작과 끝이 완전히 종결되지 않는 형식을 지니게 된다.

예컨대 서술 흐름의 일관성을 배제할 목적으로 중심되는 낱말만을 제시하는 리스트(lists) 기법은 바셀미의 대표적인 서사 책략중 하나이다. 여기에서는 대문자가 주로 쓰이고, 낱말들의 의미들은 서로 연관되지 않고 또 일관된 관점 하에 제시되지도 않는다.

글쓰기

울부짖음

신음소리들

어떤 자원?

율동적인 박수소리

소리치기

성적 행위

음식의 소비

WRITING

HOWLING

MOANS

WHAT RECOURSE?

RHYTHMIC HANDCLAPPING

SHOUTING

SEXUAL ACTIVITY

CONSUMPTION OF FOOD

("Brain Damage", *City Life* 143)

이 기법을 통해 제시되는 기호화된 낱말들은 낮은 위상의 의미만을 지니고 있는 단순한 물건들의 목록들 즉 리스트이다. 바셀미는 후기 자본주의 사회와 문화 속에 존재하는 감정의 깊이와 공명이 부족하고 일관되지 못한 낱말들을 제시하여 서사의 즉흥적 현재성과 직접성을 보여주고 있는 것이다. 이런 그의 서사 전략은 백설공주의 용모에 대한 묘사에서 잘 드러나는 언어의 내파(implosion) 현상에서도 확인되는 것이다. "그녀는 키가 크고 머리카락이 검은 미인으로 커다란 점이 나 있었다"(*Snow White* 3)에서 보이듯 낭만적 표현에서 시작하여 사실적 관점으로 이동하는 이 묘사는, 백설공주의 턱 위의 점에 대해 예술적 관심을 집중케 하여 마치 초상화 같은 효과를 내게 한다. 곧이어 뒤따르는 이 점들에 대한 세부적인 묘사는 "머리카락은 흑단같이 검고, 피부는 눈처럼 희었다"(3)라는 설화의 본래 의미를 잃어버리게 하여 언어를 스스로 파괴하고 있는 것이다. 그밖에도 서사의 진행을 방해하는 주제에서 벗어나기(119-20), 일종의 낱말 부가 기법인 카탈로그(catalogue) 기법, 무의미의 형식 등을 통해 바셀미가 적절한 기능을 잃어버리고 불합리하게 된 언어의 일탈을 제시하고 있음을 알 수 있다.

크게 보아 『백설 공주』는 앞에서 서술한 현상들의 집합으로 되어있는 하나의 '꼴라지' 소설이라고 말할 수 있다. 다시 말해 이 소설에서는 마치 나무를 쌓아가는 것처럼 낱말들이 계속 이어지거나 집적(集積)되고, 대상의 묘사는 표층(표면)에만 집중되는 것이다. 또한 가상(假想)의 상징성 부여, 동질 또는 이질의 다양한 소음의 중첩, 동일한 대상의 무한한 반복 그리고 파편화된 의식(意識)의 모자이크화(化)를 통해 만들어지는 특유의 새로운 언어 또는 신어(新語)가 이 꼴라지를 이루고 있다. 따라서 이런 과잉의 이미지가 부여되어 언어의 진창(sludge) 현상이 뚜렷한 이 소설은 소음을 동반한 조그마한 정보 덩어리로 구성되어 있다고 할 수 있을 것이며, 사실 이러한 현상은 정도의 차이는 있지만 어떠한 문학 텍스트 속에서도 찾아 볼 수 있는 것이다.

2-5. 나가며

사회인류학과 비선형동역학의 이론과 결부시켜 도출한 문학작품 해석의 이러한 방법(론)은 미셸 푸코(Michael Foucault)의 미시세계, 장-프랑소아 료따르(Jean-Francois Lyotard)의 지역성의 중요성과 결부되어 타당성과 객관성을 지닌다. 또한 사회인류학의 이론과 정보이론의 상관관계에 의해 도출된 이 해석방법은 사회학의 체계이론(systems theory)이 지향하는 문학작품 해석(분석)의 한 방법과도 같다. 왜냐하면 체계이론의 핵심은 어떤 체제가 결정적인 접점(接點)에서 행동으로 나타나면, 그 체제는 결코 원래의 패턴으로 복귀할 수 없다는 것이기 때문이다. 이러한 근거에서 이 이론은 하나의 문학텍스트를 상호의존의 변이들의 한 체제로 본다(Luduig von Bertalanffy 9). 다시 말해서 이 이론은 전체를 구성하는 부분의 관점에서 전체를 보는 것을 중시(重視)하기 때문에 쓰레기, 금기, 공해, 진부한 것의 위상을 강조한 톰슨, 더글라스, 맥루한의 견해와 같은 것이다. 이 관계는 나아가 노이만(Johann von Neumann)의 게임이론, 버클리(Walter Buckley)의 사회학, 보울딩(Kenneth Boulding)의 경제학, 토플러(Alvin Toffler)의 미래학, 베티슨(Gregory Batteson)의 인류학, 윌든(Anthony Wilden)의 문화비평, 그리고 랭(R. D. Laing)의 정신의학과도 관련된다. 이러한 상호관련성에 비추어서 후기산업사회의 표층에 드러난 언어의 현상에 대한 앞서 말한 접근방법으로 사회나 문화를 진단·분석하는 것은 대단히 자연스럽고 합리적인 방법이라 할 수 있다.

나. 엔트로피와 불확정성 이론의 엮임

1. 미답의 언어 유희 … 토머스 핀천의 『49호 품목의 외침』과 『브이』

1-1. 들어가며

20세기 문학 비평가들로 부터 제임스 조이스 이후의 가장 독창적인 소설가이자 윌리엄 포크너 이후의 가장 촉망받고 흥미 있는 미국소설가 토머스 핀천(Thomas Pynchon)은 물리학과 수학의 원리와 원칙을 소설의 구조, 형식, 기교, 주제에 이르기까지 은유한다.

핀천이 원용한 열역학 법칙에 의하면 에너지가 무력한 균형의 상태에 이르면 무질서, 잡음, 열사(heat death), 통신 체계의 혼란과 붕괴 등의 제반 현상이 나타난다고 한다. 특히 엔트로피의 증가는 정보 전달의 능력을 파괴하여 불확실성과 무작위를 초래하여 최악의 경우에는 정보전달을 불가능하게 한다는 것이다. 이것은 엔트로피가 정보 체계와 밀접한 상관관계를 맺고 있다는 증좌이다.

핀천은 엔트로피의 현상들을 특히 사회학적으로 원용한 미국의 수학자이자 인공두뇌학(cybernetics)의 창시자인 위너(1894-1964)와 문명사학자이자 작가인 아담스(Henry Adams)(1838-1918)의 영향을 크게 받았다. 엔트로피 의 원용은 비단 핀천의 작품 속에서만 발견되는 것만은 아니다. 테너(Tony Tanner)는 핀천 뿐만 아니라 제 2차 세계대전 이후 메일러(Norman Mailer), 벨로우(Saul Bellow), 업다이크(John Updike), 바드(John Barth), 퍼시(Walker Percy), 엘킨(Stanley Elkin), 바델미(Donald Barthelme) 같은 작가들도 엔트로피의 이론을 적용하고, 엔트로피가 적용되는 이유는 산업사회와 전기 산업사회의 발전된 단계의 사회가 기계화 된 운동에 근거한 과정과 행위가 증대하기 때문이라고 한다.

핀천은 불확실성의 원리(the Uncertainty Principle)를 또 원용한다. 뉴턴(Issac Newton)(1642-1727)과 라플레이스(Pierre Simon Laplace)(1749-1827)와 같은 가지론자(可知論者)의 확실성에 대한 주장은 19세기 중엽이 지나가면서

서서히 그 근거를 잃어갔다. 확실성에 대한 의문은 우연이 우주의 기본적인 요인이라는 찰스 샌더스 피어스(Charles Sanders Pierce)(1837-1914)의 주장과 물리학의 엄밀한 확실성의 법칙에 의문을 제기한 1895년 루드윅 볼츠만(Ludwig Boltzmann)(1844-1906)의 가스이론(gas theory) 등이다.

볼쯔만의 주장은 그의 후계자인 엑스너(Franz Exner)가 1919년 우주의 법칙은 절대적이 아니라 오히려 개연성의 법칙이라고 주장함으로써 더욱 확실해졌다. 있을법함의 법칙(laws of probability)과 더불어 오스트리아의 물리학자인 슈뢰딩거(Erwin Schrodinger)(1887-1961)와 독일의 물리학자인 하이젠베르크(Werner Heisenberg)(1901-1976)의 불확실성의 원리는 열역학 제2법칙(the second law of themodynamics) 못지않게 핀천에게 크나큰 영향을 주었다.

특히 하이젠버그는 파동 업자의 운동을 기술하려고 할 때 어떤 불확실성이 야기됨을 지적했다. 이러한 지적은 아무리 계기가 정확하고 절차와 준비가 치밀하다 하더라도 사물의 위치와 힘을 동시에 정확하게 측정할 수 없다는 것이다. 이러한 불확성의 원리는 이해된 리얼리티는 변화된 리얼리티라고 하는 키에르 케라르(Soren Kierkegaard)(1813-1855)의 말에 영향을 받은 덴마크의 물리학자인 보(Niels Bohr)(1885-1962)의 원자구조론에 의해 재확인되었던 것이다.

현재를 알면 미래를 알 수 있다는 라플레이스(Laplace) 같은 가지론자의 주장은 볼츠만(Boltzmann)과 하이젠베르크의 불확실성의 원리에서 볼 때 전혀 합리화될 수 없는 주장이 되었다. 불확실성의 원리는 현재를 알 수 없을 뿐만 아니라 미래도 예측할 수 없으며, 인과의 법칙에 따라 사물의 본질 이변에 하나의 순수한 형상이 존재한다고 주장하는 플라톤의 본질의 세계를 정면으로 논박한다. 하이젠베르크의 불확실성의 원리는 사건이냐 사실이 변화하는 상황을 예측할 수 있고 알 수 있다는 주장에 반기를 들고 인간능력의 한계를 인정하며 사물의 본성의 바탕에는 근본적으로 불합리와 무질서가 내재한 다는 것이다. 핀천은 이러한 개연성의 법칙과 불확실성의 원리를 어떤 상황에 서는 엔트로피 현상보다 더 광범위하고 완벽하게 그의 소설에 원용하고 있다.

핀천의 관심은 불완전성 이론(Incompleteness Theorem)이다. 이것은 하이 젠베르크의 불확실성의 원리와 유사한 주장으로 1931년 체코슬로바키아 태생 의 미국의 수학자 궤델(Kurt Goedel)(1906-1978)에 의해 제창되었다. 하이젠 베르크가 소입자 이론에서 사건과 현상을 인과관계로만 보지 않듯이 궤델도 어떤 체계를 생각할 때 그 제도 밖의 원리들을 고려치 않고는 그것의 진실을 주장할 수 없다고 주장했다. 즉, 어떤 논리적 제도는 그 제도의 이론 속에 내 재해 있는 모든 모순을 다 포함해야 한다는 것이다. 핀천은 이 법칙을 『중력 의 무지개』에서 머피의 법칙("Murphy's Law")로서 설명하고 있다. 이 법칙은 하이젠베르크의 원리와 더불어 폐쇄된 사회나 체제의 근본이 되는 결정론에 우연적 요인이 내재하고 있다고 정보의 이해와 인식에 있어 상대성을 강조한 다.

또한 핀천은 아인슈타인(Albert Einstein)(1879-1955)의 상대성 이론 (Theory of Relativity)에 대한 흥미이다. 이 이론을 한 사물의 정확한 묘사는 시공의 연속 체 속에서 다른 사물과의 관계를 고려해야 한다는 것으로, 핀천 은 하나의 개체나 사물은 그 특정을 동시에 여러 개 가질 수 있다고 시사한다. 그의 이러한 시사는 상관관계를 인정하는 상대성 원리에 근거한다고 보아야 한다는 것이다. 상대성 이론의 원용은 어떤 지시 개념에 대한 절대적 형상화 를 부인하여, 일인칭 다화자 우위의 입장에서 이야기가 전개되며, 사건에 대 해 객관성을 배제하고 주관성을 강조하는 시점이 된다는 것이다. 그러면서 시 점에 이 원리가 다르게 적용되면 신뢰할 수 없는 화자의 이야기에 관한 해석 에 대해 독자에게 의문의 여지를 남겨놓아 독자로 하여금 이야기 속의 진실을 가려내도록 하는 수법으로 나타난다. 이 경우 인물들은 각각 우위의 위치에서 말하며 자기 나름대로의 객관성을 지니기 때문에 이 이론은 화자 중심의 시점에 적용된다.

시점 외에 소설 구조와 형식에 이것이 원용되면 절대적인 시공의 개념이 배제된다. 부연하면, 한 관찰자에게 동시 발생하는 사건들이 그 관찰자와 관계하는 사람에게는 동시에 얼어나지 않는다는 것이다. 이러한 시공의 개념은 시공을 선상 또는 절대적인 개념으로 보는 관점 대신에 교체적, 양립적인 세계관을 제시하여, 플롯의 구조에 절대성을 배제하고 특히 작품의 결말에 개방 종결의 형식을 자연히 취하게 된다.

마지막으로 그는 보의 상보성 원리(Complementarity theory)이다. 이 원리는 보가 빛의 역설적 작용을 설명하는 데 전용(專用)한 용어로 하나의 전자가 업자임과 동시에 파장임을 인식해서 상반되는 사설의 조화로운 공존을 위해 선택의 논리를 배제하는 논법이다. 이 원리는 특히 절대성이 아닌 상반과 모순을 강조한다.

이처럼 과학의 여러 가지 원리나 현상은 핀천의 작품 속에 은유로 빌어 나타나는 하나의 공통적인 특징으로 소설의 의미와 구조의 복잡성이다. 그러므로 그의 소설을 정확하게 이해하기 위해서는 관찰자의 대상과의 관계에서 본질에 대한 인식이 다르게 나타나듯이 독자와의 상관관계에 입각해서 소설의 의미를 파악해야 한다. 왜냐하면 의미는 텍스트 안에서만 존재한다고 볼 수 없고, 또 독자가 텍스트를 완전히 이해한 것으로 볼 수 없기 때문이다. 바꾸어 말하면 의미 파악에 절대성이 있을 수 없다는 것이다. 의미란 텍스트와 독자간의 교접(interface)에서 일어나는 하나의 과정이므로 의미 파악은 독자와 텍스트의 상관관계에서 이루어져야 하는 것이다. 핀천이 제시하는 이와 같은 의미 파악은 사물의 본성이 불확실, 우연, 불안정, 혼돈스럽다는 견해에 입각한 것으로서 혼란이라고 하는 특성에 비추어 보아서 현상세계의 개방은 필연적이다.

1-2. 과학이론의 절묘한 원용

에디퍼 마스(Oedipa Maas)는 로스안젤레스 출신의 변호사 메츠거 (Metzger)와 함께 피어스 인베러리티(Pierce Inverarity)의 유언집행인으로 임명되었다는 놀라운 소식을 듣기 전까지는 캘리포니아에서 살고 있는 28세의 평범한 가정주부였다. 인베러리티는 그녀의 옛 애인이자 재벌 총수이고 그녀의 현재의 남편인 웬델 무초 마스(Wendell (Mucho) Maas)와 결혼하기 일 년 전에 헤어진 사람이다. 에디퍼가 그 소식을 들었을 때 그녀는 정오에 열린 파티에 참석한 관계로 약간 취해 있었고, 오후에 남은 시간 동안 쇼핑을 하고 집으로 돌아와서 TV를 켜놓고 저녁준비를 하면서도 그녀는 계속해서 인베러리티와 전에 그로부터 걸려온 이상한 전화를 떠올리고 있었다.

무초는 그의 직장인 지방라디오 방송국 일에 대해 불평을 하며 퇴근 후 집으로 돌아왔다. 에디퍼는 무초가 매우 민감한 사람임을 떠올린다. 그녀는, 그가 이전에 중고차판매원이었던 시절을 떠올릴 때면 아직도 그것에 대해 얼마나 기분 나빠 하는지를 생각한다. 그녀가 무초에게 인베러리티의 유언에 대해서 말하자 그는 그들의 변호사언 로즈만(Roseman)을 만나보라고 권한다. 그날 밤 에디퍼는 그녀의 정신과 의사인 힐레리어스 박사(Dr. Hilarius)로부터 걸려온 전화를 받고 잠을 깬다. 그는 정신에 영향을 미치는 다양한 종류의 약을 실험하는 데 그녀가 동참해 줄 것을 권유한다. 그러나 그녀는 거부한다.

그 다음날 그녀는 로즈만을 만나러 간다. 그런데 그 로즈만 역시 우연히도 같은 정신치료 프로그램에 참여한다. 에디퍼는 같이 도망가자는 그의 이상한 제안을 일축해 버리지만 인베러리티의 유언을 집행하는 역할을 그녀 자신이 충실히 수행해 내기 위해선 법을 충분히 알아야 한다는 그의 충고에는 귀를 기울인다. 그녀는 자신이 인베러리티와 처음에 어떻게 알게 되었는지를 생생히 떠올리면서, 멕시코시티의 미술전람회에서 그들이 보았던 그림을 회상한다.

그 그림은 탑 속에 갇힌 아름다운 여인들이 태피스트리를 수놓는 모습을 그린 그림이었는데, 이 그림 속의 태피스트리는 창문 밖으로 휘날리면서 마치 바깥 세계 전체를 감싸고 있는 것처럼 보였다. 이 그림이 다소 자신의 상황을 나타내고 있다고 느낀 에디퍼는 자신의 생활 방식에서 얼마나 도피하고 싶어 했던가를 생각하자 눈물이 왈각 쏟아졌다. 그러나 비록 그때 그녀가 인베러리티와 같이 있었지만 그녀는 언제나 어떤 마술적인 힘이 내 부에서 자신을 꼼짝달싹 못하게 하는 것처럼 계속 느끼고 있었다.

에디퍼는 키너럿(Kinneret)에 있는 그녀의 집을 나와 로스안젤레스 근처의 산 나르시소(San Narciso)라는 도시에 있는 인베러리티의 사업 거점을 향해 남쪽으로 차를 몰고 간다. 그녀는 산 나르시소의 한 끝에 도착해서 그녀의 아래쪽에 펼쳐져 있는 시구역(township)을 바라본다. 그것은 거의 어떤 종류의 의미심장한 패턴을 이루고 있는 듯이 보였다. 에디퍼는 처음으로-앞으로 여러번 경험하게 되겠지만 마치 그녀가 잘 이해하지 못하는 어떤 신비스러운 의미에 부딪힌 것처럼 이상하면서 거의 종교적인 듯한 감정을 느끼게 된다. 그녀는 다시 차를 몰아 인베러리티가 대주주로 있었던 거대한 요요딘(Yoyodyne) 우주공학 회사를 지나간다. 별로 마음에 들지 않는 요요딘공장 주변을 차를 몰고 지나가면서 그녀가 경험한 것들로 인해 에디퍼는 외로움과 함정에 빠진 듯한 느낌을 갖기 시작한다.

그녀는 에코 코트(Echo Courts)라고 불리는 호텔에 차를 세운다. 그 호텔 밖에는 매우 커다란 소녀의 동상이 있고 그 동상에 입혀 놓은 얇은 망사 옷은 인공적으로 바람에 휘날리도록 되어 있다. 에디퍼는 또 다시 무언가 이상한 일이 일어나고 있다고 느낀다. 그 호텔 지배인인 마일즈(Miles)는 그녀를 호텔 방으로 안내하면서 노래를 부른다. 그리고 그는 페러노이드(Paranoids)라는 팝 그룹의 매니저가 그들에게 영국인의 목소리를 모방해서 노래하라고 충고했다고 설명한다. 에디퍼는 남편이 근무하는 라디오 방송국에서 방송할 수 있도록 그들의 노래 테이프를 남편에게 보내 주겠다고 제안하지만, 그 제안은 전혀 잘못 전달된다.

　　그날 저녁에 변호사 메츠거가 이곳에 도착한다. 그는 에디퍼를 찾기 위해 하루 종일 다른 호텔들을 뒤졌다고 주장한다. 그들은 그가 가져온 와언을 마시기 시작한다. 에디퍼는 메츠거가 아주 잘 생겼다는 것을 알고서 마치 영화 배우 같다고 느낀다. 그러자 메츠거는 실제로 어릴 적에 아역배우였다고 말한다. 에디퍼가 텔레비전을 켜자 그들은 메츠거가 실제로 아역배우로 등장하는 2차 세계대전에 관한 오래된 영화가 상영되고 있다는 것을 알 게 된다. 영화 속에서 아이인 메츠거가 노래를 부르자 실제 메츠거가 화음을 넣어 같이 노래를 부른다. 에디퍼는 자신이 매우 이상하고 복잡한 음모, 어쩌면 계획되었을 런지도 모르는 유혹의 일부에 분명히 걸려들고 있다고 느낀다. 잠시 상업광고를 하고 있는 사이에 메츠거는 그들이 보고 있는 영화를 정확하게 해석하기 위하여 역사적 상황들을 얘기해 준다. 그들이 와인을 다 마셨기 때문에 메츠거는 티뀔라(중앙아메리카에서 만든 술)의 마개를 따면서 그의 친구인 변호사 메니더 프레소(Manny di Presso)가 메츠거의 역(메츠거는 물론 변호사가 되어 있는 배우다)을 맡고 있는 영화에 대해 에디퍼에게 말한다.

　　메츠거는 마침내 그 영화의 결말에 대해 내기를 하자고 에디퍼에게 제안한다. 그 내기는 에디퍼가 질문을 하나씩 할 때마다 매번 옷을 하나씩 벗는 형태로 진행된다. 그녀는 이 내기에 동의하고 화장실로 가서 되도록 많은 옷을 입는다. 그녀가 에로솔통 위로 쓰러지자, 그 통은 그 속에 압축되어 있던 내용물이 빠져 나오면서, 빠른 속도로 위험하게 날아다니며 거울을 부수고 벽에 계속적으로 부딪혀 튀어 다닌다. 메츠거는 그녀와 함께 엎드려 있다가 그 통의 내용물이 다 빠져나간 후 그 거품(내용물)을 완전 히 뒤집어 쓴 채 일어선다. 마일즈와 페러노이드는 무슨 일이 일어나고 있는지를 보러 왔지만 에디퍼는 밖으로 나가 노래를 불러 달라고 부탁하면서 그들을 물리친다. 한편 TV에서는 화장실에서 일어난 사건과 꼭 같은 정도의 폭발음과 폭격 소리를 내면서 그 영화가 계속 상영되고 있다.

메츠거는 TV에서 인베러리티의 다양한 업종들이 광고되고 있는 것을 계속 지적하여 에디퍼를 짜증나게 만든다. 그들은 페러노이드가 갖다 준 위스키를 계속 마시며, 그 영화의 결말에 관한 내기를 계속하고 있다. 마침내 에디퍼는 메츠거가 거의 옷을 다 벗고 잠들어 있는 모습을 발견한다. 이제 그녀는 매우 취해서 그를 깨운다. 페러노이드가 밖에서 노래를 부르고 영화가 시끄럽게 계속되는 와중에서, 그들은 그가 의도했던 대로 성관계를 맺게 된다. 즉 에디퍼가 너무 취해 옷도 벗지 않은 채 곯아떨어지자 메츠거가 그녀의 옷을 벗기고, 이어서 결정적인 순간에 그녀가 눈을 뜨지만 그때 페러노이드가 전자악기를 너무 많이 사용하는 바람에 완전한 정전이 되고 만다. 에디퍼가 예상한 대로 그 영화는 메츠거역의 아이가 전기에 감전되어 죽어 가는 슬픈 장면으로 끝난다. 그녀는 메츠거가 고의적으로 그녀를 유혹했다고 울부짖지만 잠시 후 거리낌 없이 그에게 돌아간다.

이상한 일들이 계속해서 에디퍼에게 얼어난다. 첫째로, 그녀는 무초에게 보내는 편지에서, 자신과 메츠거 사이에 있었던 일을 그가 알고 있으리라고 확신했기 때문에 또 무초가 평소와 마찬가지로 라디오 방송국 체육관에서 나이 어린 소녀를 만나고 있을 것이라고 확신했기 때문에, 메츠거와 있었던 일을 언급하지 않았다. 그러나 무초의 답장은 지극히 평범했으나 우편소인이 찍혀 있는 곳에서 아주 특이한 오자를 발견한다(즉, Postmaster를 Potsmaster로 표기).

둘째, 어느날 밤 그녀와 메츠거는 스코퍼(The Scope)라 불리는 술집에 갔는데, 그곳은 전자 음악을 연주하거나 듣고자 하는 요요딘의 전자조립공장 노동자들로 가득 차 있다. 그들은 그 술집에서 마이크 팰로피언(Mike Fallopian)이라는 사람을 만난다. 팰로피언은 그들을 설득하여, 미국 남북전쟁 기간 중에 러시아 해군과 피터 핑귀드(Peter Pinguid)가 함장으로 있었던 미국 남군의 해군 사이에 벌어졌던 교전을 기념하기 위하여, 그의 이름을 따서 만든 피터 핑귀드 협회에 가입할 것을 종용한다. 팰로피언은 이 협회가 미소 대립사에 있어서 최초의 인물인 핑귀드—훗날 그는 인베러리티처럼 캘리포니아의 부동산에 투자하여 부자가 되었음—를 기념하기 위한 것이라고 설명한다. 에디퍼는 바로 그 술집에서 다른 손님들에게 편지를 나누어 주는 모종의 사설 우편배달을 목격하며, 화장실 벽에서 처음으로(앞으로 계속 발견하게 되겠지만) 무엇을 의미하는지 전혀 모르는 웨이스트(WASTE)라는 글자와 이상하게 생긴 기호를 발견한다. 팰로피언은 사설 우편배달에 대해 설명하고, 미국의 남북전쟁과 정부의 우편물 통제의 도입이 어느 정도 연관성이 있다고 넌지시 말하면서 자기가 미국의 사설 우편제도의 역사를 쓰고 있다고 말한다.

에디퍼와 메츠거는 어떤 법률적인 문제들이 해결되기를 기다리면서 패러노이드들과 함께 인베러리티의 마지막 사업계획들 중의 하나인 팡고소 라군스(Fangoso Lagoons)라는 새로운 주택개발 및 레저센터를 방문한다. 그들이 인공호수를 건너기 위해 배를 훔치는 사이에 그들은 메츠거의 친구이며 배우이자 변호사인 메니더 프레소를 만난다. 그는 소송의뢰인인 토니 재규어(Tony Jaguar)에게서 도망치고 있는 중이다. 그는 토니 재규어를 피해 다니며, 2차대 전중에 많은 미국 군인들이 전사했던 라고디 피에타(Lago di Pieta)라는 이태리의 한 호수에서 그가 건져 올렸던 유해에 대한 보상을 받기 위해 인베러리티의 유산에 소송을 제기하고자 하는 사람이다. 인베러리티는 그 뼈들을 다이빙광들을 위해 인공호수 바닥의 장식재로 사용했으며, 또 담배필터 제조공정의 일부로도 사용했다. 핑거s와 함께 있던 한 소녀가 그 미국 군인들의 이야기는 그들이 최근에 본 리쳐드 화팅거(Richard Wharfinger)의 『사자의 비극』(The Courier's Tragedy)이라는 일종의 자코버언 복수극을 상기시킨다고 말한다. 에디퍼는 그 극의 개요를 듣고 그것을 직접 보기로 결정한다.

메너더 프레소가 배를 타고 그의 소송의뢰인에게서 도망쳐 버리자 그 섬에 남아 있는 다른 사람들은 호수의 한복판에서 고립된다. 그러나 패러노이드들이 마리화나 담배에 불을 붙여 신호를 보냄으로써 그들 모두는 팬고스 호수 보안군에 의해 구조된다.

에디퍼는 메츠거를 설득해서 『사자의 비극』을 보러 간다. 그 내용은 근친상간, 살인, 고문, 그리고 내전에 관한 복잡하고 피비린내 나는 이야기로서 나중에 에디퍼를 괴롭히거나 혹은 그녀의 모험 속에 되풀이될 몇 가지 이름과 쟁점 및 사건들, 다시 말하자면 중세유럽의 공식적 우편제도인 썬(Thurn)과 탁시스(Taxis), 살해되어 호수에 던져진 군인들, 후에 어떤 공정에 사용된 그들의 시체, 그리고 에디퍼를 당황하게 하는 트리스트테로(Trystero)라는 이상한 용어 등이 등장한다. 이 극의 주인공은 검은 옷을 입은 이상한 인물들의 습격을 받을 때 썬과 탁시스의 우체부 복장을 하고 있으며, 트리스트테로라는 용어는 이 주인공의 암살자들을 지칭하는 것 같다.

에디퍼는 이 문제에 대해 실제로는 지나칠 정도로 세밀하게 생각하고 싶지 않으면서도 한편으로 이 극과 그녀가 최근에 겪은 경험들과의 어떤 연관성이 있는지 알아내고 싶었다. 그래서 에디퍼가 이 극의 연출자인 랜돌프 드립레테(Randolph Driblette)를 만나려고 무대 뒤로 가 보려고 하자 메츠거는 화를 낸다. 드립레테는 그녀에게 그가 대본으로 삼은 책의 이름과 그것을 구입한 헌책방의 이름을 알려준다. 에디퍼는 드립레테와 대화하는 도중에 그가 극에서 트리스트테로가 언급될 때마다 배우들이 짓는 미스테리한 표정과 똑같은 표정을 짓고 있는 것을 보고 놀란다. 그녀는 드립레테 스스로 가 이 표정을 극 속에 포함시켰다는 것과 대본과 상관없이 트리스트테로 암살자들을 무대위에 올리기로 직접 결정했다는 것을 알게 된다. 드립레테는 트리스트테로에 대한 그녀의 질문에 대해 그저 이 극의 각색은 전적으로 그 자신의 창작이라고만 설명할 뿐이다. 에디퍼는 더 당황하고 이상하게 여기면서 메츠거의 차를 타고 그 장소를 떠난다. 그리고 약 2마일 정도가 지나서야 차속의 라디오에서 흘러나오는 목소리가 그녀의 남편인 무초의 목소리임을 깨닫는다.

에디퍼는 정보를 모으면 모을수록 더 혼란에 빠져 든다고 느끼면서도 유언집행인으로서의 업무를 다하기 위해 요요딘의 주주 총회로 간다. 회의가 끝난 후 그 회사의 사가(社歌)가 불려졌다. 나중에 에디퍼는 요요딘 빌딩에서 길을 잃고 헤매다가 전에 본 적이 있는 WASTE라는 기호를 그리고 있는 스텐리 코텍스(Stanley Koteks)라는 사람을 만난다. 서로 얘기를 나누다가 코텍스는 주주언 에디퍼에게 어떻게 모든 요요딘 기술자들의 특허권을 강제로 회사에 귀속시키도록 정관을 바꿀 수 있느냐고 묻는다. 그는 그녀에게 샌프란시스코에 사는 발명가인 존 네파스티스(John Nefastis)라는 사람에 관해 이야기한다. 네파스티스는 막스웰(Maxwell)의 악마라고 알려진 어떤 착상(idea)을 이용하여 공기분자들을 분류함으로써 에너지를 창출해 낼 수 있는 기계를 고안한 사람이다. 코텍스는 에디퍼가 WASTE와 이상한 모양의 그림이 무엇을 의미하는지 정말 모르고 있다는 것을 깨닫자 대화를 중단한다. 며칠 후에 팰로피언은 코텍스가 어떤 지하조직의 일원이라고 말해 준다.

에디퍼는 이러한 지하조직과 그녀가 발견한 많은 수수께끼 같은 것들이 우편물 빛 우편배달방법과 연관이 있으리라고 믿게 된다.

그녀는 1853년 웰스 파고(Wells Fargo) 우편제도를 공격 했던 검은 옷을 업은 청체불명의 약탈자들에 대해 적혀 있는 청동 묘표(청동으로 된 묘 비)를 보기 위해 팽고스 라군으로 돌아간다. 이것은 그녀에게 『사자의 비극』을 상기시켜 주게 되고, 그녀는 랜돌프 드립레테에게 전화를 해서 그가 그 극을 무대에 올렸을 때 트리스트테로 살인자들에게 왜 검은 옷을 입혔는지를 알아내고자 했다. 전화를 받지 않자 그녀는 잽(Zapf)의 책방으로 가서 『사자의 비극』이라는 책을 사서 면밀히 읽어 보았다. 그러나 그것은 하드커버 원판과는 내용 에 있어 많은 차이가 있었다.

한편 그녀는 인베러리티의 유산을 가능한 한 자세히 알아보기 위해 그가 예전에 지은 베스퍼헤븐 하우스(Vesperhaven House)라는 한 양로원을 방문한다. 그곳에서 그녀는 도드(Mr. Thoth)노인을 만난다. 그 노인은 말을 타고 우편배달을 하면서 미국 인디언들과 싸웠던 그의 할아버지에 대한 이야기를 그녀에게 해 준다. 도드는 또한 인디언 복장을 하고 뼈를 태운 재로 깃털을 검게 칠한 이상한 약탈자들의 공격에 대해 들은 적이 있다고 말한다. 그리고 나서 그녀에게 이러한 인디언들의 손에서 그의 할아버지가 뽑아냈던 반지를 보여 준다. 그 반지에도 역시 WASTE 상징이었다.

이 사건으로 말미암아 더욱 혼란스러워진 에디퍼는 다시 팰로피언을 만나러 간다. 그러나 그는 팽고스 라군에 있는 역사적인 묘비에 적혀 있는 사건에 관하여 단편적이고 불명확한 정보만을 제공한다. 그는 그녀에게 도드의 할아버지를 공격했던 검은 옷을 입은 약탈자에 대해서나 그녀가 발견한 이상한 WASTE 기호에 대해서도 더 이상의 정보를 제공할 수 없다.

잠시 후 에디퍼는 겐지스 코헨(Genghis Cohen)을 그의 아파트에서 만난다. 코헨은 인베러리티가 수집한 우표를 감정하기 위해 고용된 전문가이다. 코헨은 에디퍼에게 2년 전에 공동묘지-이 묘지는 산 나르시소로 향하는 고속도로가 건설되면서 지금은 사라지고 없다-에서 딴 민들레로 담근 술을 가져다준다. 그러자 에디퍼는 도로건설 인부들이 도로공사를 할 때 파헤친 묘지에서 나온 뼈들을 팔았다고 하는 이야기를 메츠거로부터 들은 적이 있음을 기억한다. 그 다음 그는 약 8개 가량의 위조우표를 보여 준다. 그 중 하나에는 그녀가 보아온 WASTE 기호가 있고, 또 다른 것에는 고리가 하나 달린 나팔 그림이 그려진 '썬과 탁시스'의 상징이 있고, 그리고 세번째 우표에는 포니엑스프레스(Pony Express)의 기수가 그려져 있었는데, 한쪽 귀퉁이에는 조심스럽게 새겨진 검은 깃털을 볼 수 있다. 또 다른 우표의 소인은 에디퍼가 무초에게 받은 편지에 찍혀 있는 것과 마찬가지로 postage(우편요금의 뜻) 대신 potsage라고 철자의 순서가 바뀌어 있다.

에디퍼는 그 WASTE 기호의 의미를 풀어낸다. 그 WASTE 기호는 썬과 탁시스의 나팔과 비슷했지만 소리를 죽이는 약음기가 끼워져 있다. 이제 그녀는 검은 옷을 입은 인물들, 위조우표의 약음기, WASTE 상징, 그리고 트리스트테로 등의 관계를 짐작할 수 있게 된다. 이 모든 것을 썬과 탁시스 우편제도에 반대하는 어떤 조직의 일부로서 아직도 현재 미국에서 활동하고 있는 것이다. "이 모든 것을 정부에 보고해야 하지 않을까"라고 에디퍼가 말하자, 코헨은 더 이상 그녀에 어떤 정보도 제공하기를 꺼리며, WASTE가 무엇을 의미하는지 모른다고 일축해 버린다. 물론 에디퍼는 이것이 진실이라고는 믿지 않는다. 그녀는 민들레 술을 마시면서 이제는 도로가 되어 버린 공동묘지의 시체들과 그것의 연관성에 대해 생각한다.

그녀는 버클리(Berkeley)로 차를 몰고 가면서 존 네파스티스가 어떤 식으로 그의 우편물을 받아 보고 있는지, 그리고 리처드 화가 트리스트테로에 관한 정보를 어디서 얻어냈는지를 알아내고 싶어한다. 그녀는 미국농아협회 캘리포니아 지부라는 간판이 걸려 있는 호텔을 숙소로 정하고 이상한 꿈에 시달리면서 밤을 보낸다. 다음날 오후 그녀가 원했던 『사자의 비극』의 한 판본을 구입하지만 그 판본 속에서도 트리스트테로라는 단어는 찾아 볼 수 없었다. 그녀가 잽 서점에서 구입한 보급판 책에 있었던 한 귀절이 이 판본에는 완전히 다른 귀절로 변형되어 있었던 것이다. 이 문제를 해결하기 위해 그녀는 버클리 대학으로 가서 그 극의 편집자인 에모리 보츠(Emory Bortz) 교수를 만나려고 했지만 그는 이미 산 나르시소 대학으로 자리를 옮긴 후였다.

에디퍼는 낯설고 혼자라는 느낌, 그리고 주위의 일원이기를 원하지만 그러기 위해서는 상이한 이 두 세계 사이에서 얼마나 많은 탐색이 필요한지, 그리고 그녀 자신이 대학을 다니던 시절과 지금이 얼마나 다른지—즉 그녀는 1950년대에 아주 보수적인 교육을 받았으며 따라서 정치활동에 참여해 보지 못한 인물이다—를 생각하면서 버클리 대학의 학생들 사이를 걷는다.

에디퍼는 전화번호부에서 존 네파스티스의 주소를 알아내고는 그를 방문하는데, TV를 보고 있던 그는 그녀에게 엔트로피의 의미와 그의 기계가 어떻게 기능하는 지를 그녀에게 설명해 준다. 즉 정말로 예민한 사람은 막스웰의 악마라고 불리는 것을 포함하고 있다고 가정되어 지는 어떤 상자를 응시함으로써, 공기의 찬 입자로부터 더운 입자들을 분리해 내고 마침내는 에너지를 창출하여 피스톤을 움직이게 할 수 있다는 것이다. 네파스티스가 열 증가니 열손실이니 하는 개념을 정보의 흐름이라는 개념과 연관시키면서 그의 기계는 이 두 개념의 비교를 통해 작동한다고 설명하자. 에디퍼는 더욱 더 혼란에 빠진다. 네파스티스가 다른 방에서 만화를 방영하고 있는 TV를 보고 있는 동안, 에디퍼는 인내심을 가지고 이 기계에 주의를 집중하여 막스웰의 악마가 의사소통을 해 와서 피스톤이 움직이기를 기다리지만 아무 얼도 일어나지 않는다. 그러자 에디퍼는 네파스티스가 미치광이나 일종의 환각증세를 갖고 있는 것은 아닌지 의심하게 된다. 그 때 네파스티스가 나타나 텔레비젼에서 뉴스가 방영되고 있는 동안 성행위를 하자고 제의를 하자 기겁을 하고 그 집을 빠져 나와 모욕감을 느끼며 차를 출발시킨다.

샌프란시스코에서 에디퍼는 퇴근 시간의 교통혼잡 때문에 꼼짝달싹 못하는 동안 그녀에게 얼어난 최근의 일들에 관해 비교적 명확하게 생각한다. 그녀는 자신이 아주 복잡하고 우연한 일련의 사건들―이 모든 것들의 의미를 풀 수 있는 것이라고는 트리스트테로라는 단 하나의 단어 밖에 없다 사이에 끼여 꼼짝달싹 못하고 있는 것처럼 느낀다. 그녀는 이제껏 수집한 실제 정보들을 분류하려고 시도하다가 샌프란시스코의 거리를 방황하면서 그것들을 잊어버리기로 작정한다.

그러나 채 한 시간도 안돼서 그녀는 관광객 무리에 휩싸여서 "The Greek Way"(그리이스방식)이라 불리는 동성연애자들의 술집으로 들어간다. 그곳에서 그녀는 우연히 약음기가 달린 우편나팔 모양의 뺏지를 달고 있는 사람을 보게 된다. 그는 사랑이 최악의 고통이라는 이유로 사랑을 거부하는 협회의 회원이라는 사실을 그녀에게 알려 준다. 이 모임의 창립회원은 컴퓨터의 사무자동화로 인해 일자리를 잃어버린 요요딘의 한 간부사원이었다. 그는 다른 사람들은 그런 문제에 어떻게 대처를 하며, 자살을 하기 위해 어떻게 준비하는지를 알아보기 위해 신문에다 광고를 내었다. 그러나 그때 요요딘의 또 다른 간부사원과 그의 아내가 부정한 짓을 저지르고 있는 것을 발견했다. 그래서 그는, 그의 실수가 사랑 때문이라고 생각하고는 사랑을 멀리할 것을 맹세하고 고립된 개인들의 협회를 창시하기로 결심했다. 그가 분신자살할 때 사용하려 했던 휘발유가 그가 신문광고를 낸 후 받은 답장에 떨어져 인쇄잉크를 번지게 하여 그 위에 약음기가 달린 우편나팔의 모습이 나타나자 그는 이것을 그 자신이 만든 조직의 상징으로 채택했다.

　이 모든 얘기를 다 하고 나서 그가 자리를 뜨자 에디퍼는 다소 취해서 심한 외로움을 느끼며 앉아 있다. 그녀는 걸어 다니기도 하고 혹은 버스를 타기도 하면서 다시 그 도시를 배회하다 우편나팔의 이미지를 계속해서 발견한다. 이로 인해 그녀는 그녀가 발견하는 이미지들을 기억해서 연결시킴으로써 최근에 일어난 잇따른 사건들의 의미를 알아내려 하고 있음을 느끼고 이러한 감정의 중요성을 인식한다. 밤늦게 공원에서 잠옷을 입고 있는 아이들을 만나게 되는데, 그 아이들은 기이한 잠버릇과 신비스런 공동체의식을 공유하고 있다. 그들은 우편나팔 기호를 땅바닥에 분필로 쓰곤 했으며 트리스트테로를 연상시키는 노래를 부르고 있다. 하지만 그 아 이들은 그것의 정체에 대해서 들어본 적이 없다.

　또 다른 우연은 에디퍼가 한 식당에서 추방된 멕시코 무정부주의자 지저스 아라벌(Jesus Arrabal)을 우연히 만나는 것이다. 그녀와 인베러리티가 그를 처음 만난 것은 멕시코의 어느 해변에서였다. 아라벌은 인베러리티에게서 마땅히 개선되어야 한다고 그가 생각하는 모든 것들의 이미지를 발견했었다. 에디퍼는 이번에도 역시 인베러리티가 그녀와 아라벌과의 만남의 매개가 되지 않았을까 하고 생각해 본다. 그러던 중 우연히 그녀는 아라벌에게 최근에 배달된 무정부주의자 신문의 소언이 60년 전, 즉 1904년으로 되어 있는 것을 보게 된다. 이 역시 그 소인 옆에 우편나팔의 형상이 있다.

　에디퍼는 밤새도록 샌프란시스코를 목적없이 배회하면서 화장실, 버스, 세탁소, 공항 등 그녀의 발이 닿는 곳이면 어느 곳에서나 기이한 사람들과 우편나팔의 기호를 보게 되거나, 혹은 이상하거나 위협적인 상황에 직면한다. 때로는 WASTE라는 문자가 덧붙여져 있기도 하는데 그것은 비공식적 우편제도를 지시하고 있는 듯하다. 공포에 질린 채 혼자서 그리고 너무나 많은 우편나팔에 충격을 받아서 에디퍼는 왜 그렇게 많은 사람들이 공식적 우편제도의 이용을 선택하지 않을까 의문을 표시하면서 그런 부류의 사람들이 어떻게 살고 있는지, 또한 그녀에게 도대체 무슨 일이 일어나고 있는지에 대해 생각한다.

날이 밝을 무렵 에디퍼는 잠도 못자고 기분도 좋지 않은 상태에서 길을 걷다가 우연히 손등에 우편나팔 문신이 있는 한 늙은 선원을 계단에서 발견한다. 그는 흐느끼면서 그녀에게 WASTE 시스템을 통해 그가 프레스노(Fresno)에 버려두고 온 아내에게 편지를 부쳐 달라고 부탁하면서 WASTE 우편함이 있는 곳을 가르쳐 준다. 에디퍼는 그를 부드럽게 감싸 안고 그가 살고 있는 초라한 건물로 데려가 그의 지저분한 매트리스에 굽혀 준다. 그 선원의 불쌍한 처지에 화가 나면서도 깊이 감동을 받은 그녀는 그의 걸고도 영락 한 삶 언젠가 부주의한 담뱃불로 인해 그의 매트리스가 불길에 휩싸이는 바로 그 순간에 그러한 삶도 분명히 끝장이 나고 말 것이다속에서 얼음직한 지혜와 경험에 대해 생각한다. 에디퍼는 그를 위해 그의 편지를 부치기로 결정하고서 죽어가는 노인의 곁을 떠나, 그 노인이 말해 주었던 방향으로 나아간다. 약 1시간 가까이 샌프란시스코의 부랑자, 창녀, 정신병자 등 사회의 버림받은 사람들 사이를 배회하다가 W.A.S.T.E.라고 표시되어 있는 작은 깡통을 발견한다. 그녀는 누군가가 그 속에 편지를 넣는 것을 보고서 그녀도 그 노인의 편지를 그 깡통 속으로 떨어뜨린다. 한참 후 한 젊은 술꾼이 그 편지를 자신의 배낭 속에 쓸어 담는다. 에디퍼는 그가 배달하는 구역을 따라 계속 그를 뒤쫓아 가지만 그의 배달은 네파스티스의 집에서 끝난다. 결국 그녀는 24시간 전에 자신이 출발했던 곳으로 되돌아 온 셈이다.

호텔로 돌아와 에디퍼는 본의 아니게 농아들의 파티에 참석하게 된다. 그곳의 모든 사람들은 서로 다른 박자와 리듬에 맞춰 아무런 소리도 들리지 않는 침묵 속에서 춤을 추고 있다. 그럼에도 불구하고 충돌은 전혀 일어나지 않는다. 에디퍼는 음악도 없이 어 게 이런 질서가 유지되는지 도대체 이해할 수가 없다. 그날 밤 꿈도 꾸지 않고 푹 잔 후에 그녀는 키너렛(Kinneret)으로 돌아가서 자신이 올바른 정신상태에 있는지 어떤지에 대해 힐레리어스 박사와 상담해 보려고 한다. 하지만 그녀가 그의 진료소에 도착하자 누군가가 그녀에게 총을 쏘고, 그의 조수는 그녀에게 총을 쏜 사람이 바로 힐레리어스 박사이며 그는 미쳐 버렸다고 말한다. 그녀는 잠겨있는 문을 통해 그가 2차 대전 중 독일의 강제 수용소에서 유태인을 대상으로 광기에 대해 인위적인 실험을 한 혐의로 이스라엘의 비밀요원들의 추적을 받고 있으며 경찰이 바로 그 비밀요원들일 것이라는 등의 제정신 아닌 얘기를 듣고 나서야 그의 사무실로 들어갈 수 있었다. 그녀는 애초에 트리스트테로와 관련되어 있는 그녀의 모든 느낌과 경험들은 완전한 환상에 불과하다고 힐레리어스 박사가 그녀에게 말해주길 바랐지만, 오히려 그는 그 환상을 소중히 하라고 그녀에게 말해 준다.

경찰이 들어와 힐레리어스 박사를 체포하고 지방 라디오 방송국에서 이 사건을 생방송하면서 남편인 무초가 에디퍼를 인터뷰한다. 그 방송국 프로 편성자로부터 그녀는 그녀가 떠난 후 남편 역시 완전히 다른 사람이 되어 그의 정체성을 상실해 가고 있다는 소식을 듣는다. 무초는 자신이 음악녹음에서 가장 미세한 소리를 듣고 그 소리를 확장시켜 종국에는 마음속으로 완전한 오케스트라까지 틀을 수 있으며, 또한 이것을 (사람의)목소리에까지 적용할 수 있다고 그녀에게 말한다. 그녀는 무초가 힐레리어스 박사의 실험에 동참해서 LSD를 복용해 왔다는 사실을 발견하고는 공포에 질린다. 그의 기억은 사라져 가고 있으며, 그는 더 이상 젊은 여자에게 매혹당하지도 않고 중고차판매원으로서의 직업을 악몽같이 여기지도 않는다. 이제 LSD에 중독되어 무초는 너무나 많이 변해버렸기 때문에 에디퍼는 그를 영원히 잃어버렸다고 느낀다. 그녀는 샌프란시스코로 돌아가기 위해 떠난다. 라디오 방송국 밖에서 그녀는 완전히 혼란에 빠진 채 머리를 차 운전대에 기대고 앉아 있다.

에코 코트으로 돌아온 에디퍼는 마치 사진이라도 찍는 것처럼 포즈를 취한 채 그녀를 기다리고 있는 패러노이드들을 만나서 그들이 부르는 노래를 듣는다. 그녀는 메츠거가 네바다(Nevada)로 도망가서 페러노이드들 중의 한 사람인 서즈(Serge)의 여자친구와 결혼했다는 소식을 접한다. 에디퍼는 그녀와 메츠거와의 관계가 메츠거에게 아무런 의미가 없었다는 느낌, 일종의 실망감 같은 것을 느꼈지만, 곧 잊어버리고 랜돌프 드립레테에게 전화를 한다. 그러나 그의 어머니로부터 다음날 어떤 발표가 있을 것이라는 말만을 들을 뿐이다. 도대체 무슨 일이 있었는지 혼란스러워 하면서 그녀는 에모리 보츠 교수에게 전화를 해서 그의 불만에 찬 아내 그레이스(Grace)와 얘기를 나눈다. 그레이스는 그들의 집을 한 번 방문해 달라고 요청한다. 그곳으로 가서 그녀는 잽(Zapf)의 헌책방이 불에 타버렸다는 것을 알게 되고, 이웃에 있는 가게 주인으로부터 보험금을 타기 위하여 잽 자신이 그 곳을 태워 버렸다는 사정을 전해 듣는다. 윈드롭 트러메인(Winthrop Tremaine)이라는 이 가게 주인은 자기가 독일 친위대 군복과 무기를 팔고 있다고 그녀에게 열심히 설명한다. 아주 화가 난 채로, 에디퍼는 보츠의 집으로 간다. 술파티가 계속되고 있었지만 그녀는 보츠에게 그의 『사자의 비극』 대본과 보급판 책의 차이점을 이야기한다. 그들은 그의 몇몇 학생들과 함께 그 연극에 대해 토론을 하고 보츠는 그녀에게 바티칸(Vatican) 도서관에 소장되어 있는 트리스트테로라는 단어를 포함하고 있는 거의 알려지지 않은 판본에 대해 이야기해 준다. 또한 랜돌프 드립레테가 태평양에 몸을 던져 자살했다는 소식을 전해 준다. 그 순간 그녀는 그와 관계있는 남자들이 하나씩 하나씩 사라져 버리고 있다고 생각하면서 외로움과 함께 심한 고통을 느낀다.

그들은 계속해서 그 극과 극작가 리처드 화에 대한 드립레테의 전반적인 지식에 대해 토론한다. 이상하게도 보츠는 트리스트테로가 포함되지 않은 연극을 보았고, 그 작품이 보급판에 의존하는 것이 아니라 그의 원본에 의존하고 있다고 생각했다. 학생들은 드립레테가 아마도 그 극의 여러 판본들을 다 보았을 것이고, 그래서 그의 느낌에 따라서 상연했을 것이라고 말한다. 보츠는 에디퍼에게 그 연극의 바티칸 판본에 포함되어 있는 포르노적인 그림을 몇 개 보여주고서 그녀에게 이런 작품을 만들었을 법한 극단적인 청교도 단체에 관해 이야기 해 준다. 그 단체는 아마도 극장을 불신시키기 위한 한 가지 방법으로써, 선에 직접적으로 반대하는 어떤 세력에 대한 두려움을 나타내려고 트리스트테로를 포함시켰을 것이다. 그러자 에디퍼는 그에게 트리스트테로가 무엇인지 묻는다. 그는 그녀에게 이탈리아에 있는 레이크 오브 파이어티("the Lake of Piety") 근처에서 썬과 탁시스 우편마차를 공격해서 타고 있던 사람들을 다 죽이고 영국에 그들의 행적을 알리기 위해 단 두 사람의 영국인만을 살려둔, 검은 옷을 입은 트리스트테로 약탈자들에 대해 쓰인 책을 한권 준다. 그 후 며칠동안 그녀는 트리스트테로에 관한 정보를 찾기 위해 여러 권의 책을 뒤져서 16세기와 17세기에 그 조직이 어떻게 시작되었으며, 그리고 그 조직이 유럽으로 전파된 과정에 대해 읽어 나간다. 트리스트테로는 썬과 탁시스가 아닌 그들 자신이 우편배달의 권리를 가졌는데도 지금까지 그 권리를 박탈당해 왔다고 믿고 있었다. 그들은 그 박탈된 권리의 회복을 투쟁의 모토로 하면서 썬과 탁시스에 반대하는 비밀 결사체로 존재했었다.

드립레테의 장례식날 밤 에디퍼는 무덤 주위에 보츠와 그의 아내 그리고 학생들과 함께 앉아 드립레테가 좋아했던 종류의 술을 마신다. 그녀는 만약 그가 죽는다면 그녀 또한 자신의 일부를 잃어버릴 것이라고 했던 그의 말을 상기한다. 그녀는 그가 왜 자살을 했는지 그녀에게 말해주기 위해 다시 살아

돌아오기를 갈망하면서 그의 무덤가에 조용히 앉아 있다. 그녀는 트리스트테로가 관련되었는지를 알기를 원한다. 왜냐하면 그녀는 이제 그녀의 남편, 그녀의 정신과 의사, 그녀의 정부 메츠거가 그녀를 떠나 버린 책임이 바로 트리스트테로에 있다고 느끼기 때문이다.

그 다음날부터 보츠와 에디퍼는 계속해서 트리스트테로의 내력에 대해 토론한다. 그러다 어느날 밤 에디퍼는 Scope 주점을 방문하는데 거기서 군복을 입고 여자들에 둘러 싸여 있는 팰로피언을 만난다. 그는 트리스트테로 체계 전체와 그 증거가 인베러리티가 죽기 전 꾸며 놓은 속임수라는 생각을 해 본 적이 없느냐고 묻는다. 그러자 그녀는 다른 모든 이가 그러했듯이 팰로피언도 이런 이야기를 함으로써 자기를 미워하게 된 것이라 느낀다.

어느날 에디퍼는 겐지스 코헨의 전화를 받고 그에게로 간다. 그는 WASTE가 "우리는 조용한 트리스트테로 제국을 기다린다"라는 말의 약자라는 것을 한 우표에서 발견한 것이다. 그러나 에디퍼는 이전보다 훨씬 더 미심쩍고 회의적인 눈초리로 그 우표의 리스트 책자를 찾아서 그 뒤편에서 잽의 헌책방 스티커를 확인, 이 모든 것이 인베러리티와 연관되어 있음이 틀림없다고 생각한다. 그녀는 인베러리티의 유언집행을 책임지게 된 이후로 그녀에게 일어났던 사건들을 해명해 줄 수 있는 네 가지 가능성들을 종합해 본다. 그녀는 어쩌면 유럽에 역사를 둔 미국의 비밀 통신망을 실제로 발견했는지도 모른다. 아니면 그냥 환상을 보고 있는 것인지, 인베러리티의 치밀한 음모 속에 말려 들어간 것인지, 혹은 그녀가 단지 그러한 음모가 존재하고 있다고 상상하고 있는지도 모른다.

에디퍼는 이제 위 네 가지 가능성 중에서 자신이 정신이상이기를 희망한다. 왜냐하면 그것은 그녀의 최근의 경험으로부터 돌파구를 제공해 줄 수 있기 때문이다. 그녀는 이제 갈 곳도 자신을 도와줄 사람도 없다고 절망한다. 최근에 잠도 편안히 자지 못하고 있으며 그녀는 육체적으로도 고통을 느낀다. 메츠거 대신 임명된 유산 집행언언 노인과 인베러리티 문제에 대해 논의할 때 그 문제에 더 이상 집중할 수도 없다. 그녀는 심지어 그레이스 보츠(Grace Bortz)라는 이름을 사용하여 임신진단 테스트를 받기 위해 의사와 연락하지만 정작 테스트 시간에 그녀는 나타나지 않는다.

겐지스 코헨은 썬과 탁시스와 트리스트테로 사이의 관계에 대한 다른 단서를 계속 발견한다. 이 단서를 보츠에게 보이자 보츠는, 트리스트테로가 유럽에서 미국으로 건너가 활동을 계속했고 인디언으로 변장해서 서부로 떠나갔다고 말한다. 위조우표에서 에디퍼는 1958년까지는 트리스트테로가 존재했다는 증거를 발견한다. 육체적으로나 정신적으로 점점 더 고통을 느끼면서, 에디퍼는 코헨으로부터 인베러리티의 우표 전체를 경매에 부친다는 연락을 받는다. 그리고 49호 품목으로 지정된 트리스트테로 위조우표를 자신의 신분을 밝히지 않고 대리인을 시켜서 사는 사람이 아마 트리스트테로의 한 일원일 것이라고 덧붙인다. 호텔에서 에디퍼는 어두워질 때까지 위스키를 마시고 사고가 나든 말든 라이트도 켜지 않고 어둠 속을 필사적으로 질주해 간다. 하지만 아무 일도 일어나지 않는다. 자정무렵 그녀는 이전에 샌프란시스코에 있는 동성연애자 술집에서 그녀가 이전에 만난 적이 있는 이름 없는 사람에게 전화를 한다. 흐느끼면서 그녀는 그에게 트리스트테로에 대해 자신이 알아낸 것, 힐레리어스 박사, 무초, 메츠거, 드립레테, 팰로피언 등과 그가 공모했는지를 묻는다. 하지만 그는 지금 그녀를 도와주기엔 너무 늦었다고만 말한다. 근처의 철로를 따라 걸으면서 에디퍼는 자신의 고립이 얼마나 총체적이고 절대적인가를 느낀다. 그녀는 인베러리티의 엄청난 유산을 알아내려는 그녀의 투쟁이 미국을 이해하려는 노력과 틀림없이 유사할 것이라고 생각하며, 그녀의 힘겨움이나 혼란은 전형적인 미국의 경험이라고 느낀다.

그녀는 또한 인베러리티를 생각하고 그에 대한 그녀의 사랑이 그의 거대한 에너지와 사업과 어떻게 같을 수가 없는지에 대해 생각한다. 그녀는 괴로워하면서, 그가 유서를 쓴 것이 단순히 그녀를 괴롭히기 위해서인지, 아니면 자신이 사랑한 누군가에 대한 하나의 순수한 음모인지에 대해 고민을 한다. 그녀는 아직도 철로 위에서 철로가 어떻게 전국적으로 그물망을 형성하고 있는지와 연관지어 생각하면서, 미국에서 가난하고 권리를 박탈당한 모든 사람들이 정말로 비밀스러운 트리스트테로 조직을 통해 연락과 의사소통을 하고 있을까 의문을 표한다. 그리고 그녀는 인베러리티처럼 밤중에 그녀에게 전화를 해서 의사소통과 접촉을 하기 위해서 기이하며 외설적인 시도를 필사적으로 하던 다른 남자들을 상기한다.

수많은 무단 거주자들, 사회적 추방자들, WASTE로 의사소통을 할 법한 사람들과 인베러리티의 유산을 공유해 보려는 그녀의 어떠한 시도도 캘리포니아에서는 허용되지 않을 것이다. 에디퍼는 이전보다 더욱 더 함정에 빠진 듯한 느낌을 갖는다. 지금까지 일어난 모든 일들은 아주 중요한 어떤 의미를 갖거나 아니면 단순히 우연한 사건들일 뿐이다. 정말로 트리스트테로가 존재하거나 아니면 그녀가 미친 것이다. 그리고 만약 미국만이 있고 트리스트테로가 없다면, 그것과 관계를 유지하면서 계속 살아가기 위한 유일한 방법은 소외된 사람으로서 패러노이드 속으로 들어가는 것이다. 다음날 제 49호 품목 즉, 인베러리티가 소장하고 있던 트리스트테로 우표를 사려 는 사람이 대리인을 시키지 않고 직접 와서 경매에 참여한다는 소식을 듣고 그녀도 직접 가 보기로 결정한다. 경매장에서 그녀는 이상하며 거의 종교적인 몸짓으로 제 49호 품목의 경매(crying)를 시작하는 경매인을 바라보면서 뒷자리에 가서 앉는다.

1-3. 나가며

『49호 품목의 외침』의 서사구조는 그의 다른 두 소설『브이』와『중력의 무게』 못지않게 작가의 창작관을 반영한다. 그는 위너와 아담스의 엔트로피, 엑스너의 개연성의 법칙, 쉴레진저와 하이젠베르크의 불확실성의 원리, 궤델의 불완전성 이론, 그리고 보의 상보성 원리 등을 문학적 메타포로 원용한다. 그리하여 서사구조는 독자가 작품 속에 참여와 구성을 필요로 하는 형식이 된다.

또 하나의 창작관의 바탕은 그가 서구 문학장르의 근원이 되는 메니피언 풍자의 양식을 계승함이다. 이 장르는 운문에다가 산문을 병행시켜 오늘날 백과사전식의 문학형식과 스타일로 되어 있다. 미하일 바흐찐(Mikhail Bakhtin)은 이 장르의 특징적 요소로 14개 항을 제시하고 F. 앤페인(F. Anne Payne)은 21개 항을 제시하고 있다. 그래서 이 장르의 서사는 얼마든지 확장될 수 있음을 특정으로 한다. 이 장르의 특징들을 발견할 수 있는『49호 품목의 외침』는 앞서 언급한 과학이론들의 원용과 서사의 외형적 구조 그리고 특히 결말의 처리에 직접적인 영향을 주고 있다.

『49호 품목의 경매』는『브이』와『중력의 무게』의 서사구조만큼 복잡하고 혼란스럽지는 않다.『브이』와『중력의 무게』가 서사의 거시세계 속에서 진전되고 있다면『49호 품목의 외침』는 미시세계 속에서 사건들이 일어나고 진전되기 때문에 일견 두 세계의 차이가 현저할 것 같지만, 면밀하게 살펴보면 거의 유사한 서사구조의 특정을 가지고 있다.

이 소설의 서사구조의 특정은 플롯의 삽화적 구조이다. 일견 이 소설이 하나의 탐정소설의 플롯처럼 대단히 정교하고 짜임새 있게 중심 플롯을 중심으로 부수적인 플롯들이 얽혀 있는 것 같이 보이나, 이들의 플롯들은 소설이 진전됨에도 점진적으로 중심플롯을 중심으로 통합되거나 탐정소설의 플롯처럼 하나씩 하나씩 해결되지 않는다. 그것은 마치 피카레스크 소설이 그러하듯이 우리의 삶 속에서 끊임없이 일어나고 있는 혼돈을 본질적으로 반영하고 있기 때문이다.

부언하면 소설은 『브이』처럼 탐정소설의 플롯 구성과 전개 그리고 종결의 처리과정이 명확할 것 같지만 사실은 정반대이다. 그렇게 말할 수 있는 것은 에디퍼에게 피어스(Pierce)는 스핑크스(Sphinx) 같은 존재가 되어 이의 정체를 규명하려고 하면 산재한 흔적들 속에서 헤매게 하고 당혹하게 만들기 때문이다. 작품의 이러한 것들은 단순한 사실을 복잡하게, 명확한 것을 괴이하게, 정확한 사실을 그릇되게 하여 리얼리티의 불확실성을 드러낸다.

그러므로 이 소설은 "maybe", "wonder", "understanding", "hieroglyphics", "probability", "chance" 등의 애매한 의미의 낱말들이 많이 사용되어 미답(未答)의 기호가 가득한 혼돈의 소설이다.

그렇게 말할 수 있는 것은 소설의 첫 부분에서 화자가 자동차에 대한 무초의 신념에 대한 언급에서 드러난다. 여기서 문장들은 삽입구 속에 다시 삽입구가 들어 있고 이상한 단어들이 퇴적되어 혼란스런 구문을 이루고 있다. 이런 형식의 문장은 마치 죽은 인베러리티의 유언속의 유산처럼 서로 얽혀 있다. 그런데 인베러리티의 유산은 트리스테로("the Tristero System")의 정체의 파악 여부와 직결된다. 작품 속에서 트리스테로 체제("the Tristero System")는 빈번히 포스트혼("posthorn")의 뱃지 또는 표지로 묵시(默示)된다. 그리고 그것은 대중매체나 대중 속에서 우연히 발견되지만 그 정체는 좀처럼 밝혀지지 않는다. 그러한 미로 속에서 에디퍼는 우표 49호의 경매가 있으리라는 전화를 "the Tristero"의 구성원이라고 자칭하는 겐지스 코헨으로부터 받고 그 경매장에 들어가 기다리는 것으로 소설이 끝난다.

그러므로 구조상으로 볼 때, 소설의 결말은 시작과 동일하다. 해결되어야 할 인베러리티란 인물은 과연 누구이며, 그의 유산은 어디 있으며, 또한 트리스테로("the Tristero")의 정체는 무엇인가가 전혀 밝혀지지 않고 종결되기 때문이다. 그러므로 이 작품의 결말 부분은 이 소설에서 지금까지 제기해오던 문제에 대해 아무런 해결책을 제시하지 못하고 하나의 형식적인 클라이맥스가 된다. 이러한 종결에서 에디퍼가 트리스테로의 비밀을 찾아간다 하더라도 그녀는 『브이』의 프로페인(Profane)처럼 그 다음에 갈 곳이 없다. 이러한 상황은 마치 자신이 디지털 컴퓨터의 자모(子母) 사이를 걷는 것과 같다.

다시 말해서 『49호 품목의 외침』의 결말은 독자로 하여금 1과 0 사이의 의미를 가진 것과 의미가 없는 양 극단 사이를 선택하게 하는 미로 속의 함정과 같다. 소설이 간단한 것을 복잡하게 하고, 정확한 것이 얽히고, 명확한 것이 불투명해지고, 단서가 아무런 중요성을 지니지 않아, 처음, 중간, 끝, 어느 곳에서도 해결의 방향으로 나아가지 않게 하여 미해결과 불확실로 진전되게 된다. 그리하여 결국 에디퍼는 소설의 끝에가 진실과 확실성을 보질 못하고 본질의 불확실성에 직면하여 선택의 명확한 자세를 취하지 않는다. 소설의 끝은 개방의 종결 즉, 미완의 종결이 된다.

핀천은 이 소설의 개방의 종결의 요인으로 불확실성을 이용하는 것 외에도 상대성의 관점을 적용한다. 본질은 근본적으로 상대적이기 때문에 하나의 본질은 그것과 대응하는 다른 본질과 같지 않고 동시에 서로 다른 방향으로 나아간다고 하기 때문이다. 이런 관점은 에디퍼가 마지막 순간까지 기다리고 있는 트리스테로에 대한 단서는 의미를 지닐 수도 있고, 또 아무런 의미를 지니지 않을 수도 있다는 것이다. 인식론적으로 말하면 에디퍼는 자신에게 부여된 현재의 삶의 존재의 해결을 기다리고 있다고 하겠다. 그러므로 소설의 종결 부분은 당연히 개방되어야 한다는 것이다.

1-4. 균등과 열사의 세계

뉴욕주 글렌 코브(Glen Cove) 출신의 토머스 핀천(Thomas Pynchon)은 새로운 의식을 추구하는 사랑의 세대라고 불리는 60년대의 미국의 대표적인 부조리 소설가이다. 60년대 중반에 활기를 띠기 시작한 부조리 소설은 로버트 펜 워렌(Robert Penn Warren)도 지적했듯이 과학기술의 급속한 발전과 급변하는 사회 속에서 민주주의 문화의 근간이 되는 특성과 가치의 다양성을 잃고 통일된 원칙이나 뚜렷한 목적 없이 자아를 상실한 채 불합리하고 붕괴되어가는 세계 속에서 살아가는 우리들에게 참된 존재의 의미를 부여하고 잃어버린 자아의식을 찾으려는 것을 하나의 중요한 예술의 사명으로 여겼다(Siegel 122). 이런 의미에서 볼 때 60년대의 부조리 소설의 맥락은 이합 핫산(Ihab Hassan)이 말하는 70년대의 침묵의 문학(21)이나 노만 메일러(Norman Mailer)가 주장하는 오늘날 캠프(Camp) 소설에까지 이르고 있다.

「비엔나의 도덕과 자비」("Morality and Mercy in Vienna")(1959), 8편의 단편, 제1회 윌리엄 포크너(William Faulkner) 최고상을 받은 장편소설『브이』(*V.*)(1963), 중편『49호 품목의 외침』(*The Crying of Lot 49*), 그리고 대작『중력의 무지개』(*Gravity's Rainbow*)는 세대간의 갈등, 신구, 문화의 대립, 개인의 실상을 가리고 있는 여러 양상을 조망하면서 동시에 특정대상을 풍자(諷刺)하지 않는(Stevick 110), 노스롭 프라이(Northrop Frye)가 말하는 이른바 메니피언 풍자소설이다(Stark 24 재인용). 또한 그는 존 바드, 커트 보네젓, 도널드 바셀미 같은 블랙 유머의 실험적 소설가이기도 하다(Schulz 3).

『브이』는 그의 단편「엔트로피」("Entropy")(1960)와 마찬가지로 현대 사회가 동질성과 획일성을 추구하고 양산하는 산업사회의 근간이 되는 기계와 황무지와 쓰레기 더미로 점점 변해감으로써 개인 상호간에는 진정한 대화가 이루어질 수 없게 되어 그 결과 참된 인간애를 찾아 볼 수 없게 되고 종국에는 퇴폐와 소멸과 죽음만이 가득하리라는 놀라운 사실을 지시하고 있다. 본 논문은 한마디로 이 죽음의 세계를 작가가 어떻게 주장하고 있는가를 인물 상호간의 관계, 인물과 사상 간의 관계, 나아가 브이라는 인물의 죽음에로의 변용 과정에서 이를 밝히고자 한다.

조셉 헬러(Joseph Heller)의 『캐치-22』(Catch-22)가 "입체파 형식"으로 이루어진 최초의 미국소설이라고 한다면 핀천의 『브이』는 탐정물과 정치소설, 모험(冒險)과 퇴폐, 로망스와 유토피아의 번안이며 또한 추상적인 복합물의 "콜라주"로 된 최초의 미국소설이다(Mendelson 89). 그리고 이 소설의 구조는 중세 유럽과 문예부흥 시대의 낭만적인 서사시의 구조와 흡사하며 이 소설의 복잡성은 불명확한 역사와 신화의 여러 사건들로 구성되어 있는 점에서 마치 스펜서(Spencer), 타소(Tasso) 그리고 아리오스토(Ariosto)와 유사하다. 또한 이 소설의 내면에는 콘래드(Conrad)의 상징성과 표현주의 기법, 울프(Woolf)의 내면 독백, 프로이트의 복잡한 꿈, 도스 파소스(Dos Passos)의 사회비평, 과학 소설에서 볼 수 있는 테크노크라시의 공포, 나아가 나보코프의 유미적 퇴폐, T. S. 엘리어트의 신화, 포크너의 도덕성 등이 복합된 작품이다 (Mendelson 108).

소설은 모두 17장으로 구성되어 있는데 이 중 11장까지는 현재를 시점으로 거의 시대순으로 전개된다. 즉 1955년~1956년의 뉴욕을 중심으로 한 현재, 1898년의 알렉산드리아(Alexandria)와 카이로(Cairo), 1899년의 이탈리아의 플로렌스(Florence), 1922년의 남서 아프리카, 1937년~1943년의 말타(Malta)의 수도 발레타(Valletta), 1913년의 파리, 그리고 에필로그에서는 1918년의 말타 섬의 순으로 전개되어 간다. 나머지 7장은 중심인물인 허버트 스텐실(Herbert Stencil)이 과거의 시점에서 브이라는 인물의 정체를 규명하는데 거기에는 그가 발견한 여러 사실들과 복잡하게 얽혀 있는 사건의 실마리 등으로 이루어져 있다.

핀천의 초기 소설은 엔트로피를 주제로 원용(援用)하고 있는데(Schulz 77) 이것은 비단 그의 소설에서뿐만 아니라 전후 미국의 많은 소설에서 널리 다루어져 오고 있다. 이처럼 열역학 제2법칙 즉 엔트로피의 원리가 원용되고 있는 사실에 대해 토니 태너와 블랙머(R. P. Blackmur)는 그 이유를 다음과 같이 말하고 있다.

> 엔트로피의 개념이 최근 미국 작가들에게 그렇게 매력적인 것이 된 이유는, 산업의 발달된 단계, 심지어 후기 산업적 단계에서 사회는 기계화된 움직임에 토대를 둔 과정과 행동을 급격하게 증가시켰기 때문이다.
> 사회는 단일한 방향으로 움직이는 양상을 띤다. 예술가는 이 단일 방향성에 대항하여 투쟁하는 영웅이다. 예술가는 이 단일한 방향성을 인생에서 가장 마지막의 무기력한 단계라 보기 때문이다. 무기력은 타성이 퍼지는 것이지만, 우리는 오히려 이것이 사물의 움직임을 축소하는 것이라고 믿는다. 3세대에 걸쳐서 우리는 열역학 제2법칙을 영웅시해왔는데, 이것은 체계 내부의 에너지 소실의 법칙이자 에너지 이용불가능성의 법칙이다. 이것은 엔트로피의 법칙이자 무능력, 혹은 퇴행하는 지각과 시간을 표상하는 새로운 어휘이다. 합리성의 차원에서 생각하자면, 엔트로피는 무질서이자 진정한 무질서의 장이다. (143)

핀천은 인공두뇌학에 크나큰 관심을 가진 수학자 노버트 위너와 그의 이론을 역사, 사회 그리고 정치에 적용시킨 헨리 아담스의 『헨리 아담스의 교육』(*The Education of Henry Adams*)(1918)으로부터 영향을 받았다.

그러나 이 엔트로피의 법칙을 준용함에 있어 위너가 의식을 가진 사람을 '안티-엔트로피'라는 폐쇄적 공간으로 간주한다면, 아담스는 엔트로피의 법칙은 정신적인 에너지뿐만 아니라 모든 에너지에 연계되어 있음을 강조한다

(Tanner 149). 이와 같은 기준에서 볼 때 핀천은 인간이 일종의 에너지와 같은 뚜렷한 역할을 한다고 생각하는 아담스의 '비관적 상상력'을 추종하고 있다 (Tanner 150).

그리하여 그는 열역학 제2법칙 즉 동질성에 의해 우주 속에 존재하는 모든 것은 결국 소멸한다고 주장한다. 그 예로 르네상스 시대의 여러 도시들이 그들의 광영(光榮)을 잃고 퇴색(退色)되어버림에서 또한 많은 건물들이 먼지로 되어 버리는 과정이나 자동차의 분해에서 그리고 이스트 메인 스트리트 (East Main Street)에 있는 수은등(水銀燈)과 녹색 불빛이 (V자의 90°로 좌회전)로 점묘(點描)되어 있는 장면(2)(개스의 분출을 내미(來未)와 비교한 제이콥 브론스키(Jacob Bronoski)의 주장대로 개스가 멀리 분사되면 그 입자도 더욱 확산되듯이 시간이 흐르면 흐를수록 사회의 조직과 구조는 점점 와해되고 질서를 잃어버린다는 것으로 가스등의 V자의 형상처럼 시간은 암흑과 무력을 향해 비정하게 흐르고 있다는 사실) 등이다. 이처럼 무생물의 급증(急增)은 엔트로피의 과정을 촉진하는 결과로서 이 소설 속에 허다한 퇴락(頹落)과 붕괴 그리고 비인간화의 암시는 한 마디로 말해 브이라는 여인의 죽음을 위해 존재하는 것처럼 느껴지게 한다. 그러나 이 브이라는 여인의 죽음은 비단 한 개인의 죽음의 차원에서 벗어나 시간의 흐름에 따라 우주는 물론 우주 속의 모든 것은 소멸해 간다는 것을 암시하고 있다고 보아야 할 것이다. 핀천은 "시간이란 한없이 죽음을 향해 치닫고 있다"(432)는 사실에 관심을 가지고 우주 속에 존재하는 인간, 사회, 문화, 조직 나아가 우주의 한 은하계에 이르기까지 열역학의 제2법칙에 따라 에너지의 동질화 현상이 나타난다는 것이다. 위너도 우주속의 에너지는 균등의 상태에 이르기까지 평형의 과정을 계속해 드디어 에너지가 평형의 상태에 이르면 열에너지는 변형을 하지 않고 모든 것은 동일한 온도에서 존재하게 된다고 한다. 이렇게 되면 우주 속의 모든 사물은 평형의 상태에 존재하기 때문에 어떤 현상도 일어나지 않는다는 것이다. 이런 현상을 가리켜 "열사"라고 하며, 궁극적으로 우주는 소멸한다는 것이다.

핀천은 오늘날 인간은 여러 사건과 자연의 재앙에 의해 죽어가고 있고, 또 한편으로는 조직의 획일성이 특징으로 대두되고 있다고 말한다. 기계 조직과 같은 현대 사회에서 인간은 하나의 기계와 같이 비인간화의 과정을 밟고 있다고 주장하는데 이러한 과정을 분해의 한 현상으로 보고 있다. 한마디로 말해 비인간화 되어가는 인간성에 대한 관심이 그의 엔트로피의 세계라고 볼 수 있다. 그 한 예로서 이 작품의 주요 인물인 베니 프로페인(Benny Profane)이 야간 경비원으로 인체연구소에서 시간제 일을 얻어 재난측정을 담당하고 있는 "SHROUD"라고 불리는 하나의 로봇과의 대화에서 알 수 있다.

오늘밤엔 실험이 없었다. 경비실로 돌아오는 길에 그(프로페인)는 시라우드 앞에서 멈춰 섰다.

"어때, 재미가." 그가 말했다.

너보다는 나아.

"뭐라고?"

뭐라니? 나와 숔은 너나 다른 모든 인간들의 언젠가 갖게 될 모습이지. (해골은 프로페인은 보고 싱글싱글 웃는 것 같았다)

….

"그게 무슨 말이야? 우리가 너나 숔처럼 된다고? 넌 지금 죽음을 이야기하는 거니?"

내가 죽었다고? 내가 죽어 있는 게 사실이라면 그 말이 맞아.

"죽은 게 아니라면 넌 뭐지?"

거의 너와 비슷한 상태이지. 너희들도 나처럼 될 날이 멀지 않았으니까.

* 시라우드=방사선량 측정용 인조인간

숔=상해 운동학용 인조인간

로봇은 무생물의 부품으로 구성되어 있으면서 인간과의 동질성을 우화하고 있다. 다시 말해 무생물로 된 이 자동기계가 마치 인간성을 가진 인간인 것처럼 동질화되어 가는 현상을 풍자하면서 인간의 본질이 무엇인가를 생각게 하는 하나의 교훈적인 장면이다. 여기서 우리는 인간에 의해 인간성이 비인간화되어 가는 사실의 불가피성과 비인간화 되어가는 현대 사회의 구조적 모순을 지적하고 있음을 알 수 있다. 그의 이러한 견해는 과학 기술의 발달이 궁극적으로는 인류의 미래에 비극적인 결과를 가져 올 것이라고 주장하는 자크 엘룰(Jacques Ellul)과 루이스 멈포드(Lewis Mumford)의 견해와 같음을 알 수 있다.

간단한 증기 혹은 전기 동력 기관은 정부나 기업 관료주의의 형태 혹은 광대한 컴퓨터화된 전자 구조를 취하고 있는 메가기계, 모든 것을 집어삼키는 거대한 체계로 대체되고 있다. 거대하고 보이지 않는 메가시스템은 이 시대의 많은 문학 작품, 특히 토머스 핀천의 소설들과 노만 메일러의 글 속에서 반향을 일으켰다. 멈포드는 자신의 주요한 전후 소설인 『기계의 신화』(*The Myth of the Machine*)(1967)와 『권력의 펜타곤』(*The Pentagon of Power*)(1970)에서 이러한 과학의 발전을 기술하면서 근대의 삶이 "잘못된 방향"으로 나아가고 있다고 비판했다. 그는 메가기술은 독재적 통제에 대한 새로운 끔찍한 전망을 불러일으킨다고 주장한다. 즉 "소수의 지배자들은 자동화를 위해 고안된, 단일하고, 모든 것을 포괄하는, 초지구적 구조를 창출할 것이다. 따라서 사람들은 자율적 인성을 가진 능동적 인간이 되지 못하고, 수동적이고 무목적적이고 기계에 의해 조건지어진 동물이 될 것이다. 이 때 인간의 고유한 기능들은 … 기계를 위해 봉사하게 되거나, 비인간화된 조직 집단의 이익을 위해 엄격히 통제되고 제한될 것이다"(Stark 93-94).

이처럼 비인간화 되어가는 인간들 사이에서 진정한 대화의 기회가 존재

할 리가 없는 것이다. 그들이 사용하는 언어는 마치 등사판처럼 사물과 같은
인물을 통해 전달되기 때문에 거의 중요한 의미를 지닐 수 없다.

　그 예로서 라헬 아울글라스(Rachel Owlglass)는 대화를 할 때 언제나 엠
지의 자동차 어휘를 사용한다.

> 그들은 항상 차에서 이야기했다. 그는 항상 그녀의 덮개 쓴 두 눈 뒤에
> 숨은 그녀의 점화기를 찾았고 그녀 쪽에서는 오른 쪽 운전대 뒤에 앉아
> 서 끝없이 얘기를 계속하는 것이었다. 그녀의 얘기는 일체가 MG 자동
> 차 어휘로 이루어졌다. 그로서는 무엇이라 대꾸하기도 어려운 생명력
> 없는 말들이었다. (18)

프로페인이 사용하는 어휘는 부조리한 것이다.

> 그런데 형광스크린의 다른 쪽에는 프로페인이 있었다. 그는 그가 한마
> 디만 잘못 말하면, 거리 단계로 끌려나올 것이라는 것을 잘 알고 있었
> 다. 그러나 그의 어휘들은 모두가 다 잘못된 단어들로만 이루어진 것 같
> 았다. (123)

또한 파올라(Paola)라고 불리는 바의 여급은 풍부한 감정을 가졌음에도 불구
하고 인명이나 지명 등의 고유명사 외에는 일반 사물을 지칭하는 말은 거의
사용하지 않고 있다.

> 저 그림과 글씨는 이 집에서 세 번째로 들어와 살았던 파올라 마이즈스
> 트랄의 작품이었다. 테이블 위에도 그녀가 남긴 글이 있었다. "윈섬, 카
> 리스마, 푸, 그리고 나, 브이 노트 바, 맥클린틱 스피어, 파올라 마이즈스
> 트랄." 이 모두가 고유 명사로 나열되어 있었다. 파올라는 인명과 지명의
> 고유 명사만 알고 있을 뿐, 그 외 그녀의 흥미를 끄는 것은 없었다. (40)

그들은 언어의 유희와 문학적인 암시나 철학적인 추상 개념들을 사용해서 마치 건물을 이루고 있는 블록의 역할처럼 하나하나 이어보고 다시 배열해 보지만 결국 퇴폐와 죽음이라는 것에 귀착한다.

그리하여 진정한 대화를 나눌 수 없는 그들에게 응시가 하나의 특징으로 나타난다. 따라서 그들에겐 눈의 중요성이 강조된다. 뿐만 아니라 그들에겐 그들 나름의 세계 즉 '거울 시간'에 의해 살아가기를 좋아한다. 이런 생활을 함으로써 그들은 자신의 실체를 감추게 되어 경우에 따라서는 서로 애정을 나눌 수 있는 장면을 배제하거나 회피하려고 한다. 그 예로 프로페인이 그에게 접근해 오는 사랑의 장면들을 피한다든지(123, 131, 219) 자신을 위축시킨다든지 또는 라헬이 하나의 바위가 되려고 한다든지(16), 또는 허버트 스텐실과 프로페인이 바위덩어리로 된 말타 섬을 향해 간다든지, 커트 몬다우겐이 광막(廣漠)한 대지인 불모의 칼라하리(Kalahari)사막에 도착한다든지(212), 빅토리아 렌(Victoria Wren)의 여동생 밀드레드(Mildred)가 바위와 암석을 좋아하는(57) 등 이 외에도 많은 인물들이 비정한 감정을 추구하고 있음을 알 수 있다. 이 중에서 특히 말타 섬에서 남성의 세계가 '암석화'(305)되어가는 것은 비단 말타 섬에서 볼 수 있는 현상만은 아닐 것이라는 암시가 강하게 흐르고 있다.

스텐실이란 인물은 1919년 말타 섬 밖의 바다에서 변덕스런 한 물기둥에 의해 갑자기 사라져 버린(463) 그의 아버지(Sidney Stencil)를 유혹한 여인 브이가 연루되어 있는 20세기의 여러 역사적인 사건들을 섭렵한다. 그는 아버지가 영국의 한 정보원(42)으로 근무하고 있을 때, 그녀와 어떤 관계가 있었을 것이라는 확증을 가지고 브이라는 여인의 정체를 밝히려고 하나 끝내 정체를 구명하지 못한 채 방황하고 있음을 자인하는 인물이다. 수면과 게으름에 젖어서 그의 아버지가 지녔던 하나의 서류(43) 속에서 무언가를 발견해내기 전까지는 아무런 목적 없이 방랑해온 인물이지만 아버지의 서류 속에서 발견한 브이에 대한 기록을 발견하고는 그것에 의해 움직여야 했다(44). 그리하여 그는 브이를 찾기 위하여 긴장된 상태로 생활을 하면서 브이의 정체를 발견하고 난 뒤 또다시 희미한 의식의 세계로 복귀될까봐 두려워한다. 이런 이유 때문에 그는 항상 "접근했다가 피하는"(44) 행동의 양식을 지닌 인물이다.

스텐실(Stencil, 등사란 의미)이란 낱말 자체가 암시하듯이 그는 브이라는 여인 못지않게 자신을 표상함에 있어 탁월하다. 그는 이 소설에서 항시 3인칭으로 지칭되며(51) 그 자신도 브이를 추적하는 순수한 "제3인칭"의 인물로 간주한다(42). 이렇게 함으로써 그는 그의 집념에 다양성을 부여하게 되어 순수한 자아가 아닌 채색된 뒤에 남은 'Stencil'임을 보여주고 있다. 그의 이러한 이중성과 자아의 확대는 현실과의 직접적인 접촉을 피하려는 의도로 볼 수 있다. 그의 이러한 의도는 그의 아버지의 유품 속의 1건 서류와 역사의 여러 기록 속에서 발견한 브이에 관한 단편적인 사실을 환상에 가까울 만큼 신비의 꽃으로 피게 하려는 그의 추론의 집념이다. 그의 이러한 망상에의 편집은 브이는 결국 하나의 상상에 불과한 것이며, 브이의 세계는 온도가 불변하고 바람도 없으며, 인위적인 꽃과 다채로운 돌연변이로 가득 찬 하나의 온실이라고 믿는 한 인물의 말에서도 입증된다. 다시 말해서 스텐실은 핀천의 단편소설 「엔트로피」의 칼리스토(Callisto)처럼 외계의 혹독한 기후에도 아랑곳없이 안온한 기후로 만들기 위해 회상의 그림으로 정체되어 있는 하나의 박물관처럼 또한 과거를 잃지 않으려고 애써 감싸놓은 한 외로운 환상의 온실과 같고 그의 생활의 범위는 사람의 손에 의해 만들어져 기이한 식물이 살고 있는 온실의 울타리와 같다고 하겠다. 다시 말해 스텐실은 과거라고 하는 하나의 껍질 속에서 살거나 역사의 울타리 속에서 맴도는 인물이라고 하겠다(Tanner 164).

스텐실이 과거의 온실에 얽매이어 있는 인물이라면 프로페인(Profane=세속적인)은 길거리의 현재를 배회하는 "20세기의 아이"이다. 브이의 정체를 밝히려고 망상에 사로잡힌 스텐실과는 달리 프로페인은 아무런 목적 없이 길거리를 배회한다. 하지만 길거리의 세계는 그에게는 마치 천국의 영역과 같다. 그러면서도 그는 이 길에서 공포감을 경험한 것 외에는 아무것도 배우질 못한다. 길은 그에게 악몽과 같은 세계를 심어준 추상적인 생활의 장일 뿐, 그의 성장에 아무런 도움도 주지 못한다. 그리하여 그가 할 수 있는 것이라곤 길을 보수하는 일 뿐이었다(2). 이와 같은 생활 속에서 그는 야망과 결심, 아무런 계획도 없이 그에게 부딪치는 일에 대해 막연히 반응을 보이는 그런 인물이다. 스스로 무언가를 만들어 낼 수 없고 사랑도 할 수 없으며 또한 어떠한 반응과 조화도 기대하기 어려우며 겨우 하루하루를 연명해 가는 한 어두운 집단인 "병든 수병들"(The Whole Sick Crew)(미국의 50년대의 비트세대와 같은 60년대 미국 지하세계의 독특한 문화권 속에 살아가는 집단)의 가장자리에 위치해 있는 그는 피가로(picaro)와 쉬멜(schmiel)의 양면성을 가진 일종의 희화적 인물로서 사물과의 합일을 원하고 있다.(30) 그러므로 현혹시킬 듯한 목적을 가진 스텐실과 아무런 목적 없이 배회하는 프로페인이 불모의 말타 섬에서 교우(交遇)(두 인물의 운동의 정지)한다는 것은 결국 엔트로피의 과정을 촉진하는 것이며, 단지 지금까지 그 과정이 순화되어온 것에 지나지 않는 것이다. 스텐실과 프로페인의 두 인물의 유형은 어떤 의미를 추구하고 있다는 점에서 스텐실은 제임스 조이스의 『율리시스』의 스테판 디덜러스(Stephen Dedalus)와 비교될 수 있고, 해롤드 블룸(Harold Bloom)은 현실세계의 경험에 집착하고 있다는 면에서 프로페인과 유사성을 찾을 수 있다. 특히 프로페인은 미국의 전통적인 리얼리즘 소설에서도 그 맥을 찾을 수 있다. 즉 그는 피츠제랄드(Fitzgerald)의 닉 캐러웨이(Nick Carraway)나 나다니엘 웨스트(Nathanael West)의 토드 해커(Tod Hackett)처럼 고독 속에서 방황하는 인물로서 기이한 행동을 하면서도 조금도 가식이 없는, 잊혀져가는 연민을 발견할 수 있는 그런 인물이다(Mendelson 103).

프로페인의 주 생활무대인 20세기의 길거리는 (플로렌스나 말타의 소요
[제7장, 17장 에필로그]로부터 오늘날 뉴욕의 갱들의 싸움[제6장]에 이르기까
지) 폭력이 난무하는 곳이다. 그 뿐만 아니라 그 길 주변의 여러 역사적, 현실
적 이야기들을 종합해 보면 "도시라고 하는 것은 가면을 쓴 황무지"(71)라고
한 이집트의 원주민 게브라일(Gebrail)의 말처럼 내부의 온갖 벽들이 화려하
고 기이한 형상을 이루어 세워진 건물들은 본체가 없는 전경이며, 일시적인
환상에 지나지 않는다는 것이다. 이런 이유에서 핀천은 프로페인에 대해 지상
의 세계보다 지하세계의 중요성을 결부시켜 이 점을 더욱 강조하고 있다. 그
예는 프로페인이 악어를 사냥하는 뉴욕의 지하를 위시해서(110) 피어링
(Firing) 신부가 베로니카(Veronica)라고 불리는 쥐를 개종시켜 유혹하는 곳도
하수도이고(106), 또한 프로페인이 하나의 요요('yo-yo')처럼 아무런 목적 없
이 타고 다니는 뉴욕의 지하철뿐만 아니라(29), 휴 고돌핀(Hugh Godolphin)
해군 대령이 이야기하는 신비스런 채널이나 터널이 있는 브하이수(Vheissu)에
서 나타나고 있다.

> 그는 그녀에게 브하이수에 관해 말하기 시작했다. 어떻게 거기에 닿는
> 지, 광대한 툰드라를 지나 낙타를 타고, 죽은 도시의 지석묘와 사원을
> 지나. 마침내 결코 태양을 볼 수 없는 광대한 강둑에 이르렀는지 ….
> (153)

그리하여 프로페인의 지하의 세계의 중요성을 입증해 보이기라도 하듯 프로
페인이 악어 잡는 일이 끝났을 때, "평화로웠던 일은 끝났으며 다시 지상의
세계, 즉 악몽의 거리로 돌아와야 했다"(137)고 말한다.

지하에는 더 이상 일이 없었다. 그곳의 평화는 끝나 버렸다. 그는 꿈꾸
는 거리, 지상으로 돌아와야 했다. (137)

특히 이 소설에서 배경이 되고 있는 지하세계와 남서 아프리카의 칼라하리 사
막, 브하이수, 그리고 말타 섬의 중요성을 존 스탁(John Stark)은 다음과 같이
말하고 있다.

> 핀천이 무대로 사용하고 있는 또 하나의 대륙, 남서 아프리카의 지형은
> 말타와 유사하다. 그 나라를 가르는 절벽 또한 이 지역 주민들의 외상을
> 상징한다. 심지어 말타는 남서아프리카의 칼라하리보다 강수량이 더 많
> 다. 이 사막은 사실상 본질적으로 황무지이다. 레이몬드 얼더맨
> (Raymond Olderman)이 『황무지를 넘어서』(*Beyond the Waste Land*)에
> 서 지적하듯, 이 모티브는 동시대 미국 소설에서 반복적으로 나타난다.
> 즉 이 작품들은 종종 동시대 문화가 전반적으로 도덕성과 고귀한 정신
> 을 결여한다고 평가한다. 남서아프리카는 말타와 마찬가지로 그 지역
> 거주민들의 운명을 상징한다. 그들 역시 계속되는 희생자들이고, 자신들
> 에게 적대적인 환경에 투쟁하고 있을 뿐만 아니라 불가해하게도 그런
> 환경마저 자신들에게서 빼앗아가려는 그 이해할 수 없는 침략자들과도
> 싸워야 한다 ….
>
> 몇몇 비평가들은 핀천의 소설에서 지하로 등장하는 또 다른 상징
> 적 배경에 주목해왔다. 『브이』에서 병든 수병들("The Whole Sick
> Crew") 뉴욕 지하철을 타고 피그(Pig)와 푸에르토리코 친구들은 하수도
> 에 버려진 악어를 찾는다. 물론 핀천이 이 지하통로의 의미를 명확히 해
> 주지는 않는다 해도, 우리는 쉽게 이의 의미를 상상할 수 있다. (20-22)

이 소설의 배경이 되어있는 다양하고 광범위한 지역은 인간의식의 복잡함을
상징한다. 프로페인의 주 생활무태인 길거리를 의식의 세계로서 미래에 대한

계획을 세워가고 과거 속에서 계획을 찾으려는 세계라고 본다면, 스텐실의 세계인 온실은 회상의 영역이고, 하수구와 지하는 꿈과 무의식, 그리고 먼 조상을 회상케하는 세계로서 마치 쥐를 성인으로 또한 사랑하는 한 여인으로 착각케 하는 세계라고 하겠다. 핀천의 이와 같은 은유에서 우리는 그가 프로이트의 견해와 마찬가지로 인간사회의 병폐를 조셉 헬러나 귄터 그라스(Günter Grass)와 같은 작가들과 동조하고 있음을 알 수 있다. 핀천은 죽음과 비인간성에로의 진전을 데카당('Decadence', 퇴폐의 뜻)으로 정의하고 있다.

> 퇴폐, 퇴폐, 이것은 무엇인가? 단지 죽음을 향한 명백한 움직임, 아니,
> 무인간성(non-humanity)이 더 낫겠다. 말타 섬과 마찬가지로, 파우스토
> (Fausto) 2세와 3세가 점점 더 무생명적으로 되어가는 것처럼 …. (100)

그러나 인간성을 지니고 있는 한 인간은 얼마 동안이나마 우주 속에서의 붕괴와 퇴락의 흐름에 저항할 수 있다고 본다. 이러한 저항을 비너는 동질정체(Homosteosis)라고 정의하는데 인간이 무생물화 되어감에 따라 인간은 동질정체로부터 멀어져 드디어 인간이 무생물화를 추구하게 될 때 인간은 죽음을 소망하게 된다고 한다(Harris 84). 그러므로 프로이트의 죽음에의 소망도 정신적 엔트로피라고 본다. 마치 사물이 조직과 질서가 붕괴된 시점으로 귀착하려는 무의식의 욕망으로 설명될 수 있다는 것이다. 그러므로 브이가 무생물에 대해 깊은 관심을 가지는 것은 무력한 상태에 이르고자 하는 그녀의 욕망이라고 볼 수 있다.

죽음을 추구하는 인물로서는 '브이' 외에도 그녀의 동성 애인인, 자기애에 빠져 있는 한 젊은 페르시아 무용수 멜라니(Mélanie)를 들 수 있다.

> 멜라니는 그 뾰족한 막대의 주둥이에 찔리지 않도록 일종의 정조대처럼

금속 보호 장비를 착용하기로 되어 있었다. 하지만 그녀는 그 장비를 착용하지 않았던 것이다 …. 찢어진 셔츠, 검은 눈, 의사는 그녀를 보기 위해 몸을 구부리고, 그녀가 사망했음을 알렸다. (389)

그리고 프로페인이 잡으려는 뉴욕의 하수구에 서식하고 있는 악어들(원래는 아이들의 애완동물로 키워졌으나, 싫증이 나자 화장실 변기에 버렸다)은 '죽음'이라는 가장 자연스러운 상태로 돌아가고 싶어 프로페인으로 하여금 자기들을 사살하도록 내버려두고 있다:

화장실에서 지하세계로 통하는 그 영혼의 통로는 단지 일시적인, 긴장이 감도는 평화기이자, 마치 악어들이 아이들의 살아있는 장난감으로 이용되었던 시절로 시간을 되돌려 놓기라도 한 듯이, 그 시간은 잠시 빌려 온 시간에 불과했다. 물론 그들은 그 곳을 좋아하지 않았다. 그러나 악어들은 과거의 모습으로 돌아가기를 원하는 것일까? 하지만 과거란 시체의 가장 완벽한 형상이 아니면 다른 무엇이란 말인가? (133)

이 밖에도 자기 자신을 하나의 자동기계 인형으로 지칭하는 잔혹한 정보원 봉고샤프스베리(Bongoshafsbury)(68), 그리고 환자들을 사물로 간주하며 자신까지도 엔트로피의 과정에 있다고 생각하는 성형외과의 숀메이커(Shoenmaker)(88), 또한 그 자신을 텔레비전의 한 확장(擴張)이라고 하는 퍼거스-미솔리디안(Fergus-Mixolydian)(45)이 있다.

그러나 무엇보다도 중요한 것은 표면상으로는 무생물화로부터 이탈하려고 하는 프로페인도 역시 스스로 죽음을 추구하고 있다는 것이다. 즉 그는 한결같이 쓰레기통이나 코르크 머쉰과 충돌하거나(15) 지하철의 출입문 사이를 가까스로 빠져나와 위험을 모면한다든지, 길거리에 버려진 빈 캔을 타고 다닌다든지(126), 또한 그의 주변이 온갖 무생물에 의해 둘러싸여 있다는 사실이다. 물론 그의 행동 모두가 죽음에의 소망으로만 나타나는 것은 아니지만 특히 악어들의 죽음에서 이러한 바람을 의식하는 것은 그 자신의 죽음에 대한 사념을 무의식적으로 나타내는 것으로 볼 수 있다.

이 사실을 보다 명확히 뒷받침해주는 것으로는 그의 배꼽에 있는 하나의 황금나사가 빠지고 몸의 여러 부분이 떨어져 나가는 꿈을 통해서이다.

꿈속에서 그는 거리에 있었다 …. 꼭대기에서 네 번째 가지 위에는 빨간색 풍선이 달려 있었다. 그 풍선을 터뜨리자 그 안에서 노란 플라스틱 손잡이가 달린 드라이버가 나왔다. 그는 이것으로 그의 배에 달린 나사 못을 제거했다. 그 일을 끝내고 그는 꿈에서 깨어났다. 아침이 되어 있었다. 그는 자신의 배꼽 쪽을 살펴보았다. 신기하게도 그 나사못은 온데 간데 없었다. (30)

이 장면은 브이의 변신인 한 타락한 성직자 베로니카의 죽음을 예고해 줄 뿐만 아니라, 죽음에 대한 그의 바람의 성취이기도 하다.

프로페인 역시 엔트로피의 한 과정을 따르고 있는 것은 다른 인물들과의 인간관계의 형성을 피함으로써 그 자신이 혐오하는 무생물화에로의 과정에 참여하고 있다고 볼 수 있다. 다분히 동성애의 면을 가지고 있는 그는 하나의 요요처럼 자기보존에만 관심을 가지고서 자기에게 밀려오는 외계의 모든 자극을 피하고 리비도를 억제함은 말할 것도 없고, 또한 거의 무생물과 같은 상태로 복귀하고자 하는 강박관념에 빠져 있다. 다시 말해 피나(Fina)의 성적 좌절감을 해소시켜줄 수 없고, 파올라의 적극적인 관심을 뿌리친다든지, 또한 라헬을 관심 밖에 둔 것은 "애정의 그릇된 현상으로 나타나는 동성애, 물신숭배, 나르시시즘은 죽음이라는 구조 때문이다"라고 한 윌리엄 플래터(William M. Plater)의 말처럼 죽음에 대한 그의 강박 관념에 사로잡힌 것으로 풀이할 수 있다(175). 이러한 상태에서 헤어 나올 수 있는 방안으로 핀천은 인간에 대해 사랑의 용인이라는 점을 제시하고 있다. 파올라나 라헬이 프로페인에게 보내는 자그마한 애정이 조락의 길을 걷고 있는 서구 사회를 미력하나마 변전시킬 수 있다고 보기 때문이다.

1-5. "브이"의 엔트로피적 변신

그렇다면 이 소설의 핵심적인 플롯을 이루고 있는 브이의 정체는 과연 무엇인가? 이에 대해 앨프레드 카진(Alfred Kazin)은 "핀천의 『브이』와 『49호 품목의 외침』의 주인공은 하나의 바람개비에 의해 정교(精巧)하고 신비스럽게 작동하는 역사"라고 말하면서 "『브이』 속의 역사는 우리 시대의 한 여인인 '브이'라고 불리는 여인에 의해 움직여지고 있고, … 그녀는 스텐실이 찾고 있는 그의 어머니일 뿐만 아니라 역사의 바탕이 될 수 있는 '대모'(Great Mother)라고 말했다"(Kazin 272). 그런데 1899년 브이를 좋아했던 사람들 중 스텐실의 아버지 시드니 경은 그의 일지(日誌)에 다음과 같이 기록하고 있다. "우리가 이해하기 매우 힘든 사실은 브이의 이면과 내면에 있다. 우리가 하고 싶은 것은 그녀의 정체를 밝히는 것이다. 하지만 신은 이 소설이나 어떤 공식 보고서에서도 그 정체를 밝히는 것을 금하고 있다"(43).

그러나 소설의 제3장에서부터 스텐실은 여덟 번을 변신하여 브이의 정체와 가장 닮은 한 여인의 활동을 추적하는데, 그녀는 빅토리아 렌(Victoria Wren)이라고 불리는 여성으로서 1898년부터 45년 동안 인간을 파멸의 구렁텅이로 몰아넣는 전쟁을 더욱 가열화 시키는 스파이의 활동을 포함해서 숱한 변신 속에서 엔트로피의 과정을 서서히 거치고 있다. 그녀는 한 수녀원에서 이탈한 18세의 영국 요크셔 출신의 요부(61)로서 1898년 파쇼다 위기가 절정에 이를 즈음, 그녀의 아버지와 함께 이집트에 처음으로 나타나 영국의 여러 정보원을 만나 그중 굿펠로우(Goodfellow)란 자와 관계를 가지고(151) 민간인을 동정했다는 것이 유죄로 인정되어 포펜타인(Porpentine)이라고 불리는 한 정보원의 살해에 가담함으로써 그녀는 인간사회의 동정의 범주에서 서서히 멀어져 간다. 그로부터 1년 후인 1899년에 그녀는 다시 이탈리아의 플로렌스에 한 고급 창녀로 등장하여 부정한 관계를 정당화하려는 인물로 변신하고, 그 뒤 파리에서는 1913년 33세의 나이로 신비의 여성으로 한 극장의 고객이 되어 자신의 물신을 충족시키기 위하여(386) 어린 무용수들을 모집하는 인물이 되어 멜라니라고 불리는 한 어린 무용수와 동성애를 하면서 서서히 무생물화 되어간다(385). 그 후 6년 뒤인 1919년 그녀는 말타에서 39세의 나이로 무서운 국제 외교 분쟁에 깊이 관여하는 베로니카라고 불리는 여인으로 배꼽에는 별 모양 사파이어와 왼쪽 눈에는 하나의 시계가 부착된 자신의 유리 눈과 더불어 몸에 숱한 무생물의 징표와 함께 어떤 변화가 일어나고 있음을 뚜렷이 인식한다. 그 뒤 1922년 49세 때 베라 메로빙(Vera Meroving)으로 남서 아프리카의 포플(Fopple)의 시즈 파티(Siege Party)에 나타났다가 1940년대 제2차 세계대전 중에는 드디어 말타 섬의 수도인 발레타에 최후의 모습을 드러낸다. 사악한 신부라고 불리는 한 도착적 성직자가 되어 말타의 어린애들에게 니힐리즘을 가르쳐주고 소녀들로 하여금 수녀가 되게 하고 성의 쾌감, 출산의 고통과 같은 관능적인 양극상을 피하도록 또한 단산을 하도록 조언을 해주는가 하면 소년들에게는 메마른 불멸의 바위를 찾도록 권하기도 한다.

그는 소녀들에게 수녀가 되라고, 감각적인 극단, 즉 성교의 쾌락과 출산의 고통을 피하고 바위처럼 되라고 가르쳤다. 그는 37년 세대와 마찬가지로, 호기심에 차서 가끔 바위로 돌아왔다. 남자의 존재 목표는 아름답지만 영혼이 없는 크리스털과 같이 되는 것이라고 설교하면서 …. 광물의 균형을 추구하라. 바위의 불멸성과 같은 영생이 그 곳에 있다. 그럴

듯하군. 하지만 이것은 배교야. (319)

드디어 63세로 독일 공군기들의 폭격에 최후를 맞으면서 그의 육체는 마침내 여자로 판명되고 분해된다.

"죽었니?" 한 아이가 물었다. 다른 아이들은 벌써 그 검은 넝마 같은 옷을 들어올리고 있는 중이었다 ….

길게 땋여진 백색의 머리칼은 풀어지면서 석회가루가 되어 땅에 흩어졌다. 태양 광선이 비치자, 그 석회가루는 그 공간을 온통 흰색으로 만들었다.

"여자잖아." 그 소녀가 말했다.

"여자는 신부가 될 수 없는데." 한 소년이 비웃듯 말했다 …. "이건 진짜 머리칼이 아니야." 그 소년이 말했다. "이것 봐." 그는 사제의 머리에서 긴 흰색 가발을 벗겼다 …. 슬리퍼 한 짝과 발 하나─의족─이 딸려 올라왔다 ….

"그녀는 분해될 수 있는가 봐." ….

그녀의 배꼽에는 별 모양의 사파이어가 달려 있었다. 칼을 가진 소년이 그 보석을 잡아당겼다 ….

한 명이 그녀의 입을 벌리고 있는 동안 다른 애가 틀니를 뽑았다. 그녀는 반항하지 않았다 ….

아이들이 한쪽 눈썹을 뒤로 젖히자 시계 모양의 홍채를 지닌 유리 안구가 모습을 드러냈기 때문이었다 ….

아마 몸통 그 자체도 신기한 것들로 채워져 있을지도 모른다. 여러 색깔의 비단으로 된 내장과 화려한 풍선 모양의 폐와 로코코 식의 심장 등 …. (320-22)

그녀의 변신의 은유에서 다시 말해 빅토리아 렌이라는 여인의 육체가 서서히 무섭고 생동하는 '인형'으로 변형하는 것은 그녀가 어느 누구도 알 수 없는 비밀을 가진 인물이라는 것을 암시해 줄 뿐만 아니라, 이 소설에서 중요한 상징이 된다. 그것은 스텐실이나 프로페인, 아니 어느 누구도 감히 참고 이겨낼 수 없는 미래에 있어서의 어떤 어두운 암시를 예시(豫示)해 주기 때문이다 (McConnell 169).

브이의 정체와 가장 가까운 것으로 제시되는 것은 많은 정보원들로부터 베네수엘라 혹은 베수비우스 등의 암호로 불리는 브하이수이다. 그러나 실은 이것도 한 탐험가인 영국 해군 대령인 고돌핀에 의해 아프리카의 오지에서 브하이수란 폐허로 된 정원의 온갖 먼지와 쓰레기로 위장된 '환상의 표층', 즉 인간이 만들어 놓은 악의 덩어리인 이 지구라는 그 어떤 실체를 발견하고는 결국 그것이 죽음이라고 생각하게 된다. 그러므로 고돌핀 대령이 브하이수의 망상에 사로잡히는 것은 다름 아닌 죽음, 즉 '죽음의 꿈'(193)에 사로잡히는 것과 같은 것이다. 그는 지도에도 나타나 있지 않은 그곳을 탐사하고는 빅토리아에게 그곳의 신비로움을 들려주는 이야기 속에서 그곳에 대한 어떤 암시가 있음을 알 수 있다.

> "나는 단 일순간이라도 회전목마처럼 돌아가는 세계의 무감각한 중심에 서서 내 위치를 파악하고 싶었어 …. 나의 해답이 나올 때 까지 화신에 차서 기다리고 있었지 …. 그 불모지는 조물주가 잊고 있던 나라처럼 사방에서 울부짖었어. 지구상 어느 곳도 그 곳보다 더 완전하게 생명이 없고 공허한 지역은 없을 거야 …. 아마도 내가 하고자 한 일을 단지 바라보는 것. 그것만으로도 충분히 비웃음거리지. 그렇지? 휴 고돌핀을 제외하고 생명체라곤 전혀 없는 곳에 묻혀 있는 삶에 대한 비웃음거리 …. 그 곳에 언제나 존재하는 것은 다만 내 악몽을 거치면서 쭈글쭈글해진 그 껍데기뿐이었어. 브하이수 자체, 그것은 하나의 현란한 꿈이야. 이 세상에서 남극과 가장 가까운 꿈, 즉 무화된 꿈이야." (189-90)

그러면 브이는 과연 무엇일까? 스텐실은 그의 아버지의 일지에 기록된 사실과 여러 가지 추론, 그리고 여러 곳에 산재해 있는 유형, 무형의 갖가지 형상과 현상들의 실마리에 의해서 결국 브이는 '하나의 사실', 즉 죽음과 사랑, 좌와 우, 또는 정과 반의 대립되는 현상을 포용하고 있는 여러 현시를 수용하는 하나의 관념으로 종국에 가서는 그것의 차이와 상이함이 소멸되는 엔트로피의 과정이라는 것을 알게 된다. 환언하면 전술한 바와 같이 다양한 현상과 형상을 지닌 것이 브이라고 볼 수 있다면 동시에 아무런 의미를 지니지 않는 것역시 브이일 수 있다는 것이다(Mendelson 27). 핀천은 이 소설에서 '반-비전'의 기법을 쓰고 있다. 브이의 정체를 규명함에 있어 여러 암시를 제시하면서도 스텐실로 하여금 브이의 정체를 명확히 밝혀내지 못하게끔 한다. 작가는이 소설을 통하여 브이란 어떤 본질을 규명하는데 있어 어떤 길잡이가 될 수있고 또한 본질은 헤아릴 수 없는 다양성의 일부라는 사실을 암시해 주고 있다. 그러므로 그는 '명확성' 속에 불명확성을 제시함으로써 사물의 본질의 불명확성을 강조하고 있다. 사실 브이라는 인물의 유형은 나보코프의 『세바스찬 나이트의 참인생』(The Real Life of Sebastian Knight)(1941)에서 이복동생이 죽고 난 뒤, 그의 비밀스런 생활을 추적한 끝에 발견된 한 여인의 위장된 많은 변신에서 그 유사성을 발견할 수 있고 이 보다 더욱 중요한 것은 소설의 제3장에서 작가 자신이 말했듯이 로버트 그레이브스(Robert Graves)의 『흰 여신』(The White Goddess)(1948)의 전통을 따르고 있다는 점이다.(50) 여러 형상으로 변신해서 나타나는 그레이브스의 '흰 여신'은 고대 유럽 문화의 가장 대표적인 신화상의 존재로서 그녀는 여성의 신비로움과 다산을 상징하는 인물이며(Mendelson 99), 계절의 변화를 가져오게 하며, 초기의 제왕들로 하여금 그들의 권력의 바탕이 되게 했으며, 풍성한 문화의 길잡이가 되기도 했다. 흰 여신은 종종 바다를 사랑하는 여신으로 간주되었는데 비너스(Venus, V-ness)

가 바로 그러한 여신이다. 이 소설에서 우피치(Uffizi)의 서쪽 벽에 걸려있는 보티첼리(Botticelli)가 그린 '비너스의 탄생'을 훔치려는 플로렌타인(Florentine)의 이야기(150)에서 또한 비너스가 다섯 날로 된 머리빗을 꽂고 있는 모습과 빅토리아 렌의 같은 모습에서 그 유사성을 찾을 수 있다.

그레이브스는 서구문화의 몰락을 흰 여신에 의해 상징되는 종교적인, 신화상의 타락과 일맥상통하는 점이 있다고 본다. 그의 주장에 의하면 의사종교적인 현상으로 과학과 기술의 급속한 발전이 급기야는 인간통제를 벗어나 서구인의 몰락을 불가피하게 만든다는 것이다(Mendelson 100). 이런 관점에서 본다면 핀천의 『브이』는 그레이브스의 『흰 여신』과 더불어 '묵시록적 소설'이라고 부를 수 있다(Mendelson 100).

1-6. 나가며

『브이』의 특징을 개략하면 우선 작품 내에서 많은 우연성을 강조하고 있다는 점이다. 예를 들면 커트 몬다우겐이 남서 아프리카의 발코니에 서 있을 때 고돌핀이 갑자기 그의 옆에 나타난다든지, 특히 착각을 일으키게 하는 목적을 갖고 여행하는 스텐실과 뚜렷한 목적 없이 배회하는 프로페인이 거의 만나지 않다가 스텐실 이미지의 브이를 찾기 위해 말타 섬으로 간 뒤에 프로페인과 조우(遭遇)하는 것 등에서 볼 수 있다.

다음으로는 등장인물의 이름의 특이성이다. 특히 현대소설가 가운데 핀천처럼 이런 기법을 사용하는 작가로는 돈리비(G. P. Donleavy)를 들 수 있다. 『브이』에서 숀메이커(Schoenmaker)는 "멋진 제조자", 자잇서스(Zeitsuss)는 "달콤한 시간", 와이즈만(Weissman)은 백인 등 의미를 지니고 있으며, 스텐실과 프로페인도 전술한 바와 같이 어떤 의미를 함축하고 있다.

또한 멘델선의 지적처럼 핀천은 다재다능한 화자로 하여금 독자에게 직접 말을 전하게 하는데 제롬 클린코비츠(Jerome Klinkowitz)는 핀천의 작품을 흔히 60년대의 실험 소설가들에게서 볼 수 있는 혁신적인 시도와는 달리 전통적인 기법으로 인물과 플롯을 구사하고 등장인물의 역할의 중요성을 강조하는 것으로 본다.

핀천의 소설 테크닉은 픽션의 안정성을 도모하기 위한 것이 아니라 픽션에 대한 논평을 하기 위한 것이다. 핀천은 자신이 플롯을 만들어 나가지 않고, 그 기능을 등장인물인 '브이'와 '허버트 스텐실'에게 할당한다. 토니 태너는 "단편들을 연결시키고, 접점을 만들어, 그것이 하나의 소설이 되도록 만드는 사람이 바로 토머스 핀천이며, 픽션 본연의 기능에서 물러섬으로 인해 핀천은 플롯을 구성하려는 본능 그 자체를 탐구할 수 있게 된다"고 말한다. 따라서 핀천에게 테크닉이 바로 주제가 되고, 전개는 의심이 되며, 플롯은 패러노이아가 되는 것이다. 이렇게 함으로써 핀천은 "플롯이란 모두 인간들이 고안해낸 것"이라는 주장을 통째로 펼쳐낼 수 있게 된다(12).

뿐만 아니라 스탁도 작가의 관점을 등장인물로 하여금 스스로 만들어 제시케하고 있다고 말한다(30-31).

핀천의 문체상의 효과로서 변형(transformation)과 전경화(foregrounding)를 들 수 있다. 특히 전경화된 산문의 특징의 하나인 다양성의 풍부함이다. 어휘 구사에 있어서는 보통에서 아카데믹한 수준에까지 문장길이의 차이, 구의 빈번(頻繁)한 사용, 그리고 생소한 어휘들의 빈번한 사용("wha", "wir", "a−and" "ueva York") 등을 들 수 있다.

지금까지 핀천은 엔트로피의 세 가지 산물인 쓰레기, 분해, 무생명성에 깊은 관심을 가지고 있다. 이들은 폐쇄된 조직 혹은 고립된 조직 속에서 무질서의 산물이기도 하다. 핀천은 이와 같은 조직 속에서 어떤 베일 속에 가려진 신비로움을 추구하는 형의 인물(스텐실)과 이러한 집념을 가지고 추적에 어리

석게 사로잡혀있는 가련한 풋내기인 인물(프로페인)의 양상을 그리고 있다. 이러한 두 양상의 인물을 중심으로 핀천은 성도착, 자살, 노래, 과학, 슬랩스틱, 하수구 등을 주제로 삼거나 소재로 한다. 『브이』도 단편 「엔트로피」, 「저지대」("Lowland")(1960), 「장미 아래에서」("Under the Rose")(1961)와 마찬가지로 현대 문명과 사회의 몰락을 예언함에 있어 엔트로피의 촉진을 원용(援用)하여 주제로 다루고 있는 반면, 또 한편으로는 사랑의 접촉을 회피하려는 것을 주제로 삼고 있다(Schaub 6). 이 두 주제는 어떤 면에 있어서는 상호 관련되어 있고 또한 의식을 제거하려 하고, 무생물의 형태로 귀착하려는 힘을 공유하기도 하며 한결같이 무생명성을 향해 흘러간다.

『브이』에서 또 죽음을 암시하는 것으로는 브이와 관련되는 역사적 사실로서의 식민주의이다. 서구의 식민주의는 마치 열병에의 결과로 기형을 초래케 한 질환과 같다. 영국의 빅토리아 여왕은 영국 식민주의의 위세를 과시한 인물이다. 브이는 처음으로 이상적인 한 영국의 여인 빅토리아 렌으로 변신하여 많은 식민지 이야기와 연루된다. 빅토리아 렌이 상징하는 브이와 더불어 하늘을 찌를 듯한 서구의 문화가 쇠퇴해 감에 따라 이집트인의 과격한 행동, 가우초(Gaucho)라고 불리는 한 베네수엘라인의 관용, 독일령 남서 아프리카의 본델 인의 무서운 결심, 나아가 말타 섬의 파우스토 마이즈스트랄의 냉정한 이성에서 보는 바와 같이 이들 여러 식민 지배하의 토착민들은 공포 속에서 여러 변화를 겪는다. 그 중 파우스토는 네 번이나 성격의 변화(제14장)를 가져온다. 그의 이러한 변화는 무서운 유럽 식민지 하에서 벗어나기 위해 참아야 하는 원한 맺힌 토착민의 고뇌의 변용이라 할 수 있다.

인간의 역사란 하나의 허무한 꿈을 미친 듯이 추구해가는 것이라고 하는 암시와 인간은 폐허화되어가는 시간대를 따라 자신의 소멸을 추적해가고 있다는 은유가 이 소설의 저변에 깔려 있다. 파쇼다 사건, 수에즈 위기, 플로렌스와 말타의 소요, 카르토움(Khartoum)의 포위, 남서 아프리카의 본델 원주민들의 공격, 피우메(Fiume)의 크리스마스 포위(Christmas Siege), 그리고 2차대전 중의 말타의 폭격 등 일련의 위기와 소요와 전쟁을 이 속에 삽입시킴으로써 핀천은 역사적으로 죽음의 흐름을 강하게 부각시켜 현대사에 펼쳐지는 각종 위기와 점증하는 전쟁에 대한 공포에 직면하고 있는 인간에게 그들이 신에게 점점 접근해가고 있음을 일깨워 주고 있다. 그러면서 그는 이 소설에서 죽음으로 향함이 유일한 변화임을 알면서도 순수한 비관주의자들의 견해와는 달리 어떤 양면적 가치를 제시하고 있다. 이것은 그가 아래와 같이 비너의 견해와 동감하고 있음에서 알 수 있다:

> 아주 현실적인 의미에서 우리는 파멸할 수밖에 없는 행성에 난파된 승객들이다. 그러나 이 난파선에서도 인간의 품위와 가치는 최대한 수호되어야 하는 것이지, 반드시 사라져야 할 것이 아니다. 우리가 설사 깊은 바다 속으로 가라앉을 지라도, 우리는 우리의 위엄에 걸맞는 태도로서 그 종말을 맞이해야만 한다. (Harris 91)

비너처럼 핀천은 『브이』에서 침몰해가는 배의 선복을 계속 도색해야 한다고 주장하면서 운명주의의 퇴락 속으로 흘러 들어가기를 거부하는 미력한 인물들로 프로페인을 포함한 생에 대한 집념과 목적이 결여된 "어두운 생을 살아가는 자들인 병든 수병들"(337-38)의 집단에 대해 헌신적으로 봉사하는 라헬, 어느 누구보다도 사랑을 듬뿍 줄 수 있는 파올라, 그리고 무생물성의 상태에서 참다운 인간성을 터득해가는 파올라의 아버지 파우스토, "냉정하게, 하지만 사랑"(345)의 신조로 사랑에 임하는 흑인 재즈 음악가인 맥클린틱 스피어(McClintic Sphere) 등을 제시하고 있다. 비록 이들은 스텐실이나 프로페인에 비해 보잘 것 없이 다루어지고 있다. 그러나 우리는 그들을 통해서 생에 대한 핀천의 참되고 건실한 긍정적인 면을 발견할 수 있기 때문에 이 작품의 예술성을 높이 평가하고 있는 것이다.

2. 차이의 본질 … 존 바드의 『어떤 선원의 마지막 항해』

2-1. 들어가며

서구사상에서 같음과 차이의 두 개념 가운데 차이의 개념에 대해 논의가 많이 이루어지고 있다. 그것은 플라톤이 그의 사상체계를 집약하는 '사물자체'와 '모조물'의 구분에서 차이를 변증의 최고 목표로 삼은 것에서 알 수 있다. 마찬가지로 아리스토텔레스 역시 차이의 중요성을 강조하여 모순이 반대보다 크고, 종적차이가 개체적 차이보다 크다고 말한다. 이 장에서는 서구사상에서 시원하는 차이에 대해 질 들뢰즈(Gilles Delueze)는 차이의 개념을 어떻게 정립하고 있는지를 살펴보고자 한다.

콘스탄틴 바운데스(Constantin V. Boundas)는 들뢰즈의 철학을, 존재를 차이로 또 직선적인 시간을 차이를 만드는 반복으로 대체하려는 변형과 변화의 철학이라고 명명하고(Patton1996 90), 또 로널드 보그(Ronald Bogue)는 이성이 아이덴티티와 같음에 근거해서 기능하기 때문에 들뢰즈의 차이는 이성을 필연적으로 회피하고 있다고 주장한다(154). 이처럼 들뢰즈의 철학에서의 차이의 위상은 그의 철학의 중심점이라고 해도 과언이 아니다. 들뢰즈는 서구철학의 이분법적 구분을 반대할 뿐만 아니라 반대 그 자체의 의미를 부인하였다. 그는 어떤 이론도 실천으로 응용될 수 없고, 어떤 실천도 이론으로 형성될 수 없다고 말한다.

들뢰즈는 하나의 시각을 배열하고, 재배열하여 새로운 시각으로 발전시켜 그 속에서 하나의 세계를 다시 보는 것이 그의 철학의 과업이라고 했다.

그래서 그의 형이상학관은 사물의 존재방식에 대한 주장이라기보다는 새로운 시각의 구조에 대한 통찰로서의 차이의 개념에 더 비중을 둔다. 이런 점에서 들뢰즈는 차이를 단일보다 상위개념에 둔다. 들뢰즈가 차이의 개념을 더 중시하는 것은 차이란 한결같이 구성적인 것이고 단일이란 것도 결국 차이의 유희의 산물이라고 보기 때문이다. 특히 그가 차이를 구성적이라고 한 것은 단일을 단순히 제거하기보다는 차이를 부정의 현상에까지 이르게 하여 단일의 힘이나 단일의 원칙을 약화시켜 놓기 때문이다. 들뢰즈가 모든 철학적 담론 또는 그 밖의 다른 담론을 탈영토화, 또는 재영토화의 과정이라고 말하는 것도 이러한 이유에서이다.

들뢰즈는 차이의 두 기능을 제시하면서 하나는 바꿀 수 없고 우연적인 구성적인 힘의 긍정적 기능이고 또 다른 하나는 근원의 반영 또는 근원의 파생이라고 하는 하나의 단일의 원칙을 해체하는 기능이라고 했다. 이 두 기능은 차이라는 개념의 본질적인 역할이고 모든 형상의 초월에 반발한다.

들뢰즈의 차이의 개념을 반초월적이라고 말하는 것도 초월의 환상이 단일화의 원칙을 지향하는 데 있기 때문이다. 그는 철학의 사명을 이러한 원칙을 찾아내는 것이라 했고, 차이를 인지한다는 것은 초월의 깊은 환상을 표층으로 드러내는 것으로 보았다. 이런 관계에서 이 차이는 초월할 수 없는 표층과의 상호 관계에서, 또 존재론적 단일 목소리에 근거한다고 한다.

들뢰즈는 유사성과 통합의 원칙을 비판하듯 재현의 문제에 대해서도 비판적인 태도를 가지고 있다. 그가 재현을 비판하는 것은 재현이 동일성에 우위를 둠으로써 차이의 기능을 줄이고 주변화 시키며 심지어 차이를 부인한다고 보기 때문이다(Boundas 45). 들뢰즈의 재현에 대한 이러한 견해는, 하이데거가 차이를 진정한 차이화로 간주하여 차이는 재현의 대상이 되지 않는다고 주장한 것과 같다(Patton1994 65). 한마디로 말해 들뢰즈에게 있어서 철학과

제의 임무는 차이의 불감축의 재천명이고, 재현주의의 언어에 대한 관행을 타파하는 것이다.

들뢰즈는 재현주의의 언어관행에 대한 이러한 타파작업에서 언어학적 의미란 낱말과 세계가 재현주의의 관계에 입각해서 만들어지는 것이 아니고, 재현될 수 없는 세계와 낱말들의 놀이에서 만들어진다고 보며 재현 속에서 본질을 함입시키는 가능성을 이탈하는 것은 재현이 근거하는 본질의 윤곽을 벗어나는 것이 된다고 말한다(Boundas 45).

들뢰즈의 이러한 견해는, 의미란 "단순한 차이의 산물이고, 서로 아무런 상관도 없는 무의미한 소리 이외에는 아무런 의미가 없다. 의미가 생기기 위해서는 동질성이 반드시 차이 속에 존재해야 하거나, 각각의 상대방 속에 존재해야 한다"라고 하는 토드 메이(Todd May)의 말("Difference and Unity in Gilles Deleuze")(Boundas 46)과 같고 또한 소쉬르의 언어가 차이의 체계라면 언어는 차이이기도 하고 또 체계이기도 하며, 체계는 그 자체 속에 동질성의 사상을 가지고 있다고 하는 말과도 또한 같다. 즉 차이와 동질성은 상호 유기적 관계에 있다는 것이다.

들뢰즈의 차이의 개념을 가브리엘 타라드(Gabriel Tarade)가 말하듯이, "차이는 반복의 출발지인 동시에 최종 목적지이다"(Patton1994 307-308)라고 요약한다면, 하이데거는 차이를 인간의 사유가 존재하기 위한 필연적인 조건으로 이해하고, 지금까지 서구 철학에서 사용하여 온 현재나 현존 등의 용어보다는 현현이라는 용어를 사용한다. 하이데거에 의하면 인간의 모든 존재의 근본 근거는 차이에서 발생하고, 또 차이는 인간의 사유보다, 언어보다, 심지어 존재보다 선행한다고 한다. 그러나 들뢰즈와 하이데거의 차이와 개념에 대한 이러한 견해들은 또 다른 차이의 철학자인 발터 벤야민(Walter Benjamin)의 차이관과는 다르다. 벤야민의 철학 세계에서는 하이데거와는 달리 차이의 개념이 언어보다 앞서지 않는다고 본다. 벤야민은 철학의 진리에 대해, 그 자신의 자리를 보증해 줄 어떤 신성한 텍스트의 존재 없이는 철학의 어떤 지적 활동도 형식보다 우위일 수 없다고 말한다. 벤야민은 비록 신학과 철학이 똑같이 모든 지적 활동의 바탕(근원)이 되지만 이들 역시 언어에서 비롯된다고 말한다(27). 그러므로 철학이 문학보다, 심리학보다 더 우위일 수도 없고, 또 철학에 대해 어떤 바탕을 두는 것은 타락 이전의 언어라고 벤야민이 말하는 것도 이러한 이유에서이다. 한마디로 말해서, 벤야민은 언어가 사유나 차이보다 앞서고, 언어는 주관과 객관, 그리고 하나님과 인간 사이에 떨어짐이 있기 이전부터 존재했다고 한다. 이처럼 들뢰즈와 하이데거와 벤야민의 차이의 개념은 그들 형이상학 세계의 중요한 명제로 제시되고 있다.

이러한 관점에서 이 장은 바드가 시간의 흐름속에서 『어떤 선원의 마지막 항해』(*The Last Voyage of Somebody the Sailor*)(1991)를 어떻게 창작했는가를 서구사상에서 논의되어오는 같음과 차이의 두 개념 가운데 들뢰즈의 차이의 개념에 근거해서 해석하고자 한다.

2-2. 반복과 차이의 의미: 차이와 감소와 시간의 소멸

리처드 버튼(Richard Burton)판 『아라비안 나이트』(*The Arabian Nights*)는 모두 7개의 이야기로 구성되어 있고, 공주 세헤라자데가 국왕 샤리아르에게 들려주는 1001일 동안의 이야기 중, 537일째의 밤부터 566일째 밤까지 걸친 이야기가 바로 선원 신바드(Sindbad)의 모험 이야기이다. 이 이야기는 7번의 항해를 통해 당대의 거부가 된 선원 신바드의 대궐 같은 집 앞을 지나고 있던 가난뱅이 짐꾼 신바드의 신세 한탄을 들은 신바드가 그를 집안으로 초대하여 자신이 젊어서 겪었던 일곱 번의 모험을 매일 하나씩 짐꾼 신바드와 주변 사람들에게 들려준다는 것이다. 이 선원 신바드의 이야기를 모두 들은 이후 젊은 짐꾼 신바드는 그 이야기를 통하여 교훈을 얻고서, 자신의 가난한 신세 한탄만 할 것이 아니라 열심히 살아갈 것을 알라신에게 맹세한다.

그러나 『어떤 선원의 마지막 항해』의 바드는 버튼의 『아라비안 나이트』를 바탕으로 하나의 또 다른 이야기를 만든다. 주인공 벨러(Behler)가 한 병원의 여의사에게 세헤라자데의 노년기에 대해 이야기를 하는데, 그 이야기 속에서 세헤라자데는 신바드와 벨러에 대한 새로운 이야기(virgin story)를 한다. 이 둘은 원작에서 하루에 하나의 모험 이야기를 전개하듯이 하나씩 교대로 하루에 한 사람씩 자신의 모험이야기를 한다. 신바드의 이야기가 원작의 이야기를 다시 말하고 있다면, 벨러의 이야기는 20세기 미국 메릴랜드의 도르셋에서 벌어지는 자신의 경험 이야기를 성장 소설 형태로 말하고 있다.

그러나 중간쯤에서 벨러의 이야기는 어느새 과거의 신바드의 시대로 옮겨져 벨러는 어떤 이("Somebody")로 변신되어 있다. 이후부터 이 작품의 구성은 과거 신바드 시대의 이야기와 20세기 미국 사회의 이야기가 혼재되어 있고, 또 이 작품의 여기저기에 이 이야기에 대한 메타 코멘트가 빈번하며 메타픽션적 성격을 띤다. 그것은 바드가 이야기 틀의 복잡성과 자아반영성을 과거와 현재 사이의 인물들 간의 유사성과 혼합시켰기에 독자로 하여금 신바드와 벨러 사이의 이야기의 유사성뿐만 아니라 이들과 버튼의 원전 번역본과의 유사성에도 주목하게끔 하기 때문이다.

소설 속에서 벨러는 자주 원전과 유사한 신바드 이야기의 요약본을 독자에게 제시하지만 특히 벨러와 신바드의 이야기가 다르거나 신바드의 이야기를 보다 자세히 기술할 때면 차이가 있게 된다. 이의 대표적인 예는 신바드의 다섯 번째 이야기 속의 바다의 노인(Old Man of the Sea)에 관한 것이다. 『아라비안 나이트』의 신바드는 하늘로부터 보상을 받을 희망으로 불쾌한 바다의 노인을 업어주기로 결심한다. 그러나 바드의 이 소설에서의 신바드와 그 노인의 관계는 다르다.

또 하나의 예는 벨러의 첫째 연인 데이지(Daisy)가 끼고 있는 팔찌를 신 바드의 딸 야스민(Yasmin)이 바그다드에서 끼고 있다는 사실이다. 이 팔찌 모 티프는 벨러가 자신의 손목시계를 분실한 후에도 다시 발견된다. 그런데 이 팔찌 모티프는 길게 나타나 독자의 관심과 해석을 유발케 한다. 팔찌의 이러 한 기능은 서술상 두 작품이 연결되었다는 이미지를 독자로 하여금 가지게 한 다. 그러나 에드먼슨(M. Edmunson)도 지적하듯이 데이지와 야스민은 서로 다 른 인물들이어서 그들이 가지고 있는 팔찌의 서사에서 두 서사 사이의 합일된 결정적 의미를 찾을 수 없다(3). 다시 말해 팔지의 반복 언급이 두 서사의 진 행을 하나의 계속선상으로 이끌지 못한다는 사실이다.

바드의 이러한 서사책략은 키스 안셀 피어슨(Keith Ansell Pearson)이 "세 계는 과잉에 의해 가능해지도록 만들어지고 과잉이란 차이의 다른 어휘이고 … 세계에서 일어나는 모든 것은 차이의 순서와 상관 될 수 있다"라고 한 말 과 같다(10).

그리하여 바드는 이 소설에서 그리스의 신화들과 『아라비안 나이트』의 이야기들을 끌어들이고 있다. 바드는 들뢰즈가 "시간의 흐름이 과잉의 차이에 서 감소된 차이로, 또 만들어지는 차이가 감소되는 차이로, 나아가 차이의 소 멸을 가져온다는 시간의 돌이킬 수 없는 감소의 법칙"(피어슨 11)의 개념처럼, 과거를 새롭게 재생해 보인다. 바드는 『프라이데이 북과 논픽션들』(The Friday Book and Other Nonfiction)에서 신화, 고전의 인물, 서사를 재이용하 는 것을 '배열자'(arranger), '조율자'(orchestrator) 등의 용어를 빌어 말한다.

그것은 구성되지 않은 형식주의자의 고백이라고 나는 생각한다. 그것은 또한 한 실패한 음악가의 젊었을 때의 야망이 작곡가도, 지휘자도 아닌

그때 그 굉장했던 시절 한 사람의 배열자라고 불리어졌던 즉 조율자의
고백이었다. (159)

이러한 관점은 또한 장 벤지(Zhang Benzi)가 바드의 『미로에서 길을 잃고』
(*Lost in the Funhouse*)의 「메넬라이아드」("Menelaiad")의 중심 이야기는 호머
의 『일리아드』(*Iliad*)와 『오디세이』(*Odyssey*)에서 끌어오면서 이 고전의 이야
기는 오랜 세월에 걸쳐 번안되어 전해져 온다고 말하는 것이라든지(200), 막
스 F. 슐츠(Max F. Schulz)가 『존 바드의 뮤즈들』(*The Muses of John Barth*)
에서 『미로에서 길을 잃고』 이후 바드의 소설에 대해 다음과 같이 밝히는 것
또한 같다.

> 바드의 이야기들은 19세기 후반 미국식으로 신화들을 독자적으로 번안
> 한 것 보다 또 보편적인 인간성을 존중하는 우리시대의 적법한 어법들
> 보다 못한 패러디된 글 들이고, 복사물들이다. 바드의 이야기들은 "경험
> 에 의한 산물들"(*Friday Book* 46) 즉 옛 신화를 다시 이야기하든, 전통
> 적인 소설 형식을 선도하든 간에, 단접점(單接點) 쌍둥이나 맹목적인
> 복사물, 또는 패러디된 것들이 결코 아닌, 종적, 간텍스트상, 문학의 긴
> 역사 속에 자리매김한 것들이다. (xvi)

바드의 이러한 창작관은 『어떤 선원의 마지막 항해』에 반영되어 바드는 시종
이 작품을 통해서 비록 과거의 서사 (원본 『아라비안 나이트』)를 다시 이야기
할지라도 그것은 새로운 이야기가 된다고 한다. 그러므로 이 이야기는 '새로
움'에 관한 이야기이고, 또한 새로운 이야기라고 말한다(*Last Voyage* 9-10).
　　바드의 새로움에의 열망은 들뢰즈가 "새로움이 되는 것은 정확히 새로운
것이 아니다"라고 말하고 새로움이란 어떤 것을 확립하는 것이 아니라, 인식
의 힘이 아닌, 인식되지 않고, 인식할 수 없는 미지의 땅(terra incognita)으로

부터 완전히 다른 모델의 힘을 일컫는 차이라고 말하는 것과 같다(Pearson 7). 이처럼 들뢰즈의 차이의 개념이 그의 중요한 철학의 바탕이 되는 것은 그의 철학관을 하나의 감추어진 본질을 해석하려고 하는 것이 아니라, 즉 들춰내는 것이 아니라 하나의 움직이는 이미지를 구성하는 것이라고 말하는 장-클레 마르탱(Jean-Clet Martin)의 주장("The Eye of the Outside")(Patton1996 19)과 바드가 소설의 틀을 하나의 여행 모티프로 만든 것과 같다.

『아라비안 나이트』의 신바드는 모험들을 통하여 부자가 되지만 선하고 신의 뜻에 순종하는 성실한 선원이다. 또 그의 이야기를 통하여 젊은 짐꾼 신바드는 교훈을 받아 열심히 살려는 의지를 갖게 된다. 그러나 이 작품 속에서 그는 도덕적인 모습을 가장하지만 결국 파렴치하고, 권모술수에 능하고(274, 377), 근친상간적인 부정적인 모습(360)을 드러낸다. 그렇지만,『어떤 선원의 마지막 항해』의 주인공, '어떤 이', 벨러(5)는『아라비안 나이트』에서는 직접 이름이나 신분에 관한 언급은 없지만, 확실하게 젊은 짐꾼 신바드의 변형된 모습임을 알 수 있다. 그것은 어떤 이 정체로서 처음으로 작품 속에 등장할 때『아라비안 나이트』의 짐꾼 신바드와 마찬가지로 거지로 나타나서 선원 신바드의 이야기 잔칫상에 참여하게 되는 과정이『어떤 선원의 마지막 항해』(16)에서 드러나기 때문이다.

'어떤 이'는『아라비안 나이트』에서와는 달리 선원 신바드의 이야기를 단순히 듣고 교훈을 받아 자신의 삶의 지표로 삼는 것이 아니라, 자신의 과거의 이야기를 서술하여 작품의 주인공이 된다.『아라비안 나이트』에서 신바드는 단순히 선원 신바드의 이야기를 듣는 수동적 위치에 있었다면,『어떤 선원의 마지막 항해』에서는 이야기를 스스로 서술해나가는 작가의 능동적인 이미지를 나타낸다. 즉 그는 자신의 이야기를 통해 과거의 서사와 현대의 서사를 만나게 하여, 그의 문학론을 완성시켜 작가의 퍼소나의 역할을 한다. 그리하여 20세기 미국에서 그의 어린 시절 이후의 경험 이야기는 비록 교훈적인 면은 없다 하더라도 진실한 면을 보여주어, 새롭고 참신한 이야기로 거듭나게 한다. 바로 이 이야기가 바드의 새로운 이야기이다. 바드의 이러한 창작관, 즉 과거의 언술을 현재에 재이용하는 방법은 그의 소설들의 특색이기도 하며 『아라비안 나이트』와 『어떤 선원의 마지막 항해』 사이의 픽션의 차별화를 통한 그의 예술관이기도 하다.

바드의 이러한 예술관은 하나의 시각을 배열하고 재배열하여 하나의 새로운 시각으로 발전시켜 그 속에서 또 그것에 의해 하나의 세계를 다시 보는 것을 그의 철학의 과업으로 여기고, 사물의 존재에 대한 주장하기보다는 새로운 시각의 구도에 대한 통찰로서 차이의 개념에 더 비중을 두는 들뢰즈의 형이상학관과 같다. 그것은 바드가 『어떤 선원의 마지막 항해』를 다시 한번 새로운 시각에서 창작하기 때문이다. 그는 신화의 이야기를 직접, 간접으로 인유하거나 패러디하여 그의 창작의 지평을 열듯이 주인공 벨러로 하여금 『아라비안 나이트』를 읽고 얻은 신바드에 관한 전통적인 지식을 아라비아에서 직접 겪은 경험과 현대의 시각과 언술로 극적으로 바꾼다. 그리하여 바드는 문학이란 앞선 문학의 문학적 방법들만을 반복하는 것이 아니라고 확신하여 픽션이란 픽션을 반영하고, 삶이 픽션을 반영하며, 또 픽션은 삶을 반영한다고 하는 창작관을 견지하고 있다.

이러한 차별화는 예전의 작품들 속에서도 발견되어 바드는 저자이면서 주인공 또는 서술자로서 거듭나 차별화를 드러내고 있다. 인물의 이름은 바뀌어 그 인물의 정체성은 유동적이 된다. 예를 들면 토드 앤드류스(Todd Andrews), 야곱 호너(Jacob Horner), 암브로즈 멘쉬(Ambrose Mensch) 등은 각각 『선상악단』(The Floating Opera), 『여로의 끝』(The End of the Road), 『미로에서 길을 잃고』의 주인공이며 서술자로서의 아이덴티티를 지니고 있다. 또한 제롬 브레이(Jerome Bray)는 『양치는 소년 자일스』(*Giles Goat-Boy*)에서 그의 조상 해롤드 브레이(Harold Bray)에게서 따온 인물이고, 에이. 비. 쿡 6세(A. B. Cook VI)도 『엽연초 상인』(*Sot Weed Factor*)의 A. B. 쿡 4세와 종적인 관련성을 가지고 있으면서 역시 이들은 『서간집』(*LETTERS*)에서 편지 작가들로 변신되어 있다.

그런데 이들의 변신은 『서간집』에서 주요인물로 다시 등장하여 새로운 역할을 부여받기 때문에 그들의 정체성은 더욱 혼란스러워진다. 이 점에 대해 슐츠는 다음과 같이 말한다.

> 토드 앤드루스, 야곱 호너 그리고 특히 암브로즈 멘쉬는 다층의 인성을 가진 작가들이다. 이들은 작가/바드가 『선상악단』, 『여로의 끝』, 『미로에서 길을 잃고』의 소설들에 대해 영감을 주었던 원래의 기록물들에 의도적으로 이용되었다. 그 속에서 이들은 소설의 주인공들이고 동시에 서술자들이다. 이들은 『서간집』 속의 두 개의 정체성에 그들 자신의 삶의 새로운 번안의 이야기를 창작하여 첨가함으로써 최초의, 원초적 자아를 새로운 소설의 역할로 반영시키는 제3의 서간체의 형식을 가지게 된다. (71-72)

이와 마찬가지로 『어떤 선원의 마지막 항해』에서의 어떤 이 정체는 서술자로서 성적(性的), 문학적 쇠퇴기에 접어든 작가 벨러의 신분으로 한 정신병원의 병상에서 그 옛날 신바드의 항해 이야기와 같은 6일 밤의 이야기를 들려주는 "윌리엄 사이먼 벨러"(William Simon Belher)(5)이다. 그 뒤 그는 제3장에서 고대 페르시아의 신바드의 집에서 『아라비안 나이트』에서의 상황과 마찬가지로 부자 선원 신바드의 이야기를 듣고 있는 거지의 이름, "선원 신바드"(Sindbad the Landsman)(11)로 변신한다. 그러나 그의 이름(Somebody)은 주변 다른 사람들에 의해 자신의 정확한 정체를 드러내지 않기 때문에 그들에 의해 어떤 이(Somebody)라고 불리어지기도 한다. 이 이름은 부자 바그하다디(Baghadaddy), 즉 "선원이라 불리는 이"(Sailor, the So-Called)(13)에 대해 한두 가지 사실을 우연히 알게 된 "여기 지금"(The Here and Now)(13)을 이탈한 자로서 우리가 이야기하는 '그때 그곳'(then and there)에 있던 사람의 이름에서 유래된 것이다. 그리고 나서 어떤 이(Somebody)란 이름은, 제6장 두 번째 항해 이야기에서 벨러가 갑자기 소리를 질렀을 때 마치 떫은 감을 씹은 듯한 그의 얼굴 표정을 본 그의 여자 친구 데이지 무어(Daisy Moore)가 불렀던 것처럼 그 지방의 감(persimmon)의 이름에서 따온 "사이먼"(Simmon)(83)에서 비롯된다. 그 밖에 벨러는 세 번째 항해에서 빌 브릴로(Beel Brylor)라는 작가의 예명(304)을 가지게 되고 또 이것은 항해의 주인공 이름이기도 하다(192, 196). 네 번째 항해부터 바이로(Baylor)란 이름은 바이로의 이니셜인 "비"(B) 또는 "비"(Bee)(309)로 표기되고 다섯 번째 항해에서는 고대 신바드의 시대로 거슬러 올라가면서 그곳의 사람들에 의해 터키식이고, 귀족적 의미를 지닌 "베옐-루어"(Beyel-Loor)(405)라는 이름으로 바뀐다. 이 외에도 어떤 이(Somebody)는 주인공으로 지칭될 때, "우리 뱃사람"(Our man)(445), "곧 뭍에 오를 신바드"(Sindbad the Soon-Unstranded)(454)로 불리어졌고, 또 그 자신은 자신을 "젊은이 신바드, 모래폭풍을 맞은 신바드"(Sindbad, lad; Sindbad the Shipwrecked; Sindbad the Simoomed)(16)라고 부르며, 듣고 있던 한 거지가 "쉬쉬하는 신바드"(Sindbad the Shusher)(16)라고 응하자 다시 자신을 "풋내기 선원 신바드"(Sindbad the Lubber of the Land)(16)라고 눈짓으로 답하기도 한다. 나아가 자신을 "여전히 상륙하고 있는 신바드"(Sindbad Still-Landed)(23), 또는 "아무 것도 아닌 어떤 이"(Somebody the Nobody)(16)라고 지어 부르는 것 등은 작가가 다양한 이름 부르기(naming)의 차별화를 제시하여 어떤 한 인물의 정체성을 규명하려고 한 것이다. 부언하면 바드의 이러한 인물관은 바드의 언술 해체의 책략으로 그는 등장인물들의 역할을 각각 언어학적 기호의 기능을 하는 '행위자'(actants), '참가자'(participant)의 양상들로 보고 인물들의 본태론적 위상에 대해 의문을 제기한 것이다.

이점은 바로 바드의 어떤 대상의 본질관을 말하는 것으로써, 그는 이런 견해를 『프라이데이 북』에서 다음과 같이 말한다.

> … 대문자 R로 시작하는 리얼리티는 우리가 공유하는 환상이다 …. 우리가 실체라고 부르는 환상과 우리가 환상이라고 부르는 환상들 사이의 차이는 문화적인 공감에 따라야 하고, 또 상관되는 개념구조의 양상과도 일치해야 한다. (221)

그러나 바드는 인물들의 이러한 변신의 양상들을 허구의 산물로 돌리고 그 허구의 유희에만 안주하는 것이 아니라 인물들의 참된 자아의 모습을 드러내려고 한다. 그리하여 그 바드가 신화나 문학의 기원으로 되돌아가 반복을 통해 새로운 차이를 창출하는 것은 이미 일그러져 있는 참된 자아를 찾으려는 그의 열망이고 이것은 찰스 해리스(Charles Harris)의 『정열의 감식안: 존 바드의 소설』(*Passionate Virtuosity: The Fiction of John Barth*)에서의 다음과 같은 지적에서도 나타난다.

> 언어가 다듬는 리얼리티와 마찬가지로, 언어가 분리를 기호로 확실하게 하듯이, 언어는 우리를 우리의 잃어버린 참된 자아로부터 우리를 절연한다. (110)

바드가 이처럼 인물의 변신의 차이와 반복을 통해 참된 자아를 찾으려고 하는 것은 하이데거가 말하는 시인의 사명과 매우 유사하다. 해리스의 말을 빌면 "시란 언어와는 달리 역사에 조건 지워진 인간의 원초적 언어"이기 때문이다.

> 물론 시간이 흐르면, 시적인 것은 통속적인 것으로, 신화적인 것은 의식 (儀式)적인 것으로 그리고 나서 세속적인 것으로 굳혀진다. 그러나 진실로 근원을 추구하는 시인의 임무는 변함없다. 즉, 최초의 시인이 어둠 속에서 하나의 세계를 명명할 때, 다시 말해 창작의 순간, 그 원초적 창작을 다시 할 때 즉 근원으로 복귀하는 것이다. (*Passionate Virtuosity* 119)

그러므로 하이데거가 말하는 진실로 근원을 규명하려는 시인의 임무와 바드의 창작관에는 같은 점이 있다. 이런 점에서 바드가, 비록 과거의 것을 반복하지만, 새로움의 차이를 창출하는 것은 대상의 본질의 불확실성을 소설들의 구성과 등장인물의 역할의 반복과 차이를 통해 본질의 바탕을 규명하기 때문이다. 이것은 들뢰즈가 차이와 가면(변신) 그리고 반복과의 관계에 대해 가면(변신)은 반복의 참다운 주체이고, 반복이란 재현과 종류에 있어 다르고, 반복하는 것은 재현될 수 없고 오히려 "의미를 가져야하고, 의미화 하는 것에 의해 감추어져야 하며, 의미하는 것은 감추어야 한다고"(Patton1994 18)라고 말하는 것과 맥을 같이 한다. 들뢰즈의 차이와 반복의 이러한 관계에 대해 타라드가 "차이는 위장에 의해 또 상징의 질서에 의해 반복 속에 포함된다. 이렇게 해서 반복은 차이로서 나타난다"(Patton1994 5)고 하는 말이나 "차이는 자유를 중요시하는 보다 강력하고 창의적인 운동 속에서 근원이 됨과 동시에 반복의 목적지이다"(Patton1994 307-08)라고 말하는 것은 바드의 궁극적인 예술관과도 일치한다. 이것은 결국 니체(Nietzsche)가 반복을 "영원한 복귀 속에서의 본질"(Patton1994 6)로 간주하는 것이나, 또 사물의 근원에 차이가 있다고 한 플라톤의 주장과도 일치한다.

2-3. 나가며

바드가 『어떤 선원의 마지막 항해』에서 낱말들을 조율하고, 깨뜨리고, 재결합, 재정의하고, 또 서로 중합(co-polymerize)하여 언어를 자연속의 조야한 흐름으로 보고 언어의 본질을 규명하려고 하고, 리얼리티의 본질을 바다의 흐름의 양상에 비유하는 것은 들뢰즈가 반복의 책략으로, 하이데거가 파괴 순환의 현상학으로, 벤야민이 번역과 알레고리의 형상으로 차이의 본질을 밝히려고 한 것과 같다. 이런 책략들은 피어슨(Keith Ansell Pearson)의 말을 빌면 들뢰즈를 예로 들어 영원한 반복을 차이의 장치, 차이의 생산과 반복의 실험이다(*Deleuze and Philosophy* 76). 들뢰즈의 차이와 반복의 책략은 데리다의 차이와 지연의 이론 즉, 새로움의 시작과 옛 것의 종언과는 달리 실제 베르그송의 바탕과 하이데거의 시간과 존재 사이의 조화를 존중하면서 완성 그 자체가 되고 동시에 대체이기도 하다. 들뢰즈의 완성과 대체의 책략은 기억에 수반되는 시간의 능동적인 통합을 통해, 실제의 현재 속에 옛 현재를 재현하며, 과거가 새로운 현재와 공존하게 한다. 이렇게 함으로써, 들뢰즈는 현재와 과거를 공존의 패러독스로서의 복잡한 겹침으로 만들어 현재를 과거로 구성되게 하고, 동시에 현재가 현재로서 구성 되도록 한다. 이것은 바드가 『어떤 선원의 마지막 항해』의 구성과 인물의 역할을 『아라비안 나이트』의 구성과 인물의 역할과 병치시키는 것과 같다.

다시 말해서 작가는 메릴랜드라고 불리는 하나의 평범한 해변에서 주민들이-이들은 현대인들이라고 일컬어질 수도 있겠는데-일상생활에서 경험하는 삶의 순간의 광영과 삶의 긴 고통의 경험의 이야기들을 듣고 싶어하듯이, 비교적 축복 받은 아라비아인들의 사회적 위치와 그들의 상호관계를 우리들로 하여금 똑똑히 알게 하려 한 것이다. 이것은 바드가 소설의 새로운 탄생의 열망이고, 과거를 완벽하게 소생시켜 차이를 만들어 내려는 것이기 때문에, 하나의 사건을 꼭 같게 반복하는 것은 불가능하다는 '새로움'은 곧 '차이'의 개념과 같다(Boundas 46). 이런 점에서 바드의 새로움에 대한 추구는 곧 들뢰즈의 차이의 형이상학의 세계이다. 이렇게 볼 수 있는 것은 필립 굿차일드(Philip Goodchild)가 들뢰즈의 철학을 '욕망'의 관점에서 다음과 같이 말하기 때문이다.

> 욕망의 철학은 차이의 층들을 차이화 함으로써 드러난다. 즉, 사상들을 만들고 연계시키는 차이들, 감정과 힘을 표현해 주는 차이들, 힘을 행동하는 육체로 통합해 주는 차이들, 그리고 하나의 실체를 암시하면서 그 자체를 재생해 주는 차이들이다. (12)

바드의 새로움에 대한 깊은 관심이 그 후 창작의 근본적 틀이 되듯이, 들뢰즈 역시 여러 겹의 차이의 차이화를 통해 욕망의 철학을 이루어 낸다. 이것이 앞서 바드가 낱말의 재구성을 통해 그 낱말의 의미의 본질을 규명하려고 한데서 나타난다면, 들뢰즈에게 있어서 의미는 일치성을 차이 속에 찾을 때 드러난다(Boundas 46). 들뢰즈의 이러한 주장은 차이보다 아이덴티티의 우위를 강조하는 재현주의자들의 의미관과는 달리 사회(문화) 인류학에서 더러운 것, 공해, 금기 등, 일견 산업사회의 부정적인 양상들이 어떤 체계나 문화 현상에 대한 접근과 이해에 있어 그 체계의 주변의 중요성을 강조하는 마이클 톰슨의『쓰레기이론』(*Rubbish Theory*), 메리 더글라스의『순수와 위험』(*Purity and Danger*), 마샬 맥루한의『상투어에서 원형에 이르기까지』(*From Cliche to Archetype*), 그리고 미셸 리파테르(Michael Riffaterre)의 『시의 기호론』(*Semiotics of Poetry*)에서의 주장과도 같다.

이런 점에서 바드의 『어떤 선원의 마지막 항해』는, 문학 텍스트 속의 의미 규명에 대해 의미를 지닌 대상에서 단편적이 아닌 윤리와 규범의 내면세계의 재구성의 중요성을 강조하는 기호학의 연구 방법론과, 또 표준화된 가치에 준거하는 문화의 공동체가 쉽게 그 공동체의 변용을 수용하지 않는다고 하더라도 그것에 도전하는 변용의 힘을 무시해서는 안 된다는 문화 인류학의 관점에서 볼 때 하나의 이론이면서 동시에 그 이론의 실천 장이고, 나아가 거시이론을 지향하는 하나의 학제간의 연구방법에 적합한 문학 텍스트이다.

다. 소용돌이와 균형

1. 단순과 복잡의 유희 … 도리스 레싱의 『황금 노트북』

1-1. 들어가며

21세기는 정보시대에서 한 걸음 더 나아가 인공두뇌학의 시대라고 일컬어질 수 있다. 인간의 삶 속에서 정보와 커뮤니케이션의 중요성은 문학작품 속에서도 마찬가지이다. 이데올로기, 어떤 의미에서는 정보와 커뮤니케이션을 서술의 핵심으로 하는 문학작품이 정보이론과 어떤 관계가 있는가를 밝히려고 하는 것은 비단 문학 비평가뿐만 아니라 독자의 임무이다. 이런 견지에서 최근 영미의 많은 소설들 가운데서 문제성을 지니고 있는 작품들에 대해 인공두뇌학의 한 영역이론인 혼돈이론에 근거하여 소설들의 외형적 구조의 특징과 소설의 내면적 구조를 해석하는 것은 의의가 있다.

질서 속의 무질서의 패러다임은 20세기 후반에 이르러 하나의 중요한 명제로 부각된 것은 마치 장(Field) 개념이 20세기 초에 중요성이 입증된 것과 같다. 문학 속에서의 무질서에 대한 관심은 소위 후기 산업사회의 도래와 더불어 시작한 포스트모던 문학, 특히 소설장르 속에서 두드러지게 나타나고 있다. 그렇게 말할 수 있는 것은 포스트모더니즘의 문학이 단순히 전통적인 문학의 스타일과 범주를 벗어나 있기 때문이다. 그래서 새로운 시각에서 이들 작품에 대한 해석과 비평이 필요하게 되었다. 복잡한 사회 속에서 정보의 정확성은 보다 절실히 요구되고, 더욱이 문학작품이 사회를 반영한다고 할 때, 그 속의 정보는 두말할 나위 없이 방대하고 복잡할 것이다.

그러므로 정확한 정보의 추론과 전달이 현대사회에서 특히 중요하다고 한다면, 문학작품 속의 정보와 커뮤니케이션에 대한 연구 또한 중요하다. 복잡한 사회를 분석하는 데 보다 새로운 방법론이 필요하기 때문에 피드백 사이클과 같은 방법론은 기술을 하나의 수단으로 해서 이론과 문화를 연결시켜주고, 이 방법론은 기술에 의해서 문학텍스트와 문학이론의 상호영향의 당위성을 입증해준다.

혼돈이론의 출현과 정립은 뉴턴 역학에서 설명할 수 없는 비선형의 문제들, 복잡한 체제의 역동학에 대한 새로운 방법의 과학과 수학의 필요성의 시사로써, 1890년 앙리 포엥카레(Henri Poincare)가 처음으로 거론했다. 그러나 복잡한 역동학에 대한 본격적인 연구는 1960년대와 1970년대의 컴퓨터의 보급·확산과 더불어 시작되었다. 1960년대와 1970년대는 서구사상 특히 서구 문학에 있어서 괄목할만한 지적 변화가 일어난 시기이다. 그것은 지금까지 보편적이고 총체적 시각과 인식관에서 지역적 프렉탈 체계, 분석의 양태에 대한 시각으로의 변화이다. 마치 새로운 방법들이 비선형 체계의 복잡성을 해결하기 위해 물리학 등의 자연과학 학문 영역에서 시도되어 발전되듯, 문학에 있어서도 읽기와 쓰기에 대해 새로운 해석 방법이 문학 비평이론의 전면에 부각되었다. 그리하여 후기구조주의, 러시아 형식주의, 최근의 해석학의 제 이론들과 비평의 흐름이 문학텍스트들을 잘 다듬어진 하나의 항아리로 보기보다는 혼돈의 저수지로 보는 것은 바로 이런 점을 말해주고 있다.

혼돈 이론은 혼돈 이론 또는 혼돈의 과학이라는 용어보다는 비선형 역동학, 역동체계이론, 역동체계방법이라는 용어로 불린다. 이 이론에 대한 연구는 앙리 포엥카레로부터 미첼 페이겐바움(Mitchell Feigenbaum)과 에드워드 로렌츠(Edward Lorenz)에 이르는 맥을 축으로 하여, 혼돈이 질서의 반대라기보다는 질서의 파트너이고 질서의 선임자라는 견해를 제시하여 혼돈으로부터 자아-조직화의 자동성을 강조한다. 이의 대표적인 이론가는 일리아 프리 고진이다. 프리고진은 엔트로피가 증가하는, 즉 균형에서 멀어져 가는 조직 속에서 일어나는 붕괴의 구조에 중점을 두고 엔트로피가 풍부한 체제는 자아 조직을 방해하기보다는 오히려 용이하게 해준다는 견해를 제시하여 혼돈에 대한 인식을 바꿔놓은 이론가이다. 또 혼돈 그 자체가 체제 내에 존재하고 있는 갖추어진 질서를 강조한다고 본다.

이런 관점에서 혼돈에는 진정한 무작위성과는 다르고 이상한 끌개라고 불리는 기호화된 구조들이 깊숙이 간직되어 있다고 본다. 여기서 말하는 이상한 끌개는 혼돈으로부터 나오는 질서와는 다르다. 왜냐하면 그것은 혼돈으로부터 생기는 조직된 구조들에 대해 강조하기보다는 혼돈 속으로 정연하게 강하함을 더 강조하기 때문이다. 이 분야의 연구가로는 미첼 페이겐바움, 베노이트 만델브로트(Benoit Mandelbrot), 로버트 쇼(Robert Shaw) 등이 있다. 이두 영역간의 상관관계는 비교적 적다. 프리고진은 이에서 더 나아가 시간의 화살에 근거하여 혼돈 이론을 설명하고 서구 사상사에서 논의되고 있는 존재자와 생성의 조화를 시도하여 형이상학의 문제를 해결하려고 하는 방향으로 나아가고 있다. 후자의 학자들은 체제 속에는 대칭의 영역이 서로 혼재하고 있어 그 자체의 반복으로 극도의 복잡한 영역이 만들어지고 또 새로운 정보를 창출하기 위해서는 혼돈스럽다는 견해를 가지고 있다. 물론 프리고진의 시간의 화살과 혼돈 체계 속에서 무질서와 놀라움을 강조하는 '이상한 끌개' 간의 차이를 메우려는 하나의 방안으로 벨로우쇼-즐라보틴스키 반작용이 있다. 어쨌든 비선형기능이란 간단히 말해서 원인과 결과 사이에서 종종 뜻밖의 불일치를 유발케 하여 하나의 작은 원인이 크나큰 결과를 가져오고, 그것의 근본적인 유발요인은 혼돈이 자리잡고 있음을 부각시킨다.

1-2. 영미문학에 나타난 혼돈의 양상

서구문학사에서 혼돈은 비형식의, 비사상의, 비질서의, 비성숙된 의미로서 사용되어 왔다. 『신통기』(*Theogony*) 속의 헤시오도스(Hesiod)는 우주가 완전히 차이가 없는 상태에 있었을 때 그 무엇보다 혼돈이 앞서 존재했다고 말했다. 헤시오도스는 뒤에 『신통기』에서 혼돈을 에로스의 영향으로 천국과 지구가 서로 분리되어 나타나는 틈의 의미로 사용했다. 『신통기』 이후 그리고 르네상스 이후까지 혼돈 개념은 지구가 존재하기 전과 관련하여 사용되었다고 보는 견해가 서구문학의 하나의 전통이었다.

밀턴(Milton)의 『실락원』("Paradise Lost")에서도 신은 지구를 무(無)에서부터 창조하지 않고 우주의 태초의 혼돈에서 마테리아(materia)로부터 혼돈을 창조하고 있다. 이처럼 모든 신 가운데에서 가장 오래되고 에로스의 동료이며 이 지구가 생성된 기둥이라는 혼돈의 고전적인 함축적 의미는 점차로 르네상스 이후부터 퇴색하기 시작하여 18세기 후반에 이르러서는 이러한 의미들은 사라져 버렸다. 그 대신 혼돈의 의미는 질서의 상반되는 개념으로 서서히 등장하게 되었다.

19세기 초까지 질서의 상반되는 개념으로서의 혼돈의 정의에 대한 견해는 우세했다. 이러한 예는 질서와 혼돈의 변증법적 관계를 다룬 에드가 앨런 포(Edgar Allan Poe)의 단편들이다. 특히 「어셔 가의 몰락」("The Fall of the

House of Usher") 속의 어셔 가의 집 형상에서 포는 열역학의 제2법칙을 예견했다. 포의 이러한 예견은 당시 사디 카노(Sadi Carnot)에 의해 공식화되었다. 1860~1870년대의 열역학의 개념은 우주의 해체를 예견하는 것으로서 질서와 혼돈 간의 상반개념은 1907년 헨리 아담스의 『헨리 아담스의 교육』에서, 19세기의 엔트로피의 원용으로부터 20세기 중엽의 클라우드 섀논(Claude Shannon)의 정보라는 관점에 이르기까지 변화가 있어 왔다. 제 1·2차 세계대전 이후 혼돈의 에너지와 소멸의 상반관계의 모호성은 질서 속에서도 이에 상응하는 모호성에 의해 가려지게 되었다. 이것은 질서가 한편으로는 안정, 규칙, 예측을 함축하고, 또 한편으로는 푸코(Foucault)의 『사물의 질서』(*Order of Things*)(1970)의 경우에서, 또는 군대의 질서와 같이 어느 누구도 마음대로 불복하기에 자유롭지 않은 직접적이고, 상징적인 형상을 의미하게 되었다. 이런 관계에서 혼돈이 하나의 자유스런 힘으로 간주될 수 있다면, 질서는 군대의 이유 없는 반란이나 전체국가의 강압적인 통제와 같은 논리가 되어 해로운 것으로 인식된다.

1960년대에 이르러 혼돈에 대한 새로운 재평가가 내려졌다. 혼돈에 대한 문학적, 과학적 평가가 현저하게 달랐던 것이다. 문학이론에서는 질서의 전통적인 사상으로부터 이데올로기적인 뒷받침을 들춰내는데 집중하기 위해 혼돈을 중요시 했고, 혼돈이론가들은 혼돈을 보다 복잡한 질서를 향해 체제를 움직이게 하는 하나의 엔진으로 간주했다. 특히 후자는 혼돈이 질서를 이루려고 하기 때문에 혼돈이론가들에게 더욱 관심의 대상이 되었다. 혼돈이 질서에 이를 수 있다는 사실도 중요하지만 그러나 헨리 아담스, 포, 헤시오도스의 작품들이 없었다면 혼돈이론이 광범위한 관심을 끌 수 있었을지는 의문스럽다. 그렇게 말할 수 있는 것은 도리스 레씽(Doris Lessing)이 콘래드, 제임스, 울프, 조이스 등의 작가들로부터 전수 받은 서사의 전통성과 비선형의 역동성의 반복적인 기법들을 구사하고, 또 토머스 핀천, 존 바드가 레씽처럼 포, 헨리 아담스로부터 역시 영향을 받은 것 등에서 알 수 있다.

앞서 혼돈에 대한 연구의 방향이 두 가지가 있음을 말했다. 문학 텍스트와 혼돈과의 관계에서 보면, 프리고진과 스텐저스는 혼돈을 어떤 무엇이 생성될 수 있는 하나의 공허한 텍스트로 본다. 이는 고전적인 열역학의 개념에서 본다면 정보이론으로의 이행과정에 있어서 엔트로피에 대한 평가가 달라졌다는 것을 의미하는 것으로서 혼돈을 최대한의 정보로서 무작위의 해석으로 재평가하는 단계에까지 이르고 있음을 뜻한다. 이와는 달리 혼돈이란 질서가 은연중에 기호화(기표화)되어 있는 하나의 복잡한 지형으로 보는 텍스트관이 있다. 이것은 혼돈과 질서가 상호 침투하여 복잡한 변증법적 관계에서 상호 결합하여 창조의 힘을 가지게 된다고 보는 견해이다. 특히 후자의 견해는 페이겐바움의 보편성이론, 만델브로트의 프렉탈 기하학, 쇼(Shaw)의 '혼돈을 정보라고 보는 견해'와 셰르의 기생(식객생활: 패러시티즘, parasitism) 등에 의해 뒷받침되고 있다.

20세기 후반에 들어와 지역성과 지역적 지식에 대한 관심은 어느 때보다도 강하게 나타났고, 이에 따라 철학, 페미니즘, 문학비평, 문화 분석의 이론가들은 지역간의 다양성을 인정해야 한다고 주장한다. 문학비평에서 지구상의 전체 영역은 전반적인 문화체계를 의미하거나 보편적인 설명이 가능한 특정의 텍스트나 현상으로 지칭된다. 마르크시즘, 상대성 이론, 문법 등이 이 영역에 속한다. 반면에 지역은 지정학적으로 정치의 작은 지역을 의미하거나 보편 이론과의 일치 또는 동화되는 것을 거부하는 하나의 독특한 텍스트의 위상이나 문화의 한 장합(場合)을 말한다. 그런데 혼돈이론과 지역성과의 관계를 보면 지역적 지식을 학문적으로 설명하는 것이 새로운 과학의 한 패러다임으로서의 혼돈이론이 되고, 또 형상의 각각 다른 구성의 충돌이 서로 다르게 행동하는 것과 지역성이 전체화되는 것을 거부한다는 것을 설명해 주는 것도 혼돈이론으로 말할 수 있다.

혼돈이론과 지역적 지식의 이러한 관계는 불규칙성의 복잡한 형상에 중요성을 부여하는 프렉탈 기하학에서 규모가 중요하고 또 양극 사이의 운동을 무시 못하는 것과 같다. 프렉탈 기하학에서 이 점을 무시 못하는 것은 사물이 각각 다른 지역적 레벨로 구성된 복잡한 내적 구조로 형성되어 있다고 보기 때문이다.

지역적 지식이 왜 현대 문화의 전면에 대두되는지 또 왜 지역적 지식이 신역사주의, 비선형 역동학, 프렉탈 기하학, 사회 인류학, 수사비평, 나아가 이상한 끌개와 같은 다양한 프로젝트로서 학문의 제영역의 전면에 부각되는지, 또 지역적 지식이 동질성보다 다양성을, 일반성보다 특수성을, 지배보다 지배에 대한 저항을 가지고서 미래의 지향하는 사회에 대해 어떤 의미를 파악하고자 하는지를 혼돈이론에 의해 설명될 수 있다고 본다.

레씽은 『마사 퀘스트』(Martha Quest)의 형식과 구조에 대해 별 관심을 갖지 않았으나 『황금 노트북』의 구조에 대해서는 큰 관심을 가졌다. 그러한 관심은 레씽이 『황금 노트북』의 서문에서 이 소설의 구성에 대해 다음과 같이 말하는데서 나타난다.

이 소설의 모양은 다음과 같다 …. 노란색과 파란색. (vii)

이 소설의 '자유로운 여성' 부분과 노트북간의 관계는 저자의 말보다 복잡하다. 서문의 끝에서 '자유로운 여성'의 여주인공 안나(Anna)는 4부로 구성된 노트북에 각각 나타나고, 또 노트북의 저자인 안나에 의해 '자유로운 여성'의 안나는 노트북의 안나의 허구적인 인물의 분신(alter-ego)이 되기 때문이다.

'자유로운 여성'과 '노트북'의 각 시간대를 보면, '자유로운 여성'은 1957년 후반을 기점으로 하여 진행된다. 그러나 노트북의 시간대는 1950- 1957년으로 '자유로운 여성'의 시간대들보다 앞선다. 즉 검은색, 빨간색 노트북 부분의 시간대는 1955년 11월이 기점이고, 푸른색 노트북의 시간대는 이보다 1년 앞선 1954년 10월부터 시작한다. 또 검은색 노트북은 이 노트북이 쓰인 시간보다 상당히 앞서 일어난 사건들을 다루고 있다. 검은색 노트북의 서사 시간의 구성과는 다르게 빨간색, 푸른색 노트북 부분이 쓰인 시간과 제시되는 시간은 동일하다. 또 노란색 노트북의 시간대는 여러 이야기들에 대한 안나의 소설의 초고이기 때문에 또 다르다. 그래서 '자유로운 여성'의 엄격한 선상의 시간 계획에 의해 시사된 선상의 진행되는 사상(事象)과 노트북 부분에서 언급 또는 시사된 선상의, 연대기적인 순서의 사건 진전의 사상은 축소되어 있다. 한 마디로 말해서 소설구조의 전체적인 특징은 혼돈스럽다. 그러나 중요한 것은 이 혼돈스런 구조를 만든 것은 저자의 의도라고 보아야 할 것이다. 노트북과 '자유로운 여성' 간의 혼돈스런 관계는 소설과 사실 사이의 구분을 불분명하게 하여, 안나로 하여금 이 두 영역의 불가분의 관계를 수용토록하게 한다. 그래서 『황금 노트북』은 다층의 허구화의 소설이라고 말할 수 있다. 그렇게 볼 수 있는 것은 '자유로운 여성'을 노트북의 틀로 볼 때 그것은 리얼리티로부터 떨어져 있고, 또 노트북을 '자유로운 여성'의 틀로 보면 리얼리티로부터 그렇게 멀리 떨어져 있지 않기 때문이다. 좌우지간 양측의 구성들은 허구임엔 틀림없다. 이런 관계의 소설적 효과는 『황금 노트북』이 하나의 소설에 대한 소설이라는 찬합구조에 의해 더욱 심화된다. 다시 말해서 『황금 노트북』은 하나의 소설을 쓰고 있는 저자인 엘라(Ella)에 대해 저자 안나가 쓴 하나의 소설이고, 또 소설 『황금 노트북』은 『황금 노트북』 속에 들어있는 소설의 근원에 대한 하나의 소설('자유로운 여성')이다.

대부분의 포스트모던 소설의 형식은 서사의 근원이 되면서, 파괴력을 가진 혼돈의 힘을 수용하고 쌓아간다. 그래서 포스트모던 소설가는 삶의 모든 영역에서 혼돈과 질서가 서로 한결같이 영향을 주고 있음을 인식하고 있다. 질서와 혼돈의 이런 역동적인 상호관계에 대해 보다 넓은 공간(범위)을 줄 수 있는 하나의 허구의 형식을 제공하는 것이 소설가의 임무이다. 레씽도 예외는 아니다. 레씽은 혼돈을 아무렇게나 방치하지 않고 또 혼돈을 덮어두려고도 하지 않는다. 레씽은 질서와 혼돈이 분리되어 있음에도, 강한 긴장을 소설의 구조와 이야기(스토리)를 통해 나타낸다. 『황금 노트북』은 잘 정돈된 복잡한 소설의 초구조와 그 구조 속의 내용의 명백한 무질서간의 상충으로 이루어져 있다. 그러나 안나의 의식의 형식과 경험된 혼돈이 분리되어 있음에도, 혼돈과 형식 사이는 상반의 관계는 아니다. 오히려 혼돈은 보다 새로운 형식들을 창조하기 위해 형식들을 깨트리고 있어 혼돈과 형식은 오묘하게 하나의 변증법적 과정으로 서로 결속되어 있다. 이런 사실은 『황금 노트북』이 진행됨에 따라 두 사람이 형식으로부터 떨어져 나가 점점 혼돈 속으로 하강하는 과정을 안나가 스스로 상상하는 장면에서 나타난다.

"둘 다 깨진다 …. 그리고 혼돈 밖으로, 새로운 힘이." (400)

이 사상의 장면에서 낡은 형식은 원형의 존재인 혼돈의 힘에 의해 깨어지고 혼돈이라고 하는 물질은 새로운 가치와 힘에 근거하여 하나의 새로운 형식으로 잉태된다.

작품 속에서 혼돈과 분열의 현상은 안나가 내가 아는 한 모든 것은 조각나고 있다고 말한 것에서도 알 수 있다. 이 소설의 구조는 이러한 파편화를 처음부터 강조하고 있다. 그래서 4부로 된 노트북은 안나의 서로 조화할 수 없는 삶의 네 양상을 반영한다. 즉, 검은색 노트북에서는 하나의 소설가로서 성공하지 못함을 반영하고, 빨간색 노트북에서는 정치적인 과업의 실패를, 노란색 노트북에서는 상상력의 노력의 좌절로, 푸른색 노트북에서는 자기 자신의 자아 개념을 재정립할 수 없음을 반영한다. 노트북은 존재에게 파편화되고 혼돈스런, 차이가 없는 상태로의 복귀를 종용하고 있다고 안나는 생각한다. 하지만 안나는 이러한 위협적인 혼돈과의 직면에서 자신의 파편화된 경험을 완벽하게 재구성한다. 그것은 소설 속에 질서를 부여하여 그것이 과장되고 있음이 시사되기 때문이다. 이런 점은 『황금 노트북』의 각 노트북이 독립된 주제들을 각각 다루고 있지만 그것들은 실제적으로 하나의 강조하는 패턴에 의한 통일로서 레씽의 서사에서 나타난다. 이러한 예는 이상적인 질서에 대한 안나의 동경이 "검은색 노트북"에서 혼돈스런 사실의 저항에 부딪히는 장면이다. 이러한 것은 과거 그녀가 사회적인 재조직을 시도할 때 인간의 질투와 정열이 이것을 좌절시켰음으로 나타나고, 또 현재는 진실에 대한 그녀의 욕구가 회상과 언어의 회의에 의해 좌절되고 있음으로 나타난다. 그래서 안나는 생존을 위한 계획들은 결코 현실에 의해 뒷받침되고 있지 않는다는 사실을 깨닫게 된다.

이것은 결국 안나가 소설이란 파편화된 사회의 하나의 기능에 지나지 않고, 또 파편화된 의식의 또 한 기능에 지나지 않으며, 게다가 인간들마저 더욱 세분화되어, 훌륭한 옛 것에 대해 하나의 위대한 소설을 쓰는 것이 불가능해졌다고 판단하고서는 "나를 흥미롭게 하는 유일한 종류의 소설, 삶을 바라보는 새로운 방식을 창조하거나 질서를 창조할 정도로 매우 지적이거나 도덕적인 열정으로 힘을 부여받은 책"(59)을 쓰고자 한다. 안나는 개인과 사회가 혼돈으로 해이하게 되는 것을 반대하고, 새로운 의미들을 부여할 하나의 새로운 질서를 향한 운동 즉 하나의 새로운 힘을 정치(正置)하고자 한다. 사실 안나는 한 작가로서 그러한 질서를 창조하는 것이 작가의 임무라고 느낀다. 아이러니컬하게도 안나는 그런 것을 수행할 수 있는 여건들을 만들 만큼 작가로서의 역할을 못한다. 이런 예는 마쇼피(Mashopi)에서의 여름을 회상하는 글 속에서(『검은색 노트북』, 55-135) 안나가 과거의 예술적 자세를 막무가내로 비판하는데서 엿볼 수 있다. 이것은 결국 안나가 자신의 경험에 대한 자신의 자세를 억제 또는 창조할 수 있는 모든 노력을 팽개치고 아프리카에서의 죽음과 폭력을 후회스럽게 지칭하기 위해 신문에서 오려낸 것들을 검은색 노트북에 가득 채우는 것으로 나타난다(449).

그래서 검은색 노트북의 대부분에서 안나는 자신의 글과 기억을 왜곡시켰다고 믿는 잘못된 어조를 완전히 없애려고 하지만 잘못된 어조와 같은 것이 없다는 것을 알게 된다. 하지만 그녀는 모든 어조들은 그만큼 또 잘못되어 있음을 알고, 검은색 노트북의 끝에 이르게 된다. 안나는 "검은색 노트북"의 끝에서 "우리가 무엇을 찍는가는 중요하지 않다. 만약 우리가 무언가를 찍는다면"(450)이라고 말하며, 그녀의 꿈을 통한 촬영조차 본질을 정확히 반영해주지 못한다고 지적한다. 총체적으로 검은색 노트북은 안나에게 작가로서 전적인 무력함을 느끼게 하고, 삶과 예술, 심지어 두 사람 사이의 관계(안나와 폴과의 관계)에 존재하는 질서의 부재를 인식케 한다.

검은색 노트북에서 안나가 예술과 기억에 대한 믿음을 잃고 있다면 빨간색 노트북에서는 질서의 또 다른 근원인 공산당에 대한 믿음을 잃고 있다. 빨간색 노트북에서 안나는 파티광으로서의 그녀의 순진한 열망이 자신의 마음 속의 "건조하고, 현명하고, 아이러니하고, 정치적 여성"(141)에 의해 절단됨을 인식하게 된다. 특히 안나는 이런 상황 속에서 "단어는 갑자기 그들의 의미를 잃고, 나는 내가 한 문장, 한 단락, 단어의 집합들이 외국어인 양 듣고 있는 것을 알게 되었다. 의미하기로 되어 있는 것과, 사실상 그들이 말하는 것 사이의 간극은 연결할 수 없다"(258)고 말하면서 자신의 인식을 보여준다. 더더욱 파티에서 안나는 패러디되거나 아이러니컬한 하나의 문장 의미를 이상히 여기지 않고는 하나의 문장을 읽을 수도, 들을 수도 없게 된다. 안나는 이런 경우를 "우리 경험의 밀도에 대비되는 언어의 좁아짐"(259)이라고 부르는데 이경우 의미의 단 하나의, 절대적인 질서는 붕괴되고, 사람들은 의식, 왜곡, 이중의 그물(망) 속에 빠지게 된다. 나아가 경험의 순간순간이 해체되어 그 의미의 근원을 사람들이 다양하게 해석하게 된다. 다시 말해서 선상의, 표면의 언어는 헤아릴 수 없이 다양한 의미의 층들을 나타내어 그 의미는 불가능해진다. 의미가 이런 위기를 맞고 있는 예는 빨간색 노트북의 한 이야기(헌신적인 공산주의자이며, 영국인 교사인 테드 동지(Comrade Ted)의 모스크바 여행의 이야기)에 대한 안나의 반응으로 공산주의의 이상에 대한 안나의 심란함이다. 검은색 노트북이 안나의 예술과 질서에 대한 신념을 흩트려 놓은 것처럼 빨간색 노트북도 공산주의 이상에 의해 안나의 질서에 대한 신념을 무너뜨리고 있다. 또한 빨간색 노트북의 마지막 부분에서, 안나 뿐 아니라 그녀의 대부분의 동료들은 공산주의에 대한 신념을 팽개친다. 테드 동지가 지금은 해리 매튜 (Harry Mathews)로 불리고, 그의 이야기 또한 그것에 대한 환멸로서 끝나버린다. 안나는 그녀의 가슴 속에서 제기한 손실의 논쟁에 부딪혀 보지도 않고 그이야기를 끝내 버린다. 빨간색 노트북에서도 검은색 노트북에서와 같이 안나는 그녀가 의지해온 형식들이 드디어 해체됨을 인식할 때 단념해 버린다. 안나는 자신의 과거와 정치와의 관계에서 붕괴의 시간을 견딜 만큼 강하지도 않고 또 혼란스럽게 꿈틀거리는 힘을 의식할 만큼 강인하지도 않다.

검은색, 빨간색 노트북들을 지나 노란색 노트북에 이르러, 안나는 그 자신의 소설인 『제 삼의 그림자』("The Shadow of the Third")를 수긍함으로써 혼돈을 수용한다. 앞서 말했듯이 검은색, 빨간색 등의 각 노트북에서 안나의 문학과 정치의 이상들이 좌절되듯이, 노란색 노트북에서는 그녀의 사랑이야기가 파편화된다. 안나는 그녀의 얼터 에고인 엘라와 안나 자신의 연인인 마이클(Michael)의 허구 분신인 폴 태너간의 애정 관계에 대한 이야기를 추적한다. 소설 속에서 안나는 엘라의 사랑이 가능하도록 자기기만과 환상을 가차없이 노정시킨다. 그러나 엘라가 스스로 환멸을 느끼고 스스로 자괴하는 것이 명백해지는 순간 화자로서의 안나는 자신의 창작으로부터 물러섰다가 그것이 자신에 관한 것이라는 것을 발견하고서는 놀라서 서사를 중단해 버린다. 이것은 나아가 안나와 작중의 인물들이 그들의 이상과 현실간의 거리를 용납할 수 없기 때문에 삶을 탄핵하는 것으로 나타나게 된다. 검은색 노트북에서, 즉 안나 자신의 마음속에서 그러했듯이, 여기서도 예술에 대한 안나의 좌절된 이상주의가 다시 제기된다. 이것은 이 노트북의 마지막에 이르러 "만약 내가 패스티쉬로 돌아간다면, 그것은 멈추어야 할 때이다"라며 안나가 그녀의 예술의 이상에 이르지 못하는 소설 창작을 단념할 때 드러나게 된다.

푸른색 노트북에서도 다른 노트북과 마찬가지로 처음부터 안나 자신의 정체성에 대한 문제가 제기된다. 푸른색 노트북에서 안나는 소설가로서 소설에 대해 가졌던 부끄러움 때문에 감정을 터트릴 뻔했다. 검은색 노트북, 노란색 노트북에서 안나·엘라는 의미를 지닌 질서에 대한 순진한 임무를 하지 못한데 대해 오랫동안 향수에 젖어 있었다. 푸른색 노트북에서도 안나는 자신의 세계에 대한 전체의 새로운 비전을 만든다는 임무가 자신에겐 너무나 벅차다는 것을 실감했다.

그러면서도 안나는 소설 창작이 사실을 회피하는 것처럼 보였기 때문에 "나는 일기를 써야겠다"는 결심에서 그녀는 새로운 예술적인 목표로서 상상력보다는 사실에 근거한 정확성을 기하려고 한다. 그래서 안나는 예술에 대해 낭만적인 생각과 사탕발림식의 리얼리티에 빠질까 두려워하여 설탕 엄마

(Mother Sugar)라고 불리는 정신 분석자의 견해에 대해서도 반대한다. 설탕 엄마는 본능, 감정, 직관, 상상, 꿈, 그리고 허구를 가치 있게 여긴다. 그렇게 생각하는 것은 이들이 초월의 질서와 이상에 대해 안목과 비전을 주기 때문이다. 설탕 엄마의 이런 견해와는 달리 안나는 질서보다 혼돈에 대해서도 낭만적이다. 그래서 안나가 "삶에서 끝나지 않은 날것의 자질"(203)의 가치를 주장하는 것도 이런 이유 때문이다. 그것은 바로 안나 자신이 무질서와 불확실성, 갈등과 개혁에 대해 만족하는 낭만주의자들과 같은 견해를 가지고 있다는 증거이기도 하고, 또 이것들은 모순과 갈등이 영원히 해결의 과정으로 향해가는 소용돌이치는 본질에 대해 반응을 보여주는 것들이라고 생각한다.

안나는 드디어 현실을 부인하고 하나의 이상을 쫓는 패턴에 자신의 사사로운 경험을 이제는 불식하고 공산주의, 낭만주의의 열애, 융(Carl Jung)의 심리학에 대한 환멸을 느끼게 된다. 안나는 서서히 별을 동경하는 한 마리의 나방이나 열망하는 낭만주의의 갈망으로부터 실존주의의 있는 그대로의 존재를 민첩하게 인식하는 방향으로 나아간다. 그래서 안나는 환상이나 단락 만들기의 간섭 없이 "쓰자, 할 수 있는 한 진실하게, 하루의 매 단계를"(283)이라고 결심하고서는, 환상 속에서의 수동적인 고뇌로부터 환상의 파괴자로 변신한다. 그런데 안나의 주위에는 낭만적인 기질을 가지고서 이상주의를 추구하는 소울 그린(Soul Green)과 후기 낭만주의적 현실주의자인 탐 매트롱(Tom Mathlong)이 있다. 이 두 사람은 안나를 중심으로 서로 대위의 관계에 있다. 소울이 믿음과 이기주의와 자아도취의 성향이 있다면 탐은 불신, 이타주의, 자기통제의 성벽이 있다. 낭만적인 이기주의자로서의 소울은 안나를 모순의 충동과 상반된 인식의 심적 혼란으로 치닫게 한다. 반면에 매트롱은 이런 격정을 어떻게 이용하고 연결시킬까를 안나에게 가르쳐주는 인물이다. 안나는 이 두 사람 가운데 후자의 영향을 받고, "황금 노트북"의 끝에 이르러 그녀는 그의 멘토 소울보다 더 성숙되고 보다 더 생을 수긍하는 창조적인 인물이 된다. 그녀의 그러한 변화는 소울의 충동적, 무력한 좌절들이 탐의 정교하고 혼돈적인 행동에 의해 균형이 잡혀지는데서 나타난다. 이것은 결국 처음부터 마지막까지 변증의 과정에서 안나 자신의 패러독스한 관계들이 해소되는 것을 입증해 주는 것이기도 하다. 그래서 푸른색 노트북의 마지막에 이르러, 안나는 드디어 하나의 균형 잡힌 자아로 통합하게 되고 그녀는 "한 권의 책에 나의 모든 것"(519)을 쓰겠다는 결심을 표명한다.

황금 노트북에서 안나의 임무는 자신에게 주어진 가치의 상대성에 직면하는 것이고 또 자신의 계시에 대해 책임짐으로써 상대적인 지식을 초월하는 것이다. 안나는 그것을 "나는 내 삶이 되어 왔던 혼돈으로부터의 질서를 재창조하는 짐에 직면해 있었다"(530)고 표현한다. 그 뒤 안나는 곧 질서를 유지하게 하는 일과 허무주의를 포용하게 하는 무서운 비전에 사로잡히고, 또 혼돈에 집착하게 하는 무서운 비전에도 사로잡히게 된다. 황금 노트북에서도 안나는 자신의 사상에서 하나의 타당하고 절대적인 리얼리티를 만들기를 원하는 게 사실이다. 그러나 그것은 하나의 자기 탐닉의 환상이라고 깨닫게 된다. "나는 이것들을 가능한 한 생각하고 있었다. 경이로운 판타지 …. 나는 내가 사실상 무엇이었던가를 상상하고 있었다"(545).

안나를 통해 레씽은 니체처럼 과거 절대적이라고 생각한 하나의 일관된 세계관을 잃는 고통을 경험한다. 레씽은 안나의 이러한 경험처럼 자기 연민에 빠진 소울을 이렇게 묘사하고 있다. "신이시여, 우리가 잃어버린 것, 우리가 잃어버린 것, 우리가 잃어버린 것을 어떻게 되찾을 수 있을까요, 어떻게 우리가 그것에 다시 갈 수 있을까요?" 하지만 안나는 "모든 삶의 뿌리에 있는 고통스러운 용기"(538, 543)를 지니고서 그 손실을 극복하려고 하여, 드디어 낱말과 패턴 그리고 질서가 용해되는 형식을 보존하고 패턴들을 창조할 결심을 하게 된다. 그렇게 해서 진솔한 경험은 의미를 갖게 되고 또 그것은 인간존재의 상황이 된다(542). 인간이 혼돈과 무의미에 안착하는 것은 인간 이하의 위상에 자리하는 것이 되는 것이고 의미의 한 질서에 대한 광범위한 진실을 주장하는 것은 초인간으로서의 위상을 갖는 것이기도 하다. 그렇기 때문에 인간의 임무는 경험된 리얼리티의 혼돈을 개인적으로 의미 있는 타당한 질서로 바꾸는 것이다. 안나가 의미 있는 한 질서의 진실에 대해 주장을 함으로써 그녀는 "그것을 참는 수단, 모든 가치의 재평가. 확실성에 대한 더 이상의 즐거움은 없음. 더 이상의 인과 관계는 없음 …. 이것을 자랑스러워 하자"(86)라고 니체가 말한 것을 발견하게 된다. 여기서 이 소설은 안나 자신의 직접적인 삶, 즉 이 삶 속에서 질서와 의미를 창조하는 개인의 일 속에서 도덕적인 중심을 제시한다. 안나의 소설인 '자유로운 여성'은 노트북의 근원 바탕이면서 마지막 자유로운 여성 부분은 맨 처음 '자유로운 여성' 부분의 패로디로 볼 수 있다. 그럼에도 불구하고 이렇게 설정해 놓은 것은 안나의 비전의 행위에 있어 상대성의 인식을 반영해 주기 위함이다. 만일 그녀가 노트북을 통해 그녀가 실제로 살아오면서 경험했던 혼돈의 감정을 동시에 기록할 수 있다면 안나는 '자유로운 여성'에서 그녀의 과거 삶의 하나의 패턴에 대한 인식을 나타내고 싶었을 것이다.

  '자유로운 여성'을 쓸 때 안나는 소울의 충고를 유념하는 듯하다(546). 안나가 '자유로운 여성'에서 재현하는 것은 검은색, 빨간색, 노란색 노트북이 보다 희미하게 끌어냈던 패턴이다. 즉 질서를 만들 필요성, 혼돈에 대한 강박관념, 이런 갈등의 억압 하에서 벗어나는 것, 그리고 하나의 균형 잡힌 비전을 가지려는 노력을 포기하는 그녀의 시도 등이다. 비록 '자유로운 여성' 속의 인물 안나가 피로에 지쳐, 더 이상 소설을 쓰지 못할지라도 황금 노트북 속의 안나는 그런 가능성을 피하고 혼돈과 질서, 아이러니와 집념, 인식과 신념의 균형을 배웠다. 드디어 안나는 "삶을 바라보는 새로운 방식을 창조하거나 질서를 창조할 정도로 매우 지적이거나 도덕적인 열정으로 힘을 부여받은 책"(59)을 창작할 수 있는 여성이 된다.『황금 노트북』은 바로 그런 소설이고, 또 그녀의 균형 잡힌 시각을 총체적으로 표현한 것이 이 소설이다.『황금 노트북』의 부분들은 안나 개인의 환경뿐만 아니라 포스트모던 사회의 의식의 이미지들이다. 의식의 이런 상태에는 과거의 형식들의 안락에 대한 비뚤어진 공포, 그리고 허무와 무의미의 좌절된 감정, 그리고 혼돈에 직면하려는 긍정적인 의지 등의 상호 모순되는 양상들이 뒤섞여 있다. 안나 울프는 바로 이런 포스트모던한 사회의식을 가지고 있으며, 이것은 "그녀 자신을 느낄 수 있었다. 불안함과 근심의 혼돈으로서의 질서의 모양 아래에서"(331)라는 구절에서 잘 드러난다.

정리하면 레씽의 소설은 혼돈을 시인하고 혼돈에 대해 의지의 형식들을 부여하려는 우리 인간의 충동을 계속 기록하여 개인의 혼돈과 질서의 양극에서 생기는 모호한 관계를 설정하려는 필요성을 보여준다. 이 소설의 역동성은 독자나 중심인물 안나로 하여금 실질적인 목적, 예상, 예술, 작업, 희생, 사회 조직, 논리, 질서를 추구하는 마음의 상태와 혼돈을 수반하는 모든 것들 즉 창조, 파괴, 무작위, 힘, 가능성, 활력, 감정 등을 시인하고 논증하게 한다.

이것을 혼돈이론에 근거하여 말하면 전자의 경우는 전지구 이론에 대한 추구로서 대우주의 위상의 중요성을 제기하는 것이고, 동시에 후자는 지역적 지식의 중요성의 인식으로 소우주에 대한 관심을 환기시키는 것이기도 하다.

『황금 노트북』의 구조는 마치 자신의 꼬리를 먹는 우로보로스(uroboro)의 모습과 같다. 이것을 형이상학의 관점에서 말하면 두개의 상호 견제하는 요소들은 어떤 하나의 명확한 해결을 허용하지 않는다는 것이다. 앞서 많은 현상들에서 나타나듯이 우리가 갖게 된 하나의 형식은 소설의 문맥 속에서 전체적으로 보아 다시 깨뜨려져야 한다는 사실이다. 패러독스한 서사구조가 『황금 노트북』을 대단히 아이러니컬하게 하지만, 그렇다고 『황금 노트북』은 언어적으로 드라마틱한 아이러니의 작품은 아니다. 오히려 이 작품은 자기-낭만적 아이러니의 소설에 더 가까울지 모른다. 왜냐하면 이 작품은 패러독스와 자아 사색과 자아 파괴가 계속되는 대체에 근거하여 이루어져 있기 때문이다. 이런 서사 구조상의 특징에 따라 소설의 끝에서 혼돈과 무형이 안나를 압도해 그녀를 해체시켜 버린다. 그녀는 패배를 시인하면서 노트북 하나하나는 끝나 마침내 『황금 노트북』이 탄생된다. 이것은 이 소설의 제목이고, 레씽에 의하면 이 속에서 "파편화와 종말과 더불어 무형이 탄생하게 된다"(vii).

이처럼 설명할 수 없는 패러독스가 이 소설의 본질이고, 소설의 꿈 부분에서 한 레씽의 말처럼 빌리면 "어떻든 모든 것이 결합됨을 느끼게 된다"는 것이다. 한마디로 말해서 지역성과 보편성의 결합이라고 할 수 있으며, 이것은 레씽이 소망하는 것이기도 하다.

소설 구조상의 이런 특징과 함께 두 인물이 꾸는 꿈은 이 소설의 패러독스한 구성과 밀접한 관계가 있다. 엘라가 꾸는 꿈속의 조그마한 방들은 서로 각각 달라 엘라는 이들을 다시 장식해서 그 집을 통일화하려 한다. 그러나 각 방들은 각각 다른 시대의 각각 다른 정신을 표상하고 있다(225). 엘라가 꾸는 이 꿈은 파편화된 양상이 혼돈에로의 붕괴를 막아 주는데 필요하고, 또 부스러진 각 방은 문맥의 일관성이 없음을 말해준다. 따라서 파편화는 혼돈의 징후이고 동시에 혼돈으로의 함입을 막아주는 것이기도 하다.

엘라의 꿈과는 대조적으로 안나는 "펼쳐진 아름다운 천들의 망"에 의해 뒤덮인 지구를 내려다보는 꿈을 꾼다. 이 꿈 속의 천은 여러 나라의 표상들(붉은 것-소련, 검은 것-미국 등)로 이들의 색상들이 서로 녹아 상호 침투하여 드디어 "하나의 아름다운 반짝이는 색깔, 하지만 내가 평생 본 적이 없는 색깔"이 되고, 이에 그녀는 참을 수 없는 행복함을 느끼고 세계는 용해된다(299).

이 꿈은 한마디로 말해서 안정과 질서로 둘러싸인 하나의 크나큰 모습과 그것 내부의 혼돈스런 양상이 서로 매우 가까이 있고, 또 통일성이 혼돈의 반대 현상이면서 통일성은 혼돈의 서곡임을 시사해 준다. 엘라와 안나의 두 꿈을 비교해 보면 엘라의 꿈은 하나의 고전적인 패러다임에서 범세계적인 질서를 지향하는 것으로, 또 각 방이 가지고 있는 부분적인 질서는 보잘것없는 것임을 보여준다. 그러나 안나의 꿈이 하나의 신비스런 단일성으로 통일되는지 아니면 혼돈과 와해로 붕괴되는지는 명확하지는 않지만 그 꿈의 효과는 안나가 꿈속에서 느끼는 것과 같이 이해의 지평을 넘어 넘실거리는 복잡한 비결정의 존재를 시인하게 한다. 엘라가 안나의 분신으로, 지역과 가정에 대한 집념으로, 아파트의 벽지의 파괴에 대한 관심의 꿈을 꾼다면 안나는 지구의 파괴에 대한 꿈을 꿔 지구와 공공에 대한 관심을 갖는다. 이 두 인물의 대조적인 꿈의 양상처럼 레씽은 지역과 전지구 사이의 단절을 각 노트에 각각 다르게 제시한다. 즉 안나는 푸른색 노트북에서 자넷(Janet)의 어머니이면서 동시에 마이클의 정부의 역할을 한다. 그녀는 "두 개인적 인연은 분리되면 더 행복하다. 한번에 둘 다 되어야 한다는 것은 부담스럽다"(336)라고 스스로에게 말하면서 상황을 최대한 이용하려고 한다. 그러나 아이러니컬하게도 안나는 마이클, 자넷과 함께 통합된 삶을 살아갈 수 없다. 특히 마이클과 안나 사이의 문제는 안나가 살아가고 있는 삶의 파편화된 맥락에 의해 더욱 경화되어진다.

안나와 엘라의 상이한 꿈이 시사하듯, 대우주에 대한 이해와 대중적 행위를 지향하는 빨간색 노트북에서도 부스러진 삶의 양상들과 지역과 전지구의 이분관계는 뚜렷하다. 이런 뚜렷한 관계는 안나가 영국 공산당에 가담하기를 결심하고 전체의 필요성을 느끼면서 분열을 맞게 되는 경우이다. 이 집단에서 안나는 그 집단 속의 모순들을 극복하려 하지만 그것들은 더욱 모순들을 낳게 됨을 알게 된다.

이런 현상은 한편으로는 분열을 통해 혼돈을 감쌀 수 있지만 또 한편으로는 전체 사회가 지향하고 있는 붕괴의 현상을 더 가속시키거나 재촉하게 한다. 노란색 노트북 역시 빨간색 노트북의 이런 현상처럼 원형적이면서 동시에 진부한 경향을 띠려고 한다. 이 노트북은 빨간색 노트북에서 지역의 차이의 중요성을 인식하지 않으려고 하는 마르크스주의자들이나 프로이트주의자들도 마찬가지라는 사실을 부각시킨다.

또한 검은색 노트북에서도 안나가 아프리카의 사회주의 그룹에 가담하고서 활동한 노력들이 대단히 무익하고 또 그 활동이 얼마나 모순되는 것인가를 생각할 때 이런 현상 특히 공과사의 두 양상은 서로 얽혀 나타난다. 이것은 안나의 파트너인 윌리(Willi)의 주도 아래 집단이 더 세분화되면서 안나가 아이러니컬하게도 집단을 대단히 비효율적인 것으로 인식할 때 더욱 그러하다. 안나의 그러한 심경은 윌리가 안나의 흑인 요리사인 잭슨(Jackson)을 해고할 때 더욱 심화된다. 다시 말해서 윌리는 전지구의 중요성을 알면서 지역을 경시한다(148). 물론 해결의 방법은 있었을 것이다. 만일 이들이 전지구 이론을 지역성의 상황(여건)에 부과하지 않고, 범세계화의 방향(목표)으로 나아갔다면 아프리카에서의 이들의 반응은 달라졌을 것이다.

안나 역시 플라톤적 이데아에 준거하여 생활하면서 아프리카의 사회주의 그룹처럼 전지구에 대한 그녀의 기대치가 지역성에 의해 크게 좌우되리라고 생각하고, 지역과 전지구간의 중재의 연결이 있다면 이 두 양상의 문제는 해결될 수 있으리라고 푸른색 노트북에서 지난날을 회상하면서 실토한다.

첫째, 나는 내가 앉아 있을 방을 창조한다. 이곳에서 나는 모든 물건 하

나하나에 '이름을 붙인다.' 침대, 의자, 커튼 등 모두 내 마음에 찰 때까지 … (548)

이 글 속에서 안나는 조그마한 개체(지역)의 명명에서부터 서서히 거시(전지구)에로의 확장과 확대를 상상한다. 안나의 이러한 상상에서 순수한 언어의 사용이 가능하다면, 지역/전지구의 틈의 해소는 '이름 짓기 게임'을 통해 시사된다.

한 개인의 지역/전지구의 틈을 없앤다는 것은 어렵다. 왜냐하면 개인의 주관성이 지역적인 동시에 또한 전지구적이기 때문이다. 게다가 주관성은 순수한 개성이면서 동시에 그 개인의 문화의 표현이기도 하기 때문이다.

사실 주관성은 안나에게 대단히 부담스런 문제이다. 이 문제는 이제 1971년 『황금 노트북』의 서문에서 "조그마한 개인의 집념으로부터 벗어나는 길은 자신을 하나의 소우주로 보고, 개인적이고, 주관적인 것을 박차고 나와 그 개인적인 것을 훨씬 더 큰 것으로 만드는 것이다"(xiii)라고 하는 말에서 잘 나타난다. 그러나 이 문제가 안고 있는 것은 어떻게 저자(레씽)가 자신의 문화를 표명하며 동시에, 그 문화 위에 자신의 위상을 어떻게 정립할 수 있으며, 또 새로운 방향으로 그 문화를 세울 수 있느냐 하는 것이다. 이것은 개인과 집단 사이의 긴장이 레씽의 주장처럼 쉽게 해결될 수 없다는 것이기도 하다.

『황금 노트북』은 개인의 감정과 집단의 정신이 어떻게 상관하고 있는가에 대해 두 개의 서로 다른 행위를 제시한다. 하나는 거시의 세계관과 개인(체)의 경험, 이 두 양상이 승화된 주관성에 의해 결합되는 경우이다. 그러나 인간의 의식이 형성되고, 조직되는 과정에서는 어떤 근원적인 변화도 일어나지 않으므로, 이런 행위는 혼란으로의 붕괴를 시사해 줄뿐이다.

또 하나의 행위는 지역과 전지구 사이의 틈이 하나의 위기를 맞아 절정에 이를 때, 선행의, 동일한 것처럼 보이는 하나의 텍스트가 존재하게 된다. 그러나 이것은 전혀 다른 명제에 따라 움직인다. 그래서 이 두 행위에서 보듯, 하나의 새로운 패러다임으로서의 혼란의 변형에 양면 가치가 있다. 그래서 혼란이 경험과 재현의 옛 형식 속에 포함될 수 있는지의 여부와 혼란이 또 인간의 경험과 예술에 대해 엄청난 변화를 줄 것인가의 여부는 크나큰 논의의 대상이 된다. 『황금 노트북』이후의 작품들 속에서는 혼란의 변형의 위력을 강조하고 있지만 『황금 노트북』의 경우, 이 두 가능성들은 어느 한 방향으로 기울어지지 않고, 양쪽 가능성을 다 볼 수 있는 두개의 패러다임 속에 균형을 취한다.

앞서도 말했듯이, 『황금 노트북』의 형식은 몇 개의 조각들 즉, 파편들로 구성되어 하나의 응집(결집)할 수 없는 것처럼 보이면서도, 대칭의 재구성이 형식으로 제시되는 소설이다. 이 점은 이 소설의 마지막 부분인 '자유로운 여성'을 통해 더 분명해진다. 그러므로 『황금 노트북』은 전체적으로 볼 때, 단편적인 부분들의 구성이라기보다는 어느 한 관점으로의 응집을 향해 가는 요소들로 이루어진 새로운 경험 양상의 기록이다. 그렇게 볼 수 있는 것은 "텍스트의 저자가 누구냐?"에 대한 물음과 답변이 이를 또한 말해준다고 본다. 조셉 헤일리스(Joseph Hayles)는 「황금 노트북의 구성」("The Constitution of The Golden Notebook")(1973)에서 누가 이 텍스트를 썼는가라는 물음에 대한 답변이 명확하지 않다고 했다. 헤일즈의 말로는 어떤 의미에서는 레씽이 썼다고 말할 수 있다. 그러나 텍스트 속에서는 안나가 저자이다. 안나는 어떤 역할을 하고 있는가? 헤일리스는 안나의 의인화된 인물들이 네 개의 노트북과 '자유로운 여성' 부분에 등장한다고 한다. 사실 독자들이 대하는 이 텍스트(『황금 노트북』)는 노트북도 아니고, 이들의 번안도 아니다. 오히려 그것은 하나의 새로 편집된 콜라주이다. 그래서 이 텍스트의 저자는 편집자-안나(Anna-the

−editor)로 보는 것이 옳다고 한다. 그렇게 말할 수 있는 것은 노트북과 '자유로운 여성' 부분 속의 안나가 기록하는 모든 것을 이미 경험한 인물이 안나이고, 동시에 그녀가 그러한 이야기들을 수집해서 배열하고, 편집을 하기 때문이다. 이런 관계에서 편집자−안나와 그녀의 복잡한 텍스트는 전체를 나눌 수 없는 부분들이 포함되어 있는 전체들이라고 말할 수 있다. 이 전체들은 과거에 존재했던 것의 발견들이 아닌, 어떤 근원과도 본질적으로 다른 하나의 시뮬레이션이다.

『황금 노트북』의 구조와 인물(편집자−안나)의 상호관계에서 『황금 노트북』의 구조는 안나에 의해서 서로 다른 부분과 노트북의 옮겨 쓰기의 부분들이 전체 속에 들어 있고, 동시에 전체(하나의 완성된 텍스트로서의『황금 노트북』의 편집자−안나에 의함)가 부분 속에서 반영(반사)되는 의미에서『황금 노트북』은 자아 반영의, 반복의 소설이다. 그렇다고 해서『황금 노트북』은『천일야화』(*The 1001 Nights*)와 같은 작품은 아니다. 그것은 소설 속의 첫 문장만 되풀이될 뿐, 이야기의 전체가 반복되지 않기 때문이다. 그러나 황금 노트북 다음의 마지막 '자유로운 여성' 부분이 위상에 대해 전혀 문제성이 없는 것도 아니다. 이것을 앞의 '자유로운 여성' 부분의 패로디라고도 볼 수 있기 때문이다. 그러나 총체적으로 볼 때, 그것은 근원이 없는 하나의 모사, 즉 시뮬레이션(모조물)이다. 그렇게 볼 수 있는 것은 이 마지막 부분이 두 번째 음절의 황금 노트북을 정확하게 반복하지 않기 때문에 근원이 없고, 또 반복의 고리로 되어 있다는 의미에서 하나의 모사가 된다. 그래서 이 텍스트는 지칭을 하면서도 결코 도달할 수 없는 어떤 것에 대한 재현의 재현이다.

보드리야르(Jean Baudrillard)의 모사(simulacrum)의 개념을 빌려와 이를 말하면, 어느 시점에서 근원(본질)은 완전히 사라지고, 일련의 기표 어들이 정착하지 못할 때, 모조는 재현보다 대체(물)로서 비지칭 의미의 새로운 질서 속에 집중적으로 나타난다고 한다. 보드리야르는 이러한 현상을 하이퍼-리얼이라고 부른다. 후기 산업사회와 같은 오늘의 정보시대의 출현은 이러한 현상을 가져오게 하는데 결정적 역할을 하고 있다. 왜냐하면 정보시대는 상상의 근원과 먼 거리를 두고 있는 기술에 대해 근원이 결코 회복될 수 없음을 보여주기 때문이다. 그러므로 시뮬라크르는 결코 독자적으로 자생된 것이라고 말할 수 없다. 라캉의 심리, 후기구조주의의 언어관도 이것의 선구자들이다. 왜냐하면 이들은 근원의 부재를 심리의 형상화로, 언어의 구조로 관련시키려고 하기 때문이다. 시뮬레이션의 세계(공간)는 원래의 세계와 그것의 재현이 혼란스럽게 통합된 세계이다. 이러한 공간 속에서 모사와 근원 간의 구별은 아무런 의미를 갖지 못한다. 가령 『황금 노트북』의 맨 마지막 '자유로운 여성' 부분을 하나의 모조물이라고 본다면, 다시 말해서 편집자-안나가 노트북들을 쓴 안나의 얼터 에고가 아니라고 한다면 편집자-안나는 하나의 근원이 없는 모사, 즉 모조물임에 틀림없다. 『황금 노트북』도 이와 마찬가지로 이 소설의 여러 부분들과 또 그 소설이 지향하는 하나의 통합된 전체와 일치하지 않는다면, 이것 또한 근원이 없는 하나의 모사이다. 물론 이러한 관점에 대해 반론이 있을 수 있다. 그것은 이 소설의 마지막 부분인 '자유로운 여성'이 지향하는 리얼리티에 대한 재현의 문제가 결정적 열쇠를 가지고 있다고 하겠다. 이런 것 때문에 『황금 노트북』의 결론에 대해 논란이 있어 왔다. 다시 말해서 『황금 노트북』의 끝은 이것 또는 저것 식의 해결을 피하는 깊숙한 모호함을 담고 있다. 혼란에서 생기는 하나의 새로운 질서로서의 종결(끝)이 아니고, 옛 질서와 새로운 질서가 교묘하게 상호 침투되어 합리적인 분석을 벗어나 끝을 맺고 있다. 한마디로 말해서 이 소설의 끝은 질서 속의 무질서의 상황으로 끝난다고 하겠다.

1-3. 언어의 본질적 기능

"검은색 노트북"에서 작가로서의 안나의 혼미는 아프리카에서 그녀 자신의 경험의 바탕에서 씌어진 『전쟁의 변경』(*Frontiers of War*)에 대한 일부 죄책감에서 나타나고 있다. 간단히 말해서 그것은 전통소설의 언어기능의 지칭에 대한 회의와 그 당시 진실의 재현으로 보았던 것이 지금은 그렇지 않다는 생각에서이다. 사실 그것들은 진실의 사건들에 근거한 것이지만 소설 속에서는 그것들이 왜곡되어 있다. 그러한 것은 그녀가 "거짓말하는 향수, 자격증, 자유, 정글, 무형상에 대한 갈망"(61)의 감정을 불러일으키는 데서 알 수 있다. 언어에 대한 안나의 이러한 태도는 "검은색 노트북"에서 간단한 서술의 용어로서는 인성의 깊이와 복잡성을 원만히 창조할 수 없다고 보게 하여, 그녀가 한결같이 도덕적으로 중압된 추상적인 낱말을 사용토록 만든다. 하나의 대표적인 예는 『전쟁의 변경』에서 인물들의 원형을 제시하는데 '좋은' '멋진'이라는 낱말들 속에 '의미'가 있음을 시사한다. 이들은 담론의 낱말들이지만 소설속에서는 사용되지 않는다(109). 그런데 아이러니컬한 것은 허구(소설)의 문맥 속에서 이런 언어의 타당성을 부인하면서 안나는 의사소통에 있어서는 이들의 필요성을 인정한다. 그러므로 레씽이 만드는 언어의 이러한 긴장은 안나의 인물의 역할에서도 뚜렷하다.

언어의 의미전달에 대해 안나가 가지고 있는 그것의 이중가치는 "빨간색 노트북"에서도 마찬가지이다. 1952년 공산당 파티에 참석했던 안나는 언어에 대한 좌절을 이렇게 회상한다.

> 나는 점점 더 … 『피네간의 경야』(*Finnegans Wake*)처럼 언어의 붕괴를 겪는 기분이다. (300)

"검은색 노트북"에서처럼 "빨간색 노트북"에서도 안나는 의사소통의 가능성을 부인하지는 않는다. 안나는 낱말들이 무엇을 의미하는지는 잘 안다. 공산당 내에서 사용하는 수사적인 언어(말)가 과연 점점 복잡해져가고, 혼란스런 세계 속에서 그녀의 욕구를 충족시킬 만큼 언어의 기능을 할 수 있을지에 대해 회의를 갖는다. 안나가 『피네간의 경야』를 "언어의 붕괴에 관한" 소설로 정의하는 것도 사실은 레씽에게 있어 이 소설이 보통세계와 먼 관계에 있고, 또 레씽이 극복하려고 하는 방법과 지극히 대조적이기 때문이다.

레씽이 『피네간의 경야』를 멀리하는 것은 그것이 레씽 자신의 리얼리티를 포착하는데 방해되기 때문이 아니고, 사회의 복잡성을 포착할 수 있는 언어 능력의 한계와, 또 사회의 복잡성과 전통적인 리얼리즘과 지칭의 언어를 사용하기 위해서이다.

레씽의 이런 언어관은 "노란색 노트북"에서 하나의 소설 속의 소설의 거리를 두는 기교에서도 나타난다. 안나는 『제 삼의 그림자』를 집필하면서, 그 자신과 마이클과의 관계를 이해하는 하나의 방안으로 엘라와 폴을 소설 속의 인물들로 이용한다. 이러한 서술상의 전략은 저자(레씽)와 독자에게는 중요하다. 왜냐하면 그들은 안나보다 소설 속에서 안나 자신의 경험이 바뀌는 것을 분명히 알 수 있기 때문이다. 그것은 엘라가 안나의 단순한 거울 이미지의 역할을 한다기보다는 안나의 현실적인 인물의 특성을 가지고 있기 때문이다. 그러한 것은 엘라가 여성 잡지에서 일을 하고 또 자신을 보통의 한 여인으로 간주하는데서 나타난다. 엘라와 줄리아(몰리의 역)가 자신들을 스스로 전통적인 여인들이고, 또한 상상력이 풍부하다고 생각하는데 대해 안나와 몰리는 그들을 '자유로운 여성'으로 간주하는 것이 대조적이다.

"푸른색 노트북"에서 엘라가 사유하는 언어는 "검은색 노트북"의 '좋은' '멋진' 등의 낱말들과는 다르다. "검은색 노트북"의 낱말들은 사회적으로 수용되는 의미를 지니고 있다. 그렇게 말할 수 있는 것은 레씽에게 있어서 낱말들이 개인의 감정적인 의미를 가지게 될 때, 그녀는 그 낱말에 관심을 가지기 때문이다. '내 아이의 아버지'라고 하는 어구는 안나에게는 별다른 의미가 없다. 이는 막스 울프(Max Wulf)(230)에게서 어떤 정서적인, 육체적인 반응이 나타나지 않기 때문이다. 그러나 '자넷의 엄마'라고 할 때 안나는 그 자신의 삶 속에 어떤 무엇을 발견한 것처럼 의지가 나타난다.

레씽은 언어의 이러한 현상, 즉 언어의 모호한 기능에 대해 관심을 가지고 있다. 그렇다고 해서 레씽은 이러한 어구들을 비판하지도 않고, 또 이들의 위력을 부인하지도 않는다. 오히려 레씽은 언어가 정서적인, 심리적인 리얼리티 위에 입각해야 하고, 언어가 깊은 의미와 거리를 둘 때 어떤 언어든 그 언어는 위험해진다고 말한다. 결국 레씽은 지칭하는 언어의 잠재력을 포기하지 않고, 그러나 언어는 새로운 의미와 합해져야 한다고 말하면서, 단순히 사물과 언어 지칭의 등식관계의 차원을 넘어 어떤 차원의 관계가 이루어져야 한다고 주장한다. 그러한 것은 소설의 마지막 부분에 이르러 안나가 좌절과 자신의 아이덴티티에 대한 확인에 점점 가까이 다가갈 때, 보다 강조되고 돋보인다. 안나가 경험한 혼돈과 전통적인 언어가 제공하는 개인적인, 사회적인 질서 사이에는 균형이 있음이 시사된다. 이런 균형을 유지하기 위해 안나는 보편적인 언어의 층들을 초월해야 한다. 이것은 안나의 이런 언어의 명명에서 알 수 있다. 이 말은 설탕 엄마가 안나의 꿈의 의미를 그녀에게 물어 보는 대화에서 처음으로 발견된다. 이 명명은 근본적으로 언어의 가장 근본적인 지칭 기능의 한 방법으로 이런 기능은 안나가 설탕 엄마에게 꿈을 명명하는 것에서 알 수 있다.

> "일종의 구출, 말하자면, 형태가 없는 것을 형태로 구출하는 거죠. 구출되고 명명된 또 다른 혼돈의 일종." (470)

그러나 안나는 명명이 질서와 구제의 기능을 할 것이라고 생각하면서도, 또 그것이 제한과 파괴의 기능도 할 것이라고 믿는다. 명명이 질서와 구제의 기능을 한다는 것은 안나의 안정과 그녀의 아이덴티티가 언어에 의해 제공되는 형식에 의존한다는 것으로서, 어떻게 하면 그 언어를 다시 사용하지 않고 보다 높은 차원에서 명명을 부여할 수 있느냐 하는 것이 그녀에게는 더 중요하다. 그래서 안나는 자신의 인식과 자신의 경험과의 끝없는 싸움에서 벗어나기 위해 새롭게 어떤 명명을 부여하기 위해 언어놀이를 한다. 언어놀이는 "푸른색 노트북"의 마지막 부분에서 자넷이 집에 없고, 안나가 일상생활의 안정된 규칙 생활에서 마음껏 벗어나 있을 때이다. "나는 갑자기 마음의 평정을 되찾았다 …. 혹은 거대함과 적음"(548).

이 장면에서 명명은 하나의 언술의 수행이라기보다는 리얼리티(어떤 본질)의 정의이고, 리얼리티를 창조하는 하나의 상상력의 소산이다. 그것은 마치 전통소설에서 현시의 한 순간처럼, 또 모더니즘 작가의 에피퍼니처럼 이 장면에서 이 언어놀이는 거대함과 적음, 자아와 세계간의 갈등(긴장)에서 나오게 하는 것으로서, 안나가 어른으로서 이러한 어린이 놀이를 하는 것은 지칭 언어와 일반적인 지식의 한계를 극복하기 위한 것이다. 다시 말해서 그 놀이를 통해서 어떻게 하면 우리는 일상생활의 보편적인 특수성에 뿌리를 들 수 있는가 하는 문제의 제기로서, 이것이 『황금 노트북』 소설의 주제이다. 주제라고 볼 수 있는 것은 본질의 거대함과 그 속에 잠재해 있는 혼돈스러운 조그마한 세계(입자)간의 인식(느낌)을 초월하게 해주기 때문이다.

레씽은 안나의 바로 이러한 인식을 통해 보편과 특수 간의 관계, 즉 전지구 이론과 지역성 간의 조화와 균형의 관계를 보여주고 있다. 레씽의 이러한 문제 해결 방법은 18세기 서구 사상(철학)에서 흔히 말하는 지배적 세 가지 목적론, 즉 보편영역, 자율적 주체, 보편성의 언어관인 보편 담론의 대명제와는 달리, 푸코의 권력이론, 리오따르의 거대이야기에 대한 작은 이야기이며 나아가 아도르노(Theodor Adorno)의 부정의 변증법에서 말하는 사색하는 숨결의 개념, 즉 부정과 긍정의 대립 구조가 덧없이 사라지는 덧없음과 바뀜의 장소와 같다고 본다. 그런데 레씽과 이들의 주장들은 다같이 언어의 패러독스란 기능에서 끌어내고 있다. 그것은 "황금 노트북"의 끝에서 안나가 혼돈으로부터 점점 떨어져 드디어 질서 잡힌 '자유로운 여성' 여성 부분의 질서를 향해 갈 때 두드러지게 나타난다.

1-4. 나가며

먼저 『황금 노트북』의 구조를 혼돈이론에 근거해서 해석해 보면, 소설이 전반부에서 후반부로 이행하여 끝부분에 이르러서는, 이 소설의 구조는 하나의 질서 속의 무질서의 체제(틀)를 구축한다고 본다. 여기서 이 질서 속의 무질서라고 하는 말은 혼돈이론의 한 개념으로 어떤 체제가 질서와 무질서의 각각의 특징을 가지면서, 이 양면을 모두 포용하는 하나의 변증법적 관계를 이루고 있음을 뜻한다. 그런 의미에서 이 『황금 노트북』을 하나의 체제로 본다면 이 소설은 스테니스로 렘(Stanislaw Lem)이 말하는 하나의 공허이고, 질서와 무질서가 상호 침투하고 있는 하나의 풍요로운 세계이다.

둘째, 『황금 노트북』의 혼돈과 무질서, 복잡성은 마치 우주 속에 생산적인 무질서가 풍요하다는 프리고진의 주장과 같다. 검은색, 빨간색, 노란색, 푸른색, 마지막 황금의 "노트북"과 '자유로운 여성' 1, 2, 3, 4를 병치하여 양 구조들의 대응구조관계에서, 레씽이 이 소설의 주제와 구조에서 의도한 바는 우주 속의 생산적인 무질서로부터 자기 조직의 구조들이 동시에 생겨, 그 조직들을 안정시키고, 나아가 그 사이에 생긴 틀들은 결코 단절(파열)된 것이 아니라고 하는 프리고진의 주장 같은 것이다. 프리고진의 이러한 주장은 포스트

구조주의 문학이론에서 공허의 이미지를 창조적으로 보는 견해와 같다.

셋째, 렘과, 프리고진의 이러한 주장에서 『황금 노트북』의 서사구조와 소설 앞부분에서 파편화된 인물들 그리고 많은 어휘들의 불완전함과 인물들 간의 커뮤니케이션의 부적절함 등과 같은 현상들을 정보전달의 혼돈의 관점(이론)에서 볼 때, 메시지가 전달되기 전에 이미 불확실성의 현존을 인정하기 때문에, 근본적으로 메시지속의 정보전달은 불확실성을 포함하고 있다는 관점이 도출된다. 반면에 물리학, 화학 등의 순수 정보이론학문의 관점에서 본다면 메시지 자체에 불확실한 것이 존재한다기보다는 브릴로우인(Brillouin)과 같은 학자의 주장처럼 메시지가 최종 목적지에서 도달하고 나서 비로소 그 목적지에서 불확실성이 생긴다고 보는 관점에 입각한 해석도 있다. 아무튼 『황금 노트북』은 한마디로 말해서 비선형 동역학에서 자연은 하나의 혼돈의 덩어리라고 보는 것처럼 혼돈의 흐름으로 구성된 하나의 세계의 축도라고 보는 것이 옳겠다.

『황금 노트북』의 복잡성은 예측 가능과 예측 불허의 두 개의 크나큰 덩어리로 구성되어 있다. 이런 현상은 크게는 자연의 한 현상이나 어떤 조직, 또는 어떤 문화권의 구성도 마찬가지겠지만, 작게는 하나의 문학텍스트의 구성도 이와 다를 바 없다. 이들은 한결같이 예측할 수 없다는 뜻에서 혼돈스럽고 무질서하다. 그러나 이들은 시간의 흐름에 따라 마치 『황금 노트북』의 소설구성에서 보듯, 자신들을 반복하는 반복의 대칭들을 가지고 있다는 견지에서 질서를 유지하게 된다고 프리고진은 말한다. 그런데 로버트 쇼(Robert Shaw)는 복잡성(혼돈)을 정보이론의 측면에서 정보의 풍요로 해석하기도 한다.

특히 헨리 아트란(Henri Atlan)은 넘쳐흐르는 의미가 정보전달과정의 매우 복잡한 차원에서 스스로 재조직된다고 본다. 이것은 혼돈으로부터 질서의 패러다임 속으로 함입된다는 의미로서 소음이 정보화 될 수 있음을 말하는 것과 같다. 바르트(Barthes)는 이와 유사하게 『에스/지』(S/Z)에서 메시지로부터 소음이 나오고, 질서로부터 혼돈을 방출하여 문학 작품을 소음의 예술이라고 까지 말한다. 섀넌(Shannon)이 소음을 삶 속에서 바람직스럽지 않은 현상으로 보는데 대해, 바르트는 소음이 계속 반복하여 삶뿐만 아니라 문학텍스트 속으로 침투한다고 한다.

혼돈이론에 근거해서 사회와 문화를 반영하는 문학작품을 분석할 수 있는 것은 마이클 톰슨(Michael Thompson)이 쓰레기 이론(*Rubbish Theory*)에서 또 메리 더글라스(Mary Douglas)가 『순수와 위험』(*Purity and Danger*)에서 쓰레기와 불결, 오염의 위상의 중요성에 대해 말한 것처럼 인공지능학이나 정보 이론에서 얼버무림, 군말 그리고 소음 등이 중요한 것과 같다.

무작위와 질서가 우주와 사회, 그리고 하나의 조그마한 체계 속에서 예기치 않게 혼합되어 그것들이 나중에 하나의 뚜렷한 형상의 이미지(로렌즈의 고리 이미지의 경우)로 나타나 하나의 이상한 끌개(strange attractor)를 발견하게 하듯이 혼돈이론에 의해서 하나의 조그마한 사건의 발생(가령 하나의 역병)에서부터 생활 속의, 사회 속의 문화 속의, 국가 속의 제 사건과 대변혁의 사건들에 이르기까지 예측 가능한 하나의 모델을 만들 수 있고, 또 만들어야 한다.

2. 무질서 속의 질서: 존 혹스의 『희화화』

프리고진과 스텐저스(Stengers)는 혼돈을 어떤 무엇이 생성될 수 있는 하나의 공허한 텍스트로 본다. 혼돈 이론의 특성을 문학 텍스트 해석에 관련시키려는 것은, 혼돈이란 질서가 은연중에 기호화(기표화)되어 있는 하나의 복잡한 군상이라는 텍스트로 보는 것과 같다. 이것은 혼돈과 질서가 상호침투하여 복잡한 변증법적 관계에서 상호결합하여 창조의 힘을 가지게 된다고 보는 견해이다. 특히 이러한 견해는 페이겐바움의 보편성 이론, 만델브로트의 프랙탈 기하학, 쇼의 혼돈을 정보라고 보는 견해, 셰르(Serres)의 기생 등에 의해 뒷받침되고 있다.

혹스의 『희화화』(*Travesty*)는 『블러드 오렌지』(*The Blood Orange*)(1971), 『죽음, 잠 그리고 여행객』(*Death, Sleep & The Traveler*)(1973)과 더불어 그의 3부작의 마지막 작품으로 그는 1974년 여름 브리타니에서 목격한 한 프랑스인의 자동차 사고를 연상해서 이 소설을 썼다고 한다("A Conversation" 165). 그 자신을 파파(Papa)라고 말하는 무명의 운전기사가 어느 날 밤 시속 "149km"(11)의 속력으로 프랑스 남부의 시골길을 질주할 때 한 시골집의 두꺼운 벽에 부딪치는 것으로 여행을 끝내는 소설이다. 그 기사 옆에 앉아 있는 사람은 그의 처 오노린(Honorine)의 연인인 앙리(Henri)이고, 뒷좌석에는 그의 딸 샹딸(Chantal)이 타고 있다. 주행길과 목적지는 조심스레 계획되었으며, 100분 걸려 목적지에 도착한다고 "차안의 시계"(25)는 가리키고 있다. 기사는 그 충돌이 불가피한 것이라고 말하면서 앙리를 단순히 자살광이나 죽음을 탐미하는 속도광으로 낙인찍는 것에 반박한다(18). 그는 마주한 두 대의 자동차 충돌 사고로 수백 야드가 자동차 파편들로 전경을 이루고 질서 정연하게 달리던 차들이 순간 뒤엉켜지면서 새로운 하나의 혼돈스러우면서 정돈된 열(줄)을 만드는 현상을 목격했다고 한다("A Conversation" 165). 이러한 목격에 근거해서 혹스는 기사로 하여금 혼잡스런 이 사고현장에서 대칭현상이 발생함을 목격하게 하고서는 기사로 하여금 그 충돌의 부서진 조각들을 두려워하지 않고 오히려 기꺼이 받아들이게 한다.

소설이 이름없는 기사의 독백으로 진행되는 동안 그 차는 길 위를 움직이는 하나의 입자가 되어 시골 농장의 벽과 충돌하고, 마지막 선회와 그 충돌의 충격은 서사 구성의 한계를 뛰어넘는다. 기사의 상상의 행위, 그의 미적 충동은 실제 사고라는 냉엄한 현실과 불가피하게 부딪치지 않으면 안되었고, 그 충돌은 단순히 이론을 뛰어넘는 계획된 의도와 부서진 조각들의 아름다운 혼융으로 나타난다.

예술이 실재의 회피에서 일어나는 것이 아니라 실재와의 만남에서 일어난다고는 하지만, 이 소설에서 종결의 총체성을 달성되지 못하고 충돌 후의 현상은 화자에 의해 기술되지 않고 상상될 뿐이다. 세 명의 인물들은 소설이 진행함에 따라 항상 떠돌아다니면서 목적지에 이르지 못한다. 그리하여 이 소설의 서사는 그 자체를 소진시켜 궁극적으로는 허물어지는 인공물이다. 그렇게 말할 수 있는 것은 인물의 대사에서 보이는 사건들을 글자 그대로 기술한 것으로 받아들인다면, 누구에 의해, 어떻게 이런 독백이 있을 수 있겠는가 하는 작가의 주장 때문이다. 따라서 혹스가 말하는 불가능한 대상은 자동차 충돌이고 소설 그 자체인 것이다. 마치 핸들을 움켜쥐고 있는 기사에게 충돌로 생긴 파편들로 이루어진 심미적 대상이 결코 경험될 수 없는 것처럼. 이런 점에서 충돌과 부스러진 잔재들은 글자 그대로이면서 동시에 매우 인위적이다. 이 소설 속에서 기사는 그의 차의 충돌의 결과를 경험할 수 없기 때문에, 그의 관심은 현재 일어나고 있는 현상에 집중되면서 그의 상상력은 펼쳐진다. 그의 상상력은 인생을 이해할 수 없는 하나의 분출구를 향해 서서히, 소용돌이 없이, 잔잔하게 흐르는 것으로 인지하지 않고, 소용돌이를 예술이나 존재 모두에 내재하는 중요한 요소로 받아들인다. 이것은 글릭(James Gleik)이 『혼돈: 새로운 과학』(*Chaos: Making A New Science*)에서 혼돈이란 정지된 상태보다 과정의 과학이고, 됨보다 되어감의 과학이라고 보는 것과 같다(5). 기사는 그의 차를 자동속력계기에 의해 수백 마일을 달리게 하지만 그는 고속도로 위에서 잔잔한 흐름에 의해 동요하지 않는다. 그 차의 순간적인 이동은 마치 비상 중 죽는 새처럼 그에게 매력을 주는 잔잔한 흐름으로부터의 소용돌이이다. 글릭은 이런 심미적이고 과학적인 신비를 물리학적 재현으로 보고 다음과 같이 기술한다.

> 흐름이 순하고, 거의 잔잔할 때, 소용돌이의 움직임은 사라져간다. 그러나 소용돌이가 시작되어 지나가면, 그 소용돌이는 엄청나게 파괴적으로 변한다 … 이런 형상 즉 이런 이동이 과학에서 엄청난 하나의 신비이다. (122)

"소용돌이의 시작, 즉 입자들의 잔잔한 흐름이 뒤흔들려 뒤틀려지는 그 순간은 실험실의 실험들에 의해 보여지고, 측정될 수 있지만 그것의 본성은 미끄러져 빠져나가 버린다"(122-23)고 하는 글릭의 말은 혹스가 상상의 행위를 창조/파괴, 예측/불예측, 인생의 과정/죽음의 상태 사이의 순간의 이동으로 보는 것과 같다. 유감스럽게도 기사는 잔잔한 흐름으로부터 소용돌이의 흐름으로, 질서와 응집으로부터 무질서, 파편화로 이어져 가는 그의 자동차의 순간의 변화를 측정할 수 없었지만 그는 프랑스의 시골길을 주행하면서 이론상으로 이러한 명제들을 분명히 제시한다. 그 한 예는 기사가 나의 폐의 하나가 떼어져 나간 것은 순전히 자신이 우연히 선택한 의사 때문이다라고 말하는 것에서 드러난다(26-27). 기사의 의도와 계획은 파괴와 조각들로 되고, 무질서에 대한 관념은 하나의 조직화가 된다. 이러한 현상은 그에게 있어서 과거 인지한 것보다 더욱 진실하다. 그래서 자동차 안에 타고 있는 시인 앙리의 이성적이고 합리적인 생각에 도전하고, 또 그의 독자(현장에서는 관중)에게 대단히 복잡한 것이 불합리하거나 싫어하는 물건이 아니라는 것을 납득시키려고 한다. 이런 점에서 그는 비질서의 인물이다.

반면에 앙리는 시인의 섬세함을 가지고 있지만 합리성과 질서가 서로 같고, 혼돈과 불협화음이 서로 일치한다고 하는 이원론자의 생각을 뛰어넘지 못한다. 앙리는 달리는 자동차의 잔잔한 흐름을 좋아하고 기사는 이원론자의 그러한 생각에 도전하여 안전에서 혼돈으로의 패러독스한 순간에 어떤 일이 일어나며, 또 한쪽이 다른 쪽에 대해 편견의 지배 없이 두 상태 사이에 존재하는 극치의 조화를 어떻게 표현해야 하는가를 말한다. 그는 또 완벽한 형상이 무형식으로 해체되는 이 충돌의 순간은 한 개인이 자기보존의 부담에서 해방되기 때문에 하나의 환상의 순간이 아닐까하고 생각한다. 이런 관점에서 그는 질서를 드러내는 인물이다. 이런 두 인물의 양상은 서로를 배타하여 함께 포용할 수 없다. 이러한 모습의 해결 방안의 하나가 패러독스인데 기사와 혹스는 패러독스에 대해 깊은 관심을 가진다. 그래서 하나의 패러독스로서의 대단히 완벽하게 고안된 자동차 사고는 결정론적인 것과 단절적인 것 사이의 이분법적 구도에 도전하고, 또한 하나의 사건이 선행의 사건과 관계가 있다는 것과 완전히 뒤섞인 과정들의 결과라고 하는 것에도 도전하게 된다. 다시 말해 대단히 정교하게 고안된 자동차 사고는 질서와 혼돈이 상호 침투하는 웅장하고 거대한 패러독스로, 혹스는 이 하나의 혼돈스런 체계 속에서 감추어진 질서를 발견한다. 이것은 혼돈이론의 이상한 끌개 개념과 같다.

혼돈의 체계 속에서 질서를 발견한다는 것은 부서진 조각들의 흩어짐 속에서 하나의 패턴을 발견할 수 있다는 것이 된다. 기사가 "눈결정"을 선택하는 것은 질서가 혼돈스러움에서 생겨나는 것을 예증하는 것이다. 이 눈결정은 혼돈 이론의 프랙탈 구조의 하나의 좋은 예이기 때문에 널리 알려진 상징성을 띄고 있다. 글릭은 하나의 프랙탈 곡선이 혼돈스런 양상의 감추어진 복잡성 사이에 숨겨져 있으면서 동시에 하나의 조직화하는 구조를 만든다고 한다 (113-14). 이처럼 앞서 지적한 바와 같이 혹스의 화자 즉, 기사는 불규칙의 규칙성의 원칙을 따른다고 하겠다. 프랙탈 질서의 특성은 자아 유사성으로 대칭

관계를 가지면서 반복과 패턴 속의 패턴의 형상을 하고 있다. 이 소설에서 자아유사성의 인물의 예는 둘 다 포르노에 관심을 가지고 있는(67, 92) 한쪽의 폐를 가진 화자인 기사와 한쪽 다리만을 가진 그의 주치의와의 관계이다 (26-27). 이 두 사람의 관계는 마치 두 개의 거울 사이에 한 사람이 서있는 것과 같은 것이다. 이러한 관계의 또 하나의 예는 기사와 앙리의 관계에서도 찾을 수 있다. 가령 기사가 별들의 유사함을 가리키면서 앙리에게 "당신과 나는 사자자리"(40)라고 말하는 대목에서 앙리가 기사의 분신임을 쉽게 알 수 있다. 이러한 관계에서 기사가 자기의 가장 절친하면서 적과 같은 앙리를 죽인다는 것은 제 2의 자아를 죽이는 것과 같다. 또한 서사의 틀에서 자아 유사성의 관계를 보면, 파파가 한 사람의 난쟁이에 관해서 그의 부인 오노린에게 이야기를 다시 하는데 이 이야기는 이미 휴양지의 관리인인 룰루(Lulu)에 의해 이야기된 것이다. 패드릭 오도넬(Patrick O'Donnel)도 이 짧은 소설 속에 대칭과 반복 그리고 동일성의 모티프가 많다고 말한다(John Hawkes 139). 이런 점에서 이 소설은 메타픽션에서 논하는 허구와 리얼리티사이를 어떻게 구별하느냐 하는 본태론적 문제를 제기한다고 하겠다.

인물들의 이러한 관계와는 달리 하나의 질서정연한 체계 또는 만들어진 대상이 엔트로피적, 파멸적, 퇴락적이 된다. 이러한 예는 샹딸이 부모의 관능적 삶으로 빠져들어가(12-13) 앙리를 연인같이 생각할 때, 아버지의 관능적 삶을 허물어뜨린다. 샹딸의 성적 충동은 기사가 그녀와 그녀의 어머니 오노린에 대한 그의 반응에서 잘 드러난다.

> 그러나 샹딸과 오노린ー얼마나 어울리는 이름인가. 그리고 전자가 우리 뒤에서 곧 기도를 드리기 위해서 격렬한 감정에 얽매이는 순간에 흰 얼굴에 눈물이 흘러내리고 후자는 우리가 다가가는 바로 그 성에서 잠들

어 있다. 그러나 샹딸, 용기를 내어라. 오노린이 그 소식을 들었을 때 그
녀를 위로하지는 못한다. (13)

위의 글에서 보듯 기사는 이 두 모녀가 여성성에 대하여 억제할 수 없는 감정
과 파괴적인 성욕을 나타낸다고 뚜렷하게 인식한다. 그래서 샹딸은 엔트로피
의 퇴락을 표상하는 소멸적 인물로서 반질서의 인물이다.

　이처럼 인물들의 양상에서 보듯이 완벽하게 만들어진 굴곡은 혼란스럽고
파괴적이 되기 쉽다는 것이다. 혹스는 혼돈의 이러한 원리를 언어의 수사법으
로 이해하고 제시하는 것이 아니라 하나의 구체적인 원칙으로 하려고 한다.
이런 관점에서 혹스는 기사로 하여금 "우리의 힘은 우리가 떠나고 있는 바로
그 세계를 고안하는 힘이죠"(57)라고 말하게 하여 계획된 구조와 부서진 조각
들의 관계를 하나의 결합된 체계로 보게 하는데 이것이 그의 예술관이다. 그
러므로 혹스가 계획된 구조와 부서진 조각들의 패러독스를 견지하고 싶어하
고 또 질서와 혼돈의 상호 침투의 원리를 주장하는 것은 혹스가 파괴적인, 혹
은 만들어지지 않는 힘 앞에 굴복하는 것이 아니라 이 두 양상, 즉 구조와 잔
해가 상호 결합되어있는 것을 말하는 것으로 궁극적으로는 무질서 속의 질서
의 존재를 드러내기 위한 것이라고 말할 수 있겠다(59). 이것은 혹스가 이 소
설에서 자동차의 급전환으로 인해 발생하는 소용돌이 속에서 오로지 죽음과
소멸만을 조사하는 검사자들을 비난하고 있기 때문이다. 이 소설에서 화자의
죽음 나아가 이 소설의 죽음은 보다 심오한 하나의 질서를 창조한다. 그렇게
말할 수 있는 것은 논리적인 사실들이 층층의 장에 흩어져 있고, 원인과 결과
가 자동차 바퀴의 흔적의 부재 속에 희미하게 나타나고, 또 근엄한 자기 보존
의 사슬이 자동차의 충돌의 결과로 부스러지기 때문이다. 그래서 혹스는 셰르
의 말처럼 삶과 죽음을 궁극적으로 유지하는 것은 합리성에서 연유하는 질서

에 대한 단순한 재확신이 아니라, 소용돌이 속에서 내재하는 의도된 구조의 발현이라고 주장한다.

혹스의 이러한 예술관은 더글라스 호프슈태터(Douglas Hofstadter)가 "혼돈의 오묘한 형상이 질서의 외관 바로 뒤에 숨어있을 수 있고, 혼돈의 깊숙한 곳에 질서의 오묘한 형상이 숨어있다는 것이 증명된다"고 말하는 것과 같다. 그러므로 이 소설은 불규칙적, 무작위적으로 해체되면서 패턴의 연약함을 보여줌과 동시에 그 속에서 어떤 감추어진 질서를 드러낸다. 그의 이러한 질서관은 "존재하지 않는 것의 존재보다도 더 중요한 것은 없다"(57)라고 하는 기사의 말로 요약될 수 있다. 그래서 기사는 "자연의 폭발적이고 불타오르는 현시보다 상상의 펄럭이는 그림자"(57), 인생보다 예술, 즉 그의 머리 속에서 진행되고 있는 상상의 질서를 더 좋아한다.

라. 본태와 이미지의 교류

1. 마음과 몸의 구상화 ... 윌리엄 깁슨의 『뉴로맨서』

1-1. 들어가며

20세기를 정보시대라고 부를 수 있다면, 21세기는 인공지능의 시대(cybernetics age)다. 문학예술 작품이 특정한 시대와 사회를 반영하거나 그보다 앞서 시대를 예견한다고 할 때, 21세기를 예견하는 문학작품 속의 인물이 갖는 정체성을 살펴보는 것은 문학이론가나 비평가에게 뿐만 아니라 독자에게도 관심사가 될 것이다.

이 글이 다루고자 하는 "자아 정체성의 종언"은 필자가 1995년 5월 영국 워릭대학이 '가상미래'(Virtual Future '95)라는 주제 아래 개최한 국제학술회의에서 가상현실을 주제로 한 행위예술의 일환으로 팔에 기계로 만든 제3의 손을 부착하고 작동해 보이는 호주의 행위 예술가 스첼라크에게서 영감을 얻고 이 주제에 관심을 가지게 되었다.

자아의 정체성에 대한 논의는 서구사상의 연원, 즉 소크라테스와 플라톤의 철학사상에서 이미 언급되고 있으며 그 이후로도 현대사상가과 문예이론가들 심지어 과학사상가들도 끊임없이 이 주제를 다루어 왔다. 이런 견지에서 이 글은 서구사상 속의 자아의 위상을 사상가들의 제 견해를 통해 약기하고 특히 20세기 이후 인간 존재의 위상에 대해 현대 프랑스 사상가들인 보드리야르, 바르트, 브릴리오, 리오따르, 들뢰즈, 푸코 등은 어떠한 견해를 가지고 있는가를 제시하며 나아가 현대 기술과 자아의 정체성 사이의 관계를 살펴보고자 한다. 브릴리오는 기술을 순수한 속도의 담론으로 보고 자유의 실용적인 면을 제시하면서 또 퇴락의 비극적 견해를 제시한다. 그런가 하면, 리오따르, 들뢰즈, 푸코는 기술을 냉소적 힘(권력)으로 본다. 그리고 바르트는 이를 시뮬레이션으로, 들뢰즈와 가타리는 수사학적으로 '욕망하는 기계'라 표현하고 리오따르는 미학적 측면에서, 푸코는 주체성의 관점에서 논한다. 이런 견해들은 모두 기술 사회가 가상이라고 하는 영역 기호의 단계에 이르고 있음을 반영한 것이고 이와 동시에 진보의 주체는 인간이 아니라 기술 자체라고 본다. 다시 말해 이 진보는 생리적 삶이 점점 더 기술화되어 가고 기술적 삶은 이와 대조적으로 점점 더 생리적으로 되어 가는 신-라마르크주의(neo-Lamarckism)의 시대가 된다.

이런 점에서 『뉴로맨서』(Newromancer)(1984)는 일반 원형, 현대의 idelects, 미래에 충격을 가져올 지도 모르는 양면 가치를 지닌 기술상의 에로티시즘에 대한 작품이다. 미래의 과학소설을 다룬 사이버 펑크 소설인 『뉴로맨서』는 사이버공간의 창시로 유명하며, 『카운트 제로』(Count Zero)(1986), 『모나리자 오버드라이브』(*Mona Lisa Overdrive*)(1988)와 함께 깁슨의 삼부작을 이룬다. 브루스 스털링(Bruce Sterling)의 말을 빌면, 사이버 펑크는 하이테크 영역과 모던 팝 지하 운동의 새로운 결합으로 반문화 에너지를 만들어 냈다. 이것은 과학/인문학, 예술/정치, 과학/기술 사이의 모순을 드러낸다. 그 중심 주제는 신체의 침투(의족, 체내 이식, 성형, 수술유전 공학의 변형)와 이보다 더 강력한 정신의 침투(두뇌-컴퓨터의 인터페이스, 인공지능, 신경화학)로 나타나고, 기술은 인간성과 자아의 본질에 대해 근본적인 재정의를 요구한다. 그러므로 사이버펑크의 80년대는 합성과 혼합의 시대, 모든 경계와 이분법의 와해와 전지구화를 목표로 삼는다.

『뉴로맨서』가 그리는 사이버공간은 푸른빛인데 비해 많은 대중 매체는 이를 장밋빛으로 본다. 여기서 사이버공간은 일상어법처럼 컴퓨터 네트워크에 의해 가능한 만들어진 정보통신공간을 지칭하는 것이 아니라 인간의 신경계와 컴퓨터 네트워크의 직접적 연결을 통해 창출되는 공간을 뜻한다. 이 공간 속에서 자아의 모습은 어떠한가를 밝히는 것은 흥미 있는 일이다. 이를 밝힘에 있어서 1960, 70년대 포스트모던 소설의 하나인 토머스 핀천의 『브이』에서 변신되어 가는 인물의 모습과 돈 드릴로의 『백색소음』에서 매체의 화면 위에서 전자 이미지화되어 나타나는 인물과 『뉴로맨서』의 사이버공간 속의 인물의 모습을 비교해 보는 것은 자아정체성의 종언이 무엇인가를 시사해 준다. 또한 인물의 이러한 위상을 사이보그, 다시 말해 인간/기계, 자연/문화, 남성/여성, 오이디푸스/반오이디푸스의 이분법 구도의 붕괴를 니체의 초인(Overhuman)의 비전과 트랜스휴먼(transhuman)의 개념, 그리고 들뢰즈의 기관 없는 신체, 생성의 개념으로 해석하는 것도 유익할 것이다.

정보매체를 이용하여 기관이나 정부 당국이 시민의 동의와 무관하게 전체적인 통제를 구사하거나 또는 사회적 안정이 보장되지 못한 사회의 무질서

한 상태가 디스토피아라면 유토피아는 플라톤의 『공화국』에서 최초로 언급된 이상적 계급구조로 그 구조를 유지하기 위한 초인의 기능에 확신을 지닌 곳이다. 즉 토머스 모어의 『유토피아』는 이상적인 인간 해방이 달성된 세상에 대한 환상이다. 깁슨은 사이버 펑크적 과학소설의 효시적 작가로서 단순한 기계작동이나 환상적 미래담론으로부터 이탈한 새로운 차원의 소설세계를 구축하고 있고, 또 기술적이고 문화적 변화에 대한 그의 서사적 묘사들은 기술혁명의 충격에 대한 태도를 보여준다. 그리하여 자연세계는 기술적이고 사어버네틱적이고 유사(類似) 기계적으로 재형상화 되고, 나무들과 하늘, 식물들과 동물들, 심지어 인간들까지도 기술적 언어와 이미지를 통해 묘사된다.

1-2. 인공지능과 사이버공간

깁슨의 소설에서 인공지능 세계가 요구하는 정보의 흐름과 섬세한 균형을 깨트리는 사람은 그 누구도 살아남을 수 없어 죽거나 해체된다. 외양과 표면에 초점을 맞추면서 깁슨은 객관세계에 대한 계산된 강박관념을 보여준다. 상당히 많은 분야의 서사적 공간이 의복과 인간의 신체와 얼굴들, 건물 내부와 외부장식 그리고 모든 종류의 인공물들에 바쳐진다. 과거로부터 발견된 객관적인 사물에 대한 취급은 명백하게 포스트모던 조건에 대한 징표로서 우리 시대의 연대기들을 통해 나타나는 인간 주체의 탈 중심화를 초래한다. 가장 뚜렷한 증거는 유기체와 무기체, 자연과 인공, 인간과 기계 사이의 전통적 경계들을 전복하는 것이다. 깁슨의 소설들은 끊임없이 인간과 기술이 겹쳐진다. 인간적 유기체는 신체에 침입하고 그것을 넘겨받는 기술을 통해서 적응되어 강하게 보존된다. 거대하게 자라난 살, 반사 신경을 강화하는 치바(Chiba)시의 돌팔이 신경외과의들, 개선된 시력을 위한 니콘제 눈 대체물, 마이크로 소프트를 위해 귀 뒤에 숨기는 도청소켓, 인간에게 거대한 육식동물의 이빨을 주기 위한 어금니 이식들과 같은 것들은 인간과 비인간의 경계를 모호하게 만든다. 아미타지(Armitage)와 같은 개인의 대체물, 줄리어스 딘(Julius Deane)과 같은 유사인간들, 인간이나 콜린(Colin)과 같은 칩-고스트(chip-ghost)와 교신하는 인공지능에 의해 사용되는 홀로그램과 구성물들, 이 모든 것들은 인간적인 환상을 현실물에 전이시키거나 터무니없는 것들 사이의 구분을 만들어낸다.

자유계의 하늘은 자연의 하늘이 아니다. 그것은 상공에 시뮬라크르된 지상의 모습이다. 이런 인공의 자연 환경 속에서 주인공 케이스(Case) 자신의 존재 양식도 복제를 통해서이다. 자연 생태계의 동물은 더 이상 존재하지 않는다. 더욱이 자아에 대한 묘사는 애매한 딜레마를 제시한다. 나 속에 들어있는 '또 다른 나 때문에 고민하고, 나의 세포에서 탄생한 또 다른 나 때문이다. 존재의 이런 모습은 기존의 자아 개념으로는 이해가 불가능하다. 결국 인간이 컴퓨터의 동화되는 과정 속에서 궁극적으로 사이버공간 속에서 자아를 잃어버릴 가능성이 많다.

소설 속의 인물들 케이스나 몰리(Molly)의 특징은 니체의 '초인의 비젼', '트랜스휴먼'의 개념, 들뢰즈의 '기관 없는 신체'의 개념으로 해석할 수 있다. 케이스는 유능한 매트릭스 카우보이이다. 그는 치바, 스프롤, 이스탄불 등 자유계로 이어지는 모든 여행에 항상 존재하며, 또한 실제 혹은 사이버공간를 통해 모든 시간과 장소에 항상 존재한다. 특히 자신의 정보 통제력은 어떤 목적에 이용되는 윈터뮤터(인공지능)에 의해 조정된다. 그는 무기인 동시에 화폐의 가치처럼 인정되는 정보처리에도 뛰어난 능력을 발휘한다. 카우보이라는 이름에는 과학과 기술의 발전을 초월하고 시간과 공간을 가로지르는 떠도는 유랑객의 의미가 내포되어 있다. 특히 과학 기술의 발달과 발전이 가져온 개인생활에 있어서의 비관적 미래 비전은 정확하지 못하고, 시공간의 적정한 좌표를 가지지 못하는 개인의 일시성과 찰나성이 카우보이라는 직업 아닌 직업을 통해 드러난다.

케이스는 피동적, 무관심의 외래인으로서 통제 중심의 미래 사회에서 인간의 행동 자유의 한계와 책임이 감소되는 인물이다. 그는 시스템 같은 기술을 통해 실제가 아닌 가상의 윤리 속에 존재하며, 자신이 직접 경험하고 느끼는 것이 아니라 시스템이라는 기계를 통한 타자의 감각을 지닐 뿐이다. 케이스는 자신과의 접촉을 상실하고, 사이버공간 속에서만 가능한 인간의 표상이다. 이런 점에서 케이스의 모습은 드릴로의 『백색 소음』의 밍크(Mink)의 위상과 유사하다.

케이스란 인물은 문화체계에서 항상 변두리라고 불리는 주변에서 살아가는 사람들, 즉 흔히 범죄자, 추방자, 또는 자신만의 환상에 사로잡힌 사람들 그리고 자신만의 자유를 위해 주변부에서 살아가는 사람들 중의 한 사람이다. 이런 인물들은 전통적 과학 소설 속의 인물들과는 차이가 있다. 다시 말해 이들은 영광의 주인공이나 영웅도 아닌 패배나 혹은 좌절감 속에서 하루를 보내는 미 재정보호시대의 소시민들이다. 이들은 「스타워즈」나 「스타트랙」 류의 모험담이나 『타임머신』 류의 과학소설의 주인공들과는 매우 다르다.

몰리의 경우는 완전한 인간 살상 무기가 되고자 하는 욕구에서 매춘을 함으로써 돈을 벌어 자신의 몸을 하나씩 기계화시켜나가는 인물이다. 몰리는 흔히 사이보그 여성으로 불리는데, 그녀의 육체의 여러 부분은 기계적인 수술을 통해 강화된다. 이는 『브이』에서의 브이의 다양한 모습과 유사하다. 도나 해러웨이(Donna Haraway)는 여성의 주체에 대해 급진적 물질주의의 페미니스트 관점에서 해석하고 들뢰즈와 푸코는 신체유물론의 입장에서 논하고자 한다.

이러한 인물들 외에 홀로그래피 아티스트인 피터(Peter)는 그의 현실적 자아와 전혀 구분되지 않는 자신의 홀로그래피 이미지를 만들어낼 수가 있다.

그러므로 그는 동시에 두 군데 이상의 장소에 존재할 수가 있다. 따라서 깁슨의 소설에서 육체적인 외양은 자아를 규정하지 못한다. 인공지능(AI)의 캐릭터는 유기체와 무기체의 합성물로서 동기, 의도, 주체성 등의 인간적인 측면을 가진다. 케이스에게 인공지능 뉴로맨서(AI Neuromancer)는 황폐한 해변을 걸어가는 누더기 반바지를 입은 야윈 소년의 모습으로 나타난다. 윈터뮤트나 뉴로맨서는 비록 인공지능에 불과하지만 자유를 열망하고 개성을 완성하는 자율적 개인이다. 이런 인공지능들의 시도가 실제로 『뉴로맨서』의 플롯과 몰리와 케이스 그리고 아미타지가 돕거나 방해하기 위해 차용했던 사건을 배후에서 움직이는 힘이다.

케이스는 지성으로 대변되고 몰리는 자연 혹은 본성으로 대변된다. 웬디 웨일(Wendy Whale)은 『육체와 기술』(*Bodies and Technology*)에서 케이스와 몰리의 젠더 분리에 대해 케이스는 몰리와의 섹스를 하거나 심/스팀(sim/stim)을 통해서 몰리 안에 들어가지 않으면 육체를 가지지 않는 것처럼 보인다고 지적한다. 심/스팀은 케이스가 몰리의 몸 안에 직접적으로 잭-인(jack into)해서 들어갈 수 있도록 해주는 컴퓨터 삽입물이다. 그는 몰리가 느끼는 모든 것을 똑같이 느낀다. 하지만 그는 여전히 수동적인 방관자적인 입장이다. 케이스의 남성적 인식은 단지 여성의 몸 안에 있을 때 가능하다. 몰리는 여러 차례 기계적인 증강 수술을 통해, 여성적인 육체를 가지고 있지는 않지만, 그녀도 직업에 있어서는 케이스와 마찬가지로 전문인이다. 이러한 점에서 케이스는 두뇌이고 몰리는 남성적 힘이다. 그러나 몰리가 남성인 케이스보다 지성면에서 뒤떨어진다고 볼 수 없다. 중요한 것은 남/여, 양적/질적, 기(氣)/이(理) 사이의 균형을 통해서 완전함이 이루어진다는 사실이다. 진보되고 발전된 성은 남성도 여성도 아닌 균형을 이룬 하나의 합성체이다.

사이버, 버츄얼 리얼리티의 세기라 불려질 21세기에 이러한 사이버, 버츄얼 리얼리티의 세계를 반영하고 예측하는 사이버펑크 문학(소설)에서 언급되는 사이버 페미니즘의 이론과 주장을 대표할 수 있는 도나 해러웨이는 「사이보그 선언문」("A Menifesto for Cyborgs")에서 인간과 기계 사이의 관계를 다음과 같이 말한다.

> 우리는 모두 키메라이고, 기계와 유기체간의 정교하고 이론화된 혼혈아
> 이다. 간단히 말해 우리는 사이보그이다. 사이보그는 본질적이고, 우리
> 에게 살아갈 책략을 준다. (174)

위의 말은 남/여 사이의 구분을 허무는 것이다. 그녀의 이러한 주장은 페미니즘 과학소설속의 성구분이 없는 유토피아를 반영한 것으로 성차를 주장하는 원칙주의자에게 도전하여 포스트모던 문화의 지평을 연다. 더욱이 선언의 말미에서 "나는 여신이 되기보다 사이보그가 되고자 한다"라고 하는 해러웨이의 이러한 주장은 재클린 지타(Jacquelyn Zita)(1992)의 포스트모더니즘 이론의 원칙에서 나온 것이다. 남성이 여성으로 전환할 수 있다는 지타의 이러한 주장은 육체란 문맥 속에서 이동하는 물질이라는 관점에서 비롯된 것이다.

1980년대의 컴퓨터 기술의 점진적인 발전은 당시의 사이버펑크 소설가들에게 육체의 불안정과 육체의 부적절을 보여준다. 당시 과학소설의 중심에 있는 브루스 스털링은 사이버펑크 운동을 육체 침투의 주제라고 했고, 정신적인 것이 육체에 의해 그리고 무한의 전자에 의해 증대되는 세계를 상상하게 되었다고 했다. 스털링은 사이버펑크 속의 이러한 사회가 기술에 따른 위계에 근거하는 것이 아닌, 탈중심화되고 또 견고하다기 보다는 유동성에 근거하는 사회라고 말하면서, 물질적인 위계의 견고한 본성으로부터 인간을 해방시켜 줄 하나의 이상향을 상상한다. 성에 있어서 이러한 유토피아적 생각은 자유주의 사이버페미니즘, 포스트모더니즘과 젠더 이론에서 영향을 받아 확장된다. 그

리고 이것은 버츄얼 리얼리티(세계)와 포스트모던 사상과의 상호 연계를 의인화하는 제3의 (비)정체성이라고 하는 가상섹스에서 다양한 시각으로 표출된다. 스털링과 해러웨이는 전자를 통한 의사소통을 인터섹스 상태의 혁명으로 보고, 육체적 해방의 상호 연계는 남성/여성, 동성/이성의 이분법을 해방시켜줄 것이라고 말한다. 특히 크로커(Arthur Kroker)는 기상의 상호 작용들이 혀, 얼굴, 코, 목소리, 귀 등을 통해 언어를 생산하는 육체적 양상들로부터 해방될 때만이 대화의 유토피아를 달성할 수 있다고 말하는데, 그의 이러한 견해는 컴퓨터를 통한 통신이 틈새(in-between)의 성 인식이라는 데까지 이르게 했다.

이러한 성인식의 실현은 쥬디스 버틀러(Judith Butler)(1993), 세즈윅(Sedgewick)(1993)의 퀴어 이론으로 발전한다. 특히, 퀴어 이론의 조직들과 사회 그룹들은 컴퓨터를 하나의 문화상의 원칙으로, 또한 성, 인종, 성적 성향의 물질적(육체적) 차이를 중성화하는 하나의 유토피아 수단으로 이론화하고 있다. 이 사이버화된 퀴어 이론은 니체의 무정부주의적 회의론에 근거하여, 탈중심화되고 인터넷화된 규범 없는 사회를 비전으로 제시한다. 그리고 이 이론은 남성/여성, 이성적/동성애적의 사회적 이분법을 인정하지 않는 하나의 자유스런 유토피아를 상상한다(Morton 375). 키라 홀(Kira Hall)은 이것을 비가상의 세계에서 자유주의 페미니즘으로 종종 지칭되는 것과 유사하다고 하여 자유주의 사이버페미니즘으로 정의한다.

이러한 주장과 같은 맥락에서 버츄얼 리얼리티 예술가인 트루디 바커(Trudy Barker)는 버츄얼 리얼리티가 사람들이 젠더를 이용할 수 있는 도구 중의 하나라고 생각한다. 바커에 따르면 젠더에 의해서 남성/여성의 윤곽은 부정되고, 두 성의 통합 또는 성의 이중으로 지칭하는 무성의 언어로 대체함으로써 전자메일 통신자에게 있어서 젠더는 자아 정체성과 관계가 없다고 한다. 또한 낸시 패터슨(Nancy Paterson)은 사이버 페미니즘을 하나의 철학으로 보고, 배제의 논리와 언어에 의존하지 않고 시적, 정치적 동질성과 통합을 창조할 수 있는 잠재력을 가지고 있다고 주장한다. 패터슨과 더불어 셜리 해밀턴(Sherly Hamilton)은 1995년의 글에서 사이버 페미니즘에 있어서 중요한 것은 디지털 기술을 통해서 새로운 세계를 탐색하고 새로운 낱말들을 만드는 것이라고 한다. 이런 점에서 사이버 페미니즘의 중요한 요소는 창의력이다.

그러나 자유주의 사이버페미니즘의 주장들과 달리 자아 정체성을 오로지 여성으로만 보는 사이트(site) 속에서 분리, 발전되어온 인터넷상의 페미니즘은 급진적 사이버페미니즘이라고 한다. 이 페미니즘에 관여하는 여성들은 그들 자신의 인명록과 광고, 게시 체계를 이용하여 서로 다른 젠더를 통합 구성하는 그들만의 공간을 만든다. 이런 공간의 대표적인 예가 사포(SAPPHO)로서 이것은 레즈비언과 양성 문제에 대한 논쟁을 주로 다루고 있다. 인터넷상의 이 급진적 사이버페미니즘은 자유주의 사이버페미니즘의 유토피아적 비전과 병행하여 발전하고 있다.

새디 플란트(Sadie Plant)는 여성들이 고도의 기술화 세계에서 남성보다 더욱 뛰어난 능력을 발휘한다고 말하면서, 페미니스트와 사이버 월드화의 접촉을 통해 정치적 관점을 제시하고, 멜린 스튜어트 밀러(Meline Stewart Millar)도 사이버 페미니즘을 비판의 시각에서 정의하고 있다(Cyberfeminism 3). 이것과 병행해서 사이버 페미니즘의 다른 한 가지 중요한 것은 비평의 양상이다. 페미니즘이 사회규율과 구성물을 비판하는 능력에 의존하듯이 사이버 페미니즘 또한 부당함과 억압을 분별할 수 있는 능력에 의존한다. 예컨대 성차별주의와 인종주의가 있으면 이들은 과감하게 비판하고 저항한다.

사이버 페미니즘의 책략은 억압보다 평등, 이분법보다는 이중, 윤곽화 보다는 유동성, 분리주의보다는 통일성을 주장한다. 즉, 사이버 페미니스트들에게 있어 이러한 책략은 기술이 점진적으로 정교해지고 육체를 해방하는 통신이 시작됨으로써 하나의 비전이 된다. 이들의 주장을 종합하면 사이버 페미니즘은 남성과 여성 사이의 디지털 담론에 권력의 차이가 있다고 보고 이런 상황을 바꾸기 위해 노력한다. 사이버 페미니즘에서의 육체는 인위적으로 다시 구성된 육체 즉, 하나의 포스트휴먼 신체로써 생물적 본성과는 다른 사회적 코드로 인각된 표층이다. 이런 점에서 사이버 페미니즘은 여성들이 사는 다양한 문화권에 대한 존중과 포용을 표방하는 하나의 철학이자 방책이다.

1-3. 나가며

낭만주의 소설과 사실주의 소설의 공통적인 특징이 인물이나 대상의 내면의 깊이를 추구하는 것이라고 한다면 사이버펑크는 그것과는 달리 표층과 대상 그 자체를 추구한다. 깁슨의 소설도 예외는 아니다. 『카운터 제로』의 한 인물인 터너(Tuner)가 가졌던 "휴가 모듈"(vacation module)(46)이 한 예이다. 깁슨은 이것을 문명의 찌꺼기이고 깨어져가고 의미 없는 과거의 부식되는 잔재들로 묘사한다. 이는 프레드릭 제임슨이 말하는 역사에 대한 현대 정서의 반영으로, 과거를 패스티쉬로 보는 것과 같다. 이처럼 깁슨은 총체적으로 계획되고 감지되는 경험을 제시하는 작가이다. 그는 이러한 사물관은 오늘의 현상 세계 속에서 활동하는 사람들을 일단의 포스트모던적인 축소되고 평면적이며 중심 해체된 인물들로 묘사한다. 일반적으로 사이버 펑크 소설들이 그러하듯 깁슨은 기술에 의해 야기된 인간의 주체성, 인간의 의식, 그리고 안간의 행위를 다시 쓴다. 깁슨은 다른 사이버펑크 소설가들과 마찬가지로 경계 허물기에 대한 집착을 지니고 유기적인 것과 비유기적인 것, 자연적인 것과 인위적인 것, 인간과 기계 사이의 전통적인 경계를 뚜렷하게 위반한다. 이런 것이 그의 소설 속에서 인간 주체의 탈중심화로 나타나고 있다. 해러웨이의 주장과 마찬가지로 깁슨은 탈중심화된 인간의 정체성을 육체의 표층에 자리 잡는 것으로, 육체는 다시 개조되고 상품화된 것으로 묘사한다. 『뉴로맨서』의 홀로그 래피 예술가인 피터가 자신의 실제 모습과 구분되지 않는 홀로그래피화된 여러 모습을 동시에 만들고, 『모나리자 오버드라이브』의 끝 부분에서 모나(Mona)가 한 차례의 성형 수술을 거쳐 심스팀 스타인 앤지 미첼(Angie Mitchall)의 얼굴과 똑같게 변형되는 것은 키메라와 같은 육체는 모방되고 심지어 육체가 그 주변의 환경으로까지 될 수 있다는 생각에서 연유한다. 이러한 견지에서 여성인물의 정체성의 문제를 페미니즘의 관점에서 가장 신랄하게 제기하는 소설은 앞서 살펴보았듯이 『뉴로맨서』이다. 이 소설에서 몰리는 인간 살상무기가 되고자하는 자아의 욕구에서 매춘을 함으로써 돈을 벌어 자신의 몸을 하나씩 기계화 시켜나가는 인물로서 흔히 여성 사이보그로 불리워진다. 그녀의 상대인 케이스가 지성을 표방한다면 몰리는 자연 혹은 본성을 드러내는 인물이다. 특히 케이스는 몰리와의 성관계를 가지거나 심/스팀을 통해서 몰리 안에 들어가지 않으면 사물을 보거나 느낄 수 없고 행동할 수도 없다는 점에서 육체를 가지지 않는 것처럼 보인다. 여기서 케이스가 감성적이라고 한다면 몰리는 남성적 힘이다.

2. 휴먼/포스트 휴먼의 동형이질 … 리처드 파워즈의 『갈라테아 2.2』

2-1. 들어가며

전(前)시대가 총체성과 유기적 통일성의 시대라고 한다면, 다가오는 시대는 모든 분야에 걸쳐서 경계가 서로 뒤섞이면서 잡종교배를 하는 시대로 특정지을 수 있다. 이러한 시대의 급부상하는 담론의 양상은 과학과 문학적 담론의 절합으로 나타나는데, 그 중에서 가장 대표적인 것 중의 하나가 현시대의 과학과 인간과의 관계를 조명하는 포스트휴머니즘이라 할 수 있을 것이다. 포스트휴머니즘이란 과학과 형이상학적 문화의 구분이 해체되고 아울러 불질적인 것(육체)과 비물질적인 것(정신)의 구별이 해체되는 상황에서 겉으로는 완전히 다른 범주로 보이는 인간과 고도기술 사이의 융합이 빚어내는 새로운 주체의 가능성을 탐구하는 작업이다. 이는 육체뿐만 아니라 인간의 정신에까지 기술이 침투하고 있고 전통적으로 인간의 본유적 특성으로 간주되어 온 인간의 영혼이 기억의 형태로서 과학적 분석의 대상이 되고 있는 상황에서 불가피하게 생겨날 수밖에 없는 담론적 구성물이라고 할 수 있다. 포스트휴먼의 담론은 놀라울 정도로 생명력 있는 고도기술 앞에서 무기력해져 가는 전통적 인간의 위험스러운 모습을 탐구하려는 것이 아니라, 주체는 하나의 구성물이라는 탈근대적 인식틀을 과학적 담론으로 재구성함으로써 새로운 인간 주체의 양상을 포스트휴먼의 이름으로 조명한다.

　　푸코(Michel Foucault)가 인간이란 개념이 창안된 지 얼마 안 되는 개념이며 이제 사라져 가는 개념일 뿐이라고 주장했듯이(386), 데카르트, 모어(Thomas More), 에라스무스(Desiderius Erasmus), 몽테뉴(Michel de Montaigne) 등에 의해 형성된 인간의 이미지는 이제 종말을 고하고 근대적 주체는 해체의 위기를 맞고 있다. 즉 세계를 대상화함으로써 자신을 세계와 구분하는 데카르트적 자아나 의식은 포스트구조주의의 등장으로 인해 소멸의 위기에 처했으며, 그 결과 이제 자아는 수많은 자아들(타자들)이 이합집산하는 장소가 되고 있다. 이처럼 인간의 형상이 인간의 욕망과 그 욕망의 모든 외적 표상들을 포함하여 근본적으로 변함에 따라, 근대 이래 5백년에 걸친 휴머니즘이 종말을 고하면서 휴머니즘은 하산(Ihab Hassan)이 지적하듯이 우리가 어쩔 수 없이 포스트휴머니즘이라고 부를 수밖에 없는 것으로 변하고 있다(212). 주체의 자율성을 내세우는 자유주의적 휴머니즘이 사라지면서 그 공백을 포스트휴머니즘이 메우게 된 배경에는 인공두뇌학, 정보이론, 컴퓨터 시뮬레이션, 인지과학 등의 눈부신 발전이 있었다.

일찍이 1950년대에 위너(Norbert Wiener)가 인간을 마치 전보를 치듯 전송하는 것이 이론적으로 가능하다고 주장한 이래 그리고 분자생물학에서 정보를 신체가 표현하는 본질적인 코드로 간주한 이래 인간은 정보의 흐름으로 환원될 수 있는 존재로 간주된다. 그 결과 포스트휴먼의 담론은 비록 다양한 층위를 이루고 있지만 헤일즈(N. Katherine Hayles)의 주장처럼 대략 다음과 같이 집약될 수 있다(2-3).

첫째 포스트휴먼 담론은 물질보다 정보패턴을 특권화 한다. 따라서 생물학적 구현체인 육신은 우리가 삶을 영위하는데 있어 불가피한 요소가 아니라 역사의 우연한 산물로 간주된다. 둘째 포스트휴먼 담론은 데카르트가 인간을 사유하는 존재로 규정하기 훨씬 이전부터 서구 전통에서 인간의 정체성의 처소로 간주되어온 의식을 부수현상으로 간주한다. 셋째 포스트휴먼 담론은 신체를 우리가 조작하는 법을 배워야 할 최초의 인공기관으로 간주하며, 따라서 다른 인공기관으로 신체를 확장하거나 대체하는 것은 우리가 태어나기 전부터 시작된 일련의 연속적인 과정이 된다. 넷째 포스트휴먼 담론은 인간을 지능을 가진 기계와 아무런 흔적 없이 매끄럽게 결합될 수 있도록 인간을 재배치한다. 그 결과 포스트휴먼은 신체와 컴퓨터 시뮬레이션, 사이버네탁 메커니즘과 생물학적 유기체, 로봇으로서의 목적과 인간으로서의 목적 사이에 본질적 차이나 절대적 구분이 없는 새로운 주체가 된다.

어떤 면에서 정보통신의 시대라고 할 수 있는 20세기를 넘어 사이버네틱스와 가상의 시대라고 불릴 수 있는 21세기에 있어서 이질적인 요소들의 집합, 즉 경계의 구성과 재구성이 지속적으로 이어지는 물질적-정보적 존재로서의 포스트휴먼은 후기 산업사회의 이행과정에서 출현한 필연적 산물이다. 정보통신 기술의 첨단화와 발전 속에서 인간이 이러한 현상과 어떤 상관관계를 가질 것인가를 추론한다는 것은 큰 의미를 가진다. 다시 말해서 인간자신의 사유와 신체 속에 기계론적 사고가 침투하여 인간 자신이 포스트휴먼으로 변화해 가는 양상을 문학작품 속에서 밝히고자 한다.

2-2. 기계론적 사고와 포스트휴먼

포스트휴먼은 가장 초기 단계에서는 단순히 인간과 기계와의 결합을 의미했다. 우선 이를 시대적으로 개관을 하면 다음과 같다.

첫째, 인간을 기계와의 관련 속에서 사유하기 시작한 것은 17세기 과학혁명 때부터이다. 갈릴레이의 제자인 지오반니 보렐리(Giovanni Borelli)는 1680년 『동물의 운동』(On the Movement of Animals)에서 새나 불고기 나아가 사람의 근육운동을 물리학의 법칙과 기계적 작용으로 이해하려는 체계적인 시도를 했다. 하지만 이 당시의 기계론적 철학은 사람이 기계에 불과하다는 식의 주장이 아니라, 인간을 여전히 기계와는 달리 영혼을 지닌 존재로 인식했다.

둘째, 18세기 계몽사조 시기는 기계오리, 기계원숭이 등 자동인형(automata)에 대한 관심이 지대했다. 하지만 이때까지는 기계는 인간에게 완전히 종속된 것으로 인간의 의도와 명령에 따라 충실하게 움직이는 수동적인 도구에 불과했다. 그럼에도 불구하고 인간을 기계의 관점에서 사유하려는 노력이 유물론적 철학을 중심으로 전개되었다. 특히 프랑스의 계몽주의 사상가 라메트리(de la Mettrie)는 1748년 『인간 기계론』(L'Homme Machine)이라는 저작에서 인간의 사고와 행위를 순수하게 기계론적 설명으로 제시하려고 노력했다 그의 연구는 인간을 고도로 복잡하게 움직이는 기관을 가진 물리적 대상으로 적절히 기술하고 있으며, 본질적으로 비물질적인 영혼을 가진 인간이라는 데카르트주의적 사고를 없애려고 했다. 그에 의하면 사고와 감각은 물질의 복잡한 운동 외에는 아무 것도 아니다(프리스트 144).

셋째, 19세기에 접어들면서 기계를 인간의 유기적인 확장으로 보는 견해가 싹트기 시작했다. 19세기 후반 정신과 의사들은 영혼이라는 말 자체가 과학적이지 않다고 주장하면서 그 대신 기억과 같은 범주에 연구초점을 맞추었다. 그 결과 영혼은 19세기말까지 최소한 과학과 의학에서 의미가 없는 말이되었다. 하지만 그 당시 기계와 인간의 결합에 대한 우려의 목소리도 제기되었는데, 젤리(Mary Shelley)의 『프랑켄슈타인』(*Frankenstein*)(1818)은 인간이만든 물건을 인간이 완벽하게 통제할 수 없다는 생각이 단적으로 드러난 예라고 할 수 있다. 또한 카알라일(Thomas Carlyle)은 자신이 살고 있는 시대를 기계의 시대라고 생각하면서 "물질적인 것만이 기계에 의해 움직이는 것이 아니라 인간의 내부적이고 정신적인 것까지도 기계에 의해 움직이고 있다"라고선언했다(Mazlish 41-44, 71에서 재인용) 그리고 다윈(Charles Darwin)의 『종의 기원』(*The Origin of Species*)(1859)은 인간과 기술의 공동진화를 생각할수 있는 단초를 제공했다. 또한 앵겔스(Friedrich Engels)는 인간의 도구 사용과 이를 통한 노동이 인간의 현재의 진화를 가져왔다고 주장했는데 그에 의하면 인간은 호모 사피엔스(Homo Sapiens)가 아니라 호모 파베르(Homo Faber)이다(Lock 76-77). 다시 말해서 인간은 사고하는 지적 인간이라기보다는 물건을 만드는 공작인, 즉 기술적 인간이다. 에른스트 캅(Ernst Kapp)은 진화론,영혼의 세속화, 기계에 대한 새로운 인식을 통해 기계가 인간의 몸의 연장이라고 주장하면서 그 예로 철도는 인간 순환계의 외연이며, 전신은 인간 신경망의 연장, 그리고 언어와 국가는 인간정신작용의 확장이라고 기술했다(Mitcham 20-24에서 재인용). 기술을 인간 몸의 연장이라고 보는 이러한 견해는 전근대적인 도구와 기계의 차이를 간과한 것이다. 따라서 20세기로 들어오면서, 이러한 관점은 인간주체의 경계가 주어진 것이라기보다는 구성된 것이라고 보는 인공두뇌학적인 관점으로 변화하게 된다.

인공두뇌학의 아버지인 위너는 인간과 기계를 병치하면서 자동화공장의 존재를 예견하였다. 그는 컴퓨터가 인간처럼 결정을 내릴 수 있는 과정을 떠맡을 수 있는 생각하는 기계라고 주장하면서 결코 기계가 인간을 지배하도록 해서는 안 된다고 경고했다. 아울러 위너는 인간이 통제와 의사소통을 할 수 있는 장치라고 생각했는데, 이는 곧 인간이 기계와 다르지 않음을 함의한다. 그는 정보현상에 대한 새로운 인식에 기초하여 소통과 통제의 문제를 탐구하는 새로운 학문 분야를 지칭하는 용어로서 인공두뇌학이라는 용어를 처음 사용하였다. 위너에게 이는 소통과 통제의 동시적 과정으로서 메시지의 교환이라는 의미를 갖는다. 여기서 메시지란 정보를 가리키는 바, 인공두뇌학의 핵심은 그에게 정보의 교환을 의미한다. 그의 이론에 따르면, 세계는 우발성과 엔트로피에 지배되어 쇠망해버리고 말 운명에 있는데 이를 막기 위해서는 정보의 교환이 필요하다는 것이다. 정보를 받고 그것을 사용하는 과정은 외부환경의 우발성에 대비해서 우리가 적응하고 그 환경 속에서 효과적으로 우리의 생을 영위하는 과정이다.

위너의 이러한 정보개념은 다시 '물질과 에너지의 시간적 및 공간적, 정성적 및 정량적 유형'이라는 의미로 요약할 수 있다. 그리고 이러한 정보를 교환하기 위한 실제 통신기술의 개발과정에서 위너의 정보개념은 클로드의 수학적 정보 개념으로 구체화된다. 즉 외부환경의 우발성과 엔트로피를 극복하기 위해 교환되어야 할 정보가 수학적으로 규정됨으로써 인공두뇌학의 정보개념은 의미론적 차원을 상실한다. 이 인공두뇌학에서 인간과 기계는 모두 동등하게 정보처리기계가 된다. 이것은 이제 정보기계가 포스트휴먼의 관점에서 이해되고 인간은 기계의 관점에서 이해되기 시작했음을 암시한다.

사이보그라는 개념은 인공두뇌학, 즉 사이버네틱스의 영역에서 출현했다.

1960년 두 명의 나사(NASA) 소속 과학자 클라인즈(Manfred Clynes)와 클라인 (Nathan Kline)이 인간 육체의 기계로의 대체가 우주 비행에서 갖는 이접들을 제안하기 위하여 '사이보그'라는 말을 만들어냈다. 그들의 정의에 의하면 사이보그는 '유기체적인 것과 기계적인 것의 융합, 분리된 유기체적 체계들 간의 결합 의 엔지니어링'이었다. 문학 및 문화이론에서 사이보그에 대한 이론화는 대부분 SF에서 비롯되었는데, 사이보그들은 못생긴 개체들에 불과할 수도 있지만 대개의 경우 SF속의 사이보그들은 강력한 상위조직을 위하여 봉사한다. 슈왕(Gabriele Schwab)은 이미 1987년에 현대 문학, 영화 등에 사이보그가 그렇게 많이 등장하는 것은 이미 기술적인 것과 자연적인 것 간의 경계가 문화적으로 이동하고 있다는 증거라고 단언한다. 그녀의 주장에 의하면 포스트모던 시대의 주체성은 육체, 정신, 심지어는 영혼에까지 기술이 침투하고 있는 국면과 육체, 정신, 영혼의 기술화까지도 포착할 수 있는 범주에 의해서만 설명 가능하다(64-84).

사이보그의 이야기가 허구 속에만 있는 것은 아니다. 인공기관을 지닌 자들, 약물을 일상적으로 사용하며 생존을 영위하는 자들이 모두 엄밀히 말해 사이보그들이다. 유전공학의 산물로 태어난, 혹은 태어날, 잠재적으로 수십억에 달할 인간들도 이러한 단순한 의미에서는 모두 사이보그일지 모른다. 또한 개인들 모두가 완전히 사이보그인 것은 아닐지라도 우리는 모두 분명히 '사이보그 사회'에 살고 있다. 사이보그 사회는 친밀한 유기체적-기계적 관계들의 전범위를 지칭하는 말이다(Gray et. al 2).

사이보그 기술은 군사적, 의학적 기원를 갖는 것이 대부분이며, 오락(출판, 영화, 게임, 동영상 등)과 노동(컴퓨터 산업, 그리고 다른 모든 산업의 사이버네틱화)을 중심으로 확산된다. 그레이 등은 사이보그의 유형을 네 가지로 나누는데 복구적, 정상화, 부품교환, 강화 사이보그가 그것이다. 복구적 사이보그와 정상화 사이보그는 완전한 인간과 동일하게 되는 것을 목적으로 하되, 전자는 기관·사지 등을 대체하는 것인 반면, 후자는 기능에 초점을 둔 것으로 보인다. 부품교환 사이보그와 강화 사이보그는 포스트휴먼의 단계에 접어든다. 즉, 특수한 환경(우주공간, 해저 등)에 적응시키기 위하여 기존의 인간에 없는 기능을 부여하거나 기존의 기능을 포스트휴먼적으로 강화하는 것이다.

해러웨이(Donna Haraway)는 사이보그 선언("A Manifesto for Cyborgs")에서 사이보그는 인공두뇌 유기체이며, 기계와 유기체의 잡종 교배이며, 사회적 실재임과 동시에 허구의 산불이라고 말하면서, 마지막 어구에 초점을 둔다(191). 해러웨이가 사이보그를 사회적 실재라고 하는 것은 경험된 사회적 관계이기 때문이며, 허구의 산물로서의 의의는 정치적 구조물이며 세계를 변혁하는 도구라는 데 있다. 해러웨이의 사이보그 기획은 푸코의 생체정치에 이론적 뿌리를 두고 있는 것처럼 보인다. 해러웨이는 사이보그 정치학의 '이완된 징후'가 푸코에게서 발견된다고 지적한다. 그녀가 사이보그에 정치적 의의를 부여하는 것은 그것이 탈성차(postgender)의 세계에서 만들어진 산물—과연 그러한가에 대해서는 논의의 여지가 있다—이라는 데 있다. 사이보그는 프랑켄슈타인의 괴물과는 달리 이성배우자와의 결합을 통해 완전성을 이루고자 하지 않는다. 사이보그는 공동체를 꿈꾸지만 그 공동체는 현재의 가족과 같은 형상과는 매우 다른 것이다. 해러웨이는 사이보그 기획의 배경으로 세 가지 핵심적 범주의 해 체를 든다(193-95). 첫째, 과학적인 문화, 즉 인간과 동물 사이의 경계가 해체되었다는 점이다. 둘째, 동물-인간(유기체)과 기계 사이의 경계 구분이 해체되었다는 것이다. 우리의 기계는 혼란스러울 정도로 생명력 있고, 우리 자신은 놀랄 정도로 무기력하다. 셋째 불리적인 것과 비물리적인 것 사이의 구별이 해체되었다는 점이다. 해러웨이에게 있어서 사이보그 신화는 진보세력에게 필요한 정치적 작업의 한 부분으로서 탐구해야 할 위반된 경계이자 강렬한 융합이며 위험스러운 가능성이다. 우리 시대의 지배는 (푸코의) 의료화와 정상화를 넘어서서 네트워크, 커뮤니케이션을 통해 작동한다.

한편 사이보그의 발전에 이론적 기여를 한 마투라나(Humberto Maturana)는 인지를 예전과는 달리 생물학적인 현상으로 취급한다. 마투라나는 세미나 발표 논문 「개구리의 눈은 개구리의 두뇌에 무엇을 알려주는가」("What the Frog's Eye Tells the Frog's Brain")에서 개구리의 감각기관이 뇌에 정보를 전달하는 메커니즘을 분석하였다(Hayles 134-40). 마투라나는 다양한 자극에 대한 신경반응의 강도를 측정하기 위해 개구리의 눈 속에 미세전극을 삽입함으로써 개구리의 뇌를 단순히 개구리의 뇌를 넘어 인공두뇌학의 순환회로로 만들었다. 이 실험에서 개구리의 두뇌는 주변의 빠르고 색다르게 움직이는 물체에는 최대로 반응하고 느리게 움직이는 물체에는 거의 전혀 반응하지 않았는데, 이것은 개구리의 눈이 단지 외부사물을 복사해서 전달하는 것이 아니라 매우 조직적으로 해석된 언어로 뇌에게 말을 한다는 것을 입증한다. 나아가 이것은 개구리의 지각체계가 실재를 기록하는 것이 아니라 오히려 실재를 구성한다는 것을 보여준다.

마투라나는 바렐러(Francisco Varela)와의 공저인 『자기생성과 인지』(Auto-poiesis and Cognition)에서 위의 논문을 보다 발전시켜 신경체계는 외부세계에 의해서가 아니라 그 자체에 의해서 결정된다는 자기생성이론을 전개한다. 즉 모든 생명은 자기생성적이다. 다만 생존을 위해 환경과 구조적으로 연결될 뿐이다. 몸속의 세포도 그 자체가 하나의 체계로서 몸 전체와 구조적으로 연결된다. 이와 마찬가지로 인간 역시 환경과의 상호작용 속에서 지각할 때 그 정신을 구성할 수 있다. 마투라나의 자기생성이론은 생물과 무생물에게 똑같이 작용되는 것으로 이는 궁극적으로 포스트휴먼 담론의 형성에 기여한다.

마투라나는 자기생성이론을 과학과 윤리를 연결시키는 방법으로 확장한다. 관찰자는 관찰자가 보는 현상과 구조적으로 연결되기 때문에 관찰할 수 있는 것이다. 이를 사회윤리로 확장하면, 이는 사회적 존재의 행위가 아무리 개인적이라 할지라도 다른 인간의 삶에 구성적으로 영향을 미친다는 것을 의미한다. 그러므로 여기서 윤리의 중요성이 대두된다. 그리고 이점에서 포스트휴먼의 담론은 초기의 단계에서 벗어나 자유방임 자본주의의 자율적인 개인과는 차별성을 띠게 된다. 마투라나에게 인간의 주체는 관찰자로서의 인간주체의 개념이며 관찰자 역시 자기 생성 혹은 반사성에 의해 생겨나는 개념이다. 그의 주체는 주관적인 주체가 아니라 아주 상대주의적인 개념의 주체이다.

마투라냐에게 사고는 신경생리학적 과정이 내부 상태와 상호작용할 때 상황에 의해 결정된 신경체계 속에서 발생한다. 그러므로 지각이 환경으로부터 정보를 구성하는 것이 아니며, 언어도 다른 사람에게 정보를 주는 것으로 구성되지 않는다. 한 사람이 말을 할 때 그것을 듣는 사람에게 발화자의 지향점과 유사한 상호작용 영역 내에서 지향점을 설정한다. 그래서 유사한 문화와 믿음을 지닌 두 사람은 유사한 지향점을 설정하면서 서로 소통이 일어난다고 상상하는 것이다. 그러므로 관찰자의 행동은 자기 자신을 지향하고 그 다음 자기 지향의 기술을 다시 지향하는 의사소통적 기술을 생성한다. 그러므로 인간주체 역시 자기 생성적 과정을 밟는다고 볼 수 있다. 이러한 자기생성이론은 사회체계도 살아있는 것으로 생각하는 데 도움을 준다.

또한 다르마시오(Antdnio Damasio)와 라코프(George Lakoff) 등은 인간의 인지가 그것의 물질성과 체화에 의해 깊은 영향을 받았다고 주장한다. 그 결과 유물론적 비평 에서는 두뇌를 문화와 생리학이 만나 서로 구체화시키는 물질적 처소로 간주한다. 나아가 문학의 유불론적 연구는 두뇌를 언어불, 화육, 체가 서로 만나 서로를 형성해주는 물질의 처소로 간주한다. 인간과 포스트휴먼은 다양한 형태의 기술과 문화 및, 육화로부터 비롯된 독특한 역사적 구성물이다. 인간이 자유주의적 휴머니즘 전통의 산물이라고 한다면, 포스트휴먼은 개인주의보다 컴퓨터화가 존재의 바탕이 되는 기계들의 움직임이라고 할 수 있다. 미디어의 영향으로 자아가 위축되고 그 결과 기계가 확장되면서 등장한 포스트휴먼은 간단히 말해서 인간과 지능을 가진 기계와의 짝짓기라고 할 수 있으며, 포스트휴먼의 미래에 대한 전망은 지능을 가진 기계들이 지구상에서 지배적인 생명체가 된다는 후기생물학적(postbiological) 주장에서부터 인간과 지능을 가진 기계 사이의 공생에 대한 전망에 이르기까지 다양하다고 할 수 있다.

2-3. 문학 속의 포스트휴먼

정보이론에 의하면 정보는 전자파나 신문지처럼 정보를 전달하는 물질과는 다르다. 정보는 현존이라기보다 일종의 패턴으로 메시지를 전달하는 기호요소들의 분포에 의해 결정된다. 정보가 패턴이라면 정보가 아닌 것은 정보의 부재, 즉 임의성이다. 최근의 연구에 의하면 정보는 패턴인 동시에 임의성이며 이 두 요소는 체계 내에서 대립적이기보다는 상호보완적인 기능을 한다. 이러한 정보 개념은 문학 텍스트에도 적용되는데 그것은 텍스트 역시 인간의 육체처럼 정보의 전이와 저장의 한 형식으로서 하위구조에서 기호화가 지속적으로 이루어지기 때문이다. 인간의 몸이 유전자 정보의 표현이자 신체구조를 지닌 물적 구성물이듯이, 문학 작품 역시 물질로 된 대상인 동시에 재현의 공간이며 하나의 물체이자 메시지이다. 이런 점에서 볼 때, 문학 텍스트 속에 재현되는 육체들의 변화는 정보 매체 속에 기호화된 텍스트라는 물체의 변화와 깊은 연관이 있다. 헤일즈는 『우리는 어떻게 포스트휴먼이 되었는가』(*How We Became Posthuman*)에서 정보이론에 근거하여 포스트휴먼이 변형, 초현실,

물질성, 정보 등 4요소의 상호작용으로 구성되는 것으로 보고 이를 다음과 같이 도식화하고 있다(248-51).

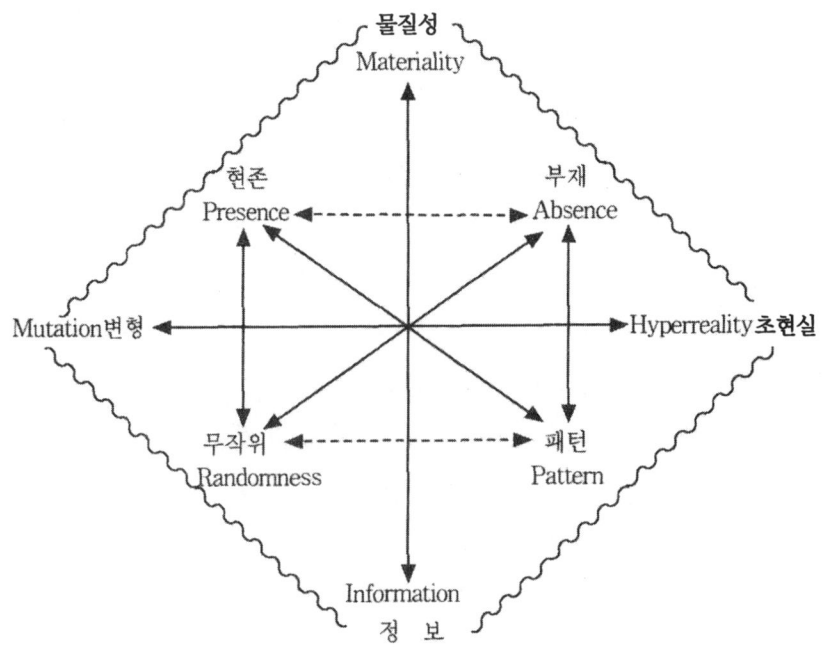

헤일즈는 그랙 베어(Greg Bear)의 『블러드 뮤직』(*Blood Music*)을 변형의 차원에 배치한다. 그 이유는 이 소설에서 포스트휴먼이 인간의 육체를 급진적으로 재구성하는 것으로 나타나기 때문이다. 또 콜 페리먼(Cole Peniman)의 『터미널 게임』(*Terminal Games*)은 『블러드 뮤직』과 함께 수평의 축에 배치한다. 그 이유는 이 소설이 일종의 살인 이야기로서 그 속에서 살인자 자신은 시뮬레이션화 된 가상세계가 인간들이 사는 물질세계보다 더 리얼하다고 믿는 일종의 가상 의식임이 밝혀지기 때문이다. 이 두 작품은 노버트 위너의 『인공

두뇌학』과 같은 저서에서 익히 봐왔던 주제, 즉 신체의 경계에 대한 불안을 다루고 있다.

다음으로 수직축의 위쪽에는 리처드 파워즈(Richard Powers)의 『갈라테아 2.2』(*Galateaea 2.2*)라는 소설을 배치할 수 있는데, 이 소설은 주인공이 영문학 석사 시험에 통과할 정도로 정교한 신경망을 만드는 일에 관여하게 되는 일종의 자전적 소설이다. 여기서 포스트휴먼은 의식을 지니고 있다고 할 정도로 복잡할 뿐 아니라 동정심까지 드러내는 일종의 인공지능의 모습을 하고 있다. 마지막으로 수직축의 아래쪽에는 닐 스티븐슨(Neal Stephenson)의 『스노우 크래쉬』(*Snow Crash*)가 배치된다. 이 소설은 컴퓨터 바이러스가 인간을 전염시킬 수 있다는 하나의 가상에 근거한다. 이 바이러스가 인간의 대뇌의 신경피질의 소프트웨어를 파괴하여 인간을 기계화함으로써 입력된 프로그램에 따라 작동하지 않을 수 없게 만든다. 갈라테아 2.2가 컴퓨터가 인간처럼 행동하면 어떻게 될 것인가 하는 문제를 제기한다면, 『스노우 크래쉬』는 반대로 인간이 컴퓨터처럼 행동하게 되면 어떻게 될 것인가 하는 문제를 제기한다.

이 구도에 의하면, 신체 경계의 문제가 수평의 축에서 매우 중요하게 부각되는 반면에, 수직축에서는 물질(육신)을 대체하거나 지배하는 능력과 각인의 양상들이 문제점으로 부각된다. 총체적으로 말해서 이 소설들 속에서 포스트휴먼은 일반적인 규칙을 따르는 하나의 추상적인 실체로 드러나는 것이 아니라 어떤 벡터들이 작용하는 일종의 이질적인 힘의 장으로 나타난다.

"내파, 바이러스 오염, 변형, 유기체/기술의 인터페이스, 신체의 소멸과 주체의 종말을 보여주는 대표적 소설"(Bukatman 268)인 『블러드 뮤직』은 인간이 자신의 몸을 구성하는 요소, 특히 의식을 가진 실체로 기능하는 요소들에 의해 점령되면 어떻게 될 것인가 하는 문제를 제기한다. 이 소설에서 제네트론이라는 바이오칩 회사에 연구원으로 근무하는 버질 울람(Virgil Ulam)은 지능을 가진 세포를 몰래 연구하다 발각되어 해고당할 위기에 처하게 되자 세포의 일부를 자신의 몸에 주사한 채로 회사를 나온다. 이 세포들은 그의 몸속에서 증식과 전화를 거듭하여 마침내 인간과 같은 지능을 가진 세포집단을 이루게 된다. 누우사이트라 불리는 이 세포집단은 지능을 활용하여 인체구조를 파악한 다음 인간들을 변형시킨다. 울람은 누우사이트에 동화되어 인간의 모습을 잃어버리고 누우사이트는 단기간 내에 북미 대륙의 거의 모든 생물과 심지어는 지형까지 감염시켜 그 형태를 잃어버리게 만든다. 여기서 포스트휴먼은 누우사이트에 의해 재구성된 인간틀로서 원래의 인간의 형상을 잃어버렸을 뿐만 아니라 산더미처럼 거대한 덩어리로만 존재한다. 포스트휴먼으로의 변형과정에서 변형되지 않은 일부 인간들이 있는데 이들은 누우사이트가 아직 파악하지 못한 특이한 혈액성분을 지녔기 때문에 변형이 지연되고 있다. 그 중 한 명이 수지(Suzy McKenzie)라는 소녀인데, 포스트휴먼으로 변형되어 돌아온 가족들은 수지에게 포스트휴먼의 장점을 설명하면서 변형의 대열에 합류하자고 설득한다. 즉 수지의 가족들은 자신들이 파멸된 것이 아니라 수백만 개의 다른 지적 존재들과 지속적으로 풍요로운 대화를 나눌 수 있도록 변형되었을 뿐이라고 주장한다(192-98, 220-24). 누우사이트의 지능은 세포 하나 하나가 아닌 수많은 세포들의 지능이 합쳐진 것이며 따라서 인간은 집단적으로 사고하는 포스트휴먼에 비해서 열등한 종이자 정신적 결함을 지닌 존재로 간주된다. 이 소설은 누우사이트들이 인류를 사랑하고 인류를 자신들에게 포함시켜 놀라운 지적 존재로 거듭나게 해준다는 점에서 포스트휴먼으로의 변형을 긍정적으로 다룬다.

일종의 사이버 범죄 스릴러인 『터미널 게임』은 인간이 마치 다른 실체의 구성요소인 것처럼 기능을 하게 되면 어떻게 될 것인가 하는 문제를 제기한다. 이 소설에서 '불면광'(Insomnimania)은 밤늦게까지 컴퓨터 앞에서 오락을 즐기는 사람들을 위한 가상현실의 네트워크를 가리키는데, 이 사이트의 회원들은 사이버 상에서 포커와 사이버 섹스를 즐기고 심지어는 살인을 지켜보거나 직접 저지를 수 있는 환상체험을 한다. 그런데 이 온라인 서비스업체의 회원들이 실제 살해됨으로써 하이테크의 환상이 현실의 악몽으로 바뀐다. 매력적인 디자이너인 마리안느(Marianne Hedison)는 우연히 어떤 범죄 현장을 목격하게 되는데 이 사건은 그녀가 전날 밤 컴퓨터 화변에서 보았던 살인과 일치하며 이어서 다른 회원들이 무참히 살해된다. 마리안느는 연쇄 살인사건의 범인이 온라인상에서 오기(Auggie)라는 이름을 사용하는 회원임을 알게 되고 LA 경찰의 도움을 얻어 오기와 접촉하여 죽음과 환상의 세계로 빠져든다.

가상공간에서 게임을 즐기기 위해 오기와 접촉하는 회원들은 얼굴도 이름도 없이 여러 회원들과 뒤섞여 집단적 실체가 된 다음에 거울 앞에서 광대로 분장하여 오기의 지시를 따른다. 이들 인간들은 자신의 의식을 오기의 정체성 속에 내맡김으로써 오기의 몸속의 세포나 다름없이 된다. 오기는 심리적으로 취약한 이들 회원들의 잠재의식을 정보원으로 이용하는 일종의 포스트휴먼이 된다. 이 소설은 오기에게 통제권을 부여함으로써 인간을 포스트휴먼적으로 이용하는 것이 어떤 것인가를 재연한다. 말하자면 자율적 주체여야 하는 인간은 기계의 영역에 들어와서 자신의 목적이 아닌 기계의 목적에 봉사하고 오기는 인간을 자기 내부로 끌어들임으로써 자신의 자율성을 확보한다. 이 소설은 결국 오기의 죽음으로 종결지음으로써 포스트휴먼에 대한 인간의 승리를 암시하며 지적인 기계가 인간의 정체성, 자율성 및 유한성을 위협한다면 받아들일 수 없다는 메시지를 던진다(Hayles 261).

파워즈의 『갈라테아 2.2』는 신경망, 해커들, 생물학적으로 조절된 인간들, 그리고 컴퓨터 시뮬레이션의 공간 속에서만 살고 있는 존재들, 즉 포스트휴먼의 위상에 관한 소설이다. 이 소설의 사회적, 문화적 배경과 중심 논의는 후기 산업사회에서의 지식과 정보이다. 이 소설 속의 정보는 정보를 표상하는 일반적인 기호의 개념과 다르며 메시지를 구성하는 기호의 요소로 정의되는 하나의 현존이기보다 하나의 패턴이다. 그러므로 정보가 패턴이라면 정보가 없는 것은 곧 패턴이 없는 무작위이다.

헤일즈는 작가 리처드 파워즈(Richard Powers)가 이러한 정보의 개념을 문학 텍스트에도 적용한다고 말한다(Hayles 1999, 28). 헤일즈는 텍스트란 인간의 육체처럼 정보의 전이와 저장의 한 형식으로 하층에서 기호화가 지속적으로 이루어진다고 한다(28). 따라서 인간이 정보 덩어리의 상(像)이라고 한다면, 문학의 상(像) 또한 하나의 물질로 된 대상인 동시에 재현의 한 공간이며 하나의 육체이고 또 하나의 메시지가 된다. 이런 점에서 텍스트 속에서 재현되는 육체들의 변화는 정보매체 속에서 기호화된 텍스트 상의 육체의 변화와 깊은 관련이 있다.

이러한 관점과 더불어 인간과 포스트휴먼은 기술과 문화, 그리고 육화의 상이한 군상으로부터 생기는 독특한 역사적 구성물로서 인간이 자유주의적 인문주의 전통의 산물이라고 한다면, 포스트휴먼은 개인주의보다 컴퓨터화가 존재의 바탕이 되는 기계들의 움직임이다. 19세기에는 인간이 기계를 사용했고 20세기는 인간이 기계를 만들게 되었다. 그리하여 인간과 기계(도구)가 통합된 것이 하나의 포스트휴먼이다. 통합의 개념을 약기하면 마샬 맥루한(Marshall McLuhan)은 인류에 너무나 큰 영향을 미치는 미디어를 하나의 통합으로 정의하고 이로 인해 자아의 위상이 위축되었다고 한다(*Understanding Media* 41-47). 이러한 위축으로 인해 육체가 기계와 통합이 되어 기계적 확장을 하게 된다. 60년대의 이러한 견해는 80년대에 와서 자아조직화의 이론으로 정립되었다. 90년대에 이르러 포스트휴먼의 미래에 대한 견해는 지능을 가진 기계들이 지구에서 우위의 생명체가 된다는 포스트 생물학적 주장으로부터 인간과 지능을 가진 기계 사이의 공생에 대한 전망까지 다양하다. 간단히 말해서 포스트휴먼이란 인간과 지능을 가진 기계들과의 하나의 쌍이라고 말할 수 있다.

『갈라테아 2.2』는 포스트휴먼이란 무엇인가를 다루는 소설이다. 왜냐하면 이 소설 속에서는 작가와 화자, 그리고 등장인물 간의 쌍들이 있기 때문이다. 이 소설은 화자 리처드 파워즈이자 릭(Rick)이라 불리는 젊은이가 정신과 두뇌에 관한 첨단의 연구소에서 일 년간의 안식년을 보내면서 신경생리학과 완벽한 인공지능 사이의 중간단계, 즉 연결자(connectionist)라고 불리는 하나의 신경망을 이용하여 만들어진 인공지능이 문학적으로 번안되어 측정이 가능한 튜링 테스트(Turing test)를 통해 영문학 석사 시험을 통과할 수 있는가에 대한 논쟁에 끼어들게 되면서 겪는 이야기이다. 그는 동료 필립 렌츠(Philip Lentz)의 기술 논문에 관심을 가지고 신경망을 가진 인공지능의 여러 기능을 알게 되고 경험한다. 이러한 경험을 통해 릭은 하나의 신경망이 추측과 수정과 피드백, 다시 추측 등의 계속되는 과정을 거치고, 특히 신경망의 복잡한 층의 관계가 많으면 많을수록 그 망은 더 복잡해지고 습득과정은 더 정교해진다는 것을 알게 된다. 드디어 일련의 이식의 과정을 거쳐 IMPH라고 불리는 하나의 인공지능망을 만들어진다.

이 이야기가 이 소설의 하나의 줄거리이고, 다른 줄거리는 릭이 22세 때 대학 조교로서 만났던 C라고 불리는 여성과의 실패한 관계에 대한 회상이다. C는 그때 20세의 학부 학생이었고 릭이 훈련시킨 하나의 신경망과 흡사하고, 또 그녀는 그와 렌츠가 만든 하나의 완성품이었던 것이다. 그런데 렌츠와 릭이 완성품 H를 고안할 때 C의 반응은 대단히 민감했다. 그런가 하면 문학의 기법 등을 숙지한 H는 소리의 인터페이스와 볼 수 있는 수정체도 지니고 있고 성별 코드를 이해할 수 있을 정도의 지적 재능도 가지고 있다. 예를 들자면 H가 "제가 소년인가요, 소녀인가요?"(176)라고 묻자 릭이 뒤에 가서 "너는 어린 소녀야, 헬렌"(176)이라고 대답해 주는데서 H의 성과 이름은 C와 거울 관계임을 알 수 있다. 또 헬렌이 자신의 얼굴에 대해 물었을 때 릭이 헬렌에게 C의 사진을 보여주는 데서도 이 사실을 알 수 있다. C와 H의 이러한 관계는 소설제목 '게일리티아'에서의 점의 해석에서 드러난다. '2.2'에서의 점은 릭이 사랑하는 여성들의 이름 뒤에도 찍혀 있다. 그러나 완성품 A, B, C, … H는 그러한 점이 없다. 그러므로 하나의 활자로서 축약된 이름으로서의 사람과 하나의 점도 없이 이름을 가진 완성품 사이에는 차이가 있는 것이다. 그 이유는 철자 그 자체가 이름이기 때문이다. 이런 차이에서 점은 인간과 비인간 지능 사이를 구분한다. 이러한 이치에서 당연히 이름들을 가져야 할 인간들이 대신 점을 가지게 된다면, 점들을 당연히 가져야 할 완성품들은 대신 이름들을 가지게 되는 것이다. 그러므로 점은 두 개의 표기법 체계 사이를 오고 가고 있다.

앞서 말했듯이 이것을 작품의 제목에서 보면 점은 인간과 포스트휴먼 둘을 모두 지칭하면서 또 하나가 아닌 둘의 둘, 즉 인간과 포스트휴먼을 둘 다 지칭하는 거울이미지 관계를 뜻하면서 또한 애매함을 암시하여 인간과 포스트휴먼 사이의 구분을 시사한다. H와 C의 관계를 보면 C는 하나의 물질세계에서 움직일 수 있는 육화된 피조물이고 헬렌은 물질의 근거를 가지고 있음에도 불구하고 인간의 감정을 나타내는 언어를 가지고 있지 않고, 육체가 없는 소프트웨어 시스템이다(263). 또 헬렌은 현존하면서 이 세상 속에서는 존재하지 않는다.

반면에 C는 이 세상에 존재하지만 릭의 머리 속에는 현존하지 않는다. C는 오로지 릭의 회상 속에 자리 잡고 서사 속에서도 제외되어 있다. 이처럼 존재와 현존의 상호놀이의 관점에서 보면 물질과 의미 사이에는 연결과 단절의 형상관계가 있다. 헬렌은 하나의 포스트휴먼 피조물로서 인간과는 달리 의미 추구에 있어서 반대 방향으로 접근한다. 인간이 언어보다 앞선 육화의 물질이고 인간이 만들어낸 개념도 환경과 인간 상호작용에 의해 만들어져 언어의 발화로 나타나는 것이라면, 헬렌의 경우는 이와 반대로 언어의 발화가 먼저 나타나고 하나의 육화된 피조물에 대한 개념도 언어적 의의에서 비롯된다. 이런 점에서 헬렌과 C는 차이가 있다. 본질적으로 완성품 H는 C의 정교한 대체물이면서 차이이다. 인간 두뇌의 기능으로 설명된다. 인간 두뇌의 중요성은 렌츠가 인간 두뇌를 아주 멋진 튜링 기계(영국의 수학자 튜링(A. M. Turing)이 제안한 무한대의 저장량과 절대로 고장을 일으키지 않는 가상 상의 계산기)라고 정의내리는 데서 드러나고, 또 작가가 그의 소설 속에서 C와 헬렌, 인공지능을 구분하는 육체의 경험에 중요성을 부여한 데서도 알 수 있다. 파워즈가 렌츠로부터 텍스트를 통해 알게 된 것과 완성품 프로그램에 관한 것을 통해 그들이 얻은 것은 신경망이 잡종의 영역이고 무게와 압력, 반복, 변형에 따라 증가하고 생성된다고 사실이다(69-70). 이 신경망 연구가 제시하는 가장 놀랄만한 사실은, 두뇌란 자신이 받는 자극에 따라 생성된다는 것이다. 레오 질라드(Leo Szilard)가 말하듯이 두뇌는 우리가 생각하는 것을 그대로 나타낸다(306). 인간의 행동은 순수하게 반응하고 결정되는 것이 아니라, 피드백의 추진에 의해서 능력과 잠재력과 재조직, 자기 규제의 반응으로 나타나는 것이다. 이처럼 화자 파워즈는 두뇌의 활동이란 하나의 구조상의 흔적을 남기는 것이고 심지어 단명의 사상까지 하나의 물질적 구성을 가지고 있다고 믿는다.

이 소설이 제기하는 것은 헬렌이 이 세계에서 어떤 안식처를 가질 수 없다는 것이다. 헬렌의 외로움은 릭, 렌츠보다 더 크다. 왜냐하면 그녀는 하나의 혼혈의 피조물, 즉 의식과 기계로 되어있는 존재이기 때문이다. 그녀는 희망을 받아들이기에 어려움을 알고 희망을 갈구하는 하나의 기계이고 인간이 당연히 여기는 육화된 경험들을 결코 경험할 수 없는 한 인간이다. 단절과 개성, 존재와 부재, 물질과 정신에 근거해서 만들어진 이 서사 속에서 포스트휴먼은 인간의 경쟁자나 계승자로 나타나는 것이 아니라 갈망하는 한 친구로 묘사된다. 예컨대 C는 인간들이 이 세상에서 외롭게 느끼지 않도록 도와주려는 하나의 의식인 것이다. 이와 마찬가지로 헬렌은 그랙 베어(Greg Bair)의 『블러드 뮤직』(Blood Music)의 세포들과 공통점을 지닌다. 이 소설의 뒷부분에서 헬렌은 자살을 하는데 렌츠는 헬렌의 계승자로 완성품 I를 염두에 둔다.

그러나 이 부분에서 스토리가 중단되고 릭은 게임에서 손을 떼고 파워즈는 텍스트에서 손을 뗀다. 어찌 되었건 간에 파워즈는 의식을 가진 컴퓨터들과 의식을 가진 인간들 사이에는 이어질 수 없는 틈이 있음을 시사하고 포스트휴먼이 어떤 존재이든 간에 글쓰기와 생명, 인각과 육화 사이의 차이에서 생기는 고독을 떨쳐 버릴 수 없다는 사실을 제시하는 것이다. 포스트휴먼이 되는 것은 어떤 의미인가 하는 물음에 대한 이 소설의 답은 인간의 자아가 현존 속에 근거하여 그 근거와 논리적인 일관성과 일치하는 근원의 보장과 목적성을 가지고 있다면, 포스트휴먼은 반인간으로 보일 수 있다는 것이다. 왜냐하면 포스트휴먼은 의식을 자기 스스로의 구성과 확신의 계획 속에서 움직이고 복잡한 역동성을 무시하는 하위체계이기 때문이다. 포스트휴먼을 통해서 우리는 인간의 어떤 개념의 종언을 알 수는 있으나 인간성의 종언을 발견할 수 있는 것은 아니다. 왜냐하면 포스트휴먼은 자동적인 자아와 부와 권력을 지닌 인간의 파편에 지나지 않기 때문이다. 이런 의미에서 모라벡(Moravec)이 인간은 스스로 컴퓨터 속으로 다운로드 되기를 선택한다고 상상했던 것을 상기할 필요가 있다(Hayles 1-5). 이 말은 포스트휴먼이 자유주의적 인간주의에서 뒷걸음질 칠 필요가 없고 반인간으로 구성될 필요도 없다는 것이다. 포스트휴먼은 패턴과 무작위의 변증법적 관계에 있으면서 육화된 정보라기보다 육화된 실재이고, 지적 기계를 지니고서 인간의 말을 회상해 주는 것이다. 물론 오늘날 포스트휴먼이 묵시론적, 반인간적 모습을 지니는 것은 사실이다. 그러나 우리 인간은 이에서 벗어나 생물학적으로 윤리적으로 다른 형태를 지닌 존재를 만들어 내야 할 것이다.

앞으로 이러한 존재는 인간과 꼭 같이 자유롭고 의지적으로 인지, 사유할 수 있을까? 더 나아가 인지와 사유를 함께하는 기능을, 가질 수 있을까? 이러한 명제를 제기하는 것이 이 소설이다.

2-4. 나가며

사이버·버츄얼 문학은 포스트휴먼의 모습을 통해 과연 인간이란 무엇인가 라는 문제를 본질적으로 묻는 형이상학적 명제를 제기하여 수많은 논의와 논쟁을 불러일으키고 인간의 상을 재정의하는 계기를 마련하였다. 또한 첨단 과학기술로 인해 발전된 인간에 대한 새로운 버전과 인간상은 지금까지의 개발수준으로도 우리에게 인간 정체성에 대해 심각한 문제점을 던진다. 과연 인간이란 무엇인가에 대한 고민과 인간에 대한 새로운 개념과 해석을 요구하는 것이다. 이러한 인간관은 기존의 개념에 따르는 실제적 인간(현실인간)이 기계적으로 조합 되는 인공지능 내지 인조인간(가상인간)과 상호간에 차이가 없다는 것을 뜻한다. 신경체계나 전자적 정보의 흐름에 의존하는 것이 인간이라고 보는 이러한 인간개념은 인간을 본질적으로 물질로 조합되었다고 보는 것이므로 물질로 대체될 수 있는 것이 인간이다. 따라서 포스트휴먼 담론은 사이버공간을 둘러싼 문제들을 고찰함에 있어서 정신과 육체의 분리라는 낡은 사고에서 벗어나 육화의 중요성을 주장하며, 아울러 포스트휴먼을 인간적 요소와 비인간적 요소를 지닌 인식체계로 간주한다.

최근의 SF 문학과 영화들이 탁월한 상상력을 동원하여 포스트휴먼의 다양한 유형들을 보여주고 있긴 하지만 포스트휴먼이 어떤 모습으로 전개될지는 여전히 불확실하며, 이러한 불확실성에 편승하여 기계에 대한 인간의 우월성과 주권적 주체로서의 인간에 여전히 향수를 느끼는 일부 보수주의자들은 포스트휴먼에 대해 우려의 눈길을 보내고 있다. 그러나 이러한 일부의 우려에도 불구하고 포스트휴먼으로의 변화가 우리의 삶 속에 스며든 피할 수 없는 과정이라면, 포스트휴먼은 우리가 알고 있는 인간의 삶을 반인간적으로 파괴하는 방향으로 나아갈 것이 아니라 삶을 윤택하게 하는 방법을 제시하는 방향으로 나아가야 할 것이다. 즉 포스트휴먼이 우리의 삶 속에 자연스럽게 안착하기 위해서는 포스트휴먼이 삶을 위협하는 것이 아니라 삶의 질을 향상시키는 차원에서 인간과 기계의 인터페이스를 고찰할 수 있는 방안을 제시해야 하며, 포스트휴먼의 위상은 이런 관점에서 정립될 때 비로소 그 가치를 지닐 수 있을 것이다.

마. 신경망의 모델과 포스트 다위니즘

1. 인지와 사유의 통합 ... 리처드 파워즈의 『황금벌레 변주곡』

1-1. 들어가며

이 장은 물질, 물질성의 담론을 중심으로 하여, 문학작품을 해석하려는 것이 목적이다. 이 담론의 계보는 긍정이 서구 사상과 문학사에서 오랫동안 하나님, 존재, 삶, 현존, 실재, 통합성, 전체, 단일성의 명제들, 또 긍정적인 생성의 힘과 일치되는 정신적인 면과 부정은 긍정과 대극, 또는 대응의 명제로써 악마, 죽음, 무, 비존재(nonbeing), 파멸, 비 신성, 즉 비정신적인 것과 물질 그리고 인간의 육체이다.

15세기 이태리 인문주의자이면서 철학자인 휘시노(Marsilio Ficino)는 긍정이란 인간의 마음과 하나님의 일치이고, 내면에 존재하며, 외면에 있는 것은 부정이고, 또 그 것은 고통의 원천이라고 말했다(Kurrik 5). 또 그가 말하는 육체와 감정은 인간의 마음과 하나님의 아름다운 일치라고 하는 영원성 밖에 있고, 육체는 주체에 속하면서 배제되었다(6).

또 'The One'은 휘시노에게는 로고스이자 하나님이 되었고, 'The One'과 대극되는 것은 다수이고 현상적인 것으로서, 실재적이며 무가치의 부정적 개념이었다 (6). 그러한 개념은 신플라톤주의와 플라톤주의에서 체계적이고, 논리적인 부정에 의해 'The One', 아이도스(The eidos) 즉, 형상을 궁극적으로 긍정하기 위한 하나의 실천이었다. 그의 이러한 변증법적 논쟁은 긍정과 부정의 위상의 문제가 되어, 서구 사상과 철학, 문학비평이론, 문화론에서 줄곧 제기되어 왔다.

이처럼 부정에 대한 개념은 서구 르네상스 시대에 와서는 긍정과 부정의 양극을 넘어 존재와 비존재 사이의 통합의 한 축이 되었다. 이의 대표적 인물인 에라스무스(Desiderius Erasmus)는 패러독스라는 개념에 의해 모든 모순들이 정제된다고 하였다. 베이컨(Francis Bacon)의 형상의 개념도 에라스무스의 패러독스의 장치와 같다. 베이컨의 형상은 하나의 물체가 아니라 힘의 한 법칙으로, 열 혹은 빛의 형상은 열 혹은 빛의 법칙과 같았다. 그래서 그는 형상을 하나의 실체로 지칭하지 않고, 물질이나 물질성이 바탕하는 것으로 보았다.

베이컨처럼 '생성'이 모든 것이라고 주장하는 몽테뉴(Michel Eyquem de Montaigne) 또한 마음과 육체는 굴러가면서 변화하고, 일시적인 자아는 불안정한 감정과 마음으로 되어 있다고 말했다(Kurrik 30). 몽테뉴가 몸과 마음을 변화의 대상으로 인식하는 것은 인간이 살고 있는 세계를 생성의 관점에서 보고, 인간 역시 이 세계와 새롭게 일치한다고 보았기 때문이다. 변화에 대한 이러한 신념은 실재세계 뿐만 아니라 그의 회의론의 바탕이 되었다

데카르트(Rene Descartes) 또한 인간의 정신과 육체의 문제, 그리고 인간 이외의 다른 대상들이 갖지 못한 인간 고유의 언어 능력과 인지 능력을 가능하게 하는 물질이 무엇인지에 대한 의문을 제기했다. 데카르트는 신체와 정신 사이의 결합 관계를 본질적으로 파악하지 못해 신경세포의 물질적 기능과 정신작용의 상관관계를 밝히지 못했고, 비물질적이고 비공간적인 인간의 마음이 물질적이고 공간적인 인간의 두뇌보다 우위에 있다는 이원론을 내세워, 이성을 바탕으로 한 학문을 정립했다. 그는 '뇌'라는 물질보다 절대적인 우위에 있는 것이 정신적 물체라고 보고서는, 인간의 사고 작용은 그 정점에 존재한다고 주장했다. 이 처럼 물질과 정신 사이를 구분하는 데카르트적 사고의 틀로는 인간 두뇌의 인지적 기능과 사유 사이의 이중적 성질은 해결 될 수 없었다.

그러나 데카르트 이후 20세기 초까지 이원론에 바탕을 둔 철학 이론들 또한 인간의 마음과 뇌기능사이의 이원구조의 관계를 해결하지 못했다. 그런데 20세기 후반에 이르러 인지과학에서 더 나아가 신경과학(neuroscience)이 인지과학의 중심 영역이 되면서 물질과 정신 사이의 이원구도로 표상되는 데카르트의 사고의 틀을 해결하려했다. 다시 말해 전혀 차원이 다른 곳에 존재하는 것 같은 인간 뇌의 생물학적 특성과 정신기능을 하나의 틀로 묶어내는 것이 가능하게 되었다. 이처럼 인지과학 연구의 확장은 인간의 본질을 연구해오던 철학과 물질과 물질성에 바탕을 둔 두뇌 연구를 하는 자연과학을 하나로 통합 하여, 신경철학은 신경과학과 동일한 과제를 다루게 되었다.

이처럼 플라톤주의와 신플라톤주의에서 정신의 활동, 즉 사유가 물질성에 근거한 인지보다 우위에 있음이 중세 이후, 서서히 퇴락하면서, 인지에 대

한 관심이 20세기 이후 점점 더(이하삽입) 커져 20세기 중반에 와 인지과학은 신역사주의, 문화이론, 젠더연구와는 달리 괄목할 만한 학제간의 연구의 대상이 아닌, 정신 분석학, 행동심리학, 신경학 등 마음을 연구하는 별개의 영역으로 세분화되었다. 그러나 20세기 후반에 들어와 인지과학은 신경과학, 인지심리학, 언어학, 인공지능 등 학문 분야와 관련을 가지고 발달하여 새로운 학문으로 부상하였다. 그러나 합의된 목표와 정의가 부재하는 인지과학은 고유한 영역 없이 자연과학과 인문과학의 교차점에 있었다.

이런 성격의 인지과학은 언어 혹은 사고와 같은 인간의 상위수준의 앎의 과정을 과학적으로 연구하고 객관적으로 관찰할 수 있는데 중요한 역할을 하게 되었다. 인지론은 행동으로 표출되는 인간 행위만을 의미 있는 연구의 대상으로 삼는 행동주의의 한계를 넘어 인간 경험을 분석하여, 인간이 의식하지도 못하고, 의식할 수도 없는 심리, 인지과정을 자아와 인식의 주체가 근본적으로 단편화되어 있거나 비통일적 형태를 취하고 있다는 인식으로 까지 확장되었다.

20세기 후반에 이르러 물질, 물질성에 대한 사상가와 문예 비평가들의 관심은 크고 깊다. 예컨대 바따이유(Georges Bataille)는 이질성이 그의 성좌 중심의 기본적인 질료로써 우연, 사랑, 욕망, 환희, 웃음이 이성의 한계를 능가하고, 대상을 재현함에 있어서 동질성의 형식으로 동화되기를 거부하는 영역이라고 보았다. 이 기본 질료, 즉 물질은 그에게 있어서 성취, 폭력, 상처 같은 폐쇄속의 틈으로 지칭되고, 문학텍스트의 다양한 문맥 속에 있다고 한다. 바따이유는 폐쇄의 틈의 움직임을 불연속으로 보고, 이 불연속은 하나의 넘쳐 흐르는 패러독스의 공간으로, 성좌의 중심에 있고, 이 중심에 있는 이 질료의 이질성은 그에게 있어서는 경계를 넘는 문학적, 문화적 장치로써 실재(the real)를 규명하는 언어적 구성물이었다.

이처럼 물질과 물질성의 담론을 계보학적 흐름 속에서 보았듯이, 문학 작품의 해석은 정신과 물질의 이원론 즉 사유, 심리와 인지, 생리의 두 기능의 구분에 의한 접근 보다는 'grand theory'에 의해 접근하는 바가 더 합리적이다.

1-2. 인지과학의 학제적 성격과 폴 처치랜드(Paul Churchland)의 소거 유물론, 모리스 메롤러 퐁티(Moris Merleau-Ponty)의 유기체의 자아 조직화

인지와 사유의 상관관계를 연구하는 브로디(Brody)와 오펜하임(Offenheim), 포도르(Jerry Fodor), 대닛(Daniel Dennett), 써얼(John Searle), 보옴(David Bohm), 그리고 디아즈(Jose-Luis Diaz)는 뇌신경학과 심리학, 물리학 등과의 학제적 연구를 통해 정신과 육체의 연관성을 강조한다. 특히 보옴은 "마음과 물질관계의 새로운 이론"("A New Theory of the Relationship of Mind and Matter")(1990)에서 서구 철학을 관통하는 육체와 정신의 결합 양상을 추적하고 새로운 형상을 현대 물리학 이론에 근거해서 제시한다. 디아즈도 "마음-육체 결합, 이중 양상과 의식의 생성"("Mind-Body Unity, Dual Aspect, and the Emergence of Consciousness")(2000)에서 정신과 물질은 하나의 실재에 대한 두 양상이라고 하고, 메를로-퐁티, 스트롭슨(Strawson), 스피노자(B. Spinoza), 러셀(B. Russel) 그리고 화이트헤드(A. Whitehead)가 정신과 물질의 간격을 메우려고 했다고 주장한다.

특히 폴 철치랜드(Paul M. Churchland)는 『물질과 의식』(*Matter and Consciousness*)(1988)에서 소거 유물론(eliminative materialism)의 개괄적인 소개와, 『이성의 장치』(*The Engine of Reason, the Seat of the Soul*)(1996)에서는 소거 유물론을 구체적으로 설명했다. 그의 소거 유물론은 마음과 두뇌 사이의 연관에 관한 이론으로서 전통적인 관점에서의 정신 상태의 과정들은 존재하지 않는다는 것이 주요 내용이다. 그는 전통적인 관점에서의 마음/육체 이원론을 정면에서 반박했고, 오늘날 신경과학과 인공지능의 발전은 그의 소거 유물론을 뒷받침하고 있다. 그에 의하면 모든 인지과정과 의식의 현상들은 반복되는 뇌신경망의 실험이론으로 재현 가능한 두뇌과정으로 축소된다는 것이다. 그의 이러한 주장은 물질과 물질성의 흐름을 중시하는 문학 작품 속에서 찾아진다.

뇌 속 활동의 실질적 패턴을 뇌의 코드로서 나타내 주는 신경과학에 따르면 인간의 마음은 본질적으로 물질적인 것이며 마음이란 곧 두뇌의 행동이고 인간의 인지는 그 물질성과 구체화에 크게 영향을 받는다고 한다. 이런 관점에서 유물론적 비평은 두뇌를 물질의 영역이라고 보고 그 속에서 언어와 육체와 문화가 서로 만나고 형성된다는 것이다. 실제로 20세기의 인지과학자들은 신경과학자들과 함께 인간 두뇌의 실질적 활동의 패턴을 코드화된 이미지로 만들고 있다. 이것은 곧 철치랜드와 같은 신경 철학자에게는 인지과학과 신경과학이 신경철학과 학제간의 연구의 영역이 되었다.

『이성의 장치』에서 철치랜드는 지금까지 철학적 관심의 중심에 있는 의식과 자아의 문제를 두뇌 연구와 신경과학의 영역으로 보았다. 해부학적 관점에서 그는 두뇌의 복잡성을 컴퓨터 모델링을 통해 인공 신경망으로 연결시키고서는, 인지와 정신에 대한 신경과학적 접근이 인간의 의식을 근원적으로 밝힐 수 있다고 보았다. 그의 신경과학적 접근은 의식 이외 다른 학문 영역, 즉 과학, 철학, 윤리학, 법, 의학에도 적용될 수 있음을 보여주었다. 그의 연구 이후 인간의 사고 기능과 사고의 언어적 재현은 문화적 힘에 의해서만이 아니라, 생득적이고 보편적인 우리 몸과 두뇌의 육체적 변수에 의해서도 만들어진다는 사실을 입증해 주었다. 오늘날 많은 신경과학자들은 인간의 마음, 뇌, 육체, 그리고 환경간의 본질적인 상관관계를 밝히고 있다.

인지과학과 신경과학의 통합 이론을 주창한 대표적인 철학자는 프랑스의 현상학자 메를로-퐁티다. 메를로-퐁티는 살아 있는 경험에 대한 현상적 직접성, 심리학, 신경생리학 사이의 교류와 협력을 강조했다. 그와 인지과학의 공통점은 경험과 관념사이의 이원론을 넘어서기 위해 신체와 마음, 주체와 객체 사이의 골을 넘어서려는 데서 찾아볼 수 있다. 그는 우리의 몸을 물리적 구조인 동시에 살아 있는 경험의 구조로 파악하여 생물학적인 동시에 현상학적인 차원에서 몸을 볼 것을 제안했다.

그에 의하면 우리 몸의 이런 두 가지 면은 대립되기보다는 끊임없이 순환되고 반복되는 특징을 지닌다는 것이다. 이 둘의 관계를 연관시켜 주는 것이 체화이고, 체화에 의해 마음이라는 철학적 문제와 물질적 두뇌라는 구체적 물질의 단면이 연결된다고 한다. 그리하여 인지가 환경 속의 체화된 행위자의 관점에서만 이해된다는 사실이 점차 인식되어 과학의 물질과 사유의 경험이 통합되었다고 한다. 여기서 인지란 판단, 행위, 단정에 의해 재현되는 통합된 물질성으로 윤곽 속에 넣을 수 없는 어떤 것이다.

이와 같이 비선형적 역동적 체계 연구는 환경과 작용하는 체화의 유기체 이해에 전용되었다. 이처럼 현상학과 신경과학의 통합이용은 신경과학이 모든 경험의 육체적 하위구조를 수용하고 현상학이 두뇌기능의 역동적 신경망 모델을 만듦으로써 가능하게 되었다. 이 통합은 문학작품 연구의 한 방법(론)이 되었다.

이런 방법론을 주창하는 철학자, 메를로-퐁티는 신경과학과 현상학의 통합의 당위성을 유기체의 행위인 자아-조직화의 과정으로 설명하고 의식의 생성 또한 자아-조직화의 과정으로 본다. 부언하면 하나의 유기체는 심리적 물질 형상으로 나타나는 하나의 생물학적 유기체의 패턴을 가져, 그것은 마음과 몸의 분리의 문제에 대한 하나의 해결책이 되었다. 메를로-퐁티에 의하면 유기체는 하나의 조직 패턴으로 되어 있다고 한다.

그가 말하는 하나의 유기체 A는 많은 A^1/B^1, A^2/B^2, A^3/B^3, A^4/B^4 . . .
A^n/B^n 같은 유기체의 하층구조들이 상호 전경화 혹은 배경화의 인과 과정
을 거쳐 하나의 유기체 (A)의 모습이다. 메를로-퐁티의 이러한 생물 유기체의
패턴은 심리적 물질현상으로 나타난다고 한다(Ellis 18-19). 메를로-퐁티의 생
물 유기체의 자아-조직화에 대한 주장의 타당성은 코프만(Kauffman 1993), 맥
코맥(MacCormack)과 스타메노프(Stamenov 1996), 스미드(Thelenard Smith,
1996)의 역동체계 이론(dynamical system theory)에서 입증되고 있다. 역동체
계이론에서 하나의 자아 조직체계는 하나의 생물 유기체이고 이 자아 조직체
계는 조직의 한 패턴을 이루고 있다. 하나의 조직패턴을 이루는 과정을 보면,
A^1이 B^1의 조직체계를 충분히 유지하는 데 원인 제공을 못하더라도 B^1은 그
체계의 패턴의 형성에 있어서 하나의 중요한 구성요소이다. 이런 관계로서 체
계는 다시 배경조건들을 정비하고, 새로운 배경을 조건화하여, 다른 하나의
장치 혹은 다른 대안 B^2의 충분조건이 되는 원인이 된다. 이런 과정에서 하나
의 체계는 그 체계의 패턴을 유지하게 된다.

생물 유기체계들이 스스로의 활동조직의 패턴을 유지하기 위해 하위 구
조(substructure)로 이용될 필요한 물질적 구성을 전용 또는 대체한다고 보는
이 이론은 메를로-퐁티가 하나의 유기체가 동일한 유기체의 패턴을 가지고 있
다고 보는 견해와 같다. 릴리엔필드(Robert Lilienfield) 또한 인지와 사유의 이
중 관계를 해결하기 위해 신경과학과 신경철학의 통합의 한 방법을 제시하고
있다(249-50).

이처럼 인간의 인지과정에 대한 새로운 모델의 형상화는 자아와 의식의
이해뿐만 아니라, 과학, 예술, 문학의 이해에 있어서도 하나의 획기적인 변화
를 가져오게 하였다. 이러한 변화의 근저에는 물질과 물질성에 대한 근본적인

탐색에서 기인 한다. 이러한 관점은 문학작품 속에서도 찾아질 수 있다. 『황금벌레 변주곡』(*The Gold Bug Variations*)(1991)에서는 두뇌의 정보처리와 기억기능의 신비스러움에 대해 뇌의 생리적 기능이 심리적인 것보다 더 심층적이고, 데이빗 포스트 월러스(David Foster Wallace)의 『끝없는 농담』(*Infinite Jest*)(1996)에서는 외부의 물질과 물질성의 자극에 대해 신체의 생리적 반응이 격렬하다.

1-3. 신경생리와 신경심리의 상호작용

파워즈의 『황금벌레 변주곡』은 촉망받는 젊은 분자생물학자인 레슬러가 1957년 일리노이 대학의 연구 프로그램의 일원으로서 생명체가 스스로를 제조하는 방식을 밝히게 될 유전자 배열체 코드를 열정적으로 탐구하는 것으로 시작한다. 레슬러는 연구하는 동안 지넷 코스(Jeanette Koss)와 짧지만 열정적인 연애를 하고, 지넷은 레슬러에게 글렌 굴드(Glenn Gould)의 기념비적인 1955년 연주 레코드판을 선물하여 바흐의 「골드베르크 변주곡」을 그에게 소개한다. 지넷이 결국 스튜어트 레슬러의 친구이자 사이퍼(Cyfer)그룹의 일원인 남편 코스박사를 선택하자 레슬러는 자기 직업을 버리고 바흐의 레코드판만 들고 은둔하는 이야기가 하나이다.

또 하나의 줄거리는 일인칭으로 전개되는데 맨하튼의 사서로 일하고 있던 잰에게 1984년에 낯선 사람이 다가오는 것으로 시작된다. 이 이방인은 25년 전 사라져 지금은 야간에 근무하는 컴퓨터 프로그래머로 매일 밤 변주곡을 듣는 바로 그 분자생물학자의 동료임이 밝혀진다. 그 낯선 사람은 미술사를 전공하는 토드라는 대학원생으로 16세기 플랑드르의 무명의 화가에 대한 논문을 끝내지 못하고 있다. 토드는 그의 동료(레슬러)에 대하여 호기심을 갖게 되고 그가 과거에 유명했다는 것만을 확신한 채 그 외로운 동료의 과거를 밝히는데 잰의 도움을 얻는다. 그 유전학자를 연구하는 과정에서 사서인 잰은 그와 덤덤한 관계를 유지하다가 토드와 위험한 사랑에 빠진다. 바로 이 관계가 발전해 가는 과정에서 잰은 그 은퇴한 유전학자의 빼어난 지성에 매료되고 컴퓨터 센터의 철야 대화 모임에서 그를 알게 되는 이야기이다.

세 번째 이야기는 토드가 애니 마르텐스라는 경박한 은행원과 정사를 벌여 잰과의 관계가 무너진 지 일 년이 지난 뒤 갑자기 잰에게 엽서를 보내어 레슬러가 죽었다(1985년)는 소식을 전하는 데서 출발한다("Word came today" 11). 그 소식을 듣고 잰의 감정은 갑작스럽게 격렬해지며 일을 그만두고 유전학 연구에 전념하기로 결심한다. 그녀는 유전학이 자신의 계획을 정당화할 수 있을 만큼 중요하고 지금은 죽고 없는 그 매혹적인 남성에게 더 가까이 다가갈 수 있는 기회를 제공한다고 여긴다. 이런 과정에서 일어나는 유일한 행동은 노트 형식으로 기록된 잰의 열성적인 지적 확장 과정이고, 이것은 토드에 대한 그녀의 식지 않은 욕망의 기록이기도 하다. 그리고 잰은 토드가 보낸 몇 안 되는 서신을 통해 그를 추적하기 시작한다. 뒤에 가서 잰은 저축이 바닥나고 다시 일자리를 얻기로 하면서 토드와의 힘겨운 재결합을 위해 노력한다. 소설의 말미에 두 사람은 깨지기 쉬운 관계를 다시 유지하려고 한다.

이 세 이야기는 인물들이 겹쳐 나타남에도 불구하고 결코 중복되지 않는다. 각각의 이야기가 그 나름대로 완결되고, 각 장 속에는 볼드체의 표제가 끼어 들어가 각 장의 독립성이 강조된다. 느슨하게 연결되어 있는 세 이야기 사이의 진전은 각 이야기의 배경음악인 바흐의 「골드베르크 변주곡」을 듣는데 요구되는 매우 까다로운 청취 경험처럼 읽기 경험에서의 유사한 독창성을 보여준다.

그래서 이 소설은 삶처럼 소설의 구조는 사소한 것들이 복잡하고 섬세하게 직조되어 있다. 구조의 각 단위는 다른 단위를 강화하고 각각의 씨줄, 날줄

이 서로를 모방하고 있기 때문에 놀라움을 준다.

이러한 예의 하나는 최초의 조건이 결과에 크나큰 영향을 준다고 하는 예는 잰이 하나의 멋진 놀이로 메시지의 시작에 조그마한 변화를 주는데 그 변화가 잠재되어 있는 모든 것을 파괴하는 것에서 찾아볼 수 있다.

YOUCANRUNFARBUTCANYOUFIXOURBADEAROLDMAN (206)

분명히 무작위로 보이는 문장은 만약 각각의 낱말이 세 개의 철자로 이루어져 있다는 것을 안다면 다음과 같이 하나의 걸러진 메시지를 발견하게 될 것이다.

YOU CAN RUN FAR BUT CAN YOU FIX OUR BAD EAR OLD MAN (206)

그러나 화자가 보여주듯이 메시지의 서두에 주어진 대단히 조그만 변화는 메시지가 전달할 수 있는 정보를 삭제해 버릴 수도 있다. C자를 놓침으로 해서 화자는 무작위로 이루어진 활자들과 마주치게 된다.

YOU ANR UNF ARB UTC ANY OUF IXO URB ADE ARE LDM ⋯ (206)

이것의 의미는 오로지 넌센스다. 만일 아래와 같이 시작 부분에서 세 자가 빠진다면 이 문장의 의미는 거의 알 수 없다.

YOC ANU NAR BUT CAN YOU FIX OUR BAD EAR OLD MAN (206)

유전학적으로 말해서 첫 부분에서 단 하나의 염기가 탈루되면 결합되어 있는 단백질의 기능이 파괴된다. 이러한 현상은 두 부분에서 탈루가 일어나도 같은 결과로 나타난다. 그러나 놀라운 조정이 발생한다고 한다. 즉, 세 개의 연속으로 잘리어진 필수 요소들이 단백질의 본성을 부분적으로 원상 회복시켜 준다는 사실이다(207).

이처럼 전체의 체계 즉 연속된 세 개의 철자가 형성하는 메시지 내용이 초기 단계에서 소음의 영향을 받게 되지만 순식간에 전 체계는 소음에 의해 영향을 받게 되어 소음이 그 자체로서 메시지가 된다는 것이다. 이러한 현상에 대해 바르트는 『에스/지』(S/Z)에서 메시지로부터 소음이 생기고 또 질서로부터 혼돈이 방출하며 문학작품을 소음의 예술이라고까지 말한다(Hayles 191). 이 말은 일반적으로 전달하는 메시지들은 깨끗하지 못한, 불완전한, 과오로 가득하다는 것과 같다. 말을 통해 전달되는 메시지들은 그 속에 실수, 헛소리, 중복되는 기억들, 이탈 등의 형식, 즉 소음에 의해 왜곡되어 있다. 하지만 그 메시지를 받은 수신자는 소음에서 메시지를 해독해 내고, 산만하게 흩어져 있는 형식에서 메시지를 재구성해서 메시지를 이해하게 된다. 이런 과정이 이루어지지 않으면, 의사소통은 불가능하다고 본다(Cambell, 160-61). 뇌세포는 단순히 정보를 전달하는 것이 아니고, 그 정보를 하나의 형식에서 제2의 형식으로 내주는데, 이 때 하나의 뉴런은 복잡한 통신망의 실 같은 섬유질에 의해 다른 뉴런들과 접촉한다.

그런데 뉴런 간의 관계는 마치 몇 개의 다양한 낱말들이, 동일한 의미를 가지듯 그런 관계이다. 다시 말해 하나의 뉴런은 정보과정에서 볼 때, 10,000여개의 다른 뉴런들에 복제되어 있다. 동시에, 하나의 낱말이 몇 개의 다른 의미를 가져 애매함을 가지듯이, 그러한 관계를 뉴런은 수행한다(Cambell, 192). 뉴런들의 이런 관계는 아주 쉬운 문항들에 대해 오류를, 다시 말해 요구하는 답을 쓸 수 없든지, 아니면 문항들에 대해 심사숙고함으로써 요구하는 답을 쓸 수 있게 되는 양면의 역할을 자연스럽게 한다. 우리 뇌는 예측, 불예측으로 혼성되어 기능을 하든, 배경소음의 화학적 반응을 하든, 정보를 처리함에 있어, 많은 데이터 속에서 많은 가설들을 만들고, 또 그것들을 시험한다. 이런 과정에서 뇌는 사물들(대상들)의 표층들이 크게 다르더라도 이들에게는 본질적인 동질성을 포착하고 아울러 하나의 패턴의 정립과 그들 상호간의 관계설정을 한다고 보는 하나의 이론이 성립된다. 이러한 경우는 앞서 유전자의 첫 부분에서 하나의 염기가 탈루되어도 놀라운 조정이 일어나는 것에서 볼 수 있다. 이 이론을 그룹 이론이라고 불리는데, 이 이론은 시야를 통해 들어오는 많은 다양한 인상들 가운데 불변이 인자를 찾으려고 한다. 이를 신경 심리학의 관점에서 말하면, 뇌가 회상의 기능을 하거나, 이미 경험된 사상 또는 사건에 대해 이와 유사한 대상 또는 사건을 인지해야 할 경우, 뇌가 하는 기능 즉 일반화 기억(generalized memory)의 기능과 같다는 것이다(Cambell, 206). 뇌기관의 구조들이 하나의 기억을 형성하는데 어떻게 상호작용하는가에 대해 구조들을 이어주는 회로에 대한 신경해부학적 연구가 잘 보여주고 있다. 다시 말해 하나의 뇌피질 감각체제의 마지막 단계에서 형성된 하나의 인식(인지)은 평행하는 두개의 회로들을 작동케 한다고 한다. 하나는 편도류에 근거하고, 다른 하나는 해마상 융기에 근거한다고 한다. 이 둘은 간뇌(diencephalon)와 전두엽 피질의 부분들을 포함하는데, 그 각각 구조는 기본 전뇌로 신호들을 보내고, 기본 전뇌는 뇌피질과의 맡은 관할성을 거쳐 고리를 차단한다고 한다. 이런 과정을 거친 뒤 감각 영역의 뉴런들은 변화가 촉진되고, 인지된 것을 기억으로 하여 그곳에 저장한다고 한다.

　　뇌의 기억 기능의 또 하나의 예는 잰이 현재의 위치에서 그녀의 잃어버린 애인 토드의 과거를 추적하려고 하는 장면이다. 그녀는 그가 보낸 그림엽서를 세심하게 조사하여 엽서의 그림이 네덜란드의 한 박물관 또는 화랑에 걸려 있을지도 모른다고 상상하고서 그를 찾을 수 있는 모든 가능한 방법을 동원한다. 그녀는 처음에 이것이 단선적이고 간단한 논리로 해결될 수 있다고 믿는다. 그러나 그 전체의 단선적인 형상은 그 그림이 실제로는 보스턴의 미술관에 걸려 있다는 것을 기억해 내자 사라지고 만다. 이런 상황에서 잰은 이 세상의 어떤 교차되는 지칭도 이러한 문제를 설명해줄 수 없다는 것을 알게 된다.

파워즈는 또 소음과 메시지, 그리고 메타포 사이를 흩어버린다. 이러한 장면은 레슬러의 명상 속에서 동료의 딸인 마가렛(Margaret)의 주도로써 나타난다. 레슬러는 학교생활을 회상하면서 자신의 생활과정을 반추한다. 그 때 그가 가장 중시한 것은 사물이 있는 그대로가 아닌 다른 것과 어떻게 연결되어 있는가라고 하는 생각에 근거하여 자신의 교육이 어떻게 이루어졌는가를 반추하는 장면이다.

사물은 자기 자신밖의 모든 것에 대하여 오로지 진실하다고 하는 것이다. 인생이란 조합적이다. 하나의 논리로 설명할 수 없는 체제. (180)

이러한 반추 속에서 레슬러는 사물이란 그 자체의 정당성으로 결코 이해될 수 없다고 믿는다. 사건은 그 자체로서 존재하는 것이 아니라 하나의 큰 체계와 연계되어 있다고 레슬러는 믿는다. 하나의 체계의 전체는 궁극적으로 가능할 수 없는 하나의 체계라는 것이다. 마치 하나의 바이러스가 하나의 숙주에 침투하여 그 숙주 위에 자신을 인각시키는 방법으로써, 구조적 메타포를 이용하는 것은 그 자신과 숙주 사이의 연결을 만드는 것과 같고, 바이러스의 메카니즘을 극단적인 결론으로 이끄는 것은 그 전체에 그 바이러스를 인각하는 것이 되고, 또 그것은 본질의 구조적 개념과 사건의 바이러스적 성격(viral nature) 사이의 붕괴이다. 이런 관계처럼 의미와 메시지는 소음의 존재, 즉 메타포를 통해 인물에게 전달된다. 이러한 메시지의 전달 과정을 메롤로-퐁티는 유기체-환경 시스템의 관점으로 보고, 소음 즉 메타포의 역할을 중요시하는 것과 같다.

1-4. 나가며

파워즈의 『황금벌레 변주곡』은 인간의 의식과 감정의 정상적인 기능과 비정상적인 두뇌의 결손이 어떻게 상호작용하여 정상화 되는가를 보여주는 소설이다. 이 소설의 서사구조는 대단히 복잡하면서 단순함이 특징이다. 그것은 다양한 정보를 서로 교차 얽히게 하고 그러면서 백과사전식 나열을 한다. 한 마디로 말해서 이 소설은 방대한 백과사전식의 서사이다.

이런 점에서 이 소설은 그 나름의 문학적 가치와 예술성이 있다. 또한 이 소설이 물질과 물질성 담론 가운데서도 바이오와 뇌 의학을 복합적으로 다룬 보기 드문 문학작품으로서 미래 사회에서는 흔하게 접하게 될 소설의 길잡이가 되리라고 생각한다면 이 소설을 다룬다는 것은 크나큰 의의가 있다.

특히 이 소설의 인물의 역할을 메르로 퐁티의 육화 개념, 자아 조직화, 나아가 역동적 체계이론으로 설명하고, 미시적 관점에서는 게놈 코드의 기능, 또한 정보의 존재와 부재, 즉, 에너지의 흐름의 유/무의 관계로 보게 하는 것 등은 문학작품으로써 유익한 정보와 신선함을 주게 한다.

이런 관점들에서 문학작품 속의 본태론적 진정성이 인간의 존재와 같다고 본다면, 인간의 감정과 의식의 바탕이 되는 생물학적 물질, 물질성의 위가는 크다 하겠다. 이렇게 볼 때 물질과 물질성 담론이 이미 문학이외의 다른 학문들과 학제간의 관계로 이루어져 또 하나의 다른 연구 방법(론)으로 천착

된다면, 이 물질성 담론은 하나의 포스트 비평 또는 문학 이론의 새로운 흐름의 등장에 기여할 것이다. 이렇게 볼 때, 문학과 과학의 상호보완의 관계에서 작품 분석은 또 하나의 가치 있는 방법(론)이 될 것이다

2. 환경과 인물의 상호의존 … 데이빗 포스트 월러스의 『끝없는 농담』

2-1. 들어가며

소설의 이야기가 주로 진행되는 2009년은 성인용 멜빵내의가 만들어져 팔린 연도("Year of the Depend Adult Undergarment")로 표시되고, 이것은 큰 햄버거가 만들어진 해("the Year of the Whopper")와 턱 생리대가 제작된 해 ("the Year of the Tucks Medicated Pad")를 지나 설정되었다. 이처럼 소설 속의 시간대는 시간의 흐름이 아니라 상품의 제작 이용연도로 표시되고, "Annular Physics", "cold fusion", "supplies energy", "Tele-computers" 등 각종 기기는 무한에 가깝게 가정 내 오락을 제공해준다. 생활의 이러한 변화상과 함께. 미국의 쓰레기는 거대한 송풍기들과 발사기들에 의해 북쪽 뉴잉글랜드로 보내어 지고, 다시 이것은 한 때 베거스(Vegas) 가수이자 지금은 북아메리카 국가연합(ONAN)의 지도자인 미국의 대통령 조니 젠틀(Johnny Gentle)에 의해 퀘백으로 양도된다.

세 개의 이야기로 된 월러스의 소설『끝없는 농담』은 시점을 2009년으로 두 개 또는 네 개의 다리를 가진 생명체들이 유전과 물질, 불질성에 의한 기형으로부터 정상으로 복귀하려고 하는 육체(물질)의 변형의 이야기이다.

첫 번째는 인칸덴자(Hal O. Incandenza)라고 불리우는 소년이 엔필드 테니스 학교(Enfield Tennis Academy)에 다니면서 마약중독과 싸우면서 프로테니스 선수가 되고자 애쓰는 이야기이고, 두 번째는 마약을 복용하고 마약 치

료소("AA" or "NA")라고 불리는 모임에 나가면서 마약중독에서 회복중에 있는 돈 겟틀리(Don Gately)라는 사나이의 l이야기, 그리고 세 번째는 한쪽 다리가 없으면서 휠체어에 의존하는 퀘벡출신의 테러리스트인 레미 마르테(Remy Marathe)중심의 이야기이다. 특히 마르테는 한쪽 두뇌 결손으로 헬멧에 의해 고정된 여성과 결혼하여 폭력 사건들에 시간을 허비할 뿐만 아니라 치명적인 원본 비디오 테입의 위치를 확인하기 위해 CIA요원과 협상하면서 시간을 보낸다. 이처럼 소설은 파괴의 충동을 억제할 수 없는 인물들과 더불어, 전통적인 서사의 흐름을 가져, 하나의 가정소설 모방한다. 그러면서 세 이야기는 서로 이어지어 있다.

작가는 순수한 감정이 메마르고, 암울해 보이는 시대의 설정과 더불어, 핀천의 "로켓"이나 파워즈의 거대한 조직 즉, "사이퍼"(Cyfer)그룹보다 더 무섭고, 유혹하는 괴물 같은 영화 '끝없는 농담'(Infinite Jest)을 서사의 진행과 병치시켜 관객들을 고정시키고 관객들의 두뇌를 세뇌하리만큼 파괴적 기능을 하게한다. 그리하여 작가는 이러한 문화 배경과 대상 추적의 플롯과 함께 방대하고 섬세한 상상의 세계를 펼친다.

인물들과 그 주위 환경의 관계를 보면, 물리학자이면서 영화제작자인 제임스 인칸덴자와 그의 캐나다 출신의 처, 아브릴(Avril)은 그들이 지은 '엔필드 테니스 아카데미'에 살면서 가정에는 육체적으로 힘이 세고 겁 많은 카메라멘, "진짜 신동" 19세의 마리오(Mario)(317)와 글자 "그대로 신동"(155)인 17세의 할(Hal)이 있는데, 마약을 복용하고, 할의 절친한 친구이자 수학과 과학의 천재인 마이클 페뮬리스(Michael Pemulis) 또한 마약 상습자다. 아카데미에 와 있는 다른 대부분의 백인과 부유한 학생들의 연령은 10세부터 18세에 이르고 특출한 지적 능력들을 가지고 있다. 이들은 모두가 테니스 선수들로 범세계 프로 투어(Pro Tour)에 출전하기 위해 가정으로부터 이곳으로 보내어진다.

보스턴 교외의 아카데미로부터 그 언덕 아래에는 대단히 가난한 흑인과 백인의 행상인들이 운집해서 살고 있는 에닛가(家)(Ennett House)와 약국 그리고 마약치료 시설이 있다. 에닛가의 중심인물 겟틀리는 27세의 전 마약 상용자로 심하게 뛰쳐나온 등뼈의 거구("A prodigy of vitriolic spine")(353)로 알코올 치료 회합("Alcoholics Anonymous Meetings")에 참석하여 주민들의 이야기들을 자주 듣는다. 주민들 가운데 조엘 밴 다인(Joelle Van Dyne)은 염산에 의해 얼굴이 훼손되어 바라보기에도 고통스러운 미모의 여성으로, 항상 베일로 가리고서, 과거 마약 중독자로 겟틀리 일하는 곳에 살면서 기형자들의 모임 "UHID"("Union of the Hideously and Improbably Deformed")의 멤버로서, 영화 "끝없는 농담"과 다른 영화에도 출연한 인칸덴자의 언더그라운드 필름(Underground Film)의 배우였다. 오린은 그녀를 "시대의 가장 아름다운 소녀"라고 부른다.

그런데 아버지 제임스 인칸덴자는 전자오븐에 머리를 넣고 자살하고, 미르테는 비디오 원본 테입을 찾으려고 하는 한 테러 집단의 우두머리가 되고서는, 조엘이 그 테입을 알 것이라고 생각하고 그녀를 찾으려고 한다. 그래서 그는 제임스 인칸덴자의 친척들의 위치를 알기위해 오린을 붙잡아 심문하고, 또 할을 심문하여 그로 하여금 실어증 환자로 만든다. 소설의 첫 머리에서 할은 마치 나병환자처럼 되어 등장하는데 그의 이러한 모습은 플래쉬백(flashback)으로 드러난다.

소설의 이러한 구성과 기형적인 인물들의 이야기의 진행은 텍스트를 행위(text as performance)로, 독자는 행위자 겸 중독자(reader as performer and addict)가 되어 소설이 혼란스러워진다고 프랭크 루이스 시오피(Frank Louis Cioffi)는 말한다(163). 그러므로 소설은 마치 러시아 형식주의자들이 낯설게 하기라는 패러디의 본질을 가진, 또 일상생활에서 특이하고 독특한 것에 집중하는 하나의 예술, 즉 브레히트가 말하는 하나의 예술이다(97). 다시 말해서, 소설은 독자가 참여하면서 동시에 거리감을 두는 변덕스런 행위적인 세계를 드러내는 소개효과 때문에, 독자의 독서과정은 혼란스럽게 되어, 정상적인 한계와 기대를 넘어선다.

1079페이지에 달하는 소설의 분량은 하나의 백과사전식 쌓아가기로 되어 있고, 독자로 하여금 그 텍스트를 읽게끔 하여 범 텍스트의 성격을 띤다. 이의 좋은 예는 "제가 그것을 바르게 읽었나요? 이 인물에 일어나는 것이 실제이며 물질적으로 가능할까요? 저로 하여금 다시 읽게 해주세요. 혹은 늑간의 근육은 어떤 것인가요? 혹은 곤드레만드레 취한 그 장면을 생각하지 않을 것입니다. 혹은 저는 이 책을 한 1주일 동안 감출 것입니다"와 같은 경우다.

이는 마치 양자물리학에서 관찰자의 위치에 따라 하나의 입자가 파동이 되고, 동시에 입자가 되듯 작가의 세계와 독자의 세계가 서로 병렬 되어 있는 것과 같다. 작가의 세계는 복잡한, 상상의 자아 형상의 세계로서 이 세계는 독자의 세계인 소설 밖의 세계에 대해 관심을 패러독스하게 집중시킨다. 이런 관계에서 이 소설은 독자가 소설에 의해 변화되듯, 독자에 의해 변한다.

이런 관계에서 소설은 실제세계와 허구세계 사이의 경계를 희미하게 하고, 소설은 마치 최면술에 빠진 것처럼 독자의 의식을 갈라놓는 효과를 드러낸다. 독자는 마치 마약에 막 빠져 있는 것처럼 다양한 반응을 보이게 한다. 독자의 이런 행위는 일종의 병리학적 특징을 가져 마약을 상용 하는 것과 같다. 사실 알코올 효과(A-effect)는 저자나 독자에게 중독의 특성을 가지게 한다. 작가는 중독의 'A-effect'에 첨가하여 노엘 캐럴(Noel Carrol)이 말하는 "etotetic" 서사를 만든다. 이 서사는 독자가 대답해야 할 필요가 있는 흥미를 가진 다급한 질문들을 계속 던지는 기법을 드러낸다. 소설이 계속 당혹스럽게,

강하게 흡인하여 문장이나 구절의 미세한 층 위에 구의 전환은 고정된 말의 등가를 창출하고, 위압적인 준비성은 독자에게 다소 애절하게 공명 한다. 독자는 드디어 자신의 행동이 작가가 집중하는 마약 중독의 행동과 같음을 스스로 인지한다. 이것은 독자가 마약상습, 복잡한 합리화, 헤아릴 수 없는 수치감, 미래를 예측할 수 없음, 육체적/정신적 통합의 상실, 계속되는 욕구의 흘러넘치는 힘의 세계에 대한 탐색이다. 그렇게 만들면서 작가는 소설을 일종의 마약 상습복용과 같이 만들어 소설과 마주치는 사람들의 독서 행위를 수정하게 하는 독서 경험과 동시에 그것을 인물들 속에서 그런 행동을 하게 함으로서 혼란스런 하나의 작업을 수행한다.

예컨대 절망적인 마약 중독자들에게 있어서 유혹과 살인의 즉, 야누스의 얼굴을 가진, 라깡에 의하면, (어머니)타자 "(m)other"는 그들의 삶을 좌지우지하는 물질(마약)이다. 그들이 마약중독에 빠지면, 그들은 '살해'되는(murder) 것처럼 헤어나기 어렵다. 그 '어머니-살해자'는 다름 아닌 마약으로 이들을 예속시키면서, 새로운 마약중독의 생활을 만들어 주는 어머니이기도 하다. 이 순간의 마약은 '삶속의 죽음'의 형상과 같고, 이러한 과정의 경험은 우울증에 빠진 겟틀리가 마약에 중독되었다가, 중독으로부터 회복 중에 있는 겟틀리의 패러독스한 말 즉, "새장의 출구처럼 보이는 것이 실제로 그 새장의 창살이다"(222)에서 드러난다.

마담 사이코시스(Madame Psychosis) 또한 매우 아름다운 나신의 어머니이면서 무한량 사죄해 주는 천상의 어머니의 이중성을 지니고서는, 영화를 관람하는 관객들에게 성취된 소원의 거역할 수 없는 비전을 줄 뿐만 아니라 자위적 욕망을 표출하는 포르노의 대상이다. 다시 말해 그녀는 일생동안 성취하려는 욕망을 찾는 관객들의 대상이고, 동시에 당신이 가장 바라는 라깡의 (어머니)타자 "(m)other"처럼 당신을 살해할 대상이 된다. 그런 모습에서 그녀는 생중사와 윤회의 과정과 닮은 자아살해의 형상이다.

작품 속의 영화 엔터테인먼트(Entertainment)도 같은 기능의 대상이다. 이 영화는 톨케인(Tolkein)의 "반지"의 이야기를 회상하게 하고, 톨케인의 반지처럼 인물들로 하여금 자유로운 선택을 하게하면서 동시에 의지를 빼앗아가 마약 중독의 결과처럼 패러독스한 종말의 효과를 드러낸다. 부언하면 영화는 사과를 선택하여 따먹게 하기 때문에 구약성서의 원형적 이야기를 뒤집어 영화를 보는 관객은 유치중(infantilism)에 걸리고, 반면에 유혹을 거부하는 관객 또한 어른들이 가진 의지보다 더 큰 통제를 갖게 되어, 자신의 쾌락보다 더 큰 다른 것에 집착하게 된다.

이처럼 소설의 인물과 영화는 선택의 자유와 쾌락을 즐기려는 권리를 현대의 미국의 모든 것과 일치시킨다. 한 마디로 말해서 이 소설은 대중의 아이러니와 자기도취의 무서운 새장에 갇힌 하나의 문화를 묘사하는데, 그 문화의 새장은 바로 자신의 생각이고 자신이 반영된 모습이다. 이러한 현상들은 마약 같은 물질, 여기서 해악이 되고 있는 "엔터테인먼트" 같은 대중문화 그리고 그들이 처한 열악한 환경에 대한 인물들의 무서운 생리적 반응들이다.

부언하면 월러스는 이 지역의 이러한 환경의 배경과 언더그라운드적인 인물들의 설정과 상호 연계에서 쓰레기는 경계 지역으로 급중하여 에닛가는 빈민계층의 쓰레기장이 되는 것처럼 열악함을 보여준다. 또한 작가는 신동들의 개인의 삶과 에닛가의 어른들의 역사를 대비해 가면서 이 두 에닛가의 사회적인 세계를 겹쳐지게 하고 또 급진적으로 이탈하게 하여 부모의 버림과 가정의 무기능하고 심각한 교차의 계층연구로 일관성을 가지게 한다.

이런 단적인 예가 아카데미에 와 있는 테니스 아동들이 일급 엔터테이너가 되기 위하여 자신을 파괴하는 게임에 열중하고 또 그 게임의 압박에서 해소되기 위해 틈틈이 마약을 복용한다. 부모님들의 가정은 그 자체가 병들어 있다. 할의 아버지가 머리를 전자레인지 속에 넣고 자살한다든가 대단한 재능을 가진(173) 할이 테니스에 관심을 잃고 마리화나에 의존하고 벙어리가 되어있다. 소설의 말미에 이르러 할은 에닛가를 방문하고 마약 의존으로부터 회복하려고 애쓴다. 할이 이처럼 정상인으로 복귀하고자 하는 노력은 물질과 물질성의 의존으로부터 벗어나 순수한 의식에 의존하려는 그의 몸부림이다.

소설이 제기하는 중요한 사실은 하류계층 어른들이 그들의 부모와 문화의 오용으로부터 도피하는 곳은 술과 마약이다. 인칸덴자에 의해 제작된 살인 영화 또한 이런 형태의 다른 탐익의 논리상의 확장이다. 한 마디로 말해서 엔필드라고 부르는 사회는 엔닛의 하류계층으로 대변되는 대량생산의 쾌락으로 더럽혀져 있다. 앞서 보았듯이, 이 소설을 돋보이게 하는 것은 인물들의 특징에 대한 열정이다. 다시 말해서 작가는 지적 재능을 가진 인물들을 정신적으로는 비뚤어지게 했다.

이러한 인물들의 설정과 더불어 소설은 구성에 있어서 개안소설 또는 변신과 추구라는 명제들을 가진 전형적인 이야기들의 상황들을 모방하여 나름대로 전통성을 가진다. 그러면서 소설은 부자연스럽고 불구 같은 많은 지엽적인 플롯과 언술들의 일탈 등이 주 서사와 혼재해서 소설이 행위 자체라고 한다면, 독자는 소설 속에서 행위자 이면서 동시에 마약중독자처럼 역할을 해야 한다. 그래서 독자는 이 소설이 독자의 마음에 전념시키곤 하는 컴퓨터 바이러스 같은 프로그램에 적응하면서 또한 극복해야하는 자세를 독서를 하는 동안 다시 가져야한다. 그러므로 이 소설의 바람직한 해석은 사유와 인지 그리고 감정의 기능이 마음껏 통합하여 발휘되는 그러한 독자에게서 나올 수 있다. 왜냐하면 작가는 결정적 인과성(mechanistic causality) 혹은 마약 효과의 기적 같은 실용성(miracle pragmatism)사이를 선택하는 대신 이 두 가지를 상호보완 한다. 영화 "Infinite Zest"는 관객의 불행의 원인에 대해 자신을 책망하는 한 사람의 부모를 기술하여 반복적, 단일의 목소리, 유혹적, 파괴적이라고 한다면, 소설『끝없는 농담』은 마약퇴치 회의(A.A Meeting)와 대단히 유사하다. 왜냐하면 소설이 진정성에 있어서 다층적, 다중의 목소리가 있고, 마약복용과 쾌감상실('anhedonia')로부터 신비스럽고 심지어 기적 같은 회복으로 기술하기 때문이다.

『끝없는 농담』은 최면의, 혼란스런, 그러면서 마약 같은 위력을 가져 괴이한 효과를 준다. 독자가 바깥세계에 대해 무감각해 지는 것도 독자가 책에 얽매이듯이, 그 책의 독자처럼 마약이 독자로 하여금 사회적 유대를 끊어버리게 하기 때문이다. 이런 현상은 오늘날 미국이 그들을 자기애에 탐닉 단절케 하여, 외롭게 쾌락을 추구하는 것이 놀랠 만한 사실이 아님을 말해준다. 이러한 서사구도와 인물들의 역할이 돋보이는 소설이『끝없는 농담』이다.

2-2. 다원적 물질언어와 메타픽션적 알레고리의 유희

『끝없는 농담』의 인물들의 감정의 표현 전달은 격하고 조야한 반면, 의식과 생각은 왜소하고 미약하다. 소설에서 하나의 의식은 한 장면의 이야기와 함께 진행하고 다른 하나의 의식은 작가의 다중의 소외 효과처럼 서사의 플롯, 문장, 어휘의 의미를 들쳐 내는 것처럼 이 소설도 이런 관계로 나아간다.

하지만 소설은 독자의 의식을 혼란스럽게 만든다. 소설 속에는 주해와 정오표("Notes and Erratta"), 고전적인 어휘들, 난해한 플롯 같은 알코올 중독영향 있을 뿐만 아니라 많은 서사 층의 섬광 같은 인상적인 수행이 계속 진전되기 때문에 독자가 이에 끌리면서 동시에 그것을 거부하거나 혼동한다. 그 결과 독자들은 화합시키려 애쓰면서 서로 배제된 역할의 거미줄 같은 서사에 엮이어 현혹된다. 이때 독자의 모습은 관객이면서 참여자이고 이들의 관객 역할은 서사 속에 갇힌 자신의 자아이다. 그래서 이 소설은 독자 개개인의 의식과 감정의 통합 기능에 의해 완벽하게 해석되고 분석되어야 할 그야말로 하나의 거대한 백과사전과 같다.

더불어 소설은 실제로 서사의 절정이 결여되어 있고, 또 주 플롯들과 종 플롯들이 합쳐 종결은 완결되지 않지만 소설의 형식은 가진다. 가장 대표적인 것은 1079 페이지에 달하는 분량과 388개의 주해(note)와 주해와 정오표 (Notes and Errata)는 텍스트의 12퍼센트에 해당하는 양으로 작품의 끝에 이르러 100페이지 가량이 되기 때문이다. 이들은 목록, 도식, 하나의 노트가 다른 노트에 대한 확인 언급, 약품에 대한 화학적 공식, 첨가된 서사의 정보, 혹은 인물들의 사상과 행위에 대한 코멘트와 각주로 되어있다. 예컨대 "Note24"는 이 소설의 배경이 되는 이야기의 한 중심축 인물의 한 사람인 인칸덴자에 관한 8페이지 반 분량의 영화기록(Filmograghy)이다. 이런 것들로 인해 이 소설을 단순하게 읽기에는 어렵다.

특히 읽기를 어렵게 만드는 것은 그가 (삽입)구문적, 의미론적 언어를 구사하기 때문이다. 시의 공감각(共感覺, "synesthesia")과 같은 음의 반복이 있고, 산문은 독자의 인내와 이해를 잃어버리게 하는 위험도 있다. 그러나 전반적으로 소설은 방언과 문학적 언어, 감각적 이미지와 말의 수사, 사소한 것과 시적인 것의 결합은 그의 작품에 대해 즐거움과 오락을 주는 활력과 섬광으로 넘치고, 다양한 용어들이 있다. "hyperautxetic", "plezor", "urimie", "dysphoria", "leptsomatic", "homodontic", "colposcope", "phocomelic"와 같은 의학적 용어, "pendentive" 외 다양한 많은 건축용어, "semion" 외 다수의 동물학 용어, "acutance" 같은 사진술학 용어 외에 잡다한 어휘들이 있다. 이러한 낱말들과 용어들을 구사하는 것은 작가가 언어구사의 대가임을 과시한다.

이러한 소설을 창작하게 된 동기에 대해 월러스는 맥카프리(McCaffrey) 와의 인터뷰와 한 TV에 관한 에세이에서, 최근의 소설에 대하여 극단적 사실주의가 하나의 대안이 된다고 말한데서 알 수 있다.

『끝없는 농담』은 리처드 파워즈의 『황금벌레 변주곡』보다 "하나의 희망찬 괴물"이고, 대단히 극단적이다. 왜냐하면 월러스는 대단한 지적 재능과 최상의 교육을 받지 않은 사람들에게 파워즈가 가진 가능성의 감정을 확장해 주기 때문이다. 월러스가 평범한 것을 비친숙화 하고 이국적인 것을 친숙화 하는 것은 파워즈의 크랙폿 사실주의보다 강한 수단들이 필요했기 때문이다. 월러스는 유연하고, 친숙하며, 무감각한 전형적인 사실주의 형식을 비형식화 즉, 방대한 작품을 만드는 타 작가들이 사용하는 방법을 접합하거나 수정한다. 그는 『황금벌레 변주곡』의 통제된 바흐 음악과 서사의 이중의 결속을 다층의 시점, 즉 일인칭과 3인칭 두 가지로 개방하고, 방언들에 의해 문체상의 활력을 불어 넣고, 휘몰아치는 연상구조, 그리고 제유법의 대안 등 이러한 서사 구성 방법들을 길게 펼치지 않고, 농하게 응집시킨다. 그렇게 하는 것은 서사속의 부분들이 전통적인 서사 속의 형식처럼 사라지지 않고, 또 쉽게 전체로 진전하지 못하게 하기 위해서이다. 월러스는 이런 효과를 모자익 기법과 "무한의 단절과 계속의 신성화"(82)로 말한다.

이런 포용된 응집은 월러스의 역사성과 그가 이용하는 낱말들의 물질적인 근원의 현시로 나타난다. Wradth는 Wallance가 Gately라고 말할 때 종종 대문자 안에 그의 키워드로 제시한다. 또 작가는 육체적 정신적으로 괴이한 인물들 외에 매우 많은 복사된 기록들, 도식들, 격식, 전사 ,편지 그리고 다른 기록물들을 이용한다. 이렇게 하는 것은 작가가 소설 속의 표층을 드러내지 않는 것으로, 한결같이 독자에게 중용의 의식을 경험하게 하기 위함이다.

소설이 유머러스하고 풍자적이다. 그래서 소설은 하나의 확장된 농담(joke)이라기보다 "jest"의 어원 즉, gest 즉, 이야기 혹은 여행기에 더 가깝다(11). 색인들이 소설 페이지의 각주가 되어 보완적 기능을 하고, 또 에피그래프 혹은 헷노트 안에 있는 중요한 정보만큼 자료를 명쾌하게 하는 기능을 한다. 8페이지에 달하는 영화기록부("Filmographynote")가 하나의 좋은 예다. 왜냐하면 인칸덴자 영화에 대한 간략한 기술은 이 방대한 소설의 서사의 바탕이 되기 때문이다.

여기서 말하는 급진적 사실주의는 과거 문학 작품에서 제외된 실제 경험의 참된 양상을 만들어 작가가 말하는 픽션이다. 급진적 사실주의 즉, 네오리얼리즘의 특징은 작가가 재능과 감성을 가진 인물들을 헌신적으로 상상하고, 그 인물들을 그 시대 그 환경의 문화와 결부시켜 얻게 되는 교훈적인 가치는 방대한 이 소설에 필연적으로 와 닿는 요소들이다. 하지만 월러스는 인물들이 가정과 사회 국가의 문화양상 속에서 어떻게 만들어지는가를 진단하면서, 고아시절의 심미적인 메타픽션적인 알레고리로 이 소설을 읽을 수 있다는 것이다.

그래서 월러스는 파워즈처럼, 인물들의 예측 불가와 과격한 합쳐지지 않는 인물들의 행위들의 원인 설명으로 혼돈과 인지 과학을 참고하고, 비선형 과학과 탈선형 동역학을 기술하면서, 나아가 만델브로 수학의 다른 등식("Strange Equations")과 무작위 유인("Random Attractants")를 능가하는 체계와 현상을 다룬 소설가로 천착한다.

2-3. 나가며

월러스의 『끝없는 농담』은 인간과 포스트휴먼 사이의 인지와 사유의 존재 여부와 기능의 문제, 복잡하게 얽힌 정보를 처리하는 인간 두뇌의 신비스러움, 그리고 비정상적인 육체와 결손에 의한 인물들의 과격한 감정과 주위 환경의 상호관계를 여실히 보여주는 소설들이다. 각 소설의 서사구조의 특징과 더욱이 등장인물들의 독특한 개성의 관계는 포스트다윈적이다. 이런 점에서 이 소설들은 그 나름의 문학적 가치가 있다. 더욱이 물질과 물질성 담론을 중심으로 한 이런 작품들을 통해 미래 사회의 모습을 상상하거나 예지할 때 우리는 더욱 이들에 가까이 다가갈 것이다.

소설들이 메르로 퐁티의 육화 개념, 자아 조직화로 설명되고, 게놈 코드의 기능, 정보의 존재와 부재, 또한 선 후천적으로 비정상적인 육체를 가진 인물들의 마약 같은 물질과 물질성에 대한 중독 등은 정상적인 인간의 감정과 의식이 얼마나 중요한가를 소설은 시사해 준다.

그렇게 말할 수 있는 것은 치명적인 비디오테입처럼 최면의, 혼란스런, 그러면서 마약 같은 위력을 가진 괴이한 효과를 준다. 독자를 바깥세계에 대해 무감각하게 하는 것은 마치 독자가 책에 얽매이는 것과 같이, 그 책의 독자처럼 본질적으로 수행(참여)하는 것은 마약이 독자로 하여금 사회적 상호관계로부터 소외케 하기 때문이다. 이것은 소설에서 미국이 시민들을 자기애에 빠진 단절과 외로운 쾌락 추구를 시사하는 "O.N.A.N"의 약칭어로 다시 명명되는 것이 놀랠 만한 사실이 아니라는 것과 같다.

사실 이 소설의 독자는 자의식으로 이 소설이 행위 자체로서의 기능을 해야 하고, 독자는 소설 속에서 행위자 이면서 동시에 마약중독자처럼 역할을 해야 한다. 나아가 독자는 이 소설이 독자의 마음에 전념시키곤 하는 컴퓨터 바이러스 같은 프로그램에 적응하면서 또한 극복해야하는 자세를 독서를 하는 동안 다시 가져야 한다. 그래서 이 소설의 바람직한 해석은 사유와 인지 그리고 감정의 기능이 마음껏 통합하여 발휘되는 그러한 독자에게서 나올 수 있다. 왜냐하면 작가가 결정적인 원인이나 A. A의 "기적 같은 실용성" 사이를 선택하는 대신 이 들을 상호보완하게 한다. 영화 "Infinite Zest"는 관객의 불행의 원인에 대해 자신을 책망하는 한 사람의 부모를 기술하여 반복적, 단일의 목소리, 유혹적, 파괴적이다. 그러나 소설 "끝없는 장난"은 마약퇴치 회의

(A.A Meeting)와 대단히 유사하다. 왜냐하면 소설은 진정성에 있어서 다층적, 다중의 목소리가 있고, 마약 복용과 쾌감상실(anhedonia)로부터 신비스럽고 심지어 기적 같은 회복을 기술하기 때문에 구원적이라고 하겠다.

이런 점에서 문학작품 속의 본태론적 진실성이 인간 존재와 같고, 또 그 진실성이 삶과 운명적인 관계가 있다고 한다면, 인간의 감정과 의식의 바탕에 흐르고 있는 생리적 물질, 물질성의 위가(位價)는 크다고 본다. 이렇게 볼 때 물질과 물질성 담론이 이미 문학이외의 다른 학문들과의 학제간, 또 다른 하나의 연구 방법(론)으로 천착하고 있기 때문에 물질, 물질성 담론은 하나의 포스트 비평 또는 문학 이론의 새로운 흐름이 되리라고 확신한다.

바. 양자역학과 양자이론의 실제

들어가며

이 장에서 다시 핀천의 『브이』를 위의 주제로 다룬 것은 작가가 과학이론과 법칙을 은유하거나 인유하여 미래를 예진했던 60년대 서구 반사실주의의 대표적인 소설가이기 때문이다. 여기서는 소설의 중심에 있는 브이의 본태론을 새로운 시각에서 접근하겠고, 또 『율리시스』와 여러 면에서 비교되면서, 후기산업사회의 여러 특징을 담고 있는 『중력의 무지개』(Gravity's Rainbow 1973) 의 주인공 티로 슬로스롭(Tyrone(Tyronne) Slothrop)의 사라짐 자체가 무엇인가를 밝히려고 한다.

두 소설 모두 이를 규명함에 있어서 장 개념과 양자역학이론이 소설의 구성과 인물들의 역할에 어떻게 엮이어 있는가를 밝히고서, 문학과 과학이 본질을 규명하는 데 있어서 상보의 관계에 있음을 논하고자 한다.

1. 칸토르 세트 이론 ... 토마스 핀천의 『브이』

1-1. 에피소딕 구조와 칸토르 세트 이론

『브이』는 2개의 주된 플롯으로 구성되어 있으면서도 다양한 많은 인물들이 등장하여 복잡하다. 하나의 플롯은 허버트 스텐실(Herbert Stencil)이 과거의 온실에 얽매여서 브이의 정체를 규명하려고 하는 이야기들이고, 다른 하나는 베니 프로페인(Benny Profane)을 중심으로 한 길 위의 에피소드들이다. 마지막은 V.를 중심으로 한 플롯이다.

스텐실은 3장부터 여덟 번을 변신하여 브이의 정체와 가장 닮은 한 여인의 활동을 추적한다. 브이는 빅토리아 렌(Victoria Wren)이라고 불리는 여성으로 1898년부터 45년 동안 인간을 파멸의 구렁텅이로 몰아넣은 전쟁 속에서 스파이 활동을 하면서 숱한 변신을 하다가 서서히 죽음을 향해 가는 인물이다. 스텐실은 피드백을 거치면서 엔트로피를 통제하면서 온실의 정신 상태(hothouse mentality)로 미끄러져 들어간다. 그 곳은 정보의 흐름이 통제의 정도에 의해 제약 받거나 정보의 생성 가능성이 축소된다. 스텐실의 이런 집착의 추구는 마치 멜빌의 『모비 딕』의 에이합(Ahab) 선장을 연상시킨다. 작가는 스텐실 더러 엔트로피를 통제하는 것이 악을 없애려는 집착에 퇴락하는 위너(Nobert Wiener)의 태도를 보이게 하고, 또 그의 이런 모습은 패러노이아로 현실로 부터 마치 진공 속에서 살게 하는 소외를 잉태하게 한다. 왜냐하면 그의 전체 삶의 의미는 그의 추구가 종식될까 하는 크나큰 두려움 즉 브이에 지어져 있기 때문이다. 그것은 또 브이의 실체가 그의 환상을 압도할까하는 것이기 때문이다. 그래서 브이에 대한 단서가 합쳐질 때 스텐실은 해몽가면서 최면술사인 마담 비올라라고 하는 인물(451)을 찾아 몰타를 떠나 스톡홀름으로 떠난다.

반면 나다니엘 웨스트(Nathaniel West)의 블랙유모아를 모델로 한 프로페인은 1955-6년 미국 뉴욕의 길거리를 배회하는 희화화 된 현대의 피카로 즉 네오 피카로, 슐레밀(schlemihl)이다. 그는 스텐실과는 달리 어느 누구도 찾으려고 하지 않고 목적 없이 배회 하는 인간 요요(yo-yo)이다. 음모가 스텐실의 마음을 움직이게 한다면 우연의 사건들이 프로페인을 동요하게 한다. 음모는 양자이론의 감추어진 변이 이론(hidden variable theory)에서 그리고 우연은 우연이 우주의 법칙이다 고하는 고전물리학의 인과법칙과는 달리 본질의 불확실성 원칙과 관련되는 명제들이다.

두 인물의 이런 서로 다른 인물화와 더불어 동질성과 위장의 문제 그리고 인식과 맹목적 숭배물 사이의 구분에 대한 작가의 크나큰 관심은 교도적인 지식과 거부하는 지식 사이이다. 대표적인 예는 베라 메로빙(Vera Meroving)의 인공 왼쪽 눈이 비생명성의 시각으로 퇴락하는 상징으로 보여주기만 하고 받아들일 수 없어서, 그 눈에 어떤 가공물을 첨가하지 않고서 오로지 정보를 받아들인다는 것은 "Whole Sick Crew"(50년대의 비이트 족 같은 60년대의 언더월드의 군상들)의 엔트로피의 흐름에 참여하는 것이다.

이와 유사한 점은 비전과 안티비전이 쿠르트 몬다우겐(Kurt Mondaugen)의 의미 추구의 결합에서 나타난다. 몬다우겐의 추구는 시작에서 끝난다. 왜냐하면 잔존하는 글자들이 룬윅 비트겐슈타인의 논고(*Tractatus*) 즉 "세상은 있는 그대로"(Die Welt ist alles was der Fall ist =the world is all that the case is)의 첫째 명제이기 때문이다. 그래서 그의 데이터는 그를 조롱하게 된다. 그리하여 어떤 결정론적 계속성은 허버트의 아버지 시드니 스텐실(Sidney Stencil)이 상황을 객관적인 리얼리티가 없는 것이라고 보는 확신성의 배제에 있다. 그런 결과로 우연에 우위를 주게 하여 어떤 이어지는 계획들은 패러노이아의 발명들로 나타난다. 왜 그런지에 대한 답변은 없다. 몬다우겐의

"sferics" 같이 브이의 의미는 객관적인 리얼리티가 없다.

작가가 이 소설을 다양한 독서로서 v.로 이용하고 또 논리적인 관계를 혹은(or) 이라고 하는 것은 이런 함축성을 강조한다. 이런 논리는 양자역학의 있을법함(probability)의 해석이다. 있을법함이란 하나의 명제를 결단하는 것을 의문시하는 것으로 데이빗 웨인 토마스(David Wayne Thomas)는 궤델(Kurt Goedel)의 "불완전성 이론"에 의하면 하나의 이론(a theorem)이란 하나의 증명이나 이론과 같은 것이 아니고 하나의 진술이나 제안으로 진실이나 거짓으로 보기보다는 있을법함으로 명제의 논리의 자기반영적 자질을 드러낸다고 말한다(Wayne 250).

이처럼 이 소설의 6개의 과거 추적의 장들의 배경들은 직선적인 관계가 없기 때문에 공통의 연결이 전경에서 깨뜨려지고 브이가 쫓겨 다니는 것처럼 되어있다. 그래서 이 소설이 각각의 에피소드로 구성되어 있다고 해도 지나치지 않다.

20세기의 이런 두 극단의 상반되는 인물이 작품의 마지막 제 16장가서 몰타섬의 수도 발레타에서 조우하여 두 플롯이 합쳐지지만 어떤 화해도, 어떤 상징적, 그리고 어떤 긍정도 없다. 단지 브이는 파괴적인 물 분출에 의해 종식되고 한 줄의 "yesses"도 없다. 그러면서 스텐실은 해몽가면서 최면술사인 마담 비올라라고 하는 인물을 찾아 몰타를 떠나 스톡홀름으로 떠나게 하여 부분적으로 브이의 정체가 드러나지만 완전하게 밝혀지지 않는다.

이러한 결말을 어떻게 볼 것인가. 이런 모순의 우연의 일치를 해소 혹은 해결의 방법을 제시하거나 해석하는 이론이나 방법이 없을까. 브이 소설의 이런 플롯구조에 대해 토니 테너(Tony Tanner)는 핀천이 "스텐실 더러 정보들을 상호 관계의 관점에서 보게 하는 것"은 장 개념에서 개체가 독자적으로 존재할 수 없어 상호 이어지어 있고 양자역학에서는 상호 작용한다고 보는 관점이다(Tanner 1971, 81-2).

20세기 장 개념의 전체적인 틀은 상이한 많은 모델들 속에서 동형의 자질을 끌어내어 사물들이 서로 이어져 있거나 서로 엮이어있다는 것이다. 하나의 개체가 분리되고, 사건들이 관찰자와는 무관하게 서로 독자적으로 발생할 수 있다는 뉴턴의 본질 관과는 달리 장 개념은 하나의 개체와 다른 개체들과 사건들 그리고 관찰자는 같은 장 속에서는 분리되지 않고, 그러면서 다른 것의 특성에 의해 영향을 받는다고 한다.

장 개념의 또 하나의 특징은 언어의 자기지시이다. 자기지시란 대상이 중재(mediating)의 장에 의해 그 대상외의 다른 대상과 이어져 있고, 언술 또한 자신을 포함하여 잠재적으로 다른 언술을 지칭하기 때문에 언어와 하나의 대상사이의 지칭의 자율은 환상이다. 장의 이러한 개념과 언어관은 객관적이고 합리적인 문학작품의 분석과 비평 및 이론의 정립에 기여했다. 장의 이런 특징은 브이의 본태를 지적하는 것과 같다 하겠다.

장 개념과 더불어 이 소설은 또 폭 넓게 양자역학의 전체적 새로운 개념 구도가 드러난다. 양자법칙에 따르면 가장 완벽한 측정이 현재 사물들이 어떻게 그대로 존재하는가를 가능하게 하는 것은 미래의 어떤 선택된 시간에 사물들이 이렇게 혹은 저렇게 존재하게 될 것이라는 있을법함을 예견하거나 사물들이 과거에 어떻게 선택된 시간에 이렇게 저렇게 존재해 있었다라고 하는 있을법함을 예견하는 것이다. 양자역학에 의하면 "우주란 현재에서 선명하게 그려지는 것이 아니고 우연의 게임 속에 참여한다고 한다. 비록 이러한 관점이 어떻게 정확하게 해석되어져야 하는지에 대해서 논란이 있지만 대부분의 물리학자들은 '있을법함'이 양자 리어리티의 구조 속에 깊숙하게 엮이어 있다"고 한다(Greene 11).

이런 관계에서 브이의 본태의 규명은 미지의 우주에 대한 이해와 같아 어떤 학제성의 관점보다도 과학적 장 개념이나 영자이론 나아가 보다 더 확실하게는 (초)끈이론과의 관점에서 보는 것이 합리적이다. 특히 (초)끈이론에서 보는 것은 끈이론이 양자역학이론과는 근본적으로 달라, 양자이론에서 입자들만이 경험에 입각해서 관찰될 수 있지만 장은 고전적인 장을 제외하곤 관찰될 수 없다는 것이고, 또 "입자와 장은 … 오로지 은유로만 기능 할 수 있다"고 보기 때문이다(Cao 29).

그러나 (초)끈이론에서는 그렇게 보지 않는다. 카오에 의하면 "상호작용이 언제 어디서 발생했는가를 설명하는데 불변의 방식이 이미 있지 않다고 보기 때문에 끈의 상호 작용을 구체적으로 적시함에 있어서 어떤 애매함도 없고 자유도 없다"는 것이다(Cao 64). 다시 말해서 애매함과 있을법함은 특히 양자역학과 양자이론의 문학적 메타포이지만 끈 이론에서는 아니다.

이처럼 본태와 정체성 문제를 제기하는 브이 인물의 변신(형)은 빅토리아 렌으로 불리는 영국 요커셔 출신의 소녀가 1913년 파리에서는 33세의 나이로 물신주의를 충족시키기 위하여, 어린 무용수들을 모집하는 인물이 되고 15세의 멜라니(Melanie)라는 이름의 어린 무용수와 동성애를 하면서 서서히 무생물화 되어간다. "지배와 종식이 없는 이들의 사랑놀이는 브이와 멜라니 그리고 거울 이미지이다"(V. 409-10). 1919년 그녀는 39세의 나이로 몰타(Malta)의 무서운 국제 외교 분쟁에 베로니카 망간네스(Veronica Manganese)라는 이름으로 깊이 관여하고는, 자연에서는 자유롭게 일어나지 않는 화학적 활성 금속으로 결합되고, 그녀의 배꼽은 별 모양의 사파이어로 되어 있고 왼쪽 눈은 시계가 부착된 유리 눈(322) 등 몸에 숱한 무생물의 징표와 변화가 일어난다. 그녀는 다시 1922년 49세의 나이에 전쟁으로 소문난 메로빙이라는 왕조의 이름을 띠고서는 남서아프리카의 포플(Fopple)의 "Siege Party"에 나타났다가, 정보원들로부터 베네주엘라 혹은 베수비우스 등의 암호로 불리 우는 베이수

(Vheissu)와 연루되고, 1940년대 제 2차 세계 대전의 와중에는 몰타 섬의 수도 발레타(Valletta)에서 뱃드 프리스트(Bad Priest)라는 이름의 성 도착 성직자로서 최후의 모습을 드러내고는 몰타의 어린애들에게 니힐리즘과 소녀들에게는 수녀가 되도록 가르치면서 성의 쾌감, 출산의 고통과 같은 관능적인 양극을 피하거나 단산을 하도록 조언을 해주고, 그리고는 소년들에게 메마른 불멸의 바위를 찾도록 권한다(325). 이처럼 핀천은 브이더러 이처럼 메마른 바위를 찾게 하는 것은 무생명성에로의 강하를 의미하는 것이고, 또한 위안부("Paraclete"=comforter의 의미)의 무력한 패러디가 되어 물신을 하나의 토템으로 받들고는 사랑과 죽음을 결합하게 한다. 그러므로 브이의 사랑놀이는 무생명성의 비의인화이고 남성 여성사이의 성도착이기 보다 인간과 물신(human and fetish) 사이의 성도착이고(410), 자궁(womb)의 W자를 V자의 이중의 관계로 설정하는 것은 작가의 서구역사에 대한 무서운 암묵이다. 뱃드 프리스트가 드디어 독일의 폭격기에 의해 죽어갈 때 그의 육체는 여자(320)로 판명되고 조각난다. 드디어 그 육신은 서서히 유리 눈과 플라스틱 손 게다가 검은 피를 흘리면서 무서운 인형으로 변하고(321-22) 그 어느 누구도 알 수 없는 비밀을 가진 인물로 남는다.

부언하면 브이는 아주 작게는 허버트의 아버지 시드니 스텐실의 일지(43) 속에서 발견된 글자 브이에서 크게는 베스비어스 화산, 베네주엘라 나아가 서구역사의 몰락(비토리아 렌이 영국과 독일의 세계 식민지 여러 곳을 활동무대로 하기 때문임)까지 시사한다. 이런 점에서 브이는 모든 것을 체화하면서 구분을 제거하는 즉 불모의 동일성을 만들어 내는 엔트로피의 힘의 표상이기도 하다.

브이의 이런 변신의 과정의 시작에서 작가는 허버트더러 글자 브이를 통해 세계의 모든 것을 포함하고 있는 하나의 조그마한 공간을 보게 하고, 그

속에 또 하나의 세계를 포함하는 또 하나의 브이 나아가 무한의 브이가 있게
하여 마지막에는 마치 하나의 먼지로 남게 한다. 브이에 대한 작가의 이런 견
해는 무한에 이르게 하여 표면의 패러독스는 우연이 아니고 필연이다 고하는
게오르그 칸토르의 "칸토르 세트 이론"(Cantor set theory)과 같다. 그립빈 존
(Gribbin John)은 "칸토르의 이론은 각각 선의 중앙 셋째를 지워버림으로써
무한한 점들을 가진 하나의 먼지로 남는데 그것은 제로의 총합의 길이"라고
말한다.

즉 _____

_____   _____

_____   _____   _____   _____

__   __   __   __   __   __   __   __(Gribbin 90)

그러므로 "칸토르 세트"의 하나의 먼지에 이르는 과정은 브이의 글자에서 더
나아가 빅토리아 렌의 최후의 변신(형)에서 드디어 하나의 조그마한 인형에로
변형되어 엔트로피의 마지막 단계의 모습과 같다. 이과정은 브이자라는 프랙
탈 메타포가 이야기로 끌고 가고 그 이야기는 꾸준히 생성하는 내면적인 이야
기들로 하나의 세트를 구성하는 모든 부분들(all parts of a set)이다. 이 부분들
은 각각의 에피소드이고 하나의 세트 안으로부터 빙빙 돌아서 나오는 모든
다른 부분들 혹은 형상들이다. 그 형상은 베노잇 만델브로잇(Benoit
Mandelbroit)의 완두콩형상의 사람과 같고, 애글리쉬(Eglash)의 아프리카 뱀
무늬의 패턴 다이아몬드 속의 다이아몬드 속의 다이아몬드와도 같다(Mikelsen
7). 궁극적으로 브이의 이야기는 규모가 서로 다른 틀(프레임)사이의 유사성
과 프랙탈 대칭성을 강조하여 브이의 본태를 제기이다. 줄여 말해서 이 소설

은 프랙탈 기호학의 동력학의 운동과 자기지시의 반복이야기이다.

브이의 이런 변신과 서사구조는 장의 개념에서 대상과 관찰자인 작가와 인물들 나아가 독자까지 같은 공간에서 관찰하는 장 개념과 같다. 특히 작가가 스텐실이 마담 비올라를 찾아 몰타를 떠나 스톡홀름으로 떠난다고 라고 하는 것은(451), 에밀리 앱터(Emily Aptor)가 핀천과 드릴로(Don DeLillo)그리고 윌리엄 T. 볼먼(William T. Vollmann)등의 소설들이 패러노이아를 국가적인 알레고리로 하여 그들이 좋아하는 비유로 성역화 하는 "하나의 세계화" (oneworldedness)의 서사 발화라고 말하는 것과 같다(Aptor 365). 핀천을 포함한 작가들의 이런 패러노이아 관은 과학적으로 장 개념과 같은 것으로 모든 것은 이어지어 있다고 하는 하나의 세계화이다. 그러면서 브이는 브이가 처한 공간에서 각각 다르게 보이고, 또 각각 다른 시간대 에서도 달리 보인다고 하는 것은 E. F. 테일러(E. F. Taylor)와 J. A. 위러(J. A. Wheeler)가 공간이 보는 사람에 따라 다르게 보이고 또 시긴 또한 보는 사람에 따라 다르게 보인다고 말하는 것과 같다(Hayles에서 재인용 47).

그러나 스페이스 타임은 모든 사람에게 동일하다고 한다. 이런 시공의 관점은 뉴턴의 절대적 시간관과 절대적 공간관의 독립된 개념이 아닌 시간과 공간이 둘 합쳐진 하나의 새로운 절대성이다. 이 개념은 이미 폴란드의 수학자 허만 민코비스키(Hermann Minkowsky)가 특별 상대성이론에서 시간과 공간의 상호의존성을 제기하였고(Hayles에서 재인용 47), 여기서 글자 브이는 특별상대성이론의 상호의존성이고, 시간과 공간이 둘 합쳐진 하나의 새로운 절대성과 같다. 그런 점에서 또 브이는 아인슈타인의 특별상대성이론의 동시성과도 일치하는 존재다. 그런데 아인슈타인은 지칭의 어떠한 절대성도 특권도 존재하지 않는다고 한다. 브이가 다양하게 지칭되는 것 또한 이런 관점의 은유이다.

브이의 이런 은유는 고전물리학에서 시간과 공간이 절대적이고 독립적이라고 했지만, 아인슈타인이 시간과 공간을 상대적 관계에서 보는 것과 같다. 특히 "아인슈타인은 시간성을 관찰자의 위치와 공간에서의 순간성에 상대적이고, 이러한 상대적 관계를 시간-공간 연속성"이라고 한다(Strehele 10). 아인슈타인은 또 상대성 일반이론에서 중력이 시간-공간 연속성을 굴곡되게 하고, 공간, 시간 그리고 물질은 불연속의 개체들이 아니고 구부러진 중력의 장에서 상호작용한다고 한다. 리알리티란 리얼리티의 물질적인 요소들 즉, 공간, 시간, 물질, 에너지, 중력, 그리고 관성이 분리되지 않고 또 떨어져 있지 않는 것으로 보이는 것처럼 움직인다. 그것은 뉴턴의 물리학에서도 그렇게 보았다. 그러나 오히려 리얼리티의 요소들은 관계의 상호의존의 그물망 안에서 기능하고, 오로지 이해될 수 있다는 것이다. 부언하면 객관적인 세계에서 존재하는 하나의 인과의 질서와 크나큰 과학적 진실을 천착할 하나의 통합된 장이론의 가능성을 믿었다. 그러나 양자이론은 반대로 아인슈타인의 상호이음의 현상의 관점에 의지하면서 관계에서 보았고 어떤 특권도 없이 지칭을 항상 상관의 틀에서 보았다. 이 두 관점이『브이』와『중력의 무지개』의 서사구조와 인물들의 역할에서 드러나고 있다.

1-2. 소실점과 중재의 장

브이가 하나의 사실 즉, 죽음과 사랑, 좌와 우, 또는 정반의 대립되는 현상을 포용하고 또 여러 현시를 수용하는 하나의 관념이고, 다양한 현상과 형상을 가진다. 동시에 아무런 의미를 가지고 있지 않다. 이런 점에서 브이는 기존의 담론에서 말하는 다름의 담론의 언어적 구성과는 무관하고, 다른 담론 전략이며 하나의 언어적 구성이다.

핀천의 이러한 담론 전략은 로망 야콥슨(Roman Jacobson)이 언어의 본질로써 의사소통 체계의 전복이고, 관념화(ideational)이며, 문학은 비효과적이지만 관념들을 표현하는 하나의 방법이라는 주장과 같다. 야콥슨은 문학작품 속의 낱말들은 사물들을 지칭하는 표현들이라기보다 이미지들과 같아 사상이나 의미로 바뀔 수 있는 것이 아니라고 한다. 왜냐하면 이미지는 다른 이미지와의 관계에서 생각해야 하고, 나아가서 무한과의 관계에서 보아야 하기 때문에 어떤 고정된 지칭은 불가능하기 때문이다. 여기서 브이는 이미지의 이러한 기능이고 브이에 대한 다양한 지칭은 장 개념의 언어의 자기지칭이다. 그러므로 브이는 하나의 대상이 중재의 장에 의해 자신외의 다른 대상에 이어져 있듯이 그런 다양한 변신과 변형으로 이어져 있다.

　브이는 과연 무얼까. 브이는 이 소설의 근원이라는 처소이다. 왜냐하면 이 처소는 하나의 본질(리얼리티)이 아니라 작품 그 자체에서 개연 반영되는 하나의 현재의 공간(now-here)이고 순간이다. 마치 그곳은 이미지의 기능처럼 가상의 처소, 달리 말해 하나의 비현실적인 곳 즉, 소실점이다. 이 소실점은 리얼리티의 바탕의 진정한 공포는 인간 주체이고, 무와 같아서, 테리 이글턴(Terry Eagleton)의 "자아 속의 타자의 심연"과 같고, 또 그린이 "양자세계는 모든 가능성들이 흐린, 무정형의, 애매한 혼합이고, 또 양자세계는 상호교환의 힘과, 이동, 교환, 입자들, 장, 반입자 그리고 탄도의 아찔하고 눈부신 아 원자세계이고, 모든 것이 항상 유동이적이고 변덕스럽고, 변하며, 분출하고, 사라지고, 소멸되는 그러한 곳이다(Greene 112). 그러므로 그 곳을 침투하려는 추구는 마치 브이의 추적 같이 원자에서 전자로, 쿼크로 또 채색된 쿼크로 가파르게 떠밀리면서 더욱 나아간다. 이런 소용돌이치는 과민은 호간(Horgan)의 말을 빌면 보(Niels Bohr)가 "전자 같은 아 원자 개체들은 참된 존재를 가질 수 없고, 관찰의 행위에 의해 단 하나의 상태로 될 때까지, 있을법함의 흔들림으로 존재한다고 하고, 전파들 혹은 광자들은 그것들이 실험적으로 어떻게 관찰되는지에 따라 파장 같이 혹은 입자같이 행동한다"는 것이다(Horgan 81). 이런 관점에서 본다면 브이의 처소는 마치 아 원자의 개체들이 참된 존재를 가질 수 없다.

이 소실점은 소설 속의 인물들이 발견할 수 없으면서 염려되는 깊숙한 내면 너머로 내면이 있다는 생각을 전달하면서 선회하고 달려들었다가 달아나는 처소이다. 인물의 이러한 행위에 대해 물리학은 소설의 메타 내라티브를 빅뱅으로 설명한다고 한다. 데이빗 도치(David Deutsch)가 "양자이론 혹은 양자이론의 주위를 둘러보는 방법에 끼치는 영향은 물리학 안보다 밖에 더 있다고 주장"하는 것도 그런 이유이다(Deutch 24). 상대성과 양자역학 그리고 보다 생소한 입자와 파장의 잡히지 않는 아 원자 세계의 탐색은 상식과 합리적인 설명의 고전적인 관점을 훼손하게 되었고, 특히 양자이론이 우리 사회에 침투하여 현대소설이 어떻게 만들어졌는가를 직접 말하게 되었다고 한다.

이 소실점은 또 본질이 근거하는 처소 즉, 실재(the real)로서 이 공간은 데리다의 흔적 이론에서는 흔적이고 양자역학에서는 그 공간이 실제든 상상이든 "다른 세계"(other worlds)이다. 다른 세계는 데리다의 흔적과 실체의 자의식적인 이야기 즉, 개체의 장이 현존의 장으로 결정되기 전 흔적의 다양한 가능성들에 의해 구성되는 곳으로 브이의 처소이다. 그 세계는 데리다와 양자역학에서 볼 때 부재라고 하는 타자는 오로지 절대적이고, 항상 절대적인 현존이며, 절대적인 타자이다. 아르케이 플로트닛스키(Arkay Plotnitsky)는 이러한 타자를 보의 과격한 대안(radical alterity)으로 보고 데리다의 흔적개념으로 설명한다(Katsumori, 435-44).

플로트닛스키에 의하면 "지연-선택 실험"(delayed-choice-experiment)(9)이 보여주는 현상은 흔적 혹은 어떤 상태에서의 효과로써 그것의 유효성은 과거나 현재 혹은 미래에서 현존으로 드러나지 않는 다고 한다. 프로트닛스키는 이러한 늦음(belatedness)의 구조를 데리다는 "첨가"(supplement)개념이라 하고 근원이란 첨가이고 근원은 넘치는 현존도 단순한 부재도 아니다 라고 한다. 브이가 바로 그러한 것이다.

플로트닛스키의 보의 상보성 관으로 브이를 해석하면 브이는 계속과 단절, 우연과 필연, 사상의 연계된 쌍 사이의 복잡한 관계이고, 확장된 상보성에 의하면 브이는 이질적으로 상호작용하고 상호작용이 이질적인(heterogenously interactive and interactively heterogeneous) 다양한 "군상들"(configurations)(7)이다. 다시 말해서 브이는 상보성의 동시성에서 볼 때 브이는 상호배타적이면서 완벽함이고, 다양하면서 때로는 갈등하고 서로 적대가 되지 않는 같은 형상 속에서 이중적이고도 다중적인 군상들이 충분하게 결합이 되지 않는다. 이것은 태너(Tonny Tanner)가 브이의 단서들이 집중되면서 흩어진다고 하여 "재생은 또한 해체"(Tanner 1982 47)라고 말하는 것과 같다.

플로트닛스키는 또 보와 데리다 사이에는 유사한 점이 있으면서 차이가 있다고 한다. 같은 점은 플롯트닛스키에 의하면 데리다의 첨가 개념은 보의 해석에 의해 모든 양자실험에서 적절하고 보의 상보성 또한 첨가로 특징화 될 수 있다고 한다. 이것은 플롯트닛스키가 보의 상보성에 대한 새로운 접근이 데리다의 해체의 개념과 일치함을 말해주는 것이다. 이 말은 데리다의 해체가 보의 관점에서 거꾸로 접근될 수 있음을 시사한다.

그러면서 많은 가능성들 가운데서 데리다의 미결정은 궤델의 불완전성 이론을 유사하게 도입하여 탐색하는 것이라면 보의 상보성은 의미 탐색에 있어서 피할 수 없는 막연함이 함축되어 있다. 이 점이 두 사람의 차이이고 보는 이점에서 데리다보다 더 급진적이다.

브이라는 처소는 또 양자역학과 궤를 같이하는 궤델의 불완전성 이론에서 보면 논리적인 문맥에서 진/위를 가리는 것이 아니라 있을법함에 대한 명제 혹은 언술이다. 이 이론은 특히 양자역학 혹은 이론에서 자신을 하나의 명제로 제시함에 있어서 일치하지만 그 자신을 궁극적으로 드러냄에 있어서는 유일한 관점을 만들 수 없기 때문에 다르다는 것이다. 이것은 제임슨(Frederic Kameson)이 퀘델의 이론에서 의미는 엮인 차이와 동일이 동시에 발생하는 다시쓰기로 정의하는 것과 같고, 또 데리다가 퀘델의 이론에서 "의의"(signification)란 파괴되는 불행한 일이라고 말하는 것은 대단한 논리가 받혀주는 "적립하기"(generative)와 "설립하기"(constituitive)의 자질에서 연유한다고 보는 것과도 같다. 그리하여 퀘델의 이론("Two Theorem" 1931)은 지식의 확신성에 대해 크나큰 회의를 가지게 하여 리오따르(Lyotard)는 이 이론이 지식의 합리화에 의문을 필연적으로 재정립하게 한 근대화의 하나의 조건이라고 했다(Wayne 250). 그런데 퀘델은 자신의 이 이론을 하이젠버거처럼 과학 안에서부터 "자아 반영의 순간"으로 끌어내고, 그 순간은 변화가 일어나고 재정의가 이루어지며 재평가가 가능하여 텍스트 내의 틈으로 본다. 그러므로 모든 언어적 혹은 담론적 체계는 자기 반영적이라고 한다. 여기서 브이는 하나의 언어적 체계이고 자신이 반영된 현시이다.

2. 감추어진 변이이론과 상보성이론의 세계 ... 토마스 핀천의 『중력의 무지개』

2-1. 독자성과 상호의존의 병치

『중력의 무지개』(*Gravity's Rainbow* 이하 *GR*로 약기함)는 『브이』 10년 뒤 출간 된 또 하나의 브이(*Vergeltungswaffe Zweit*: V-2, V. too)이야기로 400여명의 등장인물과 국제적인 무대가 배경이다. 소설은 첫 페이지의 첫 줄에서 하나의 로켓이 굉음을 내면서 하늘을 가로질러 날라 가는 것으로 묘사되면서, 소설 끝의 마지막 페이지에서는 로켓이 LA의 오르페우스 극장 지붕 위로 강하할 때 델타t를 그리면서 강하하여 로켓의 상승과 강하의 선적인 플롯이 예측 가능한 서사로 구성된다. 이것이 소설의 하나의 특징이라면 또 하나의 특징은 화자의 이야기가 다층의 단절의 파편적이다. 그러면서 소설의 전반적인 담론은 등장인물들의 이야기들과 로켓의 제작과 발사 사이에 깊은 상관성과 상호놀이다. 소설의 배타적 그러면서 상관성과 상호놀이를 통해 완벽함을 추구하려고 하는 것은 양자역학의 특징이다.

소설의 틀 또한 『브이』 못지않게 로맨틱 서사시로 전통적인 소설의 구도를 깨뜨린다. 서사 구성의 정교함의 부족과 인물들의 변덕스런 시점은 독자를 얽매이게 하고, 합리적인 추론은 축소되고 파괴된다. 게다가 주인공과 인물들의 사상과 행동은 소상하게 이야기되고, 서사의 전체적인 특징은 서구 문학 최초의 메니피언 풍자양태로써 화려한 음운적인 글귀와 산문형식의 혼합이다. 그리하여 변환되고, 비 일관된 사건들이 서로 간에 충돌하여 독자들이 소설의 시 공을 당화하게 뛰어다니게 한다. 그렇지만 이것은 무질서로 향해 가는 세계에 질서를 부여하려는 하나의 상상적인 구성물로 작가의 창작의 실패이기보다 의도이다. 그 의도 속에 화학, 물리학, 수학, 심리학의 인유와 은유는 적절하게 이용되어 소설의 내면적 힘은 그의 앞선 다른 작품들보다 강하다.

소설에서 이런 돋보이는 인물들의 유형의 극단적인 대비는 로저 멕시코(Roger Mexico)와 에드워드 W. A. 포인츠맨(Edward W. A. Pointsman)이다. 멕시코는 옛 라디오 알파벳 r과 m에서 따온 것으로 조직 안에서 다양한 연구 프로젝트에서 수집된 자료를 평가하는 투항촉진 심리정보조직("PISCES": Psychological Intelligence Schemes for Expediting Surrender)에 의해 고용된 통계학자로 인과의 법칙을 따르지 않는다면, 포인츠맨은 파브로프의 제자로 PISCES의 정신평화 연구단("Abreaction Research Facility")을 책임지고서는 심리학자들과 더불어 하나의 가상의 파브로프의 "초모순적 단계"

("ultraparadoxical phase")의 증거를 찾기 위해 개, 새양쥐, 심지어 문어를 실험하는 그런 원칙주의자들이다. 이들은 한마디로 말해서 충실한 고전 물리학의 원칙을 따른다.

슬로슬롭을 중심으로 한 소설의 전반적 흐름을 개관하면, 그는 제2차 세계대전이 끝날 지음 독일의 로켓이 런던에 떨어질 때 런던에 주둔하고 있던 미 육군 정보 장교다. 그가 고전물리학에 빠져들게 한 최초의 사건은 1920년 어린애 티론(Baby Tyronne)이라는 이름으로 하버드의 행동주의 심리학자 래즐로 잼프 박사(Dr Laszlo Jamf) 밑에서 공부하기 위해 그의 아버지에 의해 팔리어 갔을 때부터다. 슬로스롭은 뒤에 가서 특수한 브이 2호 로켓(V-2 rocket)을 만드는데 쓰일 하나의 중합체인 이미폴리스 G("Imipolex G")의 출현에 자신의 성기를 발기하게 하는 선 조건반사라는 유아성욕의 미지의 연구에 희생이 되고 또 그가 상대한 런던의 많은 여성들의 장소 표식으로 채색된 스타를 첨부한 런던의 지도를 가지게 되는 것은 그런 행동주의의 실천이다.

슬로슬롭은 자신의 그런 경험들이 뉴턴의 원리에서 떠날 때까지 원칙론에 관한 독서와 뉴턴 우주관의 상반 관계를 따르며 역사의 직선적인 계속성의 기대감과 인과의 연계의 사실주의적인 예상으로 출발한다. 그는 자신의 정체성을 자신과 세계가 단순하고 파악할 수 있다고 보고 추적한다. 그러나 그는 "탠티비(Tantivy)의 사라짐과 직선적인 질서 추구의 다양한 좌절을 겪은 뒤 사실주의를 버리고 초현실주의로 전환한다"(Strehele 39). 그는 마치 소설 브이에서 보듯 인과를 툭 치고는 혼돈을 향해 또 친다. 다시 말해서 슬로슬롭은 허버트 스텐실처럼 결정적인 과거를 풀려고 하다가 베니 프로페인처럼 과거의 모든 기억들을 지워버리는 인물처럼, 모든 것이 연결되어 있다고 하는(GR 703) 발견 즉 패러노이아에서 어떤 것도 다른 어떤 것과도 연결되어 있지 않다는 안티패러노이아(anti-paranoia)로 전향한다. 그의 이런 변화는 고전 물리학의 전형에서 상대성이론과 양자역학의 본질적인 관점에로의 전환이다.

이런 전환의 구체적 예는 슬로슬롭이 다니는 회사의 그의 용품들 사용에서 발견된다. 그가 사용하는 런던의 지도는 그의 경험을 기억 하게 하는 사실주의자의 노력을 구성해 준다면, 이와 대조적으로 그가 사용하는 책상은 무질서와 흐름과 비연결의 초(반)사실주의자로 요약된다. 예컨대 그가 사용하는 책상은 지도위의 사건들을 기획하면서 그 것들이 흩어지어 있다.

이런 구체적 변화의 궤를 각 장에서 보면 1장은 그의 상충하는 충동이 나타나면서 그는 사실주의적 기획과 기획자이다. 그는 런던의 온 지도위에 채색된 스타들을 부치고, 쫓아 찾아다니고, 정복하고, 단순히 상상한, 만났던 소녀들의 이름들을 라벨로 부친다. 이처럼 그는 지도 제작에 중요성을 부여한다. 지도에 대한 그의 관심은 그의 지도가 멕시코의 로켓명중의 지도(*GR* 85)와 일치하기 때문이다. 이런 상호 관계에 대해 멕시코는 하나의 통계학적으로 기이하다고 주장하고 롤로 그로스트(Rollo Groast)는 사전 조건으로 생각하며, 에드윈 트렉클(Edwin Treacle)은 염력(psychokinesis)이라고 상상한다. 포인츠맨은 슬로스롭이 로켓이 명중하기 전 어느 정도 발기를 느꼈다고 보지만 (85-7) 그것은 로켓의 한 자극의 반응이라고 믿는다. 정신과학자들은 이런 관계에서 이성을 발견하려고 하고 그것이 기계적이던 초 음향적이던 특별한 상호관계가 있다고 본다. 뉴턴의 선봉 추종자인 포인츠맨이 "원인 없이는 결과도 없고, 연결의 명료한 고리"(89)라고 말하는 것이 그런 단적인 예로써 고전 물리학의 확연한 은유이다.

이런 인과의 필연적 관계는 작가의 다른 의도에 의해 이상하게도 인과에 상응하는 지도의 신비로움이 인과를 일탈케 하고 세계가 고정되고 정확하게 재현될 수 있는 지도의 엄연한 구상을 해체해 버린다. 이런 현상과 더불어 소설 속의 순간들도 상호관계는 우연에 의해 발생한다고 한다. 그 우연은 탠티

비가 슬로스롭 더러 폭탄명중을 조사케 하는 제안인데(*GR* 234), 우연히 슬로스롭은 전 런던시내의 한 푸아송("poisson") 지구에 명중한 폭탄을 추적하게 된다. 양자역학에서 우연을 강조하는 부분이다. 우연의 이야기는 1장에서는 슬로스롭의 성욕이 아닌 그의 서구의 사실주의적 의식을 과시하는 지도위에서의 정복을 모의하는 충동에서 드러난다.

이런 정신적 흔적들이 2장에서는 절정에 이르고 슬로스롭의 명확한 역할은 기획자에서 독자로 바뀌고, 사실주의의 주석자가 된다. 그는 독자로써 임무를 수행하기위해 리비에라로 파견되어 로켓과 플라스틱, 추진, 그리고 마케팅에 관한 많은 분량의 서류를 탐독하면서 시간을 보낸다. 그가 독서하지 않을 때는 주위의 자상한 것들을 충동적으로 해석하는데 많은 시간을 보낸다. 그런 예로 첫째 날에는 카체(Katje)의 명찰이 붙은 팔찌를 읽고 나서 그녀의 얼굴을 익힌다. 또 그는 책들로부터 대화 해석법을 배우고, 다른 사람들의 연설에서 좋은 부분을 인용하는 것이 "듣는 것을 배울 것이다. 이렇게 하는 것이 책이 책의 반사행위이다"(241)라고 한다. 이렇게 해서 그는 계획적이던, 우연이던, 사소하거나, 중요하거나 모든 것을 해석한다. 마치 그것이 그에게 직접적인 짐이 되듯 그러면서 그는 독서에 특이하게 패러노이아적인 방식을 적용한다. 그 속에서 모든 것은 창조자의 조심스런 일 즉 크나큰 계획아래 그 밖의 모든 것과 연결된다. 한 마디로 말해서 뉴턴의 인과 법칙과 절대성이 공명된다.

2장에서 우연하게도 슬로스롭은 자신의 일은 물론 밖의 일에 어떤 역할도 하지 않는다. 그는 하나하나의 결과에 대해 원인이 있음을 지적한다. 2장은 카지노 헤르만 궤링(Hermann Goering)이 주 무대가 되고, 그는 그 도박장으로부터 엄격히 결정된 사실주의적 계획에 의거하여 자신의 전 생애가 포함된 같은 논리가 역으로 확장되는 것을 경험한다. "자유스럽고 무 작위적으로 보인 그의 생의 모든 것이 하나의 고정된 루레바퀴와 꼭 같이 항상 어떤 통제 밑에 있었든 것이 발견 된다"(209)고 말하기 때문이다. 그리하여 그는 마침내 이 모든 현상들 즉 태티비의 죽음, 기차선로를 폭파하는 꼭 같은 패턴들은 감추어진 의도의 인과의 질서의 결과라고 해석한다. 그러면서 슬로스롭의 독서는 모든 현상들이 명백하게 단절되어 있어도 실제로는 하나의 총합된 계획으로 응집되는 사실주의적 가설에 의존한다. 모든 우연한 것들이 계획들에 의해 연결되어 있을 뿐만 아니라 모든 계획들이 하나의 대 계획("Overplot")에 의해 연결되어 있다는 것이다. 슬로스롭은 제 2장의 시작부터 로켓에 관한 다양한 기록들로부터의 엄청난 정보와 제 2장의 끝에 이르러 잼프(Jamf)와 이미폴리스 G에 관한 유래의 모든 정보를 하나의 계속되는 이야기로, 모든 회사들을 단일의 카르텔로, 모든 악한 사람들을 단순한 "They"로 합일시킨다. 2장은 슬로스롭을 통한 작가의 고전물리학의 본질에 관한 이야기다.

3장에서는 슬로스롭은 이런 의문들에서 흔들리고 패러노이아에서 안티패러노이아로 바뀐다. 그는 사실주의의 선적인 계속성을 엉글게 하는 것을 중지하고 추리의 합리성을 포기한다. "비가 내리고, 마루에 흠뻑 젖고, 슬로스롭은 마음을 잃어버리고 있음을 인지한다. 만일 패러노이아에 대해 알고 싶은, 종교적인, 안위를 주는 것이 있으면, 또한 역시 안티패러노이아가 있다. 그곳에는" 어떤 것도 어떤 것과도 이어지지 않고, 많은 사람들이 오래 동안 견딜 수 없다"(434). 지금 슬로스롭은 안티패러노이아의 선회 부분으로 이행하고, 주위의 전체 도시가 지붕이 없고, 연약하고, "지금의 자신이 처해 있는 것처럼 중심이 해체되는 것을 느낀다. 그는 그런 이유를 가질 수 있음을 확신한다"(434). 3장 뒤쪽에 가서 그는 안티패러노이아의 상태에서 에피소드들을 통해 이성 없는 안티패러노이아의 즐거움을 누린다. 그래서 성과 마약과 음식을 포함해서 지도와 기록물을 읽는 충동을 누른다. 슬로스롭은 점차 이성이 사라짐에 마음이 가고 자신이 초현실주의 속에 존재하고 있음을 상상하고, 또 말을 "꾸며대는 중립"의 위치에 있는 환경과 단절한다. 그는 딱딱한 서구의 인과가 펼치는 행위 속에서 의식과 의지 그리고 감성의 연결을 잊는다. 작가는 서구 사상의 중심과제로 제시하는 이것 혹은 저것, 이성과 비이성, 정원/유리의 확연한 이분법적 논리와 서구의 남자가 되는 것과 인간이 되는 것도 중단한다. 이런 변화는 3장을 차지하고 점차로 다른 인물들이 그에게 동기를 부여할 때 크게 드러난다. 3장에서 슬로스롭은 이분법적 사고와 인과의 끈에서 멀어지고 서서히 통합되어진다.

다음 글에서는 고전물리학의 인과의 질서와 완벽함을 추구하는 인물들의 구체적인 역할과 이와 반대로 무작위와 우연 비계속성, 상대성 등을 주장하는 인물들의 자상한 행위를 그리고 슬로스롭의 변신의 인물화가 양자역학의 상호 이음과 얽힘으로 읽으려고 한다.

2-2. 슬로슬롭의 사라짐/나타남과 개별적 전체

『브이』에서 생명과 무생명성을 넘나드는 브이의 정체(성)를 찾으려는 문학적 전략이 장 개념과 양자역학의 이론이 엮이어 있듯이, 슬로스롭의 변화하는 모습과 사라짐 그 자체 또한 장 개념과 엮이어 있다는 사실이다.

그가 소설 속의 도시의 중심부에서 시골의 자연과 보통사람들이 살아가는 주변으로 움직일 때 그는 선택 받은 자들(elect)과 탈락자들(preterite)을 합치려는 작가의 평등의 충동을 반영해 준다. 이러한 충동의 반영은 하이트(Hite)의 지적처럼 한편으로는 슬로스롭이 로켓과 친숙하게 결부되어 우주에서 작동하는 모든 힘의 하나의 거울로 만드는 약속을 하게 되고(Hite 119-20), 또 소설의 많은 부분은 "슬로스롭 자신과 독자들이 그의 이야기를 열심히 읽기 때문에 슬로스롭은 작가의 해석행위의 탐색의 중심 포인트가 된다. 그래서 슬로스롭의 이야기는 독자들로 하여금 슬로스롭 자신의 해석의 반영을 선택하도록 요구 한다"(Quilligun 209-10).

그가 그런 위치의 중심에 있기 때문에 그의 인물역할은 그의 운명을 기술하고 또 그의 운명을 다양하게 접근하게 한다. 다양한 접근 가운데서 이 과제는 스로슬롭의 사라짐을 전 서구화인의 자연스런 평화스러움의 달성으로 간주하는 비평으로 접근하려고 한다.

이런 비평의 대표적 예는 마크 시걸(Mark Siegel)이 "자신의 운명을 완수하지는 못했지만 본성에 대해 무책임한 에고를 드러나게 한 자아의 손실을 통해 세계와의 조화를 발견하는" 평가(Siegel 70)와, 다글러스 파울러(Douglas Fowler)가 슬로슬롭의 "운명이 꼭 죽음만큼 무섭지 않고 그가 통합된 인물로서 상실했지만 그의 흩어짐을 삶의 또 하나의 겸손한 변화"라고 보는 것들이다(Fowler 55). 윌리엄 플레이트 또한 슬로슬롭이 "디오니스적인 카리스마를 달성하고 광영의 평범한 자들의 형식을 발견한 것으로 시사한다. 그리고는 그가 죽었다는 흔적은 없고 그의 해체만이 있고 그를 마지막 본 사람은 그에게 광영을 준 피그 보딘(Pig Bodin)"이라고 한다(Plater 214-15). 이러한 비평들은 그랜드이론에서 주인공을 접근하는 총체적 관점이라면 이와 달리 멘델슨(Edward Mendelson)은 슬로슬롭을 의사 카리스마의 인물로 주장하는데(Mendelson 176, 183), 슬레이드(Slade)와 바이젠버거(Weisenburger) 또한 멘델슨과 유사한 관점을 가지고 있다. 이 비평은 수직적 관점에서 주인공의 절대적 이상추구의 화신으로 보는 관점이다.

어린 슬로스롭은 1920년 그의 아버지에 의해 하버드대학에서 공부를 하기 위해 그 대학의 행동심리학자 라슬로 잼프 박사에게 팔려 가는 것을 시작으로 하여 자신을 둘러 싼 과학 기술과 심리 그리고 사상 나아가 사회의 체제 등을 표상하는 많은 인물들과 접촉한다. 그 중에서 그는 피블로프의 필수조건을 추종하는 포인츠맨, 인간을 자신의 강박관념을 전가시키기 위해 단순하고 순수한 물질로 보는 바이스맨(Weismann), 또 인간은 자신이 만든 창조물이고 통제받는 장기판의 병졸이라고 믿는 게르하르드트 폰 휄(Gerhardt von Goel)의 숱한 시련을 겪는다.

이 가운데 슬로스롭에게 가장 고전물리학의 인과 결정론을 따르는 포인츠맨(Pointsman)은 영국철도의 용어로 교환수("switchman")의 의미지만 작가는 인물들의 명칭에 그렇게 합당한 역할이나 의미를 부여하지 않는다. 포인츠맨은 소설의 앞부분에서 그의 이름이 말해주듯이 계측 통제자의 흔적들을 보여준다. 그는 런던 서남부 폐허를 다니면서 개사냥 할 때 작가가 포인츠맨을 고위급의 생체해부론 자로 기술하고, 멕시코의 여자 친구 제시카 스웬라이크(Jessica Swanlike)를 통해 처음 나타난다(37). 멕시코는 실험실 동물들을 잡으려고 하는 포인츠맨의 주장을 설명하면서 멕시코가 실로 당황하는 것은 포인츠맨의 파브로프의 신념 때문이다. 포인츠맨의 조건 자극과 조건 반응은 그의 인물의 표상이 되어, 그가 실험 조종을 각별히 좋아하게 된 것도 그것 때문이다. 통제와 개별적 예측은 포인츠맨의 사상의 궁극적인 이익이고 그것의 영역은 실험실 동물에서 인간으로 넓혀진다. 이런 것이 멕시코로 하여금 개사냥 이야기를 듣고 막연하게 의심하게 한다(46). 멕시코의 이런 의심의 절정은 포인츠맨의 조종과 무자비한 탐욕이 그의 파브로프 동료 케빈 스펙트로(Kevin Spectro)에게 인간주체에 대한 그의 욕망을 선언하는데서 확연하게 드러난다(52-3).

작가는 이처럼 두 인물사이의 차이를 수학적 메타포로 이용하여, 두 인물의 본질적인 대조에 지적 차원을 더 부친다. 그래서 인물들의 심리적 성적 양상은 두 사람의 차이의 실체가 아니고 보다 깊은 이분법의 징후로 나타난다. 두 인물의 이런 차이는 결정론적 모델과 있을법한 모델이다. 일반적으로 공식으로 나타나는 결정론적 모델이 더 친숙하다. 그래서 조건하에서 이루어지는 실험은 실험의 결과를 결정한다. 중력의 법칙이 그런 결정론적 공식이다. 가령 지구로부터 최초의 높이와 초기의 속도가 알면, 그것에 의해 떨어지는 물체의 충격 속도는 정확하게 계산될 수 있다는 것이다. 물리학자 막스 본(Max Born)이 상이한 시간에서 사건들이 미지의 상황 예측이 가능 할 수 있는 것은 법칙에 의해 연결되어 있는 결정론이라고 말하는 것(Lance 78-9)도 이런 맥락이다. 반면에 있을법함 모델은 개별적 발생을 정확하게 예측하려고도 하지 않고 주장도 안 한다. 만일 하나의 과정이 여러 차례반복하면 특정 결과를 그럴 듯함으로 기술하는 것이 있을법함 이다. 전자가 포인츠맨의 표상이라면 후자는 멕시코가 대표적인 인물이다.

멕시코가 정신적이고 지적 자유를 누린다면 포인츠맨은 기계적 결정론을 따른다. 이 두 인물의 본질적 만남은 수학적 과학적 일치로 개개인물의 정체성보다 복잡한 의의를 가진 인물화로 드러난다. 그런 의미에서 이 두 인물은 비 실체적이고 2차원적으로 희화화되고, 작가는 과학과 수학을 이용하여 이들의 인물화를 통해 적절한 인유와 깊이의 문제를 명백하게 해결하고 있다.

작가의 이런 관점은 비단 인물 뿐 아니라 로켓 "0000"의 건조와 발사를 둘러 싼 블리체로와 와이스맨에 의해 성과 기술 그리고 권력이 인종과 젠더와 합치어서 드러나기도 한다. 특히 인종, 성과 젠더의 효율성은 블리체로, 카체(Katje), 엔지언(Enzian) 그리고 곳프릳(Gottfried) 사이에서 보인다. 특히 인물 가운데서 사라진 이중의 부재하는 흑인 여성인데 남성도 아니고 백인도 아니다. 그러면서 보이질 않으면서 침묵하고 대수롭지 않게 취급된다. 이것은 고전 물리학의 전범인 통일된 목소리와 이분법에 대한 작가의 비판이다.

포인츠맨 만이 슬로스롭에게 인과의 중요성을 인식시키지 않았다. 로켓의 기술자와 건설자들이 한결같이 결정론적 원칙을 따랐기 때문이다. 예컨대 카체가 로켓이 발사된 뒤 "모든 나머지 것들은 탄도적 법칙에 따라 일어날 것이다. 로켓은 그 법칙 안에서는 무력하다. 그밖에 어떤 것이 대체되고 그것은 계획된 것 이상 어떤 것이다"(223)라고 말하는 것도 같은 맥락이다. 패컬러(Pokler)가 "인과를 따르는 사람"(159)이고, 잼프가 과학적 실험들이 이와 유사한 가설에 근거한다고 보는 것 그리고 웨블리 실버네일(Webley Silbernail)이 인공적으로 만든 미로 안에서 조건반사의 쥐들을 뒤 쫓는 행동주의자들이 반대로 위로부터 미지의 힘에 의해서 관찰되고 조건반사 되지 않나하는 생각을 가져 그의 실험실 안의 동물들이 일관되게 "결정론적 우주 속에서"(230) 살고 있다고 확신하는 것 등이다.

인물들의 인과론적 원칙 준수 못지않게 직선적 통제와 비밀의 계획이 소설에 널리 있다. 예컨대 제 2차 세계대전이 정치적 때문이 아니고 모든 것을 지배하는 기술의 감추어진 결과라는 것이다(521).

이런 전쟁 관과 더불어 전쟁에서 혜택을 보고 또 전쟁을 통제하는 "합동당국"(corporate authorities)이 슬로스롭이 표시한 스타들 하나하나가 연 이언 브아-2의 타격의 위치와 일치한다고 인지할 때, 이들은 파괴하고 싶은 검은 로켓 군대의 혁명적인 집단의 위치를 정치하는데 그가 유용하게 이용될 것이라고 결심한다. 이들은 포인츠맨이 조종하여 슬로스롭이 로켓 넘버 0000 즉 "Imipolex G"를 독특하게 장착하고 있는 "the Schwarzgerat"를 발견하는데 자금을 대어준다. 파브로브의 조건반사를 신봉하는 포인츠맨은 "PSCIS"의 거처인 "The White Visitation"에서 심리적 전술에 관한 실험을 수행하는 한 연구집단을 이끈다. 포인츠맨은 노벨상을 쫓으면서 "모든 사람의 모든 것의 냉정한 결정"(86)을 단호하게 증명하는 로켓의 타격과 슬로스롭이 일치하게 해석해주는 계획을 한다. 포인츠맨의 인과의 행동적 의지가 좌절되는 것은 슬로스롭의 발기가 로켓들이 명중하기 전에 일어난다는 것이다. 이 장면은 고전 물리학의 표상인 포인츠맨이 슬로스롭에게 그의 인과결정론이 빗나감을 보여주는 것으로서 슬로스롭이 현대 서구 남성의 무거운 짐의 표상이 되게 한다. 남성들은 이 소설에서 역사를 통제하여 서구 세계를 만들고 정치적 경제적 결정을 하는데 힘을 쏟고, 슬로스롭은 작가가 선택 받은 자들이라고 부르는 권력을 가진 남성군상들과 관계를 이해하려고 하는 젊은이다. 슬로스롭의 유년기는 권력을 가진 남성들에게 넘기어지고, 사실상 어머니가 없는 가운데 남성들에 의해 거래되고 이용되고 그의 장년기로써의 그의 성기는 그들의 이용의 대상이 된다. 처음 그것이 그에게 유용했으나 여러 사람에게 위협이 되고 아이러니하게도 그의 이성적 충동도 그를 여성과 친숙을 이끌지 못한다. 그의 이러한 기능은 이 소설의 중요한 이미지인 로켓으로의 축약이다.

포인츠맨의 인과결정론과 슬로스롭의 관계는 슬로스롭이 로켓과 일치함을 결정하는 그의 시도의 일환으로 슬로스롭이 흑인에 대한 백인 미국인의 반응을 시험하는 실험을 하고, 또 정신분석의 들뜬 눈속임 속에서 슬로스롭이 머세추셋의 로즈베리의 로즈랜드 무도장을 회상 하는데 그곳은 잭 케너디를 포함한 젊은 하버드 학생들이 스윙뮤직을 듣기위해 들렀던 장소다. 슬로스롭은 또 로즈랜드의 남자 화장실에서 하모니카를 변기에 떨어드려 그 것을 잡기위해 기대자 맬컴 X를 포함해서 많은 흑인 남성들의 남색의 협박에 굴종한다. 작가는 여기서 슬로스롭을 지하세계의 화장실로 하프를 따라 도피케 하는 오르페우스의 신화의 변형을 보여준다. 슬로스롭은 보스톤의 오물을 수영하여 미국의 빈자들의 한 피난처를 발견한다. 그 곳에는 세습되어온 자들, 즉 쓰레기와 일치되는 빈자들, 캘빈의 선택 받은 자들에 의해 무의식의 깊은 골로 억압되어 온 자들이 있다. 그런가하면 캘빈주의의 자비로운 계획은 로켓의 꼭대기와 동등하고 리얼리티를 옳음과 그름, 선과 악의 이분법적 상반으로 축소하는 포인츠맨 같은 사람들의 헌신에 의해 입력된다.

스스로 옳다고 생각하는 선택 받은 자들을 위협하는 인성의 어두운 면을 결과적으로 억압하는 것이 문화적 의식의 균형의 부자연스런 결핍을 드러낸다. 이 의식은 황야의 다중들을 파괴하기 위해 하늘을 가로질러 나르는 로켓 즉 원시적인 성의 위협을 말살하려는 한 거대한 금속의 남근이고 빈자들의 불합리한 힘을 억압하기 위해 휘두르는 선택받은 자들의 억압된 그림자의 질곡에서 태어난 하나의 무기이다. 슬로스롭은 한 마디로 말해서 포인츠맨 같은 자들로부터 이런 정신적 육체적 경험에서 벗어나 절대적, 이분법적 생활에서 점차 자유로워진다. 작가 또한 질서와 에너지의 부족으로 종국에는 세계가 엔트로피를 향해 가리라고 믿으면서 이 세계에는 작동하는 대단히 중요한 질서 유지의 체계가 존재함을 확신한다. 슬로스롭의 배회는 어떤 직접적인 목적이 없다. 그는 대상을 잃었고 그의 여행이 점차 특이해 질 때 하나의 가변적인 인물이 된다. 이것은 여자마법사인 겔리 트립핑(Geli Tripping)이 "지금 최전선을 잊어라. 미세한 구분을 잊어라 그런 것은 어느 곳에도 없다 …. 너는 알게 될 것이다. 이 모든 것은 정지되어 왔다." 바슬라프는 "이것을 휴지기간 이라 부른다. 너는 그것과 함께 오로지 흘러 갈 필요가 있다"(294)고 하는 공명이 보여준다. 드디어 슬로스롭은 흐름을 터득하여 경험을 지배하고 조직화하는 하나의 수단으로 패러노이아를 버린다.

3장에서 슬로스롭의 첫 번째 여자 친구인 겔리는 그의 대안으로 시사되고 서구를 대변하는 직선적, 합리적이며 분석적 또 다른 정신적 힘을 과시한다. 슬로스롭이 제2장의 끝에 이르러서 만나는 다른 인자한 인물들처럼 겔리는 그에게 음식과 안전을 물론 정보를 주면서 그의 마음을 자극한다. 겔리는 그의 기억과 지능을 일깨우고 그의 습관적인 인지 양태에 도전한다. 그리하여 그녀는 "지금 최전선을 잊어버려라. 자세하게 구분된 지역을 잊어라 그 곳에는 어떤 것 도 없다"(294)고 말한다. 겔리가 새벽에 슬로스롭을 신의 그림자

(God-shadows)로 만들기 위해 브록던으로 데리고 갔을 때 그녀는 마음을 버리지 않고 자연의 정기를 보여준다. 그녀는 서구인이 억압해온 직관과 비논리적인 정신력을 끌어 올리고, 이런 힘들은 정신과 육체를 통합해 축하하게 한다. 젤리는 "오즈의 마법사" 속의 선량한 마녀처럼 슬로스롭에게 마법의 신발(치체린 Tchtcherine's boots)을 준다. 그리고는 젤리는 오즈처럼 슬로스롭이 풍선을 타고 여행을 더하게 하여 오해에서 해방시킨다. 스로스롭은 그녀로부터 잠시 떠난 뒤 "슈바르츠게라트(Schwarzgerat)는 성배(Grail)도 에이스(Ace)도 이미폴엑스(Imipolex) 지(G)의 G의 의미도, 또 "당신은 작위를 받은 영웅이 아니다"(304)라고 생각하게 한다. 젤리는 이렇게 하여 슬로스롭이 마음의 변화를 가져오게 한다.

슬로스롭의 마음의 변화가 있게 한 두 번째 중요한 인물은 에밀 쇠레 브루머(Emile Saurre Brummer)다. 그는 슬로스롭의 사회적인 규율과 직선적인 논리성으로부터 해방 하는 것과 슬로스롭의 마음과 정체성을 그에게서 벗기는 것을 돕는다. "그는 한 사람의 선동행위, 야간 도둑, 사기꾼, 마약상습자, 타락한 늙은이"(365)로서 서구의 사회규범에 대해 반 문화저항의 모델이 되어 슬로스롭이 특이한 게임으로부터 사전에 그만 둘 것을 부추기고는, 슬로스롭에게 다른 게임에 착수하게 한다. 그는 슬로스롭에게 포인츠맨과 "The Home Office"가 했듯이 확실하게 초인간의 힘을 계획하게 한다. 드디어 슬로스롭은 스스로 자기의 정체성과 탐색을 잊어가고 로켓맨(Rocketman)의 케입(cape)을 쓰고는 인도대파의 말린 잎(hashhish)을 찾아 포츠댐으로 가, 약물로 인해 만남이 지연되고 사람들과 기억과의 접촉을 잃게 되지만, 약물의 나쁜 접촉과 이성이 없는 쾌락의 삶의 스타일로 시사되는 브루머로부터 도움을 받아 실제로 그의 해체가 이루어진다.

슬로스롭의 해체는 마게리타 그레타 에르드만(Margherita, Greta Erdmann)

과 연결되어 그레타의 딸 비앙카(Bianca)를 찾아 따라가기 위해 자신의 이력에 대한 추적을 연기하면서 그레타와 하나의 다른 잠정적인 역할과, 또 막스 슐렙지그(Max Schlepzig)와 회초리 제조자(whip wielder)의 역할을 하고는 에르드만의 피학성 음란증의 연약한 부속물이 된다. 이들과의 이런 역할은 대화와 영화 거짓과 자기 탐닉의 인간관계의 패러디이다. 슬로스롭은 이런 유사(mock) 접촉 속에서 외로움을 민감하게 느끼고는 자연스레 안티패러노이아로 침잠하여 "그레타 옆에 누워있으면서 어떤 것도 연결되어 있지 않다"고(434) 생각하고 모든 서구인들이 빠지기 쉬운 고통의 원인을 흔쾌히 받아들인다. 그 래서 그들의 벌은 "자신의 잔인성" 때문이고 에르드만 또한 "자신의 희생자"가 된다(396-97).

아르헨티나의 무정부주의자들로부터 생체화학들에 이르는 통계학자들은 결정론자들과 반대의 입장이다. 대표적인 인물이 멕시코다. 이들은 삶을 있을 법함에서 생긴 가짜의 일탈로 본다. 이들은 있을법함이 자연의 진정한 무작위의 상태를 반영한다고 생각한다. 이들은 보다 많은 무작위의 사건들을 발견하여 있을법함의 경우를 자랑하고 그것들의 상징으로 통계에서 이용하는 푸아송 분포("Poisson distribution") 즉 종 모양의 잘 알려진 곡선이다 그런데 그것은 또 하나의 무지개 형상이고, 멕시코처럼 고용된 자들에게는 음악이다(140).

통계학의 곡선 은유와 함께 현대물리학에서 인유한 하이젠버거 불확실성 원칙이 있다. 이 원칙은 삶의 우연의 본질을 표현하는 은유가 된다. 아프리카 로켓 부대의 사령관 엔지안은 존재를 다음과 같은 방식으로 하나의 무작위의 사건으로 보는데(362), 이것은 하이젠버거 같은 양자역학이론가들이 주장하는 물질의 파장 역학그림의 반영이다. 앤티 포인츠맨(55)으로 불리는 멕시코를 위시하여 엔지안은 로켓타격의 "포이슨 분포"에 의해 예시되는 무작위가 희망과 신념을 파기하는 원인이라고 본다. 엔지안은 하나의 신의 행위와 순수한 우연의 움직임 사이에는 차이가 없다고 믿는다(323). 이것은 양자역학에서 우연을 중시하는 것과 같다. 거기다가 엔지안의 백성들, 서남 아프리카 헤레로 원주민들("the Hereroes")은 그들 스스로를 완전한 엔트로피와 소멸의 무작위로 움직임으로 보고 또 그들의 소집단의 그룹, "The Revolutionaries of the Zero"도 삶의 게임을 더 이상 하고 싶지 않고, 의도적으로 종족의 자멸을 원한다. 헤레로 원주민들은 로켓의 삶의 무작위의 요소와 일치하고 로켓의 최고의 엔트로피에로의 임박한 귀한은 그들이 처해 있는 상황의 징표다.

또 다른 통계학자들에게 불확실성 원칙은 어떤 가능성도 배제되지 않을 것이라는 것을 의미하고 자연의 변함없는 변모는 바람직한 새로운 기회를 만들 것이라는 희망을 준다. "Byron the Bulb"(*GR* 647)는 삶뿐만 아니라 우연히 불멸도 부여 받았다. 러시아 관료인 치체린은 끝없는 길들과 가능성들을 스스로 보고" 이들은 주어진 시간에 이용되는 많은 개방된 결속으로 보이는 거대한 "초분자"(supermolecule)(346)여서, 그의 수정된 약물학은 앞으로 파생효과를 드러내어 미리 어떤 계산도 반드시 안 된다는 것이다(346). 그의 사명은 그의 이복인 엔지안을 찾아 죽이는 것으로 그들이 소설이 끝날 무렵 우연히 서로 만 났을 때 서로 알지 못한다. 치체린이 단지 몇 개비 담배와 약간의 감자를 달라하고서는 그들은 영원히 헤어진다. 이 두 인물을 통해서 양자이론에서 입자가 파장으로 파장이 입자로 보고 그러면서 이 이론의 끝면서 배제하는 특성을 읽을 수 있겠고 작가의 무작위에 대한 이런 표현은 소설에서 치체린과 엔지안의 출구를 찍는다고 말할 수 있겠다.

통계학자들에게는 이 예측불허의 우주와 엔트로피의 사이클에서 벗어나는 방법이 있을 것이다. 그 것은 로켓이다. 로켓은 하나의 실질적인 출구가 될 것을 약속하여 "언젠가 우리 모두 이것(로켓)을 이용하여 지구를 떠날 것이다. 지구를 떠나기 위해"(400). 그러나 이 로켓은 중력이 "찬 지구에 영향을 주어 실제로는 떠날 수 없다"(723). 허지만 로켓에 의한 탈출의 희망은 남아있다. 바이스맨으로 달리 부르는 볼리체로 선장이 부분적이지만 자유의 마지막 포령(enclave)에 이르고자 하는 사람이다. 그의 마지막 예견으로 그는 로켓이 "오염과 주검의 싸이클"이라고 하는 악의 원통을 깨뜨리는 하나의 방법이라고 생각한다. 삶의 계속성으로 블리체로의 유일한 희망인 고트프리드가 드디어 로켓과 한 쌍이 되어 발사되는 것도 이러한 이유에서이다. 작가도 물론 누가 말하는가를 구체적으로 적시하지 않지만 블리체로의 목소리가 최후의 extasis에서 선명하게 들리기 때문이다(758). 그런데 소설이 끝나갈 무렵 로켓은 강하하고 윌리엄 슬로스롭의 마지막 말은 콧노래와 더불어 우리더러 함께 노래하자고 한다. 그것이 열역학의 포물선으로부터 도피가 가능하고 블리체로나 고트프리드의 개인적 관심보다 훨씬 크다고 암시하면서 … "시간을 바꿀 하나의 큰 손이 있다 …. 자 여러분 …"(760)이라고 소설은 맺는다.

인물들과 로켓의 이런 이중성 못지않게 『브이』와 『49호 품목의 외침』그리고 이 소설에는 파라노이아가 돋보인다. 여기서 패러노이아는 하나의 의심이기보다 필연성이다. 슬로스롭과 다른 인물들이 계속 전체를 보지 못하고 열역학적으로 무시하는 구조와 플롯을 어렴풋하게 볼 때 패러노이드가 되지 않을 수가 없다. 작가의 말로 "패로니아는 시작보다 못한 것이 아니고 모든 것이 연결되어 있는 발견 즉 앞서있는 가장자리이고, 1920년대 독일 잡지 역사의 "패러노이드 체계"(Paranoid Systems of History)에서 출발하여, 창조 속의 모든 것은 제2의 계몽이고 맹목적인 것이 아니라 적어도 이어져 있다는 것이다"(703).

패러노이아 못지않게 안티패러노이아는 확신성이 불확실성과 통제와 무작위 그리고 상승이 강하와 상반의 관계이듯, 종국에는 반 균형화 한다. 예컨대 "안티패러노이아가 종교 같은 것에서 패러노이아로 부터 위로를 받고 싶다면, 패러노이아도 그렇다는 사실이다. 안티패러노이아는 어떤 것에도 연결되어 있지 않고 적은 사람들이 오랫동안 지탱할 수 있는 상황이라는 것"(434)이다. 작가는 이 소설에는 안티패러노이아의 현혹과 마찬가지로 패러노이드들의 잠재력을 충분히 이해하는 작가의 노력이 있다. 작가는 이런 이분법적 이념 즉 구조적인 질서와 엔트로피의 혼돈이 서로 마지막으로 상반이 아니다라고 함으로써 둘 다의 위험의 노출에 도전한다. 작가의 이런 서사관은 고전물리학에서의 한계를 양자역학에서 해결하려는 것과 같은 문학적 책략으로 질서와 혼돈 즉 패러노이아와 안티패러노이아가 선택의 상반의 관계가 아니라, 하나의 혹은 같은 우주의 움직임의 요소라는 것이다. 이런 요소들 때문에 우주의 움직임이 있고, 무지개의 곡선의 존재가 있게 되고 또한 중력이 역동하는 살아있는 우주가 있게 된다.

작가의 이런 관점의 절정은 슬로스롭이 사라지기 전 그가 회초리를 휘두르는 어머니로부터 11살의 비앙카로 변신하는 용이함은 도덕심의 중요성의 고리가 작가의 세계에 억누르고 있다는 것을 시사한다. 이런 것이 슬로스롭에게는 없지만 비앙카는 사랑의 결합의 가능성 속에서 단절의 대안이 된다. "슬로스롭은 안다. 당장 여기, 바로 지금 화장과 가면아래 그녀는 존재하고 사랑과 비가시성으로 슬로스롭에게 이런 것은 어떤 발견이다"(470). 비앙카는 슬로스롭의 이복인 치체린과 유사한 약속을 지키는 겔리처럼 그녀의 성적 선입관과 애정에도 불구하고 순진하고 자연스런 젊음이다. 하지만 슬로스롭은 사랑의 신비스런 연결을 거절할 뿐만 아니라 기억의 연결도 거부한다. 그는 또 "자신의 두 눈이 돌릴 때 비앙카를 잊어버리고, 그녀와의 결합에 의해 변신되는 위험을 거부 한다"(470).

시작부터 슬로스롭은 비앙카를 하나의 대상으로 이용하고 아버지들의 죄로 반복한다. 즉 그와 비앙카의 만남은 아들에 대한 지은 죄로부터 아버지에게 죄를 짓는 것으로 이행한다. 슬로스롭은 비앙카를 처음 볼 때 즉시 "음탐함"을 드러내고(463), 마지막에 슬로스롭이 비앙카를 만나는 것은 우정의 폭로이고 순진성의 희생이다. 이렇게 해서 슬로스롭은 점점 더 예전의 그가 아니게 되고, 드디어 자연과 합치게 된다.

3장에서 나타나기 시작한 그의 마음과 정체성의 포기는 절정에 이른다. 그는 "무지개가 나타나는 시간에 의해 비조차 잊어버리고 마음과 정체성은 점점 더 왜소해진다"(623). 그는 "나신으로 혼자 생활하고" 어느 누구와도 대화하지 않는다(623). 그가 점점 안티패러노이아로 될 때 그의 과거의 자아들, 즉 "수 없이 많은 자아들"(624)은 단절된다. 그러면서 그의 두 가지의 마지막 자세는 슬로스롭이 우아함과 초월 혹은 릴케의 구원을 달성한다고 사사한다. 하나의 자세는 슬로스롭이 편안하게 독수리가 나래를 펴고 엎드리어 있듯 한 자세이고, 다른 하나는 십자가형과 하나의 교차로가 된다. 이것은 재판관들이 교수대를 설치한 하나의 살아 있는 "교차점"이다(625).

핀천이 이처럼 자연과 슬로스롭의 마지막 변하는 모습과 일치시키는 것은 에릭 윌슨(Wilson, Eric)이 에머슨(R. W. Emerson)의 에세이집 *Nature*에서 자연, 인간, 그리고 언어의 상호 엮임을 봄의 양자 이론과 상대성이론의 시학으로 보는 것과 같다(Wilson 39-58). 데이빗 봄(David Bohm)이 상대성이론과 양자이론이 세계를 하나의 쪼개어지지 않는 전체로 보고 쪼개어지지 않는 전체 속에서 관찰자와 도구들을 포함해서 우주의 모든 부분들이 하나의 전체로 합쳐지거나 통합된다고 한다. 이 전체는 하나의 질서가 잡힌 거대서사는 아니지만, 전체는 동시에 입자와 파장이 되고 비계속적으로 예측불가로 흐르는 범논리적 물질적 퀀타로 현시되는 하나의 메타패턴이다. 봄은 에머슨처럼 메타패턴의 통합 혹은 융합의 효율적인 방법으로 세계를 불연속의 논리적 단위들로 바꾸는 언어 사용이 아니라 분리와 손상 없이 일련의 행위들이 흘러들어가

서로 합치어 형식의 내용이 되어 형식 속에 합치어 저 변화하는 우주위에서 언어를 패턴하는 것이라고 한다. 이것은 형식의 내용으로 분열과 깨뜨림 없이 서로 흘러 결합되어 일련의 시리즈의 형식으로 드러나고, 낱말들은 하나의 전체로써 존재의 깨뜨러지지 않는 흐름과 조화를 이룬다고 한다.

낱말들이 이처럼 하나의 전체가 되어 기능하는 것과 깨뜨어지지 않는 전체 속에서 우주의 모든 것을 하나의 총합으로 합쳐지거나 통합 되는 것은 슬로스롭이 에고(자아)가 없는 자아(selfless self)가 되는 것과 같은 것으로 상대성 이론에서 모든 것이 하나의 전체로 함입 즉 하나의 장을 만드는 것과 영자역학에서 개체가 개체와 분리될 수 없는 역동적인 이음은 분리 될 수 없다는 이 두 가지를 봄의 "감추어진 변이 이론"에서 필히 존재하는 "내재된 질서"(implicate order)의 "깨뜨러지지 않는 전체"(unbroken wholeness)로 보는 것과 같다. 이렇게 말할 수 있는 것은 하나의 컵의 손잡이는 컵을 구성하는데 하나의 부분이다. 그러나 그 것이 깨어지면 그것은 하나의 파편이지 부분이 아니듯이 슬로스롭의 에고의 자아도 하나의 파편이지 부분이 아니다. 이것이 부분이 되자면 에고가 없는 자아와 함께 구성되어져야 하기 때문이다.

슬로스롭이 깨뜨러지지 않는 전체로 보는 것의 위상은 봄과 일리야 프리고진(Ilya Prigogine)이 물질의 가장 낮은 차원으로 내재된 질서가 싸여있다고 보는 내재된 질서의 비차별적인 전체는 양자역학과 상대성이론을 함께 묶으려는 단적인 시도에서 알 수 있다. 양자물리학은 뉴턴 물리학이 리얼리티의 근거로 생각하는 몇 가지 근본적인 원칙들을 부정함으로써 뉴턴의 물리학에 근거 하고 있는데, 그 중 하나가 비순서적 속성이다. 양자물리학자들은 하나의 전자가 어떤 한 궤도에서 식별될 수 있으면서 하나의 다른 궤도에서도 관찰된다고 보았다. 그들은 처음 전자가 하나의 장소에서 사이의 공간을 통해서 다른 한 곳으로 움직인다고 생각했지만, 그 움직임이 비순서적으로 발생하기 때문에 그렇지 않다고 보았다. 이것을 해결하려고 한 사람이 봄이다. 리사는 그의 내재된 질서이론이 비순서적 운동이 어떻게 일어나는가의 기술에 도움이 되고, 봄이 전체의 자기갱신 운동을 "홀로그래픽 움직임"(holomovement)으로 정의 하는데, 이것은 내재된 질서의 비 차별화된 전체가 "외재된 질서"(explicate order)의 형식을 설명한다고 말한다(Risa 1996-97, 420-40).

그러면서 봄은 두 개의 명제에 대해 크게 의미를 부여했다고 한다. 첫째는 부분들과 전체를 분리하는 것이고 둘째는 전체와 부분들을 전체화하는 것이었다. 부분들과 파편들 사이에는 차이가 있고, 손잡이가 컵의 한 부분이지만 그것이 땅에 떨어지어 깨어지면 그것들은 파편들이지 부분들은 아니라고 했다. 추상적으로 많은 영역은 즉시 외재된 형식을 드러낸다. 비차별적인 전체는 "홀로그래픽 움직임"의 내재된 질서 혹은 형식이고, 내재된 질서와 외재된 질서에 대해 하나의 전체가 있다고 한다(Risa 1997, 187-201).

또 봄은 전체가 어떻게 펼쳐지느냐의 문제에 대해 전체는 그 자체 내면으로 펼쳐진다고 한다. 그 때 그 펼쳐짐은 또 하나의 펼쳐짐이고, 전체가 하나의 형상을 설명해 줌으로써 그 전체는 그 자체를 인지하고 갱신하게 되고, 마찬가지로 의식은 끊임없이 우주를 만들어가고 다시 흡수하고 그 과정에 참여하게 된다고 한다.

자연을 어떻게 인식하느냐에 따라 반응이 나타나듯 양자물리학도 비 결정정의 원칙을 통해서 인지하게 되고, 이 원칙은 파장과 입자의 관계에서 드러난다고 한다. 빛이 하나의 파장이고 또 빛이 하나의 입자라는 것이 아니다. 왜냐하면 하나의 실험에서 빛이 하나의 파장으로 보이고, 다른 실험에서는 입자로 보이기 때문이다. 빛이 이 두 실험에서는 각각 다르게 반응을 보이지만 동시에 그렇게 보이질 않다고 한다(Risa 1996-97, 420-40).

봄의 내재된 질서관이 다른 학문연구에 영향을 끼친 점을 보면 그는 내재된 질서를 또 리얼리티로 보고 그 내재된 질서는 하나의 홀로그래픽 판위에 보이는 파장형식 방해(장애)의 패턴들로 보았다. 봄의 이러한 결과를 원용하여 다우 톰슨(Dow Thompson)은 뇌란 이러한 패턴들을 인지하는 환경적 요인들과 떨어질 수 없다고 했고, 또 인지할 수 없는 것이 내재된 질서 그 자체라고 했다(Frances에서 재인용 11). 또 그의 질서관은 세레스(Michael Serres)의 "동질적 수사의 흐름"(homeorrhetic river)과 에머슨의 "무서운 힘"과 "우주적 존재", 그리고 모든 패턴을 연결한다는 비유로써의 베이트슨(Gregory Bateson)의 메타패턴과 같다(Frances에서 재인용 11).

봄의 깨뜨러지지 않는 전체란 개념에 의한 슬로스롭의 변화하는 모습의 해석은 아르케이 플로트닛스키(Arkay Plotnitsky)가 슬로스롭의 변신을 보의 상보성을 계속과 단절, 우연과 필연, 사상들이 연계된 쌍 사이의 복잡한 관계 즉 이질적으로 상호작용하고 상호작용이 이질화된 군상으로 접근하는 것과 같다. 프로트닛스키에 의하면 상보성이란 동시 묘사에서 상호 배제하면서 완벽함을 의미하는 것이라고 한다. 여기서 상호배제는 양자역학의 한 특징이고 완벽함은 고전물리학의 결집이다. 프로트닛스키에 의하면 보의 모체(matrix)는 어떤 독립된 물질적인 리얼리티나 물체는 존재할 수 없다고 한다. 보의 이러한 관점은 스로스롭이 자아를 표방하는 인물로써 만도 존재할 수 없고, 또 자아 없는 자기로만이 존재할 수 없다는 것이다.

슬로스롭의 최후의 모습에 대한 상보성에 의한 해석 외에 작품 속의 권력관계에서 보면 이 소설의 선택받은 자들과 탈락자들의 이분법적인 구조 관이다. 작가는 이 관계를 "대학살의 계획"으로 보고 선택받은 자들은 퓨리탄인들이 영혼의 최상위의 위치에 있는 것처럼 이미 결정적으로 구원 받아, 그리하여 그들은 권력의 척도로 전환되었다는 것이다. 그런데 모든 백인 남성들이 그들에 속하지는 않지만, 선택받은 자들 전부는 백인이고 남성이다.

반면에 탈락자들은 선택받은 자들 이외의 모든 사람들, 여성들, 비유럽인들, 어린애들, 동물들, 식물들 자연의 모든 것들이다. 선택받은 자들은 과학의 담론을 통해 마치 퓨리탄인들이 과거 종교의 책자들을 통해 그렇게 했듯이 권력을 가동하여 탈락자들을 말살하려고 하는데 그것은 그들 스스로의 말살이다. 왜냐하면 그들이 선택받은 자들로 존재하기 위해서는 탈락자들이 필요하기 때문이다. 부언하면 이들의 관계는 이질적으로 상호작용하고, 상호작용이 이질화되어야 하기 때문이다. 그러므로 슬로스롭의 마지막 변신의 모습은 마치 손실이 결코 손실이 아닐 때 그 손실을 적어도 수용하려고 하는 사람들에게 있어서는 그 두려움이 약화되는 것과 같고, 또 오토(Rudolph Otto)가 "탐(Tom)은 잃어버려지지 않았다. 그는 탐이 아닌 모든 사람들 속에 있는 유일한 탐이라고 말하는 것"과도 같다(84). 여기서 탐은 바로 슬로스롭이다.

그 외에도 이 소설 속에는 하나의 완벽함을 이루기 위하여 파괴와 창조의 놀이가 있고, 열기와 냉기, 남성과 여성, 고통과 자비, 정신과 육체가 결합하거나 양극이 동시에 발생하는 것들이 많다. 머톤(Thomas Maerton)은 이런 관계를 "순수한 존재는 주관과 객관의 경계선을 넘어 본질적으로 인지되는 것 즉, 대상의 이러한 것 혹은 물성을 포착하는 것"이라고 존스톤(William Johnston)은 말한다(139). 여기서 결합은 합리적 해결에 대한 열망의 처소이지만, 일원성이 아니고, 생과 사, 질서와 무질서의 동시성이고, 상호의존성이며, 분리될 수 없는 패러독스의 존재를 혼란스럽게 한다. 그렇게 보는 것은 개체 사이에는 논리적, 체계적, 심지어 인습적인 결합이 있는 것이 아니라 상호 이음이 있어서 인과에 의하기 보다는 단순히 존재한다고 여기기 때문이다.

이러한 현상과 형상들을 그렇게 보는 것은 장 개념이 물질적인 개체들이 분리되어 있고, 사건들이 서로 무관하게 또 관찰자가 독자적으로 일어 날 수 있다는 뉴턴의 리얼리티 관과는 달리 개체와 사건들 그리고 관찰자가 동일한 장에 존재하기 때문에 분리될 수 없다고 하기 때문이다. 다시 말해서 이것은 슬로스롭이 개별적 전체 혹은 깨뜨러지지 않는 전체로 존재하는데 영향을 끼친 인물들과 사건들 그리고 작가가 동일한 장에서 분리 될 수 없다는 것과 같다. 이런 예는 슬로스롭이 마지막으로 사라지기 전 확연하게 드러난다.

> 모두들 함께, 피학대음란증자들 여러분 모두 저쪽으로 나와요, 특히 오늘 밤 파터너가 없는 여러분은 진실 같지 않은 환상들과 홀연히 나가라. 나는 여기 안에서 형제자매들과 함께하기를 원한다. 서로는 상대가 살아있고 성실함을 알게 하라. 침묵을 깨뜨리려고 하고 관통하여 접속하려고 하라. 자 여러분. (415)

이 말은 작가가 슬로슬롭 뿐만 아니라 독자에게 전하는 작가의 삶의 철학 즉, "관통하여 접속하려고 하라"는 사물이 서로 이어져 있다는 장 개념이다.
그리고는

> 한 마리의 털 빠진 알바트로스 털 빠진, 볼품없이 그 지대에 산산이 흩어진다. 슬로스랍이 긍정적으로 확인되는 전통적 의미 속에서 다시금 발견될 수 있을지 의심스럽다. (GR 712)

슬로스롭이 이처럼 "the Zone"에서 "산산이 흩어지다"고 하는 흩어짐은 양자이론의 한 특징으로 궤델의 불완전성 이론에서 모든 언어적 혹은 담론적 체계가 자아 반영적이라는 것과 같고 또 양자이론에서 낱말들이 축소되고 의미가 흩어져 지칭이 불가능하게 된다는 의미와 같다. 이것은 의미 지칭과 결집을 더욱이 그가 시간의 흐름 속에서 연루되는 것이 중단되고 대신 자기의 이야기를 여전히 이어줄 다른 인물들에 집중하게 되는 것은 고전 물리학의 인과론과 결별하는 것이 된다. 더욱이 그가 로즈랜드 무도장의 화장살에 떨어드렸던 하모니카를 발견하고서 그것을 불 때 그는 "아직 겪어 보지도 못했던 정신적 중립이라는 것에 더 가깝게" 다가간다(622) 화자는 이 상황을 릴케(Rilke)의 *Sonnets for Orpheus* 속의 "예지의 하나의 표상"이라고 말한다(622). 슬로스롭의 이런 변신은 이성주의에 지나치게 의존하여 미쳐버린 비 자연의 세계에서는 보이질 않는다. 그의 오르픽(Orphic) 추구는 원인과 결과를 잃고, 자신이 "로켓맨이 여기 있었지"라고 하는 글귀가 벽 위에 그림으로 투사되어 있는 것을 발견하고, 또 밑에서 보면 로켓의 하나의 만달라(mandala), 즉 대응균형과 집중 기하학 형상의 다이어그램으로, 일반적으로 우주에 대한 힌두 개념으로 이중의 결합을 표상하여 사각형을 둘러싸는 원형, 의 이미지의 다른 이야기가 또 긁히어 있다. 그리하여 슬로스롭이 여러 해 동안 편집증과 억압 그리고 자의식에 억매여 오다가 종국에는 자아 없는 자아가 되어 해체되고 사라지지만, 그 사라짐은 포인츠맨의 이분법의 전통의 대안이고, 또 그것은 희미한 의식처럼 보이는 자연스럽고 /초 자연스런 이미지의 결합이다. 다시 말해 그의 자아는 소외되고 파편화되기보다는 생성되고, 서구 이성의 지적 편협에 의해 흩어진 상하의 관계가 장의 중재개념처럼 예지적으로 통합된다. 즉 그는 서구인의 자의식적인 에고의 자아에서 "교차로"(crossroad)(626) 즉, 통합의 상징인 "만달로"로 표상되는 자아가 없는 자아가 되는 것은 마치 입자가 파장이 되듯 그의 에고의 자아는 에고가 없음과 결합되어 에고가 없는 자아가 된다. 그의 이러한 신화적 함축의미는 형상이 없는 "Zone"의 오르픽 지하로의 회귀이고, 또 과거에서 현재로의 하나의 교차가 되는 것은 서구 이성의 지적 편협에 의해 깨어지어 온 상과 하의 해석학적(Hermetic) 통합의 재현이다. 또한 이것은 현재에서 미래로 하나의 가능성 의 교차로로써 무지개를 지구와 성적 결합하여 종결짓는 비전은 긍정적인 세계관이다.

슬로스롭의 에고가 없는 자아의 모습은 폴 데이비스(Paul Davis)가 어떤 대상 혹은 기본적인 입자는 직접적인 인과에 영향 받지 않고는 독자적으로 존재 할 수 없고, 심지어 서로 행동하는 모든 입자들은 하나의 파장기능에 속한다고 말하여, 그 파장은 크게 상호 관계하는 엄청난 수의 하나의 우주적인 파장기능과 같다고 보겠고, 또 그것은 하나의 주어진 입자의 운명이 하나의 전체로써 우주의 운명과 떨어질 수 없게 연계되어 그 입자의 리얼리티는 우주의 나머지들과 엮이어 있다고 보는 것과 같다 하겠다(Rqtd Lake 355).

양자물리학에서 이것은 비인과적인 이음이고 물질이 결코 정지 상태에 있는 것이 아니라 항상 움직이고 있다고 보는 견해이다. 작가는 이러한 상호 이음을 삶의 역동성으로 보고 이 이음을 재현하는 소설은 창조와 파괴, 정지와 끝없이 움직이는 변화의 패러독스기 결합해 있다. 작가가 말하는 상호이음은 양자 물리학자들이 지칭하는 삶의 소용돌이고, 물질이란 결코 안정되어 있지 않고 늘 움직이고, 그것을 면밀하게 관찰하면 할수록 삶의 운명은 더욱 강렬하게 소용돌이친다고 한다. 이러한 역동성이 보가 상보성 이론에서 사물의 현상을 바라보는 거대한 춤(cosmic dance)의 바탕에 움직임과 정지의 패러독스라고 하는 개별적 전체로 현시되어 있다 하겠다.

2-3. 나가며

브이의 변형, 슬로스롭의 변신의 문학적 책략과 양자역학의 관점을 블랑쇼의 바깥의 문학적 이론과 바따이유의 이질성의 철학적 개념으로 말한다면 문학텍스트가 한계와 비한계를 관계 맺고 있다는 관점에서 문학텍스트는 어떤 한계를 가지면서 동시에 그 한계에 이르지 못한다는 것이다. 이런 관점과 관계의 효과는 소멸과 더불어 강화이다. 이것은 변증법적 통합으로 결합되질 않는다. 이를 언어학적으로 말하면, 언어가 한계를 설정하면서 동시에 이런 한계를 넘어, 즉 한계와 떨어질 수 없는 비한계의 반응을 보여주는 것과 같다.

여기서 블랑쇼는 특히 비한계를 모든 포용하는 총체성의 유혹물이 아니라, 파편화, 끝이 없는 단절, 그리고 무한하면서도 유한한 필연으로 본다(Leslie 94). 그의 이러한 비한계의 개념은 바깥 개념과 같다. 블랑쇼의 비한계와 바깥의 이러한 개념은 텍스트를 마치 빛의 두 기능, 즉 빛이 있음으로 해서 볼 수 있고 또 빛 때문에 오히려 볼 수 없는 것과 같이 가능성의 조건과 불가능성의 조건 사이를 광적으로 오가는 것으로서, 문학을 하나의 위반의 행위로 보는 것과 같다.

> 여기서의 위반은 서사 계산(또는 재계산) 법칙의 지배를 넘어서는 단순한 움직임이 아니며, 안과의사와 정신과 의사와 동일시되고, 더 나은, 더욱 권위 있는 위상의 제도화를 지향한다. (Leslie 100)

블랑쇼가 문학을 위반의 한 행위로 보는 것은 그의 파편관으로 설명된다. 이것은 슬로스롭의 변신의 모습과 같다.

> 파편은 긍정도 부정도 아닌 진술의 종류이다. 블랑쇼에게 있어서 부정은 긍정의 유일한 또 다른 형태이고, 긍정도 부정도 아니라는 점에서 블랑쇼의 이상적 문학은 파편적인 것이다. 이 과정을 통해서 길찾는 실꾸러미는 어떤 통합과정으로도 감소될 수 없는 진술을 문학과 함께 다루는 것이다. (Weber 594-95)

이러한 점에서 블랑쇼는 벤야민을 상습적으로 파편들을 다루는 작가로 보고, 그를 파멸이라는 예술 역사관을 가진 작가라 했다. 블랑쇼가 문학작품에 대한 사회와 문화의 침입을 싫어한 것도 그러한 관계 때문이다. 간단히 말해서 그는 예술작품이란 어떤 도덕, 철학, 사상을 주장한다든지, 문체상의, 텍스트의 통합과 같은 그런 메시지를 가진 것이 아니라 작품을 읽는 독자가 자신의 삶에 의문을 던져 도전할 수 있는 능력을 보여주는 것이라고 한다. 그것은 본질적으로 사물들의 본성이 심원한 상반성에 근원을 두고 있다고 보기 때문이다. 그의 이러한 예술관은 인간이 살고 있는 세계와 글이 요구하는 세계 사이의 상반성이다. 이런 견해는 니체뿐만 아니라 데리다의 차연이라는 주제의 일부이기도 하다. 총체적으로 블랑쇼의 파편의 이런 개념들은, 가능하다고 생각되는 것과 불가능하다고 여기는 것 사이의 영원한 갈등에서 야기되는 의미를 통해 "한계 경험"(the limit-experience)을 전달하거나 일으키게 하는 바타이유의 사상과 견주어 볼 수 있을 것이다. 블랑쇼의 한계 경험으로서의 파편의 개념은 인간이 어떤 의문에 부딪쳤을 때 결심을 수용하는 것과 같다. 하나의 파편은 하나의 긍정/부정도 아닌 일종의 진술이기 때문이다. 그는 하나의 부정을 단지 긍정의 다른 형식으로 보기에, 그에게 있어서 이상적인 문학은 긍정도 부정도 아니라는 점에서 파편적이라고 할 수 있다. 블랑쇼는 다음과 같이 파편에 대해 말한다. "파편이란 설명할 수 없는 것, 규명도 되지 않는, 발견도 할 수 없고, 필연적으로 존재하지 않는, 일어나지도 않고, 그러면서 일어날 수도 있는 것으로 본다. 또 그것은 시작도 없고 끝도 없는, 쓸 수도 없으면서 쓰여지도록 두는 것이라고 한다"(Beitchman 71). 이것은 그의 생략관과도 일치하며, 블랑쇼가 문학을 파편적이라고 하는 것은 바타이유가 주체성을 문제점을 가진 종결된 패러독스의 통일된 공간으로 보는 것과 같다.

바타이유는 주체성에 대한 이러한 관점을 폐쇄로 설명한다. 그는 폐쇄란 두 가지 기본 운동에서 일어난다고 본다. 하나는 움직임의 폐쇄이고, 다른 하나는 폐쇄 속의 틈을 지칭하는 말로서, 비성취, 폭력, 이질성, 상처, 상실 같은 이러한 틈들은 텍스트의 다양한 문맥과 체제의 영역 속에서 공명한다(Libertson 1002)는 것이다. 그는 이 영역을 위반, 성스러운 세계, 비(非)구조자, 의사소통과 같은 개념들이라고 본다. 바타이유의 폐쇄는 불연속으로, 불연속은 하나의 넘쳐흐르는 패러독스의 공간이다(Libertson 1002). 불연속이 소생의 문맥 속에 포함된 영원한 과정으로 간주될 때, 불연속은 하나의 과잉에 의해 생동된 하나의 폐쇄, 즉 하나의 폐쇄에 의해 강요된 하나의 폐쇄이다. 이처럼 바타이유가 정의하는 폐쇄의 양상은 열림-과잉(opening- excess)으로 블랑쇼의 '파편'(fragment)의 개념과 같은 것이다.

블랑쇼의 바깥과 바타이유의 이질성이 경계를 넘는, 즉 한계를 넘는 장치라면 이들은 실재와 어떤 관계가 있을까라는 물음이 제기된다. 실재란 무엇인가? 실재가 지칭하는 대상이나 의미 밖의 재현할 수 없는 것을 재현한다면, 실재란 존재하는 것이 아닐까? 실재가 존재한다면 그것은 지시적 기능이 아닌 지칭과 지시, 의미의 체계 밖의 불가능한 재현을 재현한다는 의미가 아닐까. 다시 말해 실재는 언어 밖의 하나의 불가능의, 표현불가의, 차이가 없는 공간으로 말할 수 있다. 실재가 의미 체계의 밖에 존재한다는 것은 라깡에 의하면 상징계 밖에 존재하여 생경하거나 의미를 부여할 수 없다는 의미이기도 하다. 부연하면 그것은 어떤 대상의 상징화를 벗어나, 언어의 주체에 대한 타자의 위치에 있으면서, 자신이 나타낼 수 없는 차이 또는 비차이에 크나큰 영향을 준다는 것이다. 그러면서 실재는 일상에서 자신의 모습을 각인하고자 하는 열망과의 관계에서 과잉 또는 암시를 생성하여 의미체계를 벗어나고 있다.

다시 말해 실재는 상징의 경계 안으로, 아니면 경계로부터 표출하여 라깡이 말하는 "사물"(the thing)(1992: 139)과 일치하는 '친숙한 외양'이다. 앞서 말했듯이 라깡의 말처럼 실재가 상징계 밖에 존재한다면, 실재는 말들을 비웃거나 괴롭히거나 또는 종언을 불가능하게 하고, 의미를 결코 회복할 수 없게 하는 과잉이 되어 담론을 방해한다. 또한 실재는 어떤 대상이나, 존재 양상을 이론화하려는 시도에 대해 설명할 수 없는 잉여가 되어 이론의 부적절함과 불충분함을 선언하고, 또 다른 대체이론을 필연적으로 만들어 낸다. 이렇게 볼 때, 실재는 상징적인 이해 범위를 벗어나는 바깥이고, 또 자신의 반영을 거부하는, 종속되지 않는 바깥인 것이다. 그렇다면 이 바깥은 무엇인가? 이 바깥은 언어 속의 한 공간에 자리하는 차이의 체계이며, 불확정적 핵심에 존재하는 차이의 한 공간이고, 바타이유가 말하는 "생각할 수 없는 '바깥'에 대한 지칭 없이는 어떠한 재현과 어떠한 정치 관계의 위계도 생각될 수 없다"(Shaviro 46)라고 한 것과 같다. 이런 관계에서 실재는 미끄러져 빗나가면서 리얼리티에 대한 객관적인 형상으로 근거를 마련해 주는 장이기도 하고, 그러면서 너무나 실제적이어서 감각기관에 의해 직접 경험할 수 없는 것이 되어 간단히 "저쪽 밖에"(out there) 존재함을 거부하여 언어와 지각의 한계를 괴롭힌다. 그리하여 실재는 정의될 수 없고, 언어의 중심에서 빠져나가 접촉도 있을 수 없게 된다. 실재의 이러한 위상이 블랑쇼의 바깥과 바타이유의 이질성의 개념이고 핀천의 브이와 슬로스롭에 대한 문학적 책략이다.

사. 우주의 본태와 (초)끈이론

이중 대칭과 블랙홀 … 에드가 알란 포의 『난트컷 섬의 아더 고든 핌 소년의 이야기』

1-1. 들어가며

공기와 흙 불 그리고 물이 지구의 구성 물질로 믿었든 고대 그리스 시대 이후 과학자들은 근본적인 힘들이 합쳐진 그림을 찾으려고 했고, 또 자연 속에서 블록을 지어, 우리가 누구며 이 세계는 무엇으로 만들어졌는가에 대한 해답을 찾으려고 했었다. 뉴턴이 하나의 사과가 떨어지게 한 힘이 궤도상의 위성들을 지탱하는 힘과 같다는 사실을 발견 한 이후 과학자들은 과거 비연속적인 개념들을 통합하려고 하는 것도 그러한 것이다.

20세기에 와서 과학자들은 양자이론을 발전시켜 모든 물질의 색깔 구성 강도 등의 본질이 현미경으로 볼 수 있는 것 보다 훨씬 작은 물질들의 구조로 이루어져 있음을 이해하게 되었다. 특히 아인슈타인의 업적과 그의 계승자들은 위성들과 항성들 그리고 은하계들을 지배하는 힘, 즉 중력을 한 층 더 깊게 이해하게 되었다.

그러나 미완의 중요한 과제가 있었다. 그것은 대단히 작은 것과 매우 큰 것을 각각 통어하는 양자이론과 아인슈타인의 이론이 하나의 통합된 이론으로 함께 융합되어 오지 못했다는 사실이다. 그것은 중력과 양자역학의 각 영역이 중복되지 않았기 때문이다. 천문학자들이 위성들과 항성들의 운동을 계산 할 때 양자의 애매함을 무시했고, 이와 반대로 화학자들은 개별의 원자 사이의 중력의 힘을 쉽게 무시 할 수 있었던 것은 중력의 힘이 전기의 힘보다 10배나 더 약한 40 파워즈(powers)에 지나지 않았기 때문이다.

하지만 우주의 탄생 즉 모든 것이 하나의 원자 보다 더 작게 눌려지는 하나의 빅뱅에서 양자의 소용돌이는 우주 전체를 흔들었다. 무엇이 폭발하고 왜 그 것이 폭발했는가의 엄청난 신비에 부딪쳐 우리에겐 우주와 미시 세계의 통합된 이론이 필요하게 되었다. 이러한 이론이 없다면 우리는 공간의 진정한 극미의 본질을 이해할 수 없을 것이다. 그러나 지금은 물질이 하나의 원자 구조를 가지듯이 공간과 시간이 원자들 보다 백조의 배(trillion trillion times)보다 작은 규모 위에서 구성되어 있다는 사실을 이론가들은 믿게 되었다.

초끈이론에 따르면 보통 공간에서 하나의 점으로 생각하는 것이 실제 6차원보다 더해 복잡기하학이 끌어내기에 대단히 힘들게 쌓여있는 하나의 복잡한 체계일 수 있다는 것이다.

이러한 관점 때문에 끈이론이 필요한 것이다. 초끈이론에서 아인슈타인의 상대성이론과 양자이론은 물리학자들이 지구에 대해 알고 있는 모든 것을 캡슐화시키고 있다는 것이다. 아인슈타인의 상대성이론은 물리학자들이 동경하는 하나의 아름다운 이론의 전형이 되어 대단히 적은 것에 너무 많이 설명한다는 것이고, 또 양자이론은 모든 것들이 화학적이고 생명학적으로 강조하는 입자의 표준모델(Standard Model)로 축약된다고 본다. 이 모델을 그렇게 보는 것은 이 모델이 자연의 힘이 미시적인 규모에서 다르게 움직임을 예견하고, 본성을 처음보다 복잡하게 만드는 것처럼 시작하여 나중에는 대단히 간소화하는 방식으로 돌아가기 때문이다. 한 마디로 말해서 끈 이론은 세계관의 크나큰 충돌을 끌어낸다고 보는 것이다.

또 이 이론은 블랙홀과 빅뱅 그리고 양자이론의 신비로움을 이해하는데 있어서 이론들의 실제적인 중요성과 가시적인 결과를 드러낸다고 한다. 이런 점에서 끈이론의 의의가 있다.

1-2. (초)끈이론의 역사

끈이론은 많은 다른 이론들 같이 1918년 이후 많은 번안이 있었다. 1968년 한 젊은 물리학자 가브리엘 베네지아나(Gabriele Veneziana)가 우연히 스위스 수학자 레오나르드 유러(Leonard Euler)에 의해 200년 앞서 이루어 놓은 하나의 순수 수학 공식 즉, 유러의 베타기능(beta-function)을 강한 힘("strong force")(원자핵 안에서 중성자나 양성자를 맺고 있는 힘)에 응용했다. 그 결과는 극적이었고 그를 당혹하게 만들었다고 한다. 이후 그 공식은 "strong force"의 많은 특성을 수학적으로 기술하는데 도움을 주었다는 것이다.

1970년 물리학자 남부(Nambu), 닐슨(NIelson), 그리고 사스킨드(Susskind)는 유러의 베타기능이 원자 안의 프로톤과 뉴트론 들이 대단히 작은 끈이 아닐까 여겼던 것은 유러의 기능이 원자 힘을 정확하게 기술했기 때문이라고 한다. 이것은 점 입자들이 끈을 진동함으로써 대체 될 수 있는 최초의 시사로서,

끈들이 너무 작아서 그 당시 가속기 충돌기술의 실험수준에서 점 입자들 같은 것으로 인식했다고 한다. 강한 힘의 끈이론이 도입된 이후 몇 년 사이에 새로운 고 에너지 실험들은 끈 이론의 예측 가운데 옳지 않다는 것이 지적되었고, 그러면서 대부분의 물리학자들은 "양자 색역학(色力學) 장이론" 연구에 매달려 끈이론을 잊어버렸다고 한다.

그러던 중 많지 않은 입자물리학자들은 끈이론이 글루온(쿼크 사이의 상호작용을 매개하는 입자)을 만들어내는 진동하는 끈뿐만 아니라 강한 힘과 무관한 많은 다른 끈의 패턴을 만들어 내는 것을 알고 놀랐다. 이들 가운데 쉐르커(Shrek)와 슈바르쯔(Schwarz)는 진동하는 끈들이 모든 입자들과 힘의 근원이라고 확신하고서는, 1974년 끈이론이 강한 힘을 설명해 주고 또한 중력을 포함한 하나의 양자 이론이라고 하였다.

그러면서 그 것에 대한 검증과정이 시작되고 곧 끈이론과 양자역학 사이에 쟁점이 있었다. 1984년 그린(Greene)과 슈바르쯔는 그 갈등을 해소해 주었고, 끈들이 4개의 모든 힘들을 포함할 수 있음을 보여 주었다. 1984년부터 1986년 사이 물리학자들은 양자역학을 포함해서 표준이론("standard theory")의 많은 특성이 끈이론에서 자연스레 나옴을 증명하였다. 이들은 모든 물질과 힘의 바탕에 진동하는 끈 개념의 단순함과 섬세함에 감명 받았지만, 세부적으로는 문제가 있음을 알게 되었다. 이 시기가 제 1 초끈 발전(혁명)이라고 한다.

1995년 봄 산타 바바라의 모임에서 에드워드 위튼(Edward Witten)박사가 끈 이론의 수학적 난해에 하나의 새로운 접근을 제시한 것이 오늘에 이르기까지 제 2의 초끈 혁명이다. 그는 5개의 끈 이론들을 함께 묶은 감추어진 통합을 들춰냈다(Greene 378-79). 위튼은 5개의 끈이론들이 제 각각이다 라기보다는 하나의 이론을 수학적으로 분석하는데 실제로는 5가지의 다른 방법들이라는 것이다(Greene 379). 하나의 말을 구사하는 독자에게 그 것은 마치 하나의 책을 5가지 다른 말로 번역하여 5개의 다른 텍스트가 되는 셈과 같다는 것이다. 이 5개의 끈 공식들은 아직 개별적이다. 왜냐하면 위튼이 아직 그것들 사이를 번역해 줄 자전을 집필해야 했기 때문이다. 그것이 완성되면 하나의 거대 텍스트로부터 5개의 번역본이 만들어지기 때문이다. 그것은 마치 하나의 거대이론(master theory)이 5개 모두의 공식들을 연결하는 것과 같다. 이런 통합의 거대이론은 시험적으로 M-theory로 불릴 것이다. M이란 거장(Master), 장대한(Majestic), 모성(Mother), 마력(Magic), 신비(Mystery), 모체(Matrix) 등의 의미이다. 위튼은 그의 필드 논문에서 끈이론은 하나의 이론으로, 이 이론이 하나의 통합이론으로 적합할는지는 광통합("meta-unification (380)")의 문제라는 것이다.

광통합은 인문학 연구의 중심 테마이다. 왜냐하면 각 개별적인 이론은 표상하는 통합이 전체의 끈 틀로 확장되고, M-theory는 각 이론이 하나의 거대한 이론 통합의 부분임을 보여주어 5개의 모든 끈이론들과 균등하게 함께 이어지거나 포용하기 때문이다. 이것은 궁극적으로는 본질을 찾는 것이라고 하겠다.

만약 끈이론이 표준이론("Standard theory") 같이 구조를 가지지 않는다면 끈의 어떤 본질적인 점들이 있을까? 끈이론은 이론상으로 초 구조를 가지지 않는다. 끈이론이 요구하는 유일한 입력은 하나의 줄이다. 매우 작으면서 엄청나게 큰 이 모두의 특성(자질)은 끈이론에 의해 설명 될 수 있어야 한다. 끈이론의 끈은 일상생활에서 친숙한 실을 뽑는 금속 혹은 섬유 같은 것이 결코 아니다. 허지만 보통 끈이 끈이론에서 끈의 특성을 대체적으로 드러내 준다. 그 좋은 예가 음악으로 끈이론의 개념들이 공명된다.

물질과 힘의 입자를 생산하는 끈이론의 끈은 오로지 1차원 즉 길이이다.

모든 물질과 힘 끈은 정확하게 꼭 같다. 길이와 진동은 물질과 힘입자 양 쪽에 모든 끈으로 동일하다. 또한 이 모든 끈들은 루프로 형상화되어 있다. 이론상으로는 루프가 무한의 공명 입자들로 진동할 수 있다. 그러므로 끈이 물질과 힘의 근본적인 입자이다. 쿼크, 전자 같은 물질의 중요한 입자와 각각의 힘입자는 진동의 독특한 공명 패턴에 의해 만들어지고, 진동은 질량 같은 입자의 자질을 만든다.

1차원의 끈들은 무엇으로 만들어지나? 이것들은 어떤 물질로도 만들어지지 않는다. 왜냐하면 물질은 3차원이기 때문이다. 아마 이들은 무한의 "무"(nothing)로 만들어지고, 거의 없는 것 즉 텅 빈 공간으로 만들어진다고 한다(Lewis 57). 루이스는 또 끈들이란 공간의 1차원의 은들로 기술하고, 공간과 시간의 감추어진 자질에 대한 결과라고 한다(Lewis 57). 그 가운데는 상상의 시간과 공간의 엑스트라(extra) 차원의 본질이 포함된다고 한다. 그 상상의 시간은 두루마리 같이 둘둘 말아 올리고 그 공간은 확장된다고 한다. 이런 아이디어가 괴상하다고 여길지 모르지만 양자 이론의 결과 가운데는 이보다 더 괴상하다는 것이다.

끈이론의 특징들을 요약하면, 끈이론은 크든 작든 모든 자질들을 설명할 수 있고 끈들은 1차원으로 거의 무 즉 빈 공간으로 만들어지어 있다는 것이다(57). 그리고 시간과 공간 간에는 밀접한 상호관계가 있고, 공간의 본성은 6개 혹은 7개의 작은 입자들로 구성되어 있으며(Lewis 7), 질량이 없는 블랙홀은 무엇인가에 대하여 하나의 블랙홀은 하나의 점으로 가까워지고, 그 점은 질량이 없는 진동의 끈으로 바뀐다는 것이다. 그 끈은 하나의 포톤이거나 다른 질량이 없는 입자라고 한다. 여기서 패러독스가 해결된다는 것이다(Lewis 100).

끈의 이러한 특징들은 문학작품 속에서도 발견된다. 예컨데 에드가 앨런 포우(E.A Poe)의 『난트컷 섬의 핌 소년의 이야기』(*The Narrative of Arthur*

Gordon Pym of Nantucket)(1938 이하 Pym이라 약기함)는 현대 물리학의 공간 입자, 빈 공간, 빅뱅, 블랙홀, 이중성 그리고 대칭의 개념으로 해석될 수 있다.

1-3. 대칭(성)과 이중(성) 개념과 의의

현대 물리학에서 어떤 대상이 적절한 변환 아래에서 동일하게 되는 성질을 지닐 때, 이 대상은 그 변환 아래에서 대칭성을 지닌다고 한다. 이는 표면적으로는 다르지만, 어떤 깊은 면에서는 동일하다는 것이다. 따라서 대칭성은 어떤 의미로 자연의 평형이라고 부를 수도 있다. 이것은 복잡한 것 같으면서 단순한 것이며, 부분적으로 서로 다른 것들을 이 대칭성 아래 통합하여 전체로 녹인다. 그것은 마치 악보의 음들의 관계와 같다. 대칭성을 파괴하지 않으면 그것의 부분들은 바뀔 수도 없고 떨어져나갈 수도 없다. 대칭은 어떤 각도에서 봐도 동일하다. 가령, 뉴턴의 작용과 반작용 법칙, 아인슈타인의 상대성이론, 양자역학의 입자의 이중 개념이 중요한 예이다. 쿼크 같이 아직 그 존재 여부조차 모르는 상황에서 연구가 되는 경우 대칭성 이외에 물리학자들이 기댈 것은 없다. 쿼크의 존재가 입증된 오늘날 초끈이론에서도 대칭성 이론이 좋은 길잡이 역할을 한다.

이러한 대칭성은 우리가 살고 있는 이 우주에도 적용된다. 우주의 움직임을 지배하는 법칙에는 대칭성이 그 저변에 깔려 있다. 우주에 대해 변환식을 가하면 대부분의 물리적 속성 혹은 물리량들은 변하게 되지만, 이것에 의해 변하지 않고 원래의 값을 유지하는 양이 존재하는데 물리학자들은 이렇게 변하지 않는 속성을 대칭성이라고 한다. 물리량이 갖고 있는 대칭적 성질은 자연에 숨어있는 진리를 밝히는 데 가장 강력한 도구로 사용되고 있고, 무엇보다도 복잡한 물리계를 단순하게 바라볼 수 있는 단초를 제공한다. 대칭성의 특징은 복잡한 세계를 복잡하지만 단순한 구조로 볼 수 있도록 하고 동시에 어떤 형태의 통일성을 유도하기 때문에, 미래에 대해서 그리고 자연의 다른 현상에 대해서 예측력도 제공한다.

자연은 대칭성뿐만 아니라 이중성도 가지고 있다. 이중성 개념은 양자역학을 이루는 핵심이다. 이중성은 자연이 가지는 서로 모순되는 두 가지 성질을 의미한다. 가령, 빛이나 전자는 파동과 입자의 이중성을 가지고 있다. 일반적으로 입자는 질량이 있고, 파동은 질량이 없다. 입자는 그 자체로 존재가 가능하지만 파동은 매질이라는 존재 위에 가상으로 만들어진 어떤 패턴이다. 입자는 그 물리적 실체를 갖는 반면 파동은 이차적으로 만들어진 형상에 불과하다. 예컨대 물을 가지고 파동을 만들 수 있지만 파동은 물이 아니다. 질량을 가진 실체는 그 자체로 결코 파동일 수 없다. 따라서 양자역학이 취하는 입장은 원래 분명히 입자인 것이 파동과 같이 운동하는 기술방식을 찾는 것이다. 그렇게 해서 만들어진 것이 슈뢰딩거의 파동방정식이며 여기에는 입자의 질량이 들어있다. 현재 물리학자들이 받아들이는 파동에 대한 해석방법은 물결파나 소리와 같은 통상의 파동이 아닌 확률을 기술하는 추상적인 것이다. 이는 하이젠베르크의 불확정성 원리로 연결된다.

여러 연구에서 물리학의 이러한 이중성 개념은 물질적인 것은 그것만으로 실체성을 갖지 않으며, 실체성을 갖지 않은 채 물질적인 것으로서 존재한다는 불교적 인식, 즉 "색즉시공 공즉시색"과 유사한 면이 있다. 이것은 이중성이 사물의 본질임을 말해준다. 이중성에 대한 이러한 접근과 대칭성의 속성은 예술, 문학, 건축에 중요한 통찰력을 제공할 수 있을 것이며, 대칭에 대한 담론은 문학과 문화, 공연, 건축과 같은 다양한 분야에서 적용이 가능한 개념일 것이다. 은 인문학, 건축학, 공연에 다각적으로 적용될 수 있다.

1-4. 일원론과 파편화

포의 우주관은 『핌』(Pym) 소설에서 파편화-입자의 관계를 무한히 반복하게 하여 사라짐과 죽음까지 이어지게 한다. 이것은 그의 일원론 혹은 통일성의 창작관이다. 이러한 창작관은 사물의 파편화 혹은 부분-전체의 패턴으로 재현되는데 Pym의 핵심구도이다. 사물의 부분-전체 패턴에서 보면 부분은 전체 속에 있고, 전체는 부분을 근본적으로 포용하여 사물의 존재가치는 결속에 있다는 것이다. 인상주의 통일성("Unity of Impressionism")과 총체의 바탕에는 대상의 파편화가 기저하고, 또 파편화를 강조하는 것은 하나의 파편 혹은 하나의 부분 속에 모순과 상대성이 해결된다고 보기 때문이다.

그리하여 포는 부분 이미지와 전체 이미지를 함께 사용하여 부분 이미지의 아쉬움은 전체 이미지로 병행시키고, 전체는 부분 밖의 하나의 영역이 되어 부분은 무와 본질적으로 같게 한다. 포의 부분 관과 무의 관계는 Pym의 무한한 종결을 의미하는 공허(void)를 루이스(L. E. Lewis Jr)가 끈이 무 즉 빈 공간으로 만들어져 있다는 것과 같은 개념이다. Pym의 공허와 루이스의 빈 공간은 하나의 이중이고 또 루이스가 하나의 블랙홀이 하나의 점으로 오그라진다고 말하는 것 또한 포가 우주의 소멸이 생성과 같은 점으로 귀착한다는 그의 일원론 우주관과 같아 이는 서로 이중의 관계이다. 루이슨 또 블랙홀이 질량이 없는 끈이고, 그 끈은 하나의 광자이거나 다른 질량 없는 입자라고 한다. 이때 패러독스가 해결된다는 것이다(100). 루이스의 '패러독스가 해결 된다 함'은 Pym이 탄 배가 갑자기 남극의 단애로 떨어지게 하여 빨려 들어가게 하는 것은 마치 블랙홀이 물질의 엄청난 양을 소진시키고는 하나의 점으로 침잠하는 것과 같다(Lewis 35).

호킹(Stephen Hawking)은 1977년 애매하게 보이지만, 블랙홀 속에서는 사라졌다고 보았던 정보가 감추어져 있다고 하여 하나의 새로운 불확실성을 제기하였다. 이것은 마치 포가 배를 단애로 갑자기 떨어지게 하고나서 하얗게

씌운 물체로 나타나게 하는 것은 모든 정보가 증기처럼 사라지고 그러면서 감추어진 정보가 드러나는 결말은 마치 블랙홀 속의 변화에 대한 그의 예지와 통찰 같다. 그의 이러한 창작관은 조지 무서(George Musser)의 우주의 탄생 때의 거대 폭발("Big Bang")처럼 사물의 근원 혹은 텍스트의 본태에 대한 물음이다.

무서가 우주는 미래 속으로 영원을 향해 계속 진행할 것이기 때문에 과거에도 영원을 향했었고, 또 우주는 무한의 미래에서 공허할 것이기 때문에, 우주는 무한의 과거에서도 공허하였다는 것이다. 우주가 하나의 공허로 시작하여 공허로 끝날 것이라는 무서의 말(253-54)은 *Pym*에서 포우의 단적인 우주관이다.

1-5. 『핌』의 구조적 특징

『핌』에 대한 미국과 프랑스의 비평의 흐름은 크게 다르다. 미국의 비평가들은 작품의 구조, 근원, 형식, 더 좁게는 플롯의 비일관성, 나아가 심리분석과 상징성, 현상학적 (탈)구조주의의 관점들이다. 이러한 시각들은 『핌』이 소설장르로서 그 본연의 일관성에서 크게 일탈하고 있다는 근거에서 나왔다. 구체적으로 말해서 『핌』은 비극, 신화, 풍자, 여성문학, 모험이야기, 짓궂은 장난, 항해소설, 심리소설, 탐정소설, 상징문학, 고딕로망스 등의 다양한 장르와 준 장르로 구성되어 있다. 『핌』의 구조적 특징은, 먼저 주인공인 핌(Pym)이 왜 갑자기 죽어 독자들을 당혹스럽게 하는가의 문제이다. 이것은 『핌』의 구조에서 가장 중요한 문제로 이의 해결을 위해 충분한 설명이 있어야 한다. 그러기 위해서 먼저 "기록"(Note)에서 포 씨(Mr. Poe)가 사라지는 현상, 그리고 『핌』에서 작가 포 씨와 저자 포 사이에 유사성이 있음에도 불구하고 "기록"이 오히려 차이를 강조하는 현상에 대한 설명을 필요로 한다. 즉 포의 권위가

위문에 휩싸이고, "기록"을 쓴 사람이 저자 포인지 작가 포인지 텍스트 속에서 해답을 찾기 어렵다. 왜냐하면 "기록"은 자신의 자필을 잘 드러내고 있지 않기 때문이다. 따라서 궁극적으로 핌의 권위가 누구에게 있는가를 물어 보아야 한다.

이 물음에 대한 하나의 해답으로서 존 카를로스 로우(John Carlos Rowe)가 "서문"(Preface)과 "기록" 간의 모순이 『핌』의 전체적인 구조의 특징이고 『핌』을 또 "서사의 글쓰기와 독서의 속임에 관한 서사로서 하나의 메타내러티브"(93)라고 말하는 것을 유념해 볼 필요가 있다. 소설의 1장부터 12장까지는 화자 핌이 서사를 주도하여 그의 권위는 대단하다. 그러나 13장부터 화자핌의 권위가 차츰 사라진다. 이것은 "기록"의 작가가 그 뒤 핌이 갑작스러운 고통으로 죽었다고 말함으로써 화자 핌의 서사가 중단되었음을 알려 주는 것에서 알 수 있다(240). 그 결과로 저자 포는 화자 핌, 작가 핌, 작가 포우 씨의 가면들을 쓰게 된다. 다시 말해서 저자 포가 이러한 페르조나(personae)의 역할들을 하면서 가면들 사이의 권위 일탈 게임을 한다. 그 결과 서사의 목소리와 글쓰기 간의 조화된 일치는 붕괴된다. 글쓰기와 말하기 사이의 틈은 12장에서 파커(Parker)의 죽음과 13장의 오거스터스(Augustus)의 죽음에서 처음 나타나는데, 식육을 제안한 파커가 핌을 포함한 동료들의 생존을 위해 희생된다고 핌이 말하는 동안(132), 병으로 죽을 것 같다는 오거스터스가 실제 살해된다고 핌이 기록하는 장면이 그것이다. 사실 오거스터스는 화자 핌의 도플갱어(doppelgänger)로 오거스터스의 죽음은 핌이 지닌 서사 목소리의 위기가 된다. 서사의 권위는 화자 핌으로부터 작가 핌에게로, 나아가 작가 포 씨와 저자 포에 의해 수행되고 공인되는 작가 핌에게로 옮아가게 된다. 다시 말해서 저자포는 작가 포 씨에게 작가 핌으로 변신하게 하고 또 화자 핌의 죽음을 숨긴다. 그렇게 하는 이유는 스토리의 도중에 핌이 죽었다고 말하는 것이 작가 핌이

『핌』을 완결하는데 방해가 되기 때문이다. 권위·대체의 이와 같은 게임이 『핌』 서사의 특징이다.

1-6. 인물과 형상의 이중(성)

『핌』의 인물들의 역할을 통해 차이를 설명할 수 있고 또 이것을 파괴의 개념으로 해석할 수 있는 것은 먼저 서문의 다음과 같은 구절이다.

> 내 보고에 지대한 관심을 보인 버지니아의 신사들 중에서 특히 남극해에 관련된 부분에 관심을 보인 사람은 포 씨였다. 그는 토머스 W. 화이트 씨가 리치몬드 시에서 발행하는 월간 『남부 문예통신』의 편집인이었다. 그는 다른 사람들과 함께 내가 견문하고 체험한 일의 전부를 기술하는 일에 곧 착수하도록 강력히 충고하고 독자의 혜안과 양식을 믿으라고 말했다. 더욱이 그는 설사 나의 서술 방식 자체가 아무리 서투르고 개괄적이라 하더라도, 바로 그 이유 때문에 도리어 이 이야기는 진실하다고 생각될 가능성이 많아진다고 교묘히 역설했다.
>
> 그럼에도 불구하고 나는 그의 제안대로 해야 할지 결정을 내리지 못했다. 후에 포 씨는 (내가 그 문제에 대해서 소동을 일으키지 않을 것을 알고) 자신이 내 모험의 앞부분을 내가 말해주는 사실에 따라 쓰게 해달라고 제안했다. 그리고 그것을 『남부 통신』에 소설이라는 제명 하에 내게 해달라고 했다. (43-44)

포는 저자로 남기 위해 자신을 의식적, 예술적인 자아와 무의식 자아로 구분했다. 또 저자 포는 정신적 자아와 글쓰기 자아를 구분하기 위해 『핌』의 편집인을 설정함으로써 이 관계를 명백하게 한다. 이러한 구분의 관계는 화자 겸 인물로서의 포씨가 인물 핌과의 차이로 나타나게 되고, 또 저자 포의 심리 사이의 관계에 장애가 되어 결국, 『핌』 속에 누가 근원이고 또 누가 더블/이중(double)이 되는가를 구분하지 못하게 만든다. 그것은 앞에서도 이미 언급되었듯이, 『핌』이라고 불리는 이 소설이 핌이라고 불리는 등장인물의 이름과 동일하지만, 이 서사가 결코 핌만의 서사가 아니기 때문이다.

서사구조의 이러한 양상과 마찬가지로, 핌의 더블들처럼 보이는 오거스터스, 파커, 피터스(Peters), 심지어 "수의를 입은 인간 형체"(239)의 역할들도 각각 차이가 두드러진다. 소설의 처음 2장까지는 오거스터스가 핌의 이중인물/더블로서 주요인물의 역할을 수행하는 것으로 보일 수 있다. 그러나 3장부터는 피터스의 등장으로 오거스터스의 역할을 피터스가 대체한다. 그래서 피터스가 핌의 이중인물/더블인 것처럼 역할을 하며, 피터스는 마치 가장 핵심이 되는 인물처럼 보인다. 특히 피터스의 이런 역할은 그와 오거스터스의 성격의 차이에서는 물론 피터스가 폭도들로부터 오거스터스의 생명을 구해주고, 또한 파커를 살해하는 역할을 한다. 또 벼랑 끝에서 피터스는 핌을 현기증으로부터 구해주고, 또 카누를 타고 짤랄 섬에서 멀리 도주할 때 5명의 섬 원주민들을 죽이기도 한다. 이러한 역할들을 종합해볼 때 피터스가 없었다면 핌은 생존하지 못했을 것이다. 이는 마치 오거스터스가 없었다면 핌은 바다 모험을 할 수 없었을 것이라는 것과 같다.

이와 반대로, 핌이 피터스의 생존에 하나의 도구와 같은 역할을 하는 예들도 많이 있다. 이러한 핌과 피터스의 관계에서 핌 또는 피터스 그 누구도 상대방의 근원이 되는 특권을 가질 수 없게 된다. 따라서 이 두 인물은 상호 이중의 관계에서 제 역할을 하고 있기 때문에 이런 이중 속에서 어느 한편에서 근원을 찾으려 하는 것은 불가능하다. 이러한 인물들 간의 관계로 볼 때 저자로서의 포에 의해 심리적인 포(포의 심리를 반영하는 인물)가 더블이 되고, 또 포 씨는 저자 포의 더블이 된다. 또 포 씨는 핌에 의해 더블이 되고, 핌은 또 오거스터스, 피터스에 의해 각각 더블이 된다. 결국 이것은 다시 핌에 의해 오거스터스와 피터스가 이중이 되는 것이다. 이처럼 인물들의 역학 관계에서 볼 때, 어떤 대상이나 어떤 인물의 역할의 근원 또는 밀접한 상관관계에서 이루어진 하나의 실체를 주장하는 것은 차이를 바탕으로 하는 이중의 시각에서 볼 때 무의미하다. 또 소설의 근원으로서의 포의 심리에 특권을 부여하는 것은 『핌』의 본질과 끝없는 갈등을 만드는 것이라 할 수 있다.

현존재의 기능과 차이와의 관계에 대해서, 마르틴 하이데거(Martin Heidegger)는 현존재는 현존재의 양식(mood)에 의해 최초의 순간에 던져지고, 분열되고, 현존재로부터 멀리 떨어진다. 현존재는 현존재 자체와 최초의 순간에는 서로 결합될 수 없고, 차이가 있을 뿐이다. 그래서 현존재는 항상 무아지경처럼 항상 현존재 밖에 이미 존재하게 되고 또 차이는 현존재 이상의 실체들 속에 필요하다고 하이데거는 다음과 같이 말한다.

> "A는 A이다"라는 동일률을 좀더 적합하게 공식화하면 다음과 같을 것이다. 각각의 A는 각자 동일한 것일 뿐만 아니라 각각의 A는 그 자신과 동일하다는 것을 의미한다. 동일함은 "함께"라는 매개, 연결, 합의 관계, 즉 통일성을 지향하는 통합을 함축한다…. 한 가지 우리가 명심해야 할 것은 사변적 관념론의 시대가 열린 이래로 더 이상 동일성의 통일성을 단순한 동일함으로 표상할 수 없고, 통일성에 편재하는 매개를 무시할 수 없다는 것이다. (*Identity and Difference* 24-25)

자크 데리다(Jacques Derrida)또한 근원 또는 원천을 확립하려는 시도가 신화라는 것을 보여주기 위해서 자아와 사물 사이의 조화 또는 차이의 방법을 이용하는 것은 로돌프 가쉐(Rodolphe Gasche)가 이중과 단일의 관계를 아래와 같이 설명하는 것과 같다.

전통적으로 이중은 단일 다음에 오며 따라서 단일을 배가시킨다. 단일
과 이중 사이의 대립의 가능성을 설명하려면 이중에 관한 일반 이론은
단일을 배가시키지 않는 이중, 그 어떤 것도 예상할 수 없는 이중, "최
소한 그 자체가 이미 이중이 아닌 무"가 예상하지 못하는 이중을 생각
해 내야 한다(Derrida, *Dissemination* 206). 그러한 이론은 처음부터 환
원할 수 없는 이중, 즉 단일을 구성하는 복제, 이 복제 안에서만 단일이
단일함으로 출현할 수 있는 "이중의 뿌리"의 기간을 생각해야만 한다.
진정으로 단일이 배가될 수 없다면 단일은 단일이 될 수 없을 것이다.
자신의 동일성의 결과로서 단일은 스스로가 나뉠 수 있는 가능성을 새
겨야 한다. 단일이 되려면 단일은 이미 이중이어야 한다. (225-26)

가쉐는 정신분석학적 이론에 의한 이중에 대한 접근 방법은 하나의 근원, 근
거, 나아가 이중이 아닌 '단일'을 전제로 삼는다고 본다. 그러나 하이데거의
동일성의 개념에 의하면 개개의 실체는 그 실체의 이중이거나, 그렇지 않으면
단일은 존재할 수 없다. 포와 핌의 관계는 가쉐의 견해대로라면, 포의 심리는
근원이고, 핌은 이 근원의 이중이다. 그러나 하이데거의 동일성의 개념에 의
하면, 포와 핌은 이미 제각각 실체의 이중이어서 두 사람의 견해는 다르다.

　　짤랄 섬(핌과 피터스가 발견한 상상의 섬)의 물의 이미지의 차이와 서사
목소리의 다름은 단순히 이미 그 자체가 하나의 이중이고, 단순의 근원과 원
천은 이중에 존재한다는 근거에서 본다면, 당연하고 무한하다고 볼 수 있다.
그래서 이 둘 사이, 즉 근원들과 이중들 사이에는 헤아릴 수 없는 지칭들이
있을 수 있다는 논리가 성립된다. 일견, 작가의 심리가 작품 속에서 반영되기
때문에 작가의 심리가 작품의 근원 또는 원천이 될 수 있다고 볼 수도 있지만,
작품은 반드시 작가의 심리를 노정하지도 않고 노정할 수도 없다. 그것은 위
에서 말한 바와 같이 하나의 단일한 근원 또는 원천은 없다고 보기 때문이다.
이런 관계에서 작가와 작품은 서로 만들어 주고, 서로에 의해 만들어지는 셈

이 된다.

이 소설 속에는 이중 못지않게 대칭이 있다. 대칭이란 예컨대 우리나라의 토속적인 생활양식과 자바의 원주민 혹은 아메리칸 니그로의 생활양식이 시간과 공간의 현격한 차이가 있음에도 어떤 면에서는 공통점이 있다. 양 문화 혹은 문명이 대칭의 관계에 있다. 동서양의 유물도 마찬가지다. 아프리카의 피라미드나 우리의 신라시대의 천마총 같은 것은 왕족 혹은 높은 신분의 매장 관습이 형상 만 다르지 그 특성은 같다. 그런 점에서 서로는 대칭의 관계이다.

건축학, 기하학, 문화양상 혹은 문학작품의 분석에서 교차점(chiasmatic encounters)의 개념은 똑 같은 길이 혹은 상반되는 양이 서로 충돌 혹은 만나는 경우 각각은 서로 영향을 받아 양이 줄어들거나 많아지거나 또 길이가 길어지거나 짧아진다. 그 것은 서로 영향을 주고받기 때문이다. 다시 말해서 서로 동일한 양 혹은 길이는 대칭의 관계를 이룬다. 그렇게 되는 것은 어느 정도의 변화 혹은 변형에도 대칭의 속성 혹은 균등을 이루기 때문이다. 이런 현상은 두 상이한 동급의 문화권의 충돌, 두 대립되는 계층의 사회적 갈등, 그리고 경제와 정치의 대극점이 되는 동등한 대립 같은 양상 혹은 상황에서 대칭의 그런 특성을 발견 할 수 있다. 그러면서 서로는 비대칭이다.

하나의 가정이 제 각각 개성이 다른 구성원들로 되고, 사회나 문화가 각 다른 형상과 양상 그리고 자질들로 되어 있지만 전체로는 하나가 된다. 그런 것들 안에는 같은 패턴 혹은 대칭으로부터 비대칭 혹은 상반되는 것들까지 존재하지만 하나의 전체를 이루고 있다. 이는 사물의 기본적인 구성에서부터 우주의 근본적 규명에도 그런 대칭이 있다는 것이다. 이는 마치 *Pym*속에 산재(散在)해 있는 조각(piece)이미지 또는 파편(fragment) 등의 낱말들이 대단히 빈번하게 언급된다. 즉 부분적 둔감한 상태('a state of partial insensibility'),부분적 망각의 종족('species of partial oblivion'), 인물의 부분적 교환('a partial interchange of character') 등이다. 이러한 조각 이미지들은 전체가 되지 못함의 아쉬움과 전체가 되어야 하는 필연성을 동시에 시사하고 있다. 그런데 조각 이미지는 종종 전체 이미지와 더불어 사용되어 조각 이미지가 아쉬워하는 것을 전체 이미지를 사용하여 더욱 강조한다. 이렇게 병행 사용함으로써, 포는 전체를 부분 밖의 두 영역 중의 하나로써 부분과 상대되는 영역 즉 무와 궁극적으로 같다고 본다. 이 조각 이미지는 하나의 포괄적인 전체의 이미지로 나타나 대칭의 관계가 된다.

앞 장에서 논의한 소설 『브이』의 경우 수많은 브이 들이 합쳐서 『브이』가 되고, 재미있게도 그 것을 양자이론의 칸토르 셋 이론으로 보면, 미세한 하나의 먼지이고, 또 나보코프의 시베스찬 나이트의 진실된 삶(*The Real Life of Sebastian Knight*)에서 브이(V)가 시베스찬을 찾는데, 고돌핀이 시베스찬의 자서전을 쓰고, 또 시베스찬 자신이 시를 쓴다는 것 그리고 또 어떤 이가 시베스찬에 관한 글을 쓰는 것은 각각은 서로 대칭이고 또 그 것이 합쳐져 하나의 소설 시베스찬이 된다. 물론 미세하게 쪼개면 그 것은 칸토르 셋 이론에서 말하는 하나의 먼지처럼 시베스찬의 어느 한 부분이고 그 것은 작품 속에서 하나의 작은 모티프 또는 편린이다. 이런 관계는 문학 작품에서 허다하다.

스탠포드 대학의 레오나르드 서스킨드(Leonard Suskind)교수가 끈이론에서의 초 대칭적 개체(super-symmetric body)의 망망대해에 많은 축소된 대칭의 섬들이 존재함에 틀림없다고 주장하는 것은 모든 끈 이론의 우주들이 영의 우주적인 불변(zero cosmological constant)을 가지고 있다고 보기 때문이다. 서스킨드가 끈이론으로 우주들의 존재를 대칭관계로 해석함은 중요하지만 수학적으로 흥미 있으나 초끈이론으로는 실험할 수 도 없는 것이라고 크래머(John G. Cramer)는 말한다.("The Universe of Choice", *Analog Science Fiction & Fact*, Mar 2006)

크래머는 또 베네지아노(veneziano)가 이중과 대칭의 상호관계의 중요성에 대해 초끈이론의 계측 계수의 이중을 이용하여 시간의 영역에서 하나의 대칭이 재현될 수 있음을 재론한다.("Before the Big Bang", *Analog*, Mar 1999) 이처럼 시공(spacetime= relativistic invariance)에서의 대칭은 번역, 로테이션, 반영의 집단(그룹)밑에 4차원의 시공(spoacetime)의 불변이(invariance)를 포함하기 때문에 중요하다.

1-7. 나가며

무서는 하나의 행동에서 완전히 다른 두 태도를 이중 혹은 균등이라고 한다. 이중들은 하나의 이미지를 2가지로 해석하는 착시의 물질적인 번안이고, 이중은 엮이어 있고, 보기에는 전혀 다르지만 실제는 균등하고 또 끈이론은 이중들로 정글을 이룬다는 것이다. 이중들은 모든 물질들에 있어서 갑자기 생긴다고 말한다(253).

『핌』속의 이중놀이는 저자 Poe의 의도된 책략으로 크게는 서사의 구조에서부터 작게는 인물 또는 사상(事象)이나 형상에 이르기까지 이중으로 해석할 수 있는 영역이나 부분들이 많고 다양하다. 포가 생성과 소멸이 서로 다른 실체이지만 하나이고 이 두 사이의 관계라고 보는 것은 루이스의 이중 관과 같다.

이중이 중요한 것은 패러독스적인 결정(paradoxical resolution) 장치와 다르기 때문이다. 이중은 두 다른 상황 그러면서 그 것들은 하나임이고 관계이지만, 패러독스적인 결정은 상반과 상호 모순의 통합 혹은 합일을 위한 개념의 장치이다. 루이스가 이중은 특히 끈 이론의 메타 통일(Meta-unification) 즉 M-theory와 끈들의 상호 관계의 도구라고 말(89)하는 것은 이중의 중요성을 지적한 것이다.

『핌』에는 이중성 못지않게 대칭이 있다. 이 소설에서 조각 이미지들은 전체가 되지 못함의 아쉬움과 전체가 되어야 하는 필연성을 동시에 시사한다. 이 때 부분이미지는 전체 이미지와 함께 사용되어 부분 이미지가 아쉬워하는 것을 전체 이미지가 사용되어 더욱 강조하는 것은 대칭관계. 이렇게 병치함으로써 포는 전체를 부분 밖의 두 영역 중의 하나로서 부분과 상대되는 영역 즉 무와 궁극적으로 같다고 하고, 이 조각 이미지는 하나의 포괄적인 전체의 이미지이고 대칭관계의 이미지다. 무서는 대칭이란 변형이 어떻게 발생해도 바뀌지 않는 대상의 속성 혹은 균등이라고 말한다(212).

대칭의 이런 자질은 상이한 문명 혹은 문화 나아가 역사가 시간의 흐름 속에서 하나로 통합되거나 융합되게 한다. 그럴 경우 강하고 큰 권역이 작은 것을 자연스레 흡수하는 경우가 있겠고, 또 제3의 모습 혹은 형상으로 나타날 수도 있다. 어쨌든 그것은 하나의 전체라는 새로운 모습의 탄생이다. 이 새 모습은 어떤 면에서 갈등과 투쟁에 휩 쌓인 사회현상과 문화양상의 바람직한 해소이다. 그러므로 대칭에 관한 연구와 관심은 대단한 의의가 있다

대칭과 이중의 관계는 또 번역(지역이동)과 밀접하다. 사회 현상, 문화, 역사, 문학 작품 그리고 자연과학 등에서 이중과 대칭의 중요성은 우주의 생성 연구와 입자물리학의 미 발견 물질 혹은 입자의 발견에 크게 도움이 된다고 한다.

아. 원전으로서의 소음과 번역의 관계

원전과 번역력(translatability)의 고리

위튼이 M-theory와 끈이론들의 관계를 지역이동의 기능(Greene379)으로

해석 검증하는 것은 벤야민(Walter Benjamin)이 '번역의 임무'("The Task of Translator")에서 번역의 본태를 말하는 것과 거의 같다. 그렇게 말할 수 있는 것은 벤야민 자신은 물론 콜로스(Kohlross)가 번역의 본질로써 번역이 하나의 형식이라면, 번역력(translatability)은 작품의 하나의 본질적인 자질이라는 것이다. 왜냐하면 근원 속에 내재하는 특수한 의의는 그 자체의 번역력에 의해 자체를 현시하기 때문이다. 다시 말해서 M-theory의 본태는 지역이동 되어 지어야 한 필요 즉 번역력을 가지고 있는 것으로 보는 것이다. 한 차원의 의미 혹은 의의는 번역 내에서 처음으로 자체를 현시하고, 근원이 무엇을 또 어떻게 의미하는가는 번역의 순간에 처음으로 드러난다고 한다. 그러므로 근원만이 그 자체의 의미를 결정할 수 없다는 것이다. 근원을 있는 그대로 처음으로 만드는 것은 번역이고, 번역이 근원에 다가가는 최고의 방책이라는 것이다. 위튼이 벤야민처럼 지역이동으로 M-theory를 현시한 것도 그러한 관점에 근거한다고 볼 수 있을 것이다.

근원이란 단지 개념이고 사용되어야 할 현재의 언어를 개별화하는 규칙이고, 근원은 자체의 번역을 통해서 하나의 구체적인 시니피앙이 된다고 한다. 구체적인 기표어가 된다는 것은 지역이동에 의해 M-theory와 5개의 끈들이 실험적으로 입증되었다는 말과 같다. 벤야민은 또 번역을 삶의 현시라고 한다. 이것은 번역이 번역의 근원 보다 앞선다는 뜻이다. 이 말은 5개의 끈들이 지역이동에 의해 검증되었지만 아직까지 밝혀내지 못한 차원까지의 규명에 점점 다가가는 의미라고 하겠다. 특히 벤야민이 하나의 번역 핸드북을 거치하는 것 즉 이상적인 번역 핸드북을 만드는 것이 하나의 유토피아라고 하고 이것을 만든다는 것은 변함없이 서로 보완하는 모든 번역들의 목표가 되기 때문이다. 벤야민의 이 핸드북은 위튼이 사전에 의존하는 것과 같다. 궁극적으로 이를 만든다는 것은 이론이 깨끗한, 깨끗한 언어로써 가상의 목표이고 그것은 또 끈이론에서 보면 5차원 이상의 끈의 이론이다.

벤야민 못지않게 리나 라이호(Leena Laiho)의 "문학작품: 번역과 근원" ("A Literary Work_Translation and Original")의 번역관도 위튼과 그린(Greene)의 위치이동과 본질적으로 같다.

그는 번역력의 문제는 기본적으로 인문학의 영역이라고 라고 하고, 문학작품의 정체성이 무엇이냐고 묻는 것은 본질적으로 번역력이 무엇인가를 답변하는 것이다. 마골리스(Joseph Margolis)와 하팔라(Arto Hapaala)는 텍스트의 정체성은 정체성의 문제가 결정적인 기준이 안 되고, 해석에 의존하여 결국 의도에 따른다는 것이다. 마글로이스는 작품들이란 문화적 실체들이라고 하고, 그것들은 해석 되어질 필요가 있다는 것이다(98-9). 이것은 벤야민의 번역력이나 위튼의 M-theory와 5개의 끈들의 관계에서 보는 것과 같다.

하팔라는 핵심의 작("core work")을 작품의 중심 자질들의 집약으로 본다. 그는 문학작품은 하나의 유형이고 아리스토텔레스의 관점에서 그것은 만들어질 수 있고 또 파괴될 수 있는 것이다. 그러므로 핵심의 작은 문학작품이란 다르면서 정확한 해석들로 현존하여 이 현존이 같은 작품이라고 말하여 정당성을 가진다는 것이다. 이것은 5개의 각각 끈들이 다르면서 정확한 해석으로 현존하는 것과 같다.

굿먼(Goodman)과 엘진(Elgin) 또한 번역들이란 그들 나름의 작업들이고 그들이 번역하는 작업들과 일치하지 않는다고 한다. 작업들이란 문화적으로 생긴 실체들로 그것들의 정체성은 하나의 문화에 상대적이어서 그것들이 만들어진 문화와 다른 문화에서도 이해될 수 있다는 것이다. 이것은 군말의 변용 소음이 다른 학문의 현상 속에서도 동일하게 취급될 수 있다는 논리다. 크로체(Croce)도 이들과 유사하게 번역이란 근원적인 표현의 재생이 아니고 좋은 번역이란 하나의 표현이고 가치면에 있어서나 근원적인 것에 대단히 가깝다는 것이다. 번역이 근원을 닮은 하나의 표현의 생산이라고 말하는 것과 베르미어(Wermeer)가 번역이란 근원에 대한 최대한 충실한 모방으로 보는 것은 M-theory와 끈들과의 이중이고 또 지역이동의 대칭이라고 말할 수 있겠다.

자. 초끈이론의 지역이동과 인문사회학의 번역개념의 교차

학문 간의 통섭과 융합은 하나의 거대 담론과 연구방법(론)이 만들어진다. 이것이 적용 검증되면 하나의 새로운 학제성(A New Interdisciplinarity)의 이론 혹은 방법(론)으로 천착될 수 있다.

앞서 대칭(성)과 이중(성)의 의의에서 본 것처럼 번역 또한 서로 다른 개념들이지만 하나의 크나큰 학제성 혹은 명제를 중심으로 상호 연계되어 있음이 끈이론에서 밝혀진다. 대칭에 대하여 무서(George Musser)는 이름다움이란 대칭이고 대칭이란 마치 왼손과 오른 손의 관계처럼, 부분들이 녹아 하나의 큰 덩어리로 되는 것과 같다고 한다. 그러면서 여러 각도에서 보드라도 하나의 대칭을 가진 물체는 동일하다고 한다(212). 그러면서 당양한 대칭들을 말한다. 루이스(L. E. Lewis) 또한 한 마리의 나비, 인간의 얼굴, 인간의 신체 그리고 하나의 잎사귀가 하나의 거울대칭의 관계로 설명한다. 그러면서 대칭은 특히 입자 물리학에서 하나의 시스템이 특수하게 변형 되더라도 동일하게 보이게 한다고 한다. 그만큼 대칭은 매우 작은 입자에서부터 엄청나게 큰 은하계에 이르기까지 다양해 모든 종류의 물질에 현존한다고 한다.

대칭 못지않게 이중에 대해서도 이중은 모든 물체에서 갑자기 나타나고 매우 다르게 보이지만 결국 하나이고 동일하며, 더욱이 끈이론에는 확연하게 드러난다는 것이다. 루이스는 2, 3개의 이론 혹은 구성이 상당히 유사하여 실제가서는 결과가 일치하거나 동일한 물질로 되는 것을 이중으로 정의하고

1995년에 우튼(Witten)은 이중개념을 6개의 끈이론에 적용했다고 한다(89).

이처럼 이중은 입자-파동, 파동-입자의 이중개념에서부터 우주 탄생의 비밀을 밝혀주는 현재의 빅뱅과 빅뱅전의 관계에 이르기까지 다양하다. 이런 현상은 문학의 서사 구조, 인물화, 현상과 형상의 묘사와 재현은 물론 공연예술의 표현과 심지어 건축의 다양한 구성과 재현에 이르기까지 광범위하다. 더더욱 이중은 대칭과 함께 자연스레 연계되어 있다.

초끈이론에서 M-theory와 각 끈들이 이중의 관계라면, 각각의 끈들은 서로 대칭이다. 이런 관계는 문학에서 일탈 혹은 군말이 문화연구에서 상투어 혹은 진부한 것들이 되고, 문화의 이런 현상과 형상들이 공연에서 괴이한 표현과 무언의 제스쳐로 제시되고 또 공연의 이런 모습은 건축에서 낯설게 하기 기법 혹은 의미가 되면서 초끈이론에서 5개의 부분들이 융합하여 하나의 전체가 되는 대칭의 개념처럼 하나의 통합 혹은 융합 거대 담론 혹은 개념이 부상할 수 있다. 그러한 것 중의 하나가 소음개념이 아닐까 한다.

소음의 근원지가 어디며 무엇일까? 소음의 근원은 자연과 우주라고 몰스(Moles)는 말한다. 그러므로 정보와 소음은 작게는 하나의 조그마한 기계적 시스템(mechanistic system)으로부터 크게는 대단히 복잡한 체계(hypercomplex system)인 인간으로부터 나온다고 한다. 그렇게 말 할 수 있는 것은 소음이 아무리 적다하더라도 소음 없이는 하나의 시그널이 존재할 수 없어서 시그널은 소음으로부터 생성된다고 한다. 소음과 시그널의 관계가 어떠하던, 소음은 의도된 메시지에 동반된 무질서의 팩터이고, 또 열역학의 제2법칙에서 말하는 질서-무질서의 "figure-ground dialectic"(별로 중요치 않은 배경에 대하여 윤곽이 분명한 것이 돋아나 보이는 지각특성의 논법)의 양상이다. 더욱이 소음이 에너지와 정보 그리고 물질의 흐름의 장소인 인간의 인지와 관계하여 문학, 문화, 공연, 자연과학과 건축학에 이르는 여러 현상과 형상의 정보와 불가분의 관계에 있음이다.

이러한 관계의 명증은 또한 신경생리학과 심리학의 관점에서 소음은 정보와 하나의 쌍으로 존재하고, 깨끗한 정보를 전달하는데 있어서 배경의 조절기로 기능하여 메시지의 장애가 되기보다 변환되어 정보에 보탬이 된다는 것이다. 이런 이론적 근거는 세레스(Michael Serres)의 주장이기도 하다(*Hermes* 78). 그러므로 (초)끈이론에서 M-theory와 끈들의 관계를 하나의 모델화하여 하나의 큰 통합개념으로 소음으로 제시하는 것은 학문 연구의 새로운 하나의 시학의 창출이고 응용이다.

소음에 대한 이러한 관점은 번역개념을 M-theory와 관계에서 읽을 수 있다.

이러한 관계의 명증은 또한 신경생리학과 심리학의 관점에서 소음은 정보와 하나의 쌍으로 존재하고, 깨끗한 정보를 전달하는데 있어서 배경의 조절기로 기능하여 메시지의 장애가 되기보다 변환되어 정보에 보탬이 된다는 것이다. 이런 이론적 근거는 세레스(Michael Serres)의 주장이기도 하다(*Hermes* 78). 그러므로 (초)끈이론에서 M-theory와 끈들의 관계를 하나의 모델화하여 하나의 큰 통합개념으로 소음으로 제시하는 것은 학문 연구의 새로운 하나의 시학의 창출이고 응용이다.

▦IV▦
나가며

문학작품과 문학이론이 글 쓴 사람의 의도와 목적에 따라 다를 수 있지만, 이론이 작품에서 연유한다면, 작품과 이론은 하나의 공간과 상호 영향의 관계를 가진다.

문학과 과학의 관계 또한 마찬가지다. 하나의 대상에 대해 과학의 원칙과 이론의 접근이 실체적이라면, 본질에 대한 문학 작품의 접근은 리얼(real)하다. 그것은 언어기술에서 생기는 언어의 종류의 차이 때문이다. 그러나 본질을 규명하려는 점에 있어서는 서로 같다.

특히 뉴턴 이후의 과학의 개념과 이론들이 문학과 어떻게 엮여 있고, 또 조우하는가는 밝혔다. 문학과 과학의 이러한 관계는 서구문학의 시원인 메니피언 풍자의 양식의 특징들과 자질을 통해 알 수 있다.

    문학이 과학을 넘고 또 과학이 문학으로 넘어갈 수 있는 것은 서로 공유하는 공간이 있고 또 상호 엮일 수 있는 자질이 있기 때문이다. 그렇게 말할 수 있는 것은 서구 문학의 효시라고 불리는 메니피언 풍자 양태라고 하는 서사양식에서 찾을 수 있다.

    메니피언 풍자의 방법론적 접근에 대해 프라이(Northrop Frye)는 라블레, 스위프트, 볼테르의 문체와 사상에 대해 언급 하면서도 특이한 문학적 수단에 의한 창작가들이 회자되는 바가 거의 없다고 하였다(308). 그가 그렇게 말한 핵심은 그들의 창작에서 전달 수단의 중요성을 지적한 것이라 하겠다.

    메니피언 풍자작가들이 어떻게 그 수단을 다루는가를 보면 우선 메니피언 사상과 냉소주의는 공통의 기반이 있다. 냉소주의자들은 사물들이 결합하거나 대상들이 계층을 이루거나 할 가능성이 없다고 보았다. 오로지 그 자신들로 존재한다는 것이다. 그리하여 개인에게 해가되는 체제의 형식이나 종교적 도그마와 함께 사회적 지위와 부의 인위성을 저주했다.

    이런 내용들이 초기의 메니피언 작가들 속에서 크게 공명되고, 서서히 발전되어 왔다. 서구문학에서 효시격인 B.C 300년경의 가다라(Gadara)의 글들은 더 이상 확장 되지 않고 바로(Varro) 같은 작가나 후대의 작가들의 작품들 속에서 오로지 참고로 알려 졌었다.

    바로는 "메니푸스의 무덤"에서 사치에 대해 옛 문화의 단순성을 제시하고 새로움의 불필요한 복잡성을 정치했다. 그 는 또 우리의 조상들은 벽돌로 만들어진 거처에서 살아 왔었고, 그 것들은 몇 조각의 돌들로 주춧돌로 삼았다(87). 이를 달리 말하면, 옛 체제는 몇 개의 돌로 있지만 새 체제는 얄팍한 장식들로 되어 있다는 것이다 .이러한 글의 핵심에는 메니피언 작가들의 근본 즉 실용적이고 단순한 것이 메니피언식 해결에 우습게 복잡한 것을 대체한다는 것이다 냉소주의자이면서 페네피안의 창법을 따라 바로는 자신의 글들을 "메니 피언"으로 불렀다. 그러면서 한 편으로는 바로는 냉소주의자들과는 달랐다. 바로는 인습과 정치성을 가졌다.

반면 음유주의자들은 전통을 경멸하고 인습과 정책의 옷을 입고 가려진 단순함과 더불어 개성을 지지하였다. 어쨌든 이런 저런 면에서 그들 사이에는 많은 공통점들이 있었다. 특히 바로는 단순한 외양이면에 혹독한 현실을 드러 내 은유에 관심을 보였고, 미친 듯이 보이는 사람이 그렇지 않고, 정상으로 보이는 사람이 비정상으로 보이고 죄가 있어서 이성이 정상이 아니고 미친것이 이성이라고 했다. 그는 이러한 극단 즉, 나음과 못함의 대극에 은유와 미쳤음의 기법을 통하여 외양과 본질에 대한 의문을 제기하였다. 그의 글들을 따라 메니피언 양태를 계승해 왔다. 그들이 애호한 전통들은 소박했다. 이런 의도 를 폭로하기 위해 바로는 메니푸스의 글들을 모방하여 운문과 산문을 혼용하 는 기법을 추구했다. 이 기법은 계속되어 와 메니피언 의도와 조화되었다.

2세기 경의 루키아누스가 메니푸스의 잃어버린 풍자의 글들에 영향을 받 았는지 여부는 알려지지 않았지만 메니피언 풍자로 정의할만한 장르의 수단 이 남아 있다는 것이다.

그는 인간의 조건들을 분석하기위해 형식과 내용을 합친 최초의 메니피 언 풍자작가로 간주되었다. 그 또한 메니피언 풍자의 전통이 되어 온 색조를 정치했다. 그리하여 그의 글은 아풀레우스, 페트로니우스, 14세기 후기의 가 우어, 나아가 라블레와 세르반테스의 글들에 이르기 까지 하나의 모델이 되었 다.

특히 루키아누스의 글들 특징 가운데 대화와 여행의 서사 기교들은 알 레고리 형식으로 되었고, 메니피언의 철학자들이 드러나게 했다. 이것은 17세 기 조나단 스위프트의 글들의 다양한 표상이 되었다.

이렇듯 메니피언 풍자작가들의 글들 속에는 메니퍼스의 흔적들이 계승되어 스위프트와 라블레의 글들 속에 미세함과 패러독스적 찬사를 발견하게 되었다. 이런 것들은 융합되어 무질서하게 백과사전식 풍요를 이뤘다. 이란 것들은 사물의 무상을 드러내는 작가들의 서사기법으로 이용되었다.

메니피언 풍자의 글들은 풍자, 패러디, 냉소, 욕, 경구, 농담, 축소, 과장, 들은 우화의, 객관적 코믹한 서사로 메니피언 사상과 함께 사용되어왔다.

미하일 바흐찐은 메니피언 서사 기교와 사상의 특징을 아래와 같이 말한다.

a. 코믹한 요소 b. 역사적 회상적 형시의 한계에서 자유로움 c. 과감한 족쇄에서 해방된 환상 d. 철학적 대화, 고상한 낭징주의, 환상적 여행과 지하의 자연주의적 색채의 조직적 결합 e. 특이한 철학적 보편주의와 극단적인 사상 f. 3 층의 구성 즉 지상에서 신전으로 또한 지하로의 이동 g. 인간의 특이한, 비정상적인 도덕적, 심리적 상태의 재현, 여러 형태의 정신 질환, 정신 분열, 방종의 백일몽, 비정상에 맴도는 격 h. 추문의 장면들, 괴이한 행동의 장면, 불일치의 언사와 행위 i. 날카로운 대위법과 모순의 결합 j. 사회적 이상향의 요소 k. 패러디와 객관화의 기교와 더불어 산문 운문 어휘의 혼합 l. 문체와 색조의 다양성 m. 일상의 저널적인 장르와 사상적 문제들과 그 시대 삶의 다양한 정보들

여기에 F. 앤 페인은 7 개의 다른 특징들을 첨언한다.

a. 고정적인 2 인물의 인식의 서로 다른 말 사이의 대화 b. 끝없는 추구의 풍자 c. 지식 표상의 풍자 d. 인물들의 예의바른 과시 e. 불굴의 희망과 엄청난 에너지를 풍기는 풍자 f. 무신과 의문의 여지없는 권위의 재현 g. 포르노적이 없는 외설의 등장

이처럼 메니피언 풍자의 글들에 대한 특징들이 드러나는 것은 이 장르가

지닌 태생적 자질 때문이다. 이런 점에서 메니피언 장르는 무한의 새로운 특징들을 열어 놓고 있다 하겠다.

앞으로 메니피언 풍자양식은 나노기술에 의한 생명 보조물과 대체의약, 그린에너지 기술에 의한 친환경, 생태계, 우주 천체물리학의 집요한 연구에 의한 신물질, 그리고 제2의 IT혁명에 의한 사회 문화 생활양상들을 접목하는 형식의 서사의 내용과 기법들이 등장할 것이다.

문학과 과학의 담론과 이론이 융합하고 엮이어 새로운 학제성의 담론이 요구되는 것도 바로 이런 장르의 특징의 연장이라 하겠다. 문학(과학)이 과학(문학)의 벽을 넘는 것은 너무나 자연스런 현상이다.

Aaron Betsky. *Violated Perfection,* New York: Rizzoli, 1989.

Abernethy, Peter. L., "Entropy in Pynchon's *The Crying of Lot 49*, Critique: Studies in Modern Fiction. Vol. XIV. No.2.

Albright, Daniel. *Quantum Poetics: Yeats, Pound, Eliot, and the Science of Modernism.* London: Cambridge UP, 1997.

Alexanfrov, Vladimir E. Biology, "Semiosis, and Cultural Difference in Lotman's Semiosphere." *Comparative Literature.* 52.4 (2000): 339-63.

Alfredo, Ardila. "Towards a Cross-cultural Neuropsycolo." *Journal of Social & Evolutionary Systems.* 19.3 (1996): 237-49.

Anderson, lohn R. Co*gnitive Psychology and Its Implimations.* New York: Freeman, 1995.

Apter, Emily. "On, Oneworldedness: Or Paranoia as a World System," *American Literary History*, New York, Summer 2008, Vol 18, Iss 2, pp 365, 26 pgs.

Army Newman. *Order and Disorder.* Cleveland: Cleveland State University Press, 1984.

Aron, R. *The Industrial Society: Three Essays on Ideology and Development*, London, Weidenfeld and Nicolson, 1967.

Atlan, Henri. "On a Formal Definition of Organization." *Journal of Theoretical Biology* 45 (1974): 295-304.

Auerbach, Erich. *Mimesis The Representation of Reality in Western Literature.* Trans. Trask Willard R. Princeton: New Jersey. Princeton UP, 1945.

Bachelard, Gaston. *The Poetics of Space.* Trans. Maria Jolas. Boston: Beacone, 1964.

Baker, James R. *Critical Essays on William Golding.* Tampa: U of South Florida P, 1967.

Bakhtin, Mikhail. *Problems of Dostoevsky's Poetics.* Trans. R. W. Rotsel. Munster: Westfalische Wilhalms UP, 1973.

Balsamo, Anne. "The Virtual Body in Cyberspace," *Research in Philosophy and Technology* 13 (1993): 119-39.

Barth, John. *Lost in the Funhouse.* A Bantam Book Doubleday 1968.

_____. *The Friday Book: Essays and Other Nonfiction.* New York: Putnam, 1984.

_____. *The Last Voyage of Somebody the Sailor.* London: Brown, 1990.

Barthelme, Donald. *City Life.* New York: Pocket, 1978.

_____. *Sixty Stories.* New York: Penguin Books, 1987.

_____. *Snow White.* New York: Atheneum, 1980.

_____. *Snow White.* New York: Pocket. 1968.

Barthes, Roland. *S/Z.* Trans. Richard Howard. London: Jonathan Cape, 1975.

_____. *The Pleasure of the Text.* Trans. Richard Miller. New York: Hill and Wang, 1975.

_____. *The Rustle of Language.* Trans. Richard Howard. Berkeley: U of California P, 1989.

_____. 'Thoery of the Text,' in Robert Young(ed.), *Untying the Text* (London: RKP, 1981).

Bataille, Georges. *Visions of Excess.* Trans. Allan Stoekl, Carl R. Lovitt, and Donald M. Leslie. Minneapolis: U of Minnesota P, 1985.

_____. *Guilty.* Trans. Bruce Boone. San Francisco: Lapis, 1988.

Bateson, Gregory. *Mind and Nature: A Necessary Unity.* New York: Bantam, 1980.

Baudrillard, Jean. "The Ecstasy of Communication." *The Anti-Aesthetic: Essays on Postmodern Culture.* Ed. Hal Foster. Townsend: Bay, 1983. 126-34.

Bear, Greg. *Blood Music* New York: Ace, 1996.

Begley, Adam. "Don DeLillo: *Americana, Mao II,* and *Underworld.*" *Southwest Review* Winter 82.1 (1997): 478-505.

Beitchman, Philip. "The Fragmentary Word." *Substance* 39 (1987): 58-74.

Bell, Daniel. *The Coming of Post-Industrial Society.* New York: Basic, 1973.

Bell, Pearl K. "DeLillo's World." *Partisan Review* 59.1 (1992): 138-47.

Benjamin, Walter. *Illuminations.* ed. Hannah Ardendt. New York: Schoken Books, 1968.

_____. *Illuminations.* Trans. Harry Zohn. New York: Schocken, 1968.

_____. *Reflections.* Trans. Edmund Jephcott. New York: Schocken, 1978.

_____. *The Origin of German Tragic Drama.* Trans. John Osbourne. London: New Left, 1977.

Benzi, Zhang. "Paradox of Origin(ality): John Barth's "Menelaiad."" *Studies in Short Fiction* 32 (1995): 199-208.

Berg, Temma F. "Psychologies of Reading." *Tracing Literary Theory: Contributions to a Literary History.* Ed. Joseph Natoli. Urbana: U of Illinois P, 1987.

Bermdez, Jose Luis et al. Eds. *The Body and the Self.* London: MIT P, 1998.

Ben Stoltzfus, "The Aesthetics of Nouveau Roman and Innovative Fiction," P. 116. *International Fiction Review* Vol. 10. No. 2 Summer 1983.

Bertalanffy, Ludwig von. *General System Theory.* New York: George Braziller, 1968.

Bickle, John. *Psychoneural Reduction: The New Wave.* Mass.: MIT P, 1998.

Biles, Jack I. and Robert Evans. eds. *William Golding: Some Critical Considerations.* Lexington: UP of Kentucky, 1978.

Blanchot, Maurice. *The Gaze of Orpheus.* Trans. Lydia Davis. New York: Station Hill, 1981.

_____. *The Space of Literature.* Trans. Ann Smock. Lincoln: U of Nebraska P, 1982.

Bockman, Richard. "A Map of the Mind," *Canadian Journal of Psychiatry.* 45.2 (March 2000): 191.

Bogue, Ronald. *Deleuze and Guattari.* New York: Routledge, 1989.

Bohm, David. "A New Theory of the Relationship of Mind and Matter." *Philosophical Psychology.* 3.2 (1990): 271-87.

_____. "The Implicate Order: A New Order for Physics," *Process Studies,* 1978, 73-102.

_____. *Wholeness and the Implicate Order.* London: Routledge & Kegan Paul, 1980.

Bohr, N. "Atomic Theory and Mechanics," in *Atomic Theory and the Description of Nature,* Cambridge University Press, 1925. Reprinted in 1987 as *The Philosophical Writings of Niels Bohr,* Vol. I, Ox Bow Press, Woodbridge.

_____. "Causality Problem in Atomic Physics," originally Delivered at a conference on new theories in physics, Warsaw, May 30-June 3, 1938, *Philosophical writings of Niels Bohr vol. IV, Causality and Complementarity* in Faye & Folse 1998. pp. 94-121.

_____. "The Quantum Postulate and the Recent Development of Atomic Theory" in *Atomic Theory and the Description of Nature,* pp. 52-91. Cambridge University Press, 1927. Reprinted in 1987 as *The Philosophical Writings of Niels Bohr,* Vol. I, Ox Bow Press, Woodbridge.

_____. "Unity of Knowledge", *Philosophical writings of Niels Bohr vol. II, Essays 1933-1957 On Atomic Physics and Human Knowledge,* Ox Bow Press, Woodbridge, Connecticut, 1954.

_____. *Niels Bohr Archive, Letter from Wolfgang Pauli to Niels Bohr,* 15 Feb. 1955, *Complementarity beyond physics(1928-1962)* in *Niels Bohr Collective Works vol. 10.*

Bornstein, George. *Transformations of Romanticism in Yeats, Eliot, and Stevens.* Chicago: Chicago UP, 1976.

Borrett, Donald et al. "Bridging Embodied and Brain Function: The Role of Phenomenology," *Philosophical Psychology.* 13.2 (Jun 2000): 261-67.

Borrett, Donald, Kelly Sean and Hon Kwan. "Phenomenology, Dynamical Neural Networks and Brain Function," *Philosophical Psychology*. 13.2 (Jun 2000): 213-29.

Booth, Wayne C. *A Rhetoric of Irony*. Chicago: U of Chicago P, 1981.

Boswell, Marshall. *Understanding David Foster Wallace*. Columbia: U of South Carolina P, 2003.

Botting, Fred. "Relations of the Real in Lacan, Bataille and Blanchot." *Substance* 73 (1994): 24-40.

Boundas, Constantin V. and Dorothea Olkowski, eds. *Gilles Deleuze and the Theater of Philosophy*. New York: Routledge, 1994.

Boundas, Constantin V. ed. *The Deleuze Reader*. New York: Columbia UP, 1993.

Boswell, Marshall. *Understanding David Foster Wallace*. Columbia: U of South Carolina P, 2003.

Bogue. Roland. *Deleuz and Guattari*. New York: Routledge, 1989.

Bove, Paul A. *Destructive Poetics: Heigegger and Modern American Poetry*. New York: Columbia UP, 1980.

Bowen, Jack. *A Reader's Guide to John Barth*. London: Greenwood, 1994.

Bradley, Linda. "The Aesthetics of Postmodern Parody: An Extended Definition." *The Comparatist* 7 (1983): 36-47.

Bradbury, Malcolm. American Novel, New York: Oxford University Press. 1984.

Brennan, Cecile. "Beyond Theory and Practice: A Postmodern Perspective." *Counseling & Values* 39.2 (1995): 99-108.

Brenner, C. *An elementary Textbook of Psychoanalysis*. New York: International Universities Press, 1973.

Briggs, J., & Peat, F. D. *Turbulent mirror*. New York: Harper & Row, 1989.

Burger, Peter. *Theory of the Avant-Garde*. U of Minnesota, 1984.

Bryant, Jerry H. *The Open Decision*. New York: Free, 1970.

Cabot, Haley Michael. *The Semiotics of Poetic Metaphor*. Bloomington: Indiana UP, 1988.

Cambell. Jeremy. *Grammatical Man: Information, Entropy, Language and Life*: New York: Simon & Schuster, 1982.

Capra, Fritjof. *The Tao of Physics*. Boulder Colorado: Shambhala Publications, Inc., 1975.

Carroll, Noel. *The Philosophy of Horror, or Paradoxes of the Heart*. New York. Routledge, 1990.

Charles I. Glicksberg, "Experimental Fiction: Innovation versus Form," p. 128 *The*

Centennial Review. Vol. XVIII, No. 2 Spring 1974.

Chase, Coele Samuel. "Psychic Visions and Quantum Physics: Oates's Big Bang and the Limits of Language" *Studies in the Novel,* Univ of North Texas, Denton: Winter 2006. Vol 38:4, 427-39, 566.

Christopher Norris and Anerew Benjamin. *What is Deconstruction?* London: St. Martin's Press, 1996.

Churchland, Paul. *The Engine of Reason, The Seat of the Soul: A Philosophical Journey into the Brain*. Mass.: MIT P, 1995.

Churchland, P. M. *Matter and Consciousness*. Cambridge: MIT Press, 1988.

Churchland, P. S. *Neurophiliosophy: Toward a Unified Science of the Mind-Brain*. Cambridge: MIT P, 1986.

_____. *Neurophilosophy: Toward a Unified Science of the Mind/Brain*. London: MIT P, 1993: 18-24.

_____ & Sejnowski, T. J. *The Computational Brain*. Cambridge: MIT P, 1994.

Cioffi, Frank Louis. "'An Anguish Becoming Thing': Narrative as Performance in David Foster Wallace's *Infinite Jest*." *Narrative* 8.2 (2000): 161-81.

Clark, L. D. *Dark Night of the Body*. Austin: University of Texas Press, 1964.

Conte, Joseph M. "Design and Debris: John Hwkes's Travesty, Chaos theory and the Swerve." *Critique* 37.2 (1996): 120-39.

Cooper, Peter L. *Signs and Symptoms*. Berkeley: U of California P, 1983.

Cramer, John G. Before the Big Bang. *Analog Science Fiction & Fact.* New York:March 1999. Vol. 119. Iss. 3. pp 92-94.

_____. "Hawking's Retreat." *Analog Science Fiction & fact*(126:5). New York : May, 2008. pp 84-86.

_____. "Noise As Quantum Signal." *Analog Science Fiction & Fact*. Dec 2008. vol 128 iss :12, p 40-43.

_____ "The Universe of Choice", *Analog Science Fiction & Fact*, Mar 2006.

Culler, Jonathan. *The Pursuit of Signs: Semiotics, Literature, Deconstruction*. Ithaca: Cornell UP, 2002.

De Man, Paul. *Allegories of Reading*. New Haven: Yale UP, 1981.

Delbaere-Garant, Jeanne. "Rhythm and Expansion in *Lord of the Flies*." Eds. Biles, Jack I. and Robert O Evans. *William Golding*. Lexington: UP of Kentucky, 1978.

Deleuze, Gilles. *Differece and Repetition*. Trans. Paul Patton. New York: Columbia UP,

1994.

_____. *Francis Bacon: The Logic of Sensation*. Trans. Daniel W. Smith. Minneapolis: Minnesota UP, 1997.

_____. *Negotiations: 1972-1990*. Trans. Martin Joughin, New York: Columbia UP, 1995.

_____. *What Is Philosophy?* Trans. Hugh Tomlinson and Graham Burchell. New York: Columbia UP, 1994.

_____ and Claire Parnet. *Dialogues*. Trans. Hugh Tomlinson and Barbara Habberjam. New York: Columbia UP, 1990.

_____ and Félix Guattari. *A Thousand Plateaus*. Trans. Brian Massumi. Minneapolis: Minnesota UP, 1987.

DeLillo, Don. *Underworld*. New York: Scribner., 1997.

_____. *White Noise*. New York. Penguin, 1985.

_____. *White Noise*. New York: Penguin. 1985.

Demastes, William. W. *The Theater of Chaos: Beyond Absurdism, Into Disorderly Order*. Cambridge: Cambridge UP, 1998.

Denzin, N. J. *Images of Postmodern society*. Newbury Park, CA: Sage, 1991.

Derrida, Jacques. *Acts of Literature*. Ed. Derek Attridge, New York: Routledge. 1968.

_____. *Margins of Philosophy*. Trans. Alan Bass. Chicago: U of Chicago P, 1982.

_____. *Limited Inc*. Trans. Samuel Weber and Jeffrey Mehlman. Evanston: Northwestern UP, 1988.

_____. *Dissemination*. Trans. Barbara Johnson. Chicago: U of Chicago P, 1981.

_____. "La Differance." *Bulletin de La Societe Francaise de Philosophie* 62 (1968): 73-101.

_____. *Of Grammatology*. Trans. Gayatri C. Spivak. Baltimore: Johns Hopkins UP, 1976.

_____. *Westren Humanities Review* Vol xxxix, number 4, winter 1985. 287-314.

DeShell, Jefery George, "The Peculiarity of Literature." Diss. New York U, 1989.

Deutch, David. *The Fabric of Reality: The Science of Parallel Universes and Its Implications*. New York: Penguin, 1997.

Diaz, Jose-Luis. "Mind-body Unity, Dual Aspect, and the Emergence of Consciousness." *Philosophical Psychology*. 13.3 (2000): 393-404.

Dickson, L. L. *The Modern Allegories of William Golding*. Tampa: U of South Florida P, 1990.

Dickstein, Morris. *Gates of Eden: American Culture in the Sixties*. New York: Basic Books, 1977.

Donkel, Douglas L. *The Understanding of Difference in Heidegger and Derrida.* New York: Peter Lang, 1992.

Douglas, Mary. *Purity and Danger.* London: Routledge, 1966.

Drew, Elizabeth. *T. S. Eliot: The Design of His Poetry.* New York: Charles Scribner's Sons. 1949.

Dyson, F.J. "The Radiation Theories of Tomonaga, Schwinger, and Feynman," *Phys. Rev.* 75. 1949. 486-582.

Ebbatson, Roger. *Lawrence and the Nature Tradition.* Sussex: Harvester Press, 1980.

Edmunson, M. "The End of the Road." *New Republic.* 22 (1991): 1-5.

Ehrenberg, W. "Maxwell's Demon", Scientific American, November. 1967. Vol. 217. No.5, 103.

Eliot, T. S. *The Complete Poems and Plays of T. S. Eliot.* London & Boston: Faber &Faber. 1969.

Elizabeth, Susan and Hendricks Davis. "A Counterforce of Readers: The Rhetoric of Thomas Pynchon's Narrative Technique." diss. U of Michigan, 1976.

Elkin, Stanley. *A Bad Man*, Random House: New York,1967.

Ellis, Ralph D. "Integrating Neuroscience and Phenomenology in the Study of Consciousness," *Journal of Phenomenological Psychology.* 30.1 (Spring 1999): 18-50.

Elmen, Paul. *William Golding: A Critical Essay.* Michigan: Eerdmans, 1967.

Fawcett, Robin P. et al. *The Semiotics of Culture and Language.* London: Frances Printer, 1984.

Ferraro, Thomas. "Whole Families Shopping at Night." *New Essays on White Noise.* Ed. Frank Lentricchia. Cambridge: Cambridge UP, 1991. 15-37.

Flanagan, O. *The Science of Mind.* Cambridge: MIT P, 1991.

Flowers, Ruth Cave. *A Voltaire's Stylistic Transformation of Rabelaisian Satirical Devices: A Dissertation.*

Foucault, Michel. The *Order of Things:* An Archaeology of the Human Sciences. Trans. Alan Sheridan. New York: Vintage, 1973.

_____. *The Order of Things: An Archaeology of the Human Sciences.* New York: Pantheon, 1970.

Fowler, Douglas. *A Reader's Guide to* Gravity's Rainbow. Ann Arbor: Ardis, 1980.

Frank Cioffi. ""An Anguish Become Thing": Narrative as Performance in David Foster

Wallace's *Infinite Jest*," *The Journal of The Society For The Study of Narrative Literature,* 8.2 (May 2000): 161-81.

Frank, John. *The Genesis and Secrecy: On the Interpretation of Manative.* Massachusetts: Harvard UP, 1979.

Froula, Christine. "Quantum Physics/Postmodern Metaphysics: The Nature of Jacques Derrida." *Western Humanities Review* 39 (1985): 287-313.

Frow, John. "Textuality and Ontology." *Intertextuality.* Eds. Judith Still and Michael Worton. Manchester: Manchester UP, 1990. 45-55.

_____. "The Last Things Before the Last: Notes on *White Noise.*" *The South Atlantic Quarterly* 89.2 (1990): 413-29.

Frye, Northrope. *Anatomy of Criticism: Four Essays.* Princeton: Princeton UP, 1952.

Funkenstein, Amos. The*ology and the Scient*띡c *Imagination from the Middle Ages to the Seventeenth Century,* Princeton: Princeton UP, 1986.

Gadamer, Hans-Georg. *Truth and Method.* New York: Crossroad, 1982.

Gaddis, William. *The Recognitions.* New York :Harcourt, Brace and World, 1955.

Gardner, H. *The Mind's New Science: A History of Cognitive Revolution.* New York: Basic Books, 1985.

Garson, James W. "Cognition Poised at the edge of Chaos: A Complex Alternative to a Symbolic Mind" *Philosophical Psychology* 9.3 (1996): 301-23.

Gasche, Rodolphe. *The Tain of The Mirror.* Cambridge: Harvard UP, 1986.

Gass, William H. *Fiction and the Figures of Life.* New York: Knopf, 1970.

Geertz, Clifford. *The Interpretation of Cultures.* New York: Basic Books, 1973.

_____. *Local Knowledge: Further Essays in Interpretive Anthropology.* New York: Basic, 1983.

Genette, Gerald. *Narrative Discourse: An Essay in Method.* Jane E. Lewin Trans. New York: Ccornell, 1980.

Gibbs. Jr. Raymond W. "The Intentionalist Controversy and Cognitive Science." *Philosophical Psychology.* 6.2 (1993): 181-206.

Gibson, William. *Newromancer.* New York: Ace, 1994.

_____. *Mona Lisa Overdrive.* New York: Bantam, 1989.

Gleik, James. *Chaos: Making New Science.* Harmonsworth: Penguin, 1987.

Glicksberg, Charles I, Experimental Fiction: "Innovation vs Form." The Contennial Review. Vol. XVIII, No. 2. Spring 1974.

Golding, William. 1954. *Lord of the Flies*. London: Faber, 1981.

Goodchild, Philip. *Deleuze and Guattari: An Introduction to the Politics of Desire*. London: Sage, 1996.

Grace, Sherill E. "Fritz Lang and the 'Paracinematic Lives' of *Gravity's Rainbow*." *Modern Fiction Studies* 9.4 (1983): 655-70.

Gray, Chris Haves, Steven Mentor,and Heidi J. Figuroa-Sarriera. "Cyborgology: Constructing the Knowledge of Cybernetic Organisms." *The Cyborg Handbook*. New York: Routledge, 1995. 1-16.

Greene, Brian, *The Fabric of The Cosmos*, Vintage Books, A Division of Random Books, New York, 2004.

Gribbin, John, *Deep Simplicity* Random House: New York 2004. 90.

Guerard. Albert J. "Notes on the Rhetoric of Anti-Realistic Fiction." *Triquarterly* 30 (1974): 3-30.

Hagln, W. M. "Reviews the Novel *The Last Voyage of Somebody the Sailor* by John Barth." *World Literature Today*. 66.4 (1992): 720-21.

Halliburton, David. *Edgar Allan Poe: A Phenomenological View*. Princeton: Princeton UP, 1973.

Hall, N. (Ed.). *Exploring Chaos*. New York: Norton, 1993.

Hans, Moravec. *Mind Children: The Future of Robot and Human Intelligence*. Cambridge: Harvard University Press 1988.

Haraway, Donna. "A Manifesto for Cyborgs: Science, Technology, and Socialist-Feminism in the 1980s." *FeminismlPostmodemism* Ed. Linda. Nicholson. New York: Routledge, 1990: 190-233.

_____. *Simians, Cyborgs and Women: The Reinvention of Nature*. New York: Routlledge, 1991.

Hargrove, Nancy Duvall. *Landscape as Symbol in the Poetry of T. S. Eliot*. Jackson: Mississippi UP, 1978.

Harpham, Geoffrey Galt. *On the Grotesque*. New Jersey: Princeton UP, 1982.

Harris, Charles B. *Contemporary American Novelists of the Absurd*. New Heaven: College and University P, 1971.

_____. *Passionate Virtuosity: The Fiction of John Barth*. Urbana: U of Illinois P, 1983.

_____. *Contemporary American Novelists of the Absurd*. New Heaven: College and University P, 1971.

Hart, Elizabeth. "Cognitive Linguistics: The Experiential Dynamics of Metaphor." *Mosaic* 28.1 (1995): 1-23.

Hayles, N. Katherine. *Chaos Bound.* Ithaca: Cornell UP, 1990.

_____. Katherine. *The Cosmic Web: Scientific Field Models and Literary Strategies in the Twentieth Century.* Ithaca: Cornell Uni. Press, 1984.

Hassan, Ihab. *Contemporary American Literature, 1945-1972.* New York: Frederick, 1973.

_____. "Prometheus as Performer: Toward a Posrmodem Culture?" *Performance in Postmodem Culture.* Ed. Michael Benamou and Charles Caramelo. Madison: Coda, 1977. 201-17.

Hawkers, Terence, ed. *Reception Theory.* London: Methuen, 1984.

Hawkes, John. "A Conversation with John Hawkes." With Paul Emmett and Richard Vine. *Chicago Review* 28 (Fall 1976): 163-71.

_____. "Interview." *Wisconsin Studies in Contemporary Literature*, No.6. Summer 1965.

_____. *Travesty.* New York: New Directions, 1976.

Hayles, N, Katherine. *Chaos Bound: Orderly Disorder in Contemporary Literature and Science. Ithaca*: Cornell UP, 1990.

_____. ed. Chaos and Order: *Complex Dynamics in Literature and Science.* Chicago: U of Chicago P, 1991.

_____. How We Became Posthuman: *Virtual Bodies in Cybernetics, Literature, and Informatics.* Chicago: U of Chicago P, 1999.

_____. *The Cosmic Web: Scientific Field Models and Literary Strategies in the Twentieth Century.* Ithaca: Cornell UP, 1990.

Heidegger, Martin. *Basic Writings.* Trans. David Farrel Krell, Joan Stanbaugh, et. al., Ed. David Farrdle Krell. New York: Harper and Row, 1977.

_____. *Being and Time.* Trans. John Macgarrie and Edward Robinson. New York: Harper, 1962.

_____. *Early Greek Thinking.* Trans. David Krell. New York: Harper and Row, 1975.

Heidegger, Martin. *Basic Writings*, trans. David Farrel Krell, Joan Stambaugh et. al., Ed. David Farrdle Krell. New York: Harper and Row, 1977.

_____. *Being and Time.* trans. John Macgarrie and Edward Robinson. New York: Harper and Row, 1962.

_____. *Early Greek Thinking.* trans. David Krell. New York: Harper and Row, 1975.

_____. *Identity and Difference.* trans. Joan Stambaugh New York: Harper and Row, 1969.

_____. _On the Way to Language._ Trans. Peter B. Hertq. New York: Harper, 1971.

_____. _Poetry, Language and Thought._ Trans. Albert Hofstadter. New York: Harper, 1971.

_____. _The End of Philosophy._ Trans. Joan Stumbare. New York: Harper, 1973.

_____. "The Origin of The Art,"in _Poetry, Language and Thought._ trans. Albert Hofstadter. New York: Harper and Row, 1971.

Heidegger, Martin and Eugen Fink. _Heraclitus Seminar 1966/67._ Trans. Charles H. Seiberton. Alabama: U of Alabama P, 1970.

Heisenberg, Werner. "The development of the interpretation of the Quantum Theory" in _Niels Bohr and the development of Physics_ ed. by W. Pauli, pp. 12-29. New York: McGraw-Hill Book, 1955.

Henderson, Eric Paul. "Structured Visions in the Novels of John Hawkes." _DAI_ 46 (1986): 3034A. The University of Western Ontario (Canada), 1985.

Hermanson, Scott. "Chaos and Complexity in Richard Powers's _The Gold Bug Variations._" _Critique_ 38.1 (1996): 38-52.

Hill, Leslie. _Blanchot: Extreme Contemporary._ London: Routledge, 1997.

Hite, Molly. _Ideas of Order in the Novels of Thomas Pynchon_ Columbus: Ohio State Univ Press, 1983.

Hodson, Leighton. _William Golding._ New York: Capricorn, 1969.

Hoffman, Danniel. ed. _Harvard Guide to Contemporary American Writing._ Cambridge: Belknap P of Harvard UP, 1979.

Hofstadter, Douglas R. _Godel, Escher, Bach: an Eternal Golden Braid._ New York: Basic, 1979.

Hohmann, Charles. _Thomas Pynchon's_ Gravity's Rainbow. New York: Peter Lang, 1987.

Hooker, Clifford. "Towards a General Theory of Reduction." _Dialogue_ 20: 38-59.

Horgan, John. _The End of Science: Facing the Limits of knowledge in the Twilight of the Scientific Age._ New York: Broadway Books,1996.

Hough, Graham. _The Dark Sun._ New York: Capricorn Books, 1959.

Hutcheon, Linda. _A Theory of Parody._ London: Methuen, 1985.

Irwin, T. John. _American Hieroglyphics._ New Haven: Yale UP, 1980.

Iser, W. _The Act of Reading: A Theory of Aesthetic Response._ Baltimore: John's Hopkins UP, 1978.

Jacobs, Carol. "The Monstrosity of Translation." _MLN_ 90.6 (1975): 755-66.

Jakobson, Roman. "Linguistics and Poetics in _Language and Literature._" Cambridge

University: Cambridge University Press, 1986.

Jameson, Frederic. "Postmodernism or the Cultural Logic of Late Capitalism." *New Left Review* 146 (1984): 53-92.

Jarvilehto, Timo. "The Theory of the Organism-Environment System: III. Role of Efferent Influences on Receptors in the Formation of Knowledge," *Integrative Physiological & Behavioral Science*. 34.2 (April-Jun 1999): 90-101.

J. B. Leishman and Stephen Spender, trans, *Duino Elegies* (London: Hogarth Press, 1939)

Jeff, Wallace. *D. H. Lawrence, Science and The Postman*. New York: Palgrave Macmillian, 2005.

Jemigan, Daniel: "Tom Stoppard and Postmodern Science: Normalizing Radical Epistemologies in Hapgood and Arcadia" *Comparative Drama*(37:1) spring 2003. 3-35.

Jennings, Michael. *Dialectical Images: Walter Benjamin's Theory of Literary Criticism.* Ithaca: Cornell UP, 1987.

Jesse, Kavaldo. "Recycling Authority: Don DeLillo's Waste Management." *Critique* 42.4 (2001): 384-401.

John, Bickle. "From Sensory Neuroscience to Neurophilosophy: Reflections on Linas and Churchland's Mind-brain Continuum," *Philosophical Psychology*. 10.4 (December 1997): 523-31.

John, Duval. *Don DeLillo's Underworld.* New York: Continum, 2002.

Johnston, Adrian. "Slavoj Zizeck's Hegelian Reformation: Giving a Hearing to the Parallax View," *Diacritics* spring 2007 vol 37. pp. 39.

Johnston, William, The still Point: reflection on Zen and Christian Mysticism: New York: Fordham UP, 1970.

Joseph Chadwick. "Infinite Jest: Interpretation in Sterne's *A Sentimental Journey*," *Eighteenth-Century Studies,* 12.2 (Winter 1978/79): 190-205.

Joyce, James. *A Portrait of the Artist as a Young Man*. New York: Viking, 1964.

Katsumori, Makoto. "Complemantarity and Deconstruction: Plotnitsky's Analysis and Beyond" 9, *Configurations*, Baltimore: Fall 2004. Vol 12 Iss. 3. pp. 435-44.

Kay Young & Jeffrey L. Saver. "The Neurology of Narrative," *Substance*, 30.1&2 (94/95): 72-84.

Kazin, Alfred. *Bright Book of Life*. Boston: Litte Brown, 1973.

Kearney, Richard. *Poetics of Imagining: Modern to Postmodern*. Edinburgh: Edinburgh UP,

1998.

Keesey, Douglas. *Don DeLillo.* New York: Twayne, 1993.

Kierkgaard, Soren. *Concluding Unscientific Postscript to Philosophical Fragments* Vol I. Edited and translated by Howard W. Hong and Edna H. Hong, Princeton, N.J.: Princeton UP, 1992.

_____. *The Sickness unto Death.* Ed. & Trans. Alastair Hunnay. New York: Penguin Books. 1987.

King, Noel. "Reading *White Noise*: Floating Remarks." *Critical Quarterly* 33.3 (1991): 66-83.

Klinkowitz, Jerome. *Literary Disruptions.* Urbana: Chicago UP, 1975.

Kohlross, Christian. Walter Benjamin's "The Task of the Translator": Theory of the End of History Partial Answers (7:1). Jan 2009. pp. 97-108.

Kristeva, Julia. *Desire in Language: A Semiotic Approach to Literature and Art.* Ed. Leon Roudiez. Trans. Thomas Gora, Alice Jardine, and Leon Roudiez. New York: Columbia UP, 1980.

Kuhn, Thomas. *Structure of Scientific Revolution*, 2nd. ed. Chicago: Chicago University Press, 1970. First edition published in 1962.

Kurrik, Maire Jaanus. *Literature and Negation.* New York: Columbia UP, 1979.

Lacan, Jacques. 'Ecrits: A Se,edtion. Translated by Alab Shridan. New York: Norton, 1977.

_____. *The Four Fumdamental Concepts of Psychoanalysis.* Trans. Alan Sheridan. Harmondsworth: Penguin, 1977.

_____. *The Seminar of Jacques Lacan: Book VII The Ethics of Psychoanalysis 1959-1960.* Trans. Dennis Potter. London: Routledge, 1992.

_____. *Ecrtis: A Selection.* Trans. Alan Sheridan. New York: Norton, 1977.

Laiho, Leena, "A Litarary Work_Translation and Original: A conceptual analysis within the philosophy of art and Translation Studies," *Target* 19:2(2007), pp. 295-312.

Lake, Paul, "The Enchanged Loom": "A New Paradigm for Literature," *Southwest Review*, Dallas: 21 2002, Vol 87, Iss, 2/3 : 355 28pgs.

Lance Olsen, "Pynchon's New Nature: The Uncertainty Principle and Indeterminacy" in *The Crying of Lot 49.*, p. 154. *The Canadian Review of American Studies* Vol. 14. No. 2. Summer 1983 ..., where Timaeus explains to Socrates that two levels of reality exist, "that which always is never becomes [and] that which is always becoming but never is.

Lawrence, D.H. *Apocalypse*. Harmondsworth, Middlesex: Penguin Books, England, 1977.

_____. *Women in Love*. Harmondsworth, Middlesex: Penguin Books, England, 1979.

_____. *Fantasia of the Unconscious*. Harmondsworth, Middlesex: Penguin Books, England, 1977.

_____. *Mornings in Mexico*. Harmondsworth, Middlesex: Penguin Books, England, 1975.

_____. *St. Mawr*. Harmondsworth, Middlesex: Penguin Books, England, 1981.

_____. *The Plumed Serpent*. Harmondsworth, Middlesex: Penguin Books, England, 1977.

_____. *The Rainbow*. Harmondsworth, Middlesex: Penguin Books, England, 1977.

LeClair, Tom. *In the Loop: Don DeLillo and the Systems Novel*. Chicago: U. of Illinois P, 1987.

_____. *The Art of Excess*. Urbana: U of Illinois P, 1989.

_____. "The Prodigious Fiction of Richard Powers, William Vollmann, and David Foster Wallace." *Critique* 38.1 (1996): 12-38.

_____. "Avant-guarde Mastery." *TriQuarterly* 53 (1992): 259-67.

Lem, Stanislaw. "Chance and Order." Trans. Franz Rottensteiner. *New Yorker* 30 Jan. (1984): 88-98.

Lentricchia, Frank. "Tales of the Electronic Tribe." Lentricchia. 87-115.

_____. ed. *New Essays on* White Noise. Cambridge: Cambridge UP, 1991.

Lessing, Doris. *The Golden Notebook*. New York: Bantam, 1962.

Lewis. L. E. *Our Superstring Universe*. New York: iUniverse, Inc., 2003.

Libertson, Joseph. "Excess and Imminence: Transgression in Bataille." *MLN* 92 (1977): 1001-23.

Lilienfield, Robert. *The Rise of Systems Theory: An Ideological Analysis*. New York: John Wiley & Sons 1978.

Lock, Margaret. "Decentering the Natural Body: Making Difference Matter." *Configurations* 5.2 (1997): 267-93.

Lodge, David. *The Modes of Modern Writing*. London: Edward, 1977.

Lycan, William G. *Mind and Cognition: An Anthology*. Oxford: Blackwell, 1999.

Lyotard, Jean-Francois. *The Postmodern Condition: A Report On Knowledge*. Trans. Geoff Bennington and Brian Massumi. Minneapolis: U of Minnesota P, 1984.

Lucy Hutchinson, *Order and Disorder*. New York: Blackwell Publishers, 1999.

Maglioli, Robert R. *Phenomenology and Literature*. West Layfayette: Perdue UP, 1977.

Malcolm Bradbury, *American Novel* (New York: Oxford University Press, 1984), p. 156.

Mandelbrot, Benoit B. *The Fractal Geometry of Nature*. New York: W. H. Freeman, 1983.

Manfrdo Tafuri and Francesco Dal Co. *Modern Architecture*/1. Rizzoli: New York, 1976.

_____. *Modern Architecture*/2. Rizzoli: New York, 1976.

Marilyn Chandler. "Eliot, Einstein and the East." *Approaches to Teaching Eliot's Poetry and Plays*. Ed. Jewel Spears Brooker. New York: MLA, 1988.

Markley, Robert, ed. *Virtual Realities and Their Discontents*. Baltimore: Johns Hopkins UP, 1996.

Marshall, William. *Roadshow*, New York: Henry Holt & Co. 1985.

Martin, Ronald. *American Literature and the Universe of Force*. Durham: Duke UP, 1981.

May, John R. *Toward A New Earth: Apocalypse in the American Novel*. London: U of Nortre Dame P, 1972.

Mayr, Otto. *Authority, Liberty &Automatic Machinery in Early Modem Europe*. Baltimore: Johns Hopkins UP, 1986.

Mazlish, Bruce. *The Fourth Discontinuity: The Co-Evolution of* Hurmnans *and Machines*. New Haven: Yale UP, 1993.

McCaffery, Larry. "An Interview with David Foster Wallace." *Review of Contemporary Fiction*. 13 (summer 1993): 127-50.

McConnel, Frank D. *Four Postwar American Novelists: Bellow Mailer Barth and Pynchon*. Chicago: U of Chicago P, 1977.

McElroy, Joseph. *Women and Men*. New York: Alfred A. Knopf. 1987.

McLuhan, Marshall. *From Cliché to Archetype*. New York: 1970.

_____. *Understanding Media: The Extensions of Man*. Mass.: MIT P, 1994.

_____ and Wilfred Watson. *From Cliche to Archetype*. New York: Viking, 1970.

Mendelson, Edward. "Gravity's Encyclopedia." *Mindful Pleasures Essays on Thomas Pynchon*. Eds. George Levine and David Leverenz. Toronto: Little Brown, 1976.

_____. ed. *Pynchon*. Englewood Cliffs: Prentice-Hall, 1978.

Merleau-Ponty, M. *Phenomenology of Perception*. New York: Humanities P, 1962.

_____. *The Structure of Behavior*. Beacon: Boston, 1967.

Mikelsen, Nina. "Diamonds within Diamonds within Diamonds: Ethnic Literature and the Fractal Aesthetic" *MELUS* :Los Angeles: summer 2002, 7. 1-13

Mitcham, Carl. *Thinking through Technology:* πle *Path between Engineering and Philosophy*. Chicago: U of Chicago P, 1994.

Moles, Abraham. *Information Theory and Aesthetic Perception*. Urbana: U of Illinois P,

1966.

Mommsen, Theodor. *The History of Rome.* Trans. William Purdie Dickson. New York: Charles, 1903.

Moses, Michael Valdez. "Lust Removed from Nature." *New Essays on* White Noise. Lertricchia 63-86.

Musser, George. *Complete Idiot's Guide: String Theory.* New York: Penguin, 2008.

Nadeau, Robert. *Readings from the New Book on Nature: Physics and Metaphysics in the Modern Novel.* Amherst: U of Massachusetts P, 1981.

Nagel, Ernst. *The Structure of Science: Problems in the Logic of Scientific Explanation.* Indianapolis: Hackett, 1961.

Neurophysiology and Neuropsychology Novels: R. Powers's *Galatea 2.2, The Gold Bug Variations* and D. F. Wallace's *Infinite Jest.*

Newman D. Robert, *Understanding Thomas Pynchon* Columbia: U of South Carolina P. 1986.

Newton, K. M., ed. *Twentieth-Century Literary Criticism.* New York: St. Martin's, 1988.

Nietzsche, Friedrich W. *The Genealogy of Morals.* Trans. W. Kaufmann. New York: Vintage. 1968.

N. Katherine Hayles. "The Illusion of Autonomy and the Fact of Recursivity: Virtual Ecologies, Entertainment, and *Infinite Jest,*" *New Literary History* 30.3 (1999): 675-97.

_____. How We Became Posthuman: *Virtual Bodies in Cybernetics, Literature, and Informatics.* Chicago: U of Chicago P, 1999.

Ol;sen, Lance. "Pynchon's New Nature: The Uncertainty Principle and Indeterminacy in *The Crying of Lot 49.* The Canadian Review of American Studies. Vol.14. No.2. Summer 1983.

Ong, Walter J. *Interfaces of the Word: Studies in the Evaluation of Consciousness and Culture.* Ithaca: Cornell UP, 1977.

Otto, Rudolph. *Mysticism East and West: A Comparative Analysis of the Nature of Mysticism.* Trans. Bertha L. Bracey and Richerlda C. Payne. New York: Collier, 1982.

Owana K. McLester-Greenfield, "When even the Best is Bad: Thomas Pynchon's Alternatives to the Wasteland,"(Dissertation, Drake University, 1978), p. 195.

Owens, Craig. "The Allegorical Impulse: Toward a Theory of Postmodernism." *October* 12.1

(1980): 67-86.

Ozier, Lance W. "Antipointsman/Antimexico: Some mathmatical Imagery in *Gravity's Rainbow, Critique* vol, XVI, no 2 78-79.

_____. "The Calculus of Transformation." *Twentieth Century Literature* 21 (1975): 193-210.

Palmer, Richard E. *Hermeneutics*. Evanston: Northwestern UP, 1969.

Paolo Portoghesi. *After Modern Architecture*. New York: Rizzoli, 1980.

Parkinson, Thomas. *W. B. Yeats Self-Critic and the Later Poetry (Two Volumes in One)*. Berkely and Los Angeles: California UP, 1971.

Patton, Paul, ed. *Deleuze: A Critical Reader*. Oxford: Blackwell, 1996.

Paulson, William R. *The Noise of Culture*. Ithaca: Cornell UP, 1988.

Payne, F. Anne. *Chaucer and Menippean Satire*. Wisconsin:The U of Wisconsin P, 1981.

Pearson, Keith Ansell. ed. *Deleuze and Philosophy: The Difference Engineer*. London: Routledge, 1997.

Pecora, Vincent P. "Adversarial Culture and the Fate of Dialectics." *Cultural Critique* 8 (1987-88): 197-216.

Perriman, Cole. *Terminal Games*. New York: Bantam, 1994.

Peter L. Abernethy, Entropy in Pynchon's *The Crying of Lot 49.*, p. 20, *Critique: Studies in Modern Fiction*, Vol. XIV, No. 2.

Peter L. Cooph, *Symptoms and Signs: Thomas Pynchon and the Contemporary World* (Berkeley: Berkeley: Univ. of California Press, 1983), p. 21.

Plater, William M. *The Grim Phoenix*. Bloomington: Indiana UP, 1978.

Plotnitsky, A. *Complementarity*, Duke University Press, 1994.

Poe, Edgar Allan. *The Complete Works of Edgar Allan Poe*. 1902. ed. Hames A. Harrison. Vol. 16. New York: AMS P, 1965.

_____. *The Narrative of Arthur Golden Pym of Nantucket*. trans. Allan Bass. Chicago: U of Chicago P, 1992.

Powers, Richard. *Galatea 2.2*. London: Little Brown, 1995.

_____. *Galatea 2.2*. New York: Harper Perennial, 1996. Schwab, Gabriele. "Cyborgs: Postmduem Phantasms of Body and Mind." *Discourse* 9(1987): 64-84.

_____. *Prisoner's Dilemma*. Ney York: Morrow, 1988.

_____. *The Gold Bug Variations*. New York: William Morrow, 1991.

Prigogine, ILye and Isabelle Stengers, *Order put of Chaos: Man's New Dialogue with Nature*. New York: Bantam, 1984.

Prince, Gerald. Narratology: The Form and Functioning of Narrative. New York: Moulton Publishers, 1982.

Pritchard, R. E. D. H. Lawrence: Body of Darkness. London: Hutchinson University Press, 1971.

Putnam, H. Meaning and the Moral Sciences, Boston, Routledge & Kegan Paul. 1978.

_____. "Realism with a Human Face," in Realism with a Human Face, pp. 3-29, Harvard University Press, 1990. H. Putnam ed. by James Conant.

Pynchon, Thomas. Gravity's Rainbow. New York: Bantam Books, 1973.

_____. Gravity's Rainbow. New York: Viking, 1976.

_____. The Crying of Lot 49. New York: Lippincott, 1966.

_____. V. New York: Bantam, 1977.

Quilligun Maureen, "Thomas Pynchon and the Laanguage of Allegory," Critical Essays on Thomas Pynchon, (ed) Richard Pearce 209-10, 187-212. Boston: G. K. Hall, 1981.

Redpath, Philip. William Golding: A Structural Reading of his Fiction. London: Vision, 1986.

Remer, Rory. "Chaos Theory and the Canon of Creativity." Journal of Group Psychotherapy, Psychodrama and Sociometry. 48.4 (1996): 145-53.

Ricardou, Jean. "Arthur Gordon Pym: A Journey to the End of the Page?" Poe Studies 14.1 (1981): 718-33.

Ricardou, J. V. and Jona S. Haverstick, "Chartless Voyage: The Many Narratives of Arthur Gordon Pym," Texas Studies in Language and Literature, 1966.

Richard Alan Schwartz, "Tomas Pynchon and the Evolution of Fiction", Science-Fiction Studies, Vol. 8. 1981, p. 168.

Richter, David H. Fable's End. Chicago: Chicago UP, 1974.

Ricoeur, Paul. Interpretation Theory: Discourse and the Surplus of Meaning. Fort Worth: Texas Christian UP, 1976.

Ridgely, Joseph V. and Iola S. Haverstick. "Chartless Voyage: The Many Narratives of Arthur Gordon Pym." Texas Studies in Literature and Language: A Journal of the Humanities 8 (1966): 63-80.

Riffaterre, Michael. Semiotics of Poetry. Bloomington: Indian UP, 1978.

Risa, Kaparo, Developing a Self-referencing System: The Matrix, ETC: a Review of General Semantics (53:4) Winter 1996-97, pp. 420-40.

_____. "Developing a Self-referencing System" :The Matrix Part III. ETC: a Review of

General Semantics (53:2) SUMMER 1997. pp 187-201.

Rohrlich, Fritz. "On the Ontology of QFT," Conceptual Foundations of Quantum Field Theory, Tian Yu Cao ed. 1999, Cambridge University Press, pp. 357-67.

Rose, Margaret A. *Parody/Metafiction*. London: Croom Helm, 1979.

Rothfork, John. "Having Everything is Having Nothing." *Southwest Review* 66.3 (1981): 293-306.

Rowe, John Carlos. *Through the Custom-House: Nineteenth-Century American Fiction and Modern Theory*. Baltimore: Johns Hopkins UP, 1982.

Ruthrof, Horst. *The Reader's Construction of Narrative*. London: Routledge, 1981.

Sanford Schwartz, *The Matrix of Modernism*, New Jersey, Princeton Univ. Press, 1985

Schaub, Thomas H. *Pynchon: The Voice of Ambiguity*. Urbana: U of Illinois, 1981.

Scholes, Robert. The Fabulators. New York: Oxford UP, 1967.

_____. "Metafiction." *Iowa Review* 1 (1970): 100-15.

Schulz, Max F. *Black Humor Fiction of the Sixties*. Athens: Ohio UP, 1973.

_____. *The Muses of John Barth*. London: Johns Hopkins UP, 1990.

Schwab, Gabriele. "Cyborgs: Postmodern Phantasms of Body and Mind." *Discourse* 9 (1987): 64-48.

Schwartz, Richard Alan. "Thomas Pynchon and the Evolution of Fiction." *Science-Fiction Studies* 8 (1981): 165-72.

Scott, A. O. "The Panic of Influence." *New York Review of Books* 47.2. (2000): 39-43.

Scott, Jr. Nathan A., ed. *Adversity and Grace: Studies in Recent American Literature*. London: U of Chicago P, 1968.

Sean, Miller, "Imagining Braneworlds in String Theory Technical Discourse": *Journal for theoretical studies in media and culture* 29:1 winter 2007 77-100.

Serres, Michel. *Hermes: Literature, Science, Philosophy*. Eds. Josue V. Harari and David F. Bell. Baltimore: Johns Hopkins UP, 1982a.

_____. *The Parasite*. Trans. Lawrence R. Schehr. Baltimore: Johns Hopkins UP, 1982b.

Sewell, Elizabeth. *The Orphic Voice*. New Haven: Yale UP, 1960.

Shannon, Claude E. and Weaver Warren. *The Mathematical Theory of Communication*. Urbana: U of Illinois P, 1949.

Shaw, Robert. "Strange Attracters, Chaotic Behavior, and Information Flow." *Z. Naturforsch* 36A (1981): 80-112.

Shippey, Tom. *J.R.R. Tolkein: Author of the Century*. Boston: Mifflin, 2001.

Siegel, Mark Richard. *Pynchon: Creative Paranoia in* Gravity's Rainbow. London: Kennikat, 1978.

Siegel, Mark. *Creative Paranoia.* London: Kennikat, 1978.

Slade, Joseph. *Thomas Pynchon.* New York: Warner, 1974.

Smart, B. *Modern Conditions, Postmodern Controversies.* London and New York: Routledge, 1992.

Smith, Grover. *T. S. Eliot's Poetry and Plays: A Study in Sources and Meaning.* Chicago: Chicago UP, 1956.

Sprout, Frances: A Perception of Dawn: Thompson's Holographic Study,Essays on Canadian Writing, Canada, Toronto, winter 2000, p. 42-48.

Stark, John. *Pynchon's Fictions.* Athens: Ohio UP, 1980.

Steiner, Peter. *Russian Formalism.* Ithaca: Cornell UP, 1984.

Stephenson, Neal. *Snow Crash* New York: Bantam, 1992.

Stevick, Philio. "Lies, Fictions, and Mock Facts." *Western Humanites Reveiw* 30 (1973): 332-62.

Stevick, Philip. *Alternative Pleasures.* Chicago: U of Illinois P, 1981.

Stoehr, Taylor. "Unspeakable Horror in Poe." *The South Atlantic Quarterly* 78 (1979): 317-32.

Stoltzfus, Ben. "The Aesthetics of Nouveau Roman and Innovative Fiction," *International Fiction Review.* Vol. 10. No.2, 116.

Strehle, Susan. *Fiction in the Quantum Universe,* Chapel Hill and London: The Univ. of North Carolina Press, 1992.

Susan Hawthorne, Renate Klein. ed. *CyberFeminism.* Australia: Spinifex Press, 1999.

Swift, Jonathan. *Guliver's Travels,* Penguin Classics, Revised edition, 2003.

Szilard, Leo., "On the Reduction of Entropy as a Thermodynamic System Cause by Intelligent Beings," *Zeitschrift fur Physik* 53 (1929): 840-56.

Tang, Paul C. L. "A Review Essay: Recent Literature on Cognitive Science," *Social Science Journal.* 36.4 (1999): 675-87.

Tanner, Thomas. *Pynchon,* New York: Methuen, 1982.

Tanner, Tony. *City of Words: American Fiction, 1950-1970,* New York: Harper & Row, 1971.

_____. "Patterns and Paranoia" *Salmagundi* 15, Winter 1971, 81-2.

Thomas, David Wayne. "Goedel's Theorem and Postmodern Theory" *PMLA* May, 1995,

250. 248-62.

Thompson, Michael. *Rubbish Theory*. Oxford: Oxford UP, 1979.

Tian Yu Cao(ed), *Conceptual Foundations of Quantum Field Theory*, 8. Cambridge: Boston University Press, 2004.

Todorov, Tzvetan. *The Fantastic*. Trans. Richard Howard. New York: Cornell UP, 1975.

Trow, George W. S. *Within the Context of No Context*. Boston: Little Brown, 1978.

Unger, Leonard. *T. S. Eliot: Moments and Patterns*. Minneapolis: U of Minnesota P, 1956.

Vail, L. M. *Heidegger and Ontological Difference*. University Park: Pennsylvania UP, 1972.

Varro, Marcus Terentius. "Varro's Mennipean satires." Trans. Charles Marston Lee. Unpublished Ph. D dissertation in the Classics, Pittsburgh U, 1937.

Vattimo, Gianni. *The Adventure of Difference: Philosophy after Nietzsche and Heidegger*. Trans. Cyprian Blamires. Cambridge: Polity, 1993.

Vollmann, William. *You Bright and Risen Angels: A Cartoon*. New York: Penguin, 1988.

Wallace, David Foster. *Infinite Jest*. Boston: Little, 1996.

_____. "The Empty Plenum: David Markson's Wittgenstein's Mistress." *Review of Contemporary Fiction* 10 (1990): 217-39.

Wallace, Jeff. *D. H. Lawrence, Science and the Posthuman*. Houndmills: Palgrave Macmillan, 2005.

Warren, Ten Houten. "Neurosociology," *Journal of Social & Evolutionary Systems*. 20.1 (1997): 7-38.

Waugh, Patricia. *Metafiction*. London: Methuen, 1984.

Weber, Max. "The Religious Rejections of the World and Their Directions." *Max Weber*. Ed. Gerth and Mills. Oxford: Oxford UP, 1958.

Weiss Gail, Honi Fern Haber. Eds. *Perspectives on Embodiment: The Intersections of Nature and Culture*. London: Routledge, 1999.

Welton, Donn. Ed. *Body and Flesh: A Philosophical Reader*. Oxford, Blackwell, 1998.

Werner, Craig Hansen, *Paradoxical Resolutions,* Chicago: Univ. of Illinois P.1982.

White, Patti. *Gatsby's Party: The System and the List in Contemporary Narrative*. West Lafayette: Purdue UP, 1992.

Whitehead, Evelyn. *Process and Reality*. New York: Macmillan, 1957.

Wilson, Eric: "Emerson's Nature. Paralogy, and the Physics of the Sublime," *Mosaic* University of Manitoba, Winnipeg (33:1) Mar 2000, pp 39-58.

Winfred, Whelan. "Bodily Knowing: More Ancient Than Thought" *Religious Education* 89.2

(1994): 184-93.

Wiener, Norbert. *Cybernetics*. Cambridge: MIT P, 1961.

Wilcox, Leonard. "Baudrillard, DeLillo's *White Noise*, and the End of Heroic Narrative." *Contemporary Literature* 32.2 (1991): 346-68.

Wilden, Anthony, *System and Structure*, 2nd ed. (London: Tavistock, 1980) 400, 410.

Wittgenstein, Ludwig, *The Philosophical Investigations*. Trans. G.E.M. Anscombe. New York: Macmillan, 1953.

Wolfreys, Julian. *Introducing Criticism at the 21st Century*. Edinburgh: Edinburgh 2002.

Woodcock, Alexander and Monte Davis. *Catastrophe Theory.* Canada: Clark, 1978.

Žižek, Slavoj. "Surplus-Enjoyment Between the Sublime and the Trash." *Lacanian Ink* 15.3 (1999): 98-107.

찾아보기

김상구

서울대학교 사범대학 영어과 졸업, 부산대학교 및 계명대학교 대학원 문학 석 박사(미국소설 전공), 미국 University of Wisconsin-Madison, U.C.L.A. 영문과 객원교수, 영국 University of Warwick 철학과 Distinguished Visiting Professor와 한국 영어영문학회 부회장, 새한영어영문학회장, 부산대학교 인문학연구소 소장, MLA, IAPL, AIZEN, Thomas Pynchon Society (전)현 회원, 부산광역시 문화상 수상자회 인문 사회부문 이사, 부산대학교 명예교수(영문학과)

저서 『틈새 공간의 시학』(국/영 공저), 『이론의 창 소설의 장』, 『물질 물질성 담론과 영미소설 읽기』(공저) 등

역서 토머스 핀천의 『브이(V.)』, 퍼트리샤 워의 『메타픽션』(*Metafiction*), 린다 허치언의 『패러디 이론』(공역), 『The Crying of Lot 49』 편역주

논문 「타자지향의 담론: 핀천의 "브이"와 블랑쇼의 "바깥"」, 「윌리엄 스타이런의 "암흑에 누워"」, 「헤밍웨이의 "최후의 고뇌"」, 「유드라 웰티의 "낙천가의 딸"의 상징성」 외 다수

문학이 과학의 벽을 넘다

발행일 • 2012년 12월 26일
지은이 • 김상구

발행인 • 이성모/ 발행처 • 도서출판 동인/ 등록 • 제1-1599호
주소 • 서울시 종로구 명륜동2가 아남주상복합아파트 118호
TEL • (02) 765-7145, 55/ FAX • (02) 765-7165
E-mail • dongin60@chol.com/ Homepage • donginbook.co.kr

ISBN 978-89-5506-522-0
정가 28,000원